JOCHEN
SCHIMMANG

LABOR SCHLÄFER

ROMAN

EDITION NAUTILUS

Edition Nautilus GmbH
Schützenstraße 49 a
D-22761 Hamburg
www.edition-nautilus.de

Erstausgabe März 2022
Umschlaggestaltung:
Maja Bechert
www.majabechert.de

FSC
www.fsc.org
MIX
Papier aus verantwortungsvollen Quellen
FSC® C083411

Druck und Bindung:
CPI – Clausen & Bosse, Leck
1. Auflage
ISBN 978-3-96054-278-0

In memoriam Hermann Kinder (1944–2021)

Please don't spoil my day
I'm miles away
And after all
I'm only sleeping
The Beatles: Revolver (1966)

Everything is very quiet
Everyone has gone to sleep
I'm wide awake on memories
These memories can't wait
Talking Heads: Fear of Music (1979)

… alles ein Gestern, das nicht aufhört
zu sprechen und keiner mehr hören will? Warte mal ab.
Jürgen Becker: Graugänse über Toronto (2017)

ERSTER TEIL
TULIPAN ODER DIE LIEBE ZUR SOZIOLOGIE

1 **Alles löschen.** Löschen, bis es nicht mehr wiederkommt. Mit Dateien bekomme ich das hin, mit den gesammelten Papieren, Dokumenten und Briefen auch, mit den persönlichen Aufzeichnungen, die man bei ansteigender Schamröte nach zwölf Jahren wiederliest, sowieso. Doch Erinnerungen gleichen Ratten oder Kakerlaken, man kann alle möglichen Mittel gegen sie einsetzen, sie kehren irgendwann wieder. Tabula rasa ist eine Schimäre, denke ich, selbst nach einem Unfall mit Hirnschaden bleibt noch immer etwas zurück. Mein Gedächtnis scheint ein unzerstörbarer Bunker zu sein, in dem fast der ganze Unrat meines Lebens gelagert wird.

»Da täuschen Sie sich«, sagte Dr. Meissner, als wir uns das erste Mal trafen. »Sie würden staunen, wenn Sie wüssten, was Sie alles vergessen haben. Sie wären nämlich schon lange tot, wenn Sie nie etwas vergessen würden. Kein Mensch hält das aus. Aber so, wie Sie sich selbst beschreiben, sind Sie auf jeden Fall unser Mann.« Das war vor knapp neunzehn Monaten, genau genommen am siebenundzwanzigsten August 2018, einem Montag. Diesen ganzen Datenmüll, zum Teil Jahrzehnte zurückliegend, kriege ich auch nicht aus meinem Gedächtnisbunker getilgt. Allerdings wäre das in diesem Fall auch schwierig, denn es war nach dem Tag, als in Chemnitz die Übungen zur Menschenjagd begonnen wurden, und auf dem Weg nach Düsseldorf, damals noch mit dem Auto, war das Radio voll davon. Alle hatten es gesehen, nur ein Mann mit sehr kleinen runden Brillengläsern fand *keine belastbaren Beweise* dafür, weil er über die Maaßen kurzsichtig war.

Wir saßen im fünften Stock eines Düsseldorfer Hochhauses in Dr. Meissners Büro einander gegenüber, getrennt durch eine überdimensionale Schreibtischfläche, die kaum von irgendwelchen Papieren oder Büchern oder Schreibwerkzeug bedeckt war und vor allem Leere, Klarheit, Aufgeräumtheit und *Chef* signalisierte. *Noli me tangere.* Ganz entfernt konnte ich auf die in der Straßenschlucht vorbeiziehenden Autos blicken, die von hier oben alle lautlos und seltsam verlangsamt voranzukriechen schienen, obwohl offensichtlich kein Stau herrschte.

Auch eine meiner ersten deutlichen Erinnerungen aus der Kindheit ist übrigens mit einem *historischen Datum* verbunden, das damals noch nicht historisch war, aber sehr schnell das Zeug dazu hatte, ein *Gedenktag* zu werden: der siebzehnte Juni 1953. Ich war fünf Jahre alt und saß in der Küche meiner Großmutter am Tisch, während sie Kartoffeln schälte, und das Radio lief auch hier. Vom Hinterhof schien die Sonne in die Küche, und wenn ich auch wenig verstand von dem, was erzählt wurde, begriff ich doch, dass etwas in Unordnung geraten war und meine Großmutter Angst hatte. Dass es der Sozialismus war, der in Unordnung geraten war, verstand ich erst später, als die Ereignisse schon zum Gedenktag geronnen waren. Meine Großmutter war auch alles andere als eine Sozialistin, wie

ich später erfuhr, sie hatte nur vor jeder Art von Unordnung Angst. Es interessierte sie nicht, dass der Sozialismus in Unordnung geriet, sie hatte nur die Angst: die Russen kommen. Auch das erzählte ich Dr. Meissner bei unserer ersten Begegnung, und er wiederholte: »Sie sind auf jeden Fall unser Mann.«
So wurde ich der achte von insgesamt sechzehn Probanden.

Vorgestern, IC 2453 Ankunft Düsseldorf Hbf 17:05, Zeit des vorabendlichen Berufsverkehrs, Anfang März. Mein Arbeitsbeginn rückt näher. Entspannte Fahrt, die Augen halb geschlossen, während draußen »Leverkusen« vorbeizieht. Gibt es »Leverkusen«, frage ich mich jedes Mal auf dieser Strecke. Nach dem Aussteigen vorbei an nervösen kleinen Menschenpulks, freudig oder angespannt. Rückwärtiger Ausgang, Taxi nach Flingern. Der Fahrer ist schweigsam. Ich frage ihn, ob er bald Feierabend hat. Eine meiner Standardfragen, um das Schweigen nicht zu sehr aufzuladen, obwohl ich jeden, der gern schweigt, bestens verstehe. »Habe gerade angefangen«, sagt der Fahrer, »fahre durch bis morgen früh um sechs.« Warum überrascht mich immer noch das zwar nicht akzentfreie, aber grammatikalisch einwandfreie Deutsch, warum muss ich mir die Frage *woherkommSie* verkneifen. Ich tippe auf Afghanistan. Du lebst seit Jahrzehnten in einem Multikultiland, weißer alter Mann, und es gefällt dir doch. Warum dann diese Fragen noch immer im Hinterkopf. »Ich setze Sie direkt hier vorm Haupteingang ab«, sagt der Fahrer jetzt und fragt, ob ich eine Quittung brauche.
Oben angekommen der übliche Satz: Da bin ich mal

wieder. Und die Antwort: Sie sind es. Willkommen, Herr Roloff. Möchten Sie etwas trinken. Solche Begrüßungsrituale gehören zu meiner Arbeit.

Manche sammeln Leergut; ich schlafe. Vom Ertrag her ist meine Tätigkeit deutlich lohnender, und im Ansehen rangiert sie weit über der erstgenannten. Während andere Papierkörbe und Parks durchstöbern, immer mit der lauernden Befürchtung, es könnten fremde Blicke auf ihnen ruhen, liege ich, als klinisches Objekt, in ebenso klinisch sauberer Bettwäsche und gleite hinüber, vielfach kabelfrei verstöpselt zwar, aber das stört mich schon lange nicht mehr. Es handelt sich in mehrfacher Bedeutung des Wortes um einen Traumberuf.
Zwar werde ich über die gesamte Schlafzeit beobachtet und gemessen, aber gerade im Schlaf spüre ich den Blick des Anderen nicht. Davon habe ich mein Leben lang geträumt. Und der erste Blick nach dem Aufwachen ist immer freundlich: dankbar, dass ich mich – wieder einmal – zur Verfügung gestellt habe.
Dann beginnt der Tag, auf Wunsch bekomme ich noch Frühstück, und danach trete ich auf die Straße, in Lübeck, Göttingen, Düsseldorf, auch zu Hause in Köln. Berühmter Schläfer, der ich bin. Jedenfalls in der Szene; die Ewigwachen wissen nichts von mir. Die 24/7-Zombies mit ihren weit aufgerissenen Augen.

Im Labor kommt Dr. Meissner auf mich zu, lächelnd, warmherzig, beides nicht in professioneller Manier, sondern mit der aufrichtigen Wiedersehensfreude, die man guten Freunden entgegenbringt. »Schlafmediziner sind Tiefseeforscher«, hat er einmal gesagt, nachdem ich zum fünften oder sechsten Mal bei ihm aufgewacht war. »Wer den wachen Menschen erforscht, hat es mit einer ganz anderen Wirklichkeit zu tun als wir. Ein Mensch, der wacht, ist eine völlig andere Person als ein Mensch, der schläft. Klingt banal, aber kaum jemand denkt das konsequent zu Ende. Ich bewerte das nicht. Unser Forschungsgebiet steht in der Hierarchie nicht höher als, sagen wir mal: die Ernährungsforschung. Aber auch nicht darunter, obwohl wenigstens die Öffentlichkeit das so zu sehen scheint. Alle Magazine sind voll mit Ernährungstipps, und was die Förderung mit öffentlichen und privaten Mitteln angeht – ein Unterschied wie Tag und Nacht, buchstäblich. De facto ist der Tag offenbar doch unendlich viel wichtiger. Richtig essen, fit sein für die anstehenden Aufgaben. Dagegen die Nacht: Manchmal glaube ich, unsere Gesellschaft findet es schade, dass man überhaupt schlafen muss. Deshalb wurde an uns Schlafforscher allen Ernstes schon die Frage gestellt: Ließe sich eventuell der Schlaf ganz abschaffen? Pervers, absolut pervers, finden Sie nicht?«

Ich habe zugestimmt, das ist klar. Nicht aus Opportunismus, sondern von ganzem Herzen. Schlaf abschaffen ist wirklich pervers, ich fand den Ausdruck nicht zu stark. *Au contraire*: Ich wäre sehr interessiert daran, ob man den Schlafzustand – der ja das blühende Leben ist – mehr oder weniger ins wache Leben hinüberretten kann. Ins Tagesleben. Das habe ich Dr. Meissner damals auch gesagt, das ist nun schon fast anderthalb Jahre her. Seitdem sind wir Freunde auf Distanz. Vielleicht auch nur Kollegen, die an derselben Aufgabe arbeiten: *Tiefseeforschung*. Jedenfalls verkehren wir auf Augenhöhe. Deshalb ist seine Wiedersehensfreude echt.

Dann muss Dr. Meissner sich anderen Schläfern und Schläferinnen zuwenden, die gerade eingetroffen sind; ich weiß nicht, ob Probanden oder Patienten. Wir Schläfer sprechen eigentlich selten miteinander; meistens bekommen wir die anderen gar nicht zu Gesicht. Aber vorgestern herrschte wohl eine gewisse Terminenge. Ich suchte dann mein Zimmer auf – es ist immer das gleiche Zimmer – und nahm es in Besitz.

Ich bin oft im Düsseldorfer Labor, es ist das mir vertrauteste, auch wenn ich in Lübeck angefangen habe. Das Labor in Düsseldorf ist nicht etwa mein zweites Zuhause, sondern inzwischen doch eher das erste. In Köln bewohne ich nur ein Zweizimmerloch mit Kochnische und Nasszelle in der Nähe des Hansarings. Da halte ich mich so selten wie möglich auf und schlafe nachts mit Ohrstöpseln aus Silikon, weil die Züge zum und vom Hauptbahnhof so nah an der Wohnung vorbeifahren. Manchmal bleiben sie auf Höhe meiner Fenster stehen und warten auf Einfahrt. Die Ohrstöpsel heißen witzigerweise *WellNoise*. Das nenne ich mir Dialektik.

In Düsseldorf handelt es sich um eine Langzeitstudie. Also ist es wie Nachhausekommen, wenn ich mein Zimmer im Labor betrete. Gespannt bin ich jedes Mal auf die Bettwäsche: graubeige, sandgelb, staubgrau, zeltgrau, einfarbig ohne Muster, das Schrillste bisher war zitronengelb. Auf keinen Fall weiß, weiß ist Klinik, und nie schwarz, schwarz ist dann doch beinahe Grab, und die ganze Geschichte mit Schlafes Bruder ist totaler Quatsch, versteht sich.

Im Zimmer, das wird manchen überraschen, gibt es auch einen Fernseher mit einem 42er-Bildschirm, obwohl alle Schlafforscher wissen, dass Fernsehen der Einschlafkiller par excellence ist. Das Zimmer soll jedoch so alltäglich sein wie möglich, und in vielen Schlafzimmern, das ist bekannt, steht nun einmal am Fußende des Bettes ein Fernseher. Ich selbst nutze ihn so gut wie nie, höchstens die Textnachrichten, sehe auch schon mal die Tagesschau. Ansonsten habe ich immer ein oder zwei Bücher dabei, die mir beim Einschlafen helfen, was nichts über ihre Qualität aussagt. Ich bin seit Jahren schon vor allem ein Wiederleser. Die Anzahl der Bücher, die sich zwei, drei oder vier Mal zu lesen lohnt, ist zum Glück gegenüber denjenigen, die sich überhaupt nicht zu lesen lohnen, überschaubar, aber doch ausreichend für lange Zeit. Insofern bin ich als Wiederleser in einer glücklichen Lage.

Das Zimmer also, die Rückkehr nach Hause. Dafür habe ich im Normalfall eine halbe Stunde Zeit. Nach dieser halben Stunde kommt eine Mitarbeiterin und übernimmt. Eine davon kenne ich seit meinem ersten Auftritt in diesem Labor. Es handelt sich um Frau Wobser, die, glaube ich, schon seit der Gründung dieser Praxis dabei ist. Vorgestern war Frau Wobser nicht da, Frau Wobser hatte Urlaub, stattdessen erster Auftritt, jedenfalls was mich betrifft, von Frau Dr. Hoss, das sagte das Namensschild auf ihrer linken Brust, und kaum war sie im Zimmer, rief Dr. Meissner, *Barbara, kommen Sie noch mal eben*, und schon wusste ich auch ihren Vornamen.

Ich muss erklären, warum ich von *Auftritt* spreche. Wenn man erstmals in eine neue Umgebung, einen

neuen Kreis, an einen neuen Arbeitsplatz kommt, das ist doch ein Auftritt. Der Blick der Anderen mag indifferent, freundlich, abweisend, interessiert oder wie auch immer wirken: Immer steht der Neuankömmling auf der Bühne. Jedenfalls empfinde ich das so. Und das wiederholt sich in vielen Situationen, etwa, wenn ich das erste Mal an einem Tag auf die Straße gehe, nur, dass ich mich im unmittelbaren Nahbereich erst einmal geschützt fühle. Geschützt heißt unbeobachtet. Oder zunächst von Nachbarn gesehen werden, die man schon Jahre kennt, auch wenn man in manchen Fällen noch immer ihren Namen nicht weiß. Aber schon wenn ich in den Hansaring einbiege, ändert sich die Situation.
Als Frau Hoss ins Zimmer kommt, ist das nicht ihr erster Auftritt im Labor, sie arbeitet schon acht Wochen dort, wie ich dann erfahre. Aber ich selbst habe sie noch nie hier gesehen. Ich bin schließlich nicht jede Woche in Düsseldorf, trotz Langzeitstudie.

Die Langzeitstudie gilt der Gedächtnisbildung während des Schlafs und vermöge des Schlafs, obwohl das in der Forschung schon fast ein alter Hut ist. Dass guter Schlaf fürs Gedächtnis eine herausragende Rolle spielt, ist Konsens. Gedächtnisbildung ist auch nur offiziell der Fokus der Langzeitstudie. Dr. Meissner möchte mehr herausbekommen und erfasst bei sechzehn Probanden und Probandinnen unterschiedlichen Alters, welche Erinnerungen aus ihrer Lebenszeit, persönlicher oder zeitgeschichtlicher, also kollektiver Art, ihnen in den ersten zwanzig Minuten nach dem Aufwachen zuerst kommen. Also in der Zeit des Übergangs, wenn man in beiden Wirklichkeiten zugleich ist.

This time of sweet and thoughtful doziness. L'espace transitoire. Es geht um die Assoziationskette, die da abläuft. Nicht die Traumreste, vergessen Sie mal vorübergehend Freud. Eher das kollektive Unbewusste, das die individuelle Erinnerung mitbestimmt und das auch bei jedem anders arbeitet, je nach seinen Verhältnissen. Und seinem Alter. Bei meinem ersten Auftritt im Labor sagte Dr. Meissner zu mir, ich sei ein idealer Proband, weil ich ein Jahr älter sei als die Bundesrepublik, und er sei sehr gespannt.

Inzwischen weiß ich, dass an der Studie acht Frauen und acht Männer teilnehmen; ich habe aber noch niemanden davon kennengelernt, auch nicht per Zufall.

Ich war kein Neuling mehr in der Welt der Schlaflabore. Der Lübecker Kollege von Dr. Meissner hat mir den Tipp gegeben beziehungsweise mir einen Link zugeschickt, mit einem regelrechten Inserat. Das wäre was für Sie, hat er geschrieben. Das Inserat war so formuliert, ich kann es auswendig: *Wir suchen Probanden von 20 bis 80 Jahren mit ungestörtem Schlaf. In einer Langzeitstudie soll der Zusammenhang zwischen Schlaf und Gedächtnis weitergehend untersucht werden. Eine Aufwandsentschädigung ist vorgesehen.*

Das ist in der Tat was für mich, habe ich gedacht. Zwischen zwanzig und achtzig kommt hin, ungestörter Schlaf kommt weitgehend hin, die Thematik interessiert mich, und Aufwandsentschädigung ist selbstverständlich, schließlich geht es entscheidend auch um die Aufbesserung meiner Rente.

Nach meinem ersten Aufwachen in Düsseldorf dachte ich an Barschel. Uwe Barschel. *Der Fall Barschel,* Herbst 1987. Von Kiel nach Genf, Hotel Beau-Rivage,

Zimmer 317. »Erzählen Sie mal etwas genauer«, sagte Dr. Meissner, »ich bin zwanzig Jahre jünger als Sie: Ich war damals neunzehn oder zwanzig. Ich weiß noch, dass da was war, aber ich befand mich gerade am Anfang meines Studiums. Eigentlich weiß ich nur noch: Toter Mann in der Badewanne.«

Darauf lief es damals in der Tat hinaus.

In der *alten Bundesrepublik,* wie man heute gern zu sagen pflegt, in dem Land Schleswig-Holstein – das es selbstverständlich auch noch in der *neuen Bundesrepublik* gibt – standen im September 1987 Landtagswahlen an. Der amtierende Ministerpräsident, ein christdemokratischer Youngster von gerade 43 Jahren, der schon seit fünf Jahren das Land regierte, dieser Uwe Barschel eben, musste den Prognosen nach um seinen Wahlsieg bangen und setzte über seinen *Medienreferenten,** einen Herrn Pfeiffer, alle möglichen schmutzigen Tricks ein, um den Oppositionsführer zu diskreditieren. So berichtete es kurz vor der Wahl ein bekanntes Nachrichtenmagazin, dem der *Medienreferent* das persönlich erzählt hatte. Seine Aussagen hatte er außerdem eidesstattlich bei einem Notar hinterlegt. Wie immer sich diese Nachrichten auf die Wahl ausgewirkt haben mögen, jedenfalls verteilten die Wähler dieses Bundeslandes ihre Stimmen am Wahltag so, dass der Ministerpräsident selbst mit Hilfe der Freien Demokratischen Partei, die gern mit ihm kopuliert hätte, keine Mehrheit erreichte, andererseits aber von der Opposition, auf deren Seite auch der Abgeordnete

* Die Sternchen verweisen auf den Stellenkommentar am Ende des Buches, den die Leserin nach Belieben nutzen oder ignorieren kann.

der dänischen Minderheit im Lande stand, ein Mann namens Karl Otto Meyer, nicht abgewählt werden konnte. Der Däne schlug deshalb vor, die Sozialdemokraten als stimmenstärkste Partei sollten mit den Liberalen eine Regierung bilden, aber der Chef der Liberalen, dessen zumindest wirtschaftspolitisches Leitbild die englische Premierministerin Maggie Thatcher war, mochte sich nun mit den Sozis wirklich nicht gemein machen. Allerdings mochte er sich auch mit Uwe Barschel, mit dem er über eine Koalition verhandelte, nach dem Verhandlungstermin nicht zusammen fotografieren lassen. *On ne sait jamais.*

Der Ministerpräsident wies die Vorwürfe seines ehemaligen Medienreferenten entschieden zurück. Diesen Herrn konnte man übrigens noch am Wahlabend in einem Fernsehinterview sehen, und er machte einen bedrückten, auch unsicheren Eindruck, ein wenig, als befände er sich in einer Alkoholdepression. Der Kronzeuge gegen den Ministerpräsidenten erschien also zunächst nicht besonders glaubwürdig, und das mag Uwe Barschel seinerseits zu dem Glauben bewegt haben, er könne am Freitag nach der Wahl die Sache damit ad acta legen, dass er auf einer Pressekonferenz sein persönliches Ehrenwort gab, von all den Machenschaften seines Medienreferenten nichts gewusst zu haben. *Ich gebe Ihnen mein Ehrenwort – ich wiederhole: mein Ehrenwort*, ein Satz, der unvergessen in die politische Folklore der *alten Bundesrepublik* eingegangen ist. Doppelt hält besser, mochte er gedacht haben. Wie beim Indianerspielen: Ehrenwort, ich habe nichts gesehen. Eine Woche später gab der Ministerpräsident dann seinen Rücktritt bekannt, und danach ist es nicht mehr beim Indianerspielen geblieben.

Der ehemalige Ministerpräsident ist dann erst einmal in den Urlaub gefahren, wobei seine Partei zunächst nicht gewusst hat, wohin. Später hat man erfahren, dass er sich im Haus eines Waffenhändlers auf Gran Canaria aufgehalten hat. In seiner Abwesenheit hat der Finanzminister vor dem inzwischen eingesetzten Untersuchungsausschuss einen Hinweis darauf gegeben, dass zumindest ein Teil des Ehrenworts wohl unzutreffend sei, denn der ehemalige Ministerpräsident habe schon sehr früh etwas gewusst. Seine Partei hat ihn dann aufgefordert, sein Landtagsmandat niederzulegen, und zugleich dem Finanzminister ihr Vertrauen ausgesprochen, obwohl dieser ja recht lange mit seinem Wissen hinterm Berg gehalten hatte. Man kann jedoch nicht alle auf einmal abschießen, dann bleibt nichts mehr übrig von einer funktionsfähigen Partei.
Inzwischen hatten auch die Sozialdemokraten zugeben müssen, schon viel früher mehr gewusst zu haben, als sie bis dahin zu Protokoll gegeben hatten, denn Barschels Medienreferent Pfeiffer hatte dem Pressesprecher der SPD vertraulich erzählt, was er so alles im Schilde führte, worauf dieser ihm gleich noch ein paar Tipps gab, wie man das am besten anfängt. Die anderen Parteien haben deshalb den Oppositionsführer zum Rücktritt aufgefordert, was der aber ablehnte, weil er rein gar nichts davon gewusst habe. Eine Versicherung, die klugerweise ohne Ehrenwort erfolgte.

Dieser Stand der Dinge war dann nicht mehr relevant, als einen Monat nach der Wahl der ehemalige Ministerpräsident in einem Genfer Luxushotel tot aufgefunden wurde. Nun war es tatsächlich kein Indianerspielen mehr, sondern eher ein Roman von Eric Ambler.

Der Reporter einer Hamburger Illustrierten, die noch immer unter den Nachwehen des vier Jahre zurückliegenden Komplexes *Hitler-Tagebücher* litt, war mit Barschel zu einem Interview verabredet, und nachdem er und der ihn begleitende Fotograf mehrmals vergeblich an die Tür des Zimmers 317 geklopft hatten, öffneten sie diese und fanden den potentiellen Gesprächspartner bekleidet und mausetot in einer gefüllten Badewanne liegen. Das daraufhin gemachte Foto hat zwar viel Empörung hervorgerufen, ist aber brav von vielen Zeitungen abgedruckt und auch vom öffentlich-rechtlichen Fernsehen ausgestrahlt worden. Überhaupt ist der Journalismus bei der Verfolgung seiner vornehmsten Aufgabe, der Aufklärung und kritischen Information der Öffentlichkeit, sehr konsequent vorgegangen, also gnadenlos.
Genützt hat es aber nichts, denn man hat nichts mehr aufklären können, was auch an einer gewissen Schlampigkeit der ermittelnden Schweizer Behörden lag. In der Folge blühten die Erzählungen. Es war unter anderem von Waffenhandel die Rede, ein Herr namens Roloff wurde erwähnt, ein Taxifahrer auch, schließlich eine verschwundene Rotweinflasche. Die Familie des Toten glaubte und glaubt bis heute an Mord; die Genfer Polizei hat zunächst an einen *natürlichen Tod* geglaubt (voll bekleidete Tote in einer gefüllten Badewanne waren für sie offenbar nichts Neues), später dann doch eher an einen Suizid, ohne sich aber festlegen zu wollen. Von einem natürlichen Tod lässt sich wohl kaum sprechen, wenn der Tote einen Medikamentenmix aus insgesamt acht Mitteln intus hat, davon sechs hochwirksame Sedativa. Auch wenn schnell bekannt wurde, dass Uwe Barschel schon seit Jahren

ein Psychopharmaka-Junkie gewesen war, war diese Mischung doch auffällig.
Nicht so recht glauben mochte die Genfer Polizei an den Herrn namens Roloff, der den ehemaligen Ministerpräsidenten entlasten sollte und über den im Hotelzimmer Aufzeichnungen gefunden wurden, die wohl auch gefunden werden sollten. Der Fall interessierte mich und viele meiner Freunde schon um seiner selbst willen, aber für mich hatte er eine besondere Note, weil ich auch Roloff heiße und von meinen Freunden damals gehänselt wurde, auf einem Niveau immerhin, das man als *sophisticated* bezeichnen kann. Mich gibt's aber wirklich, während nicht nur die Genfer Polizei, sondern auch andere eher geglaubt haben, dieser Mann und das Treffen mit ihm seien eine Phantasie des ehemaligen Ministerpräsidenten gewesen. Und so liest sich die Geschichte auch am plausibelsten, so habe ich sie zumindest damals gelesen.
Der Ministerpräsident, so müsste sie beginnen, hat zum Zweck der Erhaltung seiner gefährdeten Macht versucht, seinen Kontrahenten, dem man gute Chancen einräumte, als Politiker und als Mensch zu vernichten. Das ist ihm nicht nur misslungen, es ist auch ruchbar geworden. Von diesem Augenblick an hat der – bald ehemalige – Ministerpräsident sich an seine Handlungen zwar noch erinnern, aber er hat nicht mehr an sie glauben können. Er war überzeugt, so sein Bruder, dass gegen ihn eine Verschwörung lief. Nicht neu ist, dass Menschen, die die Welt nicht mehr verstehen, weil sie plötzlich das Glück verlassen hat, gern auf Verschwörungsmythen zurückgreifen. Uwe Barschel hat seinem Bruder am Telefon noch angekündigt, bald werde man Zusammenhänge erfahren, *von denen*

keiner geträumt hat. Dazu ist es dann aber nicht mehr gekommen, vermutlich deshalb nicht, weil es diese Zusammenhänge nicht gegeben hat, weil allein Uwe Barschel von ihnen geträumt hat.

Später hat sich jedoch herausgestellt, dass die Geschichte auf diese Weise nicht auserzählt ist und vermutlich auch nicht mehr zu Ende erzählt werden kann.

»Sie wissen sicher«, sagte ich zu Dr. Meissner, »dass die Suizidversion inzwischen stark in Zweifel gezogen worden ist, weil zum Beispiel die Flasche Rotwein, die der Kellner auf Barschels Zimmer gebracht hatte, nicht mehr da war. Und es ist wohl kaum anzunehmen, dass die Herren vom *Stern* sie ausgetrunken und dann entsorgt haben.«

Also wurde die Mordthese, die die Familie früh ins Spiel gebracht hatte, wieder plausibler. Barschels Frau Freya kam ja aus dem Geschlecht derer von Bismarck, da ist die heroischere Version schon passender als ein Suizid. Schließlich kam dann auch die – nicht unwahrscheinliche – Version auf, Barschel habe einen Sterbehelfer gehabt, der ihn dabei unterstützte, das Ganze als Mord zu inszenieren, indem er die Flasche entsorgte und die Aufzeichnungen über Herrn Roloff gut sichtbar placierte. Kann ich mir vorstellen, wird man aber auch nicht mehr aufklären können. Man wird überhaupt nichts mehr aufklären.

Es ist aber nicht so sehr das Unaufgeklärte, das mich fasziniert, und auch nicht die besonders mysteriöse Rolle, die mein Familienname darin spielt, der schließlich alles andere als selten ist. Aber je länger die so genannte Barschel-Affäre dauerte, vor allem dann auch mit diesem Ende, desto stolzer wurde ich. Endlich, habe ich damals gedacht, endlich kommen wir auch mal ans Weltniveau ran. Eine richtig düstere Politaffäre, zwar kein Watergate und kein Mord an Olof Palme, sondern nur der Ministerpräsident einer bundesrepublikanischen Provinz, aber immerhin. Und dann noch diese Stasi-Spekulationen und der Waffenhandel und so weiter.

I shouted out Who killed the Kennedys?
*Well, after all, it was you and me.**

2 **Als ich von Barschels Tod erfuhr,** saß ich auf einem weißen Metallhocker von etwa ein Meter zwanzig Sitzhöhe, dessen Sitzfläche die Form eines durchschnittlichen Hinterns getreu nachbildete und den ich in einem Geschäft auf der Luxemburger Straße erworben hatte, vor einem in der Wand befestigten Brett, auf dem mein kleines Frühstück stand, vielleicht ein Milchkaffee, Croissants und Marmelade, obwohl die Szenerie mit dem Hocker und dem Brett eher amerikanisch war als französisch, *American Diner* eben. Pancakes wären vielleicht angemessener gewesen. Ich wohnte damals mit meiner Freundin zusammen im Agnesviertel, und die Freundin war schon zur Arbeit gefahren, während ich damals nicht arbeitete. Ich faltete die Zeitung auseinander und las die Schlagzeile *Uwe Barschel tot aufgefunden.* Es war ein Montag; am Tag davor, einem schönen Herbstsonntag, hatten wir noch eine Wanderung im Ahrtal gemacht und waren dabei unter anderem am *Ausweichsitz der Verfassungsorgane des Bundes im Krisen- und Verteidigungsfall* vorbeigekommen, landläufig bekannt als *Atombunker* oder *Regierungsbunker*, ein typisches Produkt des Kal-

ten Krieges seligen Angedenkens, damals noch in voll funktionsfähiger Wartestellung. Dann hatten wir in einem Restaurant, nein, sagen wir eher, einem Wirtshaus, einen leichten Abendimbiss genommen und waren zurück nach Hause gefahren, nach Köln. Inzwischen war in Genf ein Krisenfall ganz anderer Art eingetreten, wie ich dann aus der Zeitung erfuhr.
Auch ich war im ersten Moment schockiert, als ich die Schlagzeile las. Doch je mehr man Näheres erfuhr, inklusive der Spekulationen, die sich darum rankten, desto mehr dachte ich: Jetzt haben wir auch endlich einen Politskandal von veritablem Ausmaß. Die Amis hatten Watergate, die Briten zehn Jahre vorher die so genannte Profumo-Affäre mit der faszinierenden Christine Keeler, in Frankreich gab es die Marković-Affäre und in Italien schon in den Fünfzigern die Affäre Wilma Montesi. So etwas hatten wir bis zu Barschel nicht, trotz Franz Josef Strauß und anderen Figuren. Sicher gab es vorher schon die Nitribitt, aber das war kein Politskandal, sondern einer aus der Wirtschaftswunderwelt, in der ich noch ein Kind war, gerade erst neun; immerhin lernte ich aber aus der yellow press damals das Wort *Lebedame*, weil das Wort *Edelhure* oder gar *Luxusnutte* zu dieser Zeit selbst in diesen Blättern noch nicht druckbar war. Aufgewacht bin ich aber nie mit der Nitribitt, nur ein- oder zweimal eingeschlafen, aber das war nicht im Labor. Vielleicht kam sie auch mal in einem Traum vor, vielleicht hat sie damals die Roros abgelöst, obwohl die schwarzlockig waren, während die Nitribitt wohl blond war, zumindest im Kino, in den Filmen mit Nadja Tiller, mit Belinda Lee und mit Nina Hoss.*

Die Roros waren der standardisierte Albtraum meiner Kindheit. Jetzt sind wir doch kurz bei den Träumen. Dr. Meissner hat das auch nicht ausdrücklich untersagt; nur liegt das Hauptgewicht seiner Untersuchung auf dem Übergangsraum zwischen Schlaf und Wachen. Wir führen alle täglich ein Schlaftagebuch, nicht nur, wenn wir hier übernachten, auch zu Hause oder anderswo unterwegs. Dr. Meissner möchte gern wissen, ob unsere Assoziationen durch die Laborsituation mitbeeinflusst werden. Das alte Dilemma, man kennt die Frage: Verändert die Beobachtungssituation das zu Beobachtende? Normalerweise würde ich sagen: Natürlich, der Blick des Anderen, aber wenn ich schlafe, spüre ich ihn nicht mehr.
Also die Roros. Eine heikle Angelegenheit. Wie gesagt, mein Kindheitsalbtraum, der Ablauf variierte kaum. Zuerst brachte meine Mutter mich für einige Stunden zu ihnen, weil sie etwas vorhatte; ich habe nie herausgefunden, was es war. Vielleicht ging sie fremd? Ich wurde gewissermaßen in Verwahrung gegeben. Die Frauen, zu denen sie mich brachte, waren mir aus meinem wachen Leben mehrheitlich durchaus bekannt. Es waren die Freundinnen meiner Mutter, teils Nachbarinnen sogar, die in der Tat überwiegend dunkles Haar hatten, viele mit Dauerwellen oder Naturlocken, alle Ende zwanzig, Anfang dreißig, wie meine Mutter auch. Seidenstrümpfe von *Opal*. Meine Mutter verschwand dann sehr schnell, meistens waren, wenn sie mich abgab, nur wenige Frauen da, danach füllte sich der Raum schnell. Zuerst wurde ich nicht weiter beachtet, saß oder lag in irgendeiner Ecke, die Frauen, die Roros eben – ich weiß nicht, warum ich auf den Namen kam, er war jedoch sofort da, als ich diesen

Traum das erste Mal geträumt hatte –, die Roros unterhielten sich untereinander, eine sehr lebhafte Szenerie war das immer, die mir zunehmend Angst einjagte, je länger das dauerte, im Traum erschien es mir wie Stunden. Erstens Angst, dass meine Mutter nie mehr wiederkam, worauf auch manche Bemerkungen der Roros hindeuteten, die ihre Aufmerksamkeit nun mehr und mehr mir zuwandten, und das war die zweite Angst, denn sie kamen dann immer näher in ihrer massiven Schwarzlockigkeit und begannen mich zu bedrängen, zu betatschen, sich über mich zu beugen, als wollten sie mich verschlingen. Überrollen auch, vielleicht daher der Name Roros. Ich wachte dann entweder an dieser Stelle auf oder erst, wenn kurz vor dem Verschlungenwerden meine Mutter zurückkam, um mich abzuholen, und fragte, ob ich mich anständig benommen hätte. Alles in Ordnung, Marieche, sagten die Roros dann, braver Junge, mach dir keine Sorgen. Sie *lachten* immer, wenn sie das sagten. Dann nahm meine Mutter mich mit, ein paar Schritte draußen gehörten noch zum Traum, ich ging neben meiner Mutter, die kein Wort mit mir sprach, dann erwachte ich bei dieser Variante. Der Traum variierte wirklich nur im Zeitpunkt des Aufwachens, davor lief immer alles unerbittlich gleich ab. Irgendwann träumte ich ihn nicht mehr, da war ich vielleicht acht oder neun.

Dr. Meissner hat dieser Traum übrigens nicht besonders interessiert. »Das sollen andere analysieren«, hat er gesagt, »das ist nicht mein Metier.«
»Das muss keiner analysieren«, habe ich geantwortet, »das ist meine Privatsache. Das analysiere ich selbst, dazu brauche ich gerade mal fünf Minuten.«

Mein Gedächtnis dagegen, so viel habe ich in den letzten anderthalb Jahren gelernt, ist keineswegs meine Privatsache, so wenig wie die leergefegten Straßen, als ich heute Morgen einkaufen ging. Hinterm Küchenfenster sind die Gleise vom und zum Hauptbahnhof leerer als sonst, und die Erschütterungen der ein- und ausfahrenden Züge sind deutlich weniger geworden. Das Haus zittert nicht mehr. Wer weiß, wann der endgültige Stillstand kommt.

Mein Gedächtnis, so habe ich weiter gelernt,* meine Fähigkeit, mich zu erinnern, funktioniert nur, weil ich meine Erinnerungen mit vielen anderen teile, die *damals* in einem ähnlichen Milieu, einer ähnlichen sozialen Gruppe, womöglich am selben Ort oder in derselben Arbeitswelt gelebt haben wie ich. Meine Träume sagen nur mir etwas, und meistens ist nicht einmal das der Fall. Aber dass ich auf diesem Hocker saß und von Barschels Tod erfuhr, dass ich im Agnesviertel wohnte, einem schönen Altbauviertel im Norden der Kölner Innenstadt, dass ich nicht arbeitete –

Warum arbeitete ich damals nicht? Ich erinnere mich, ich hatte gerade mal wieder aufgehört. Eher unterbrochen, würde ich sagen. Auf Honorarbasis und auch immer wieder fest angestellt unterrichtete ich über viele Jahre, aber eben mit Unterbrechungen, an einer Sprachschule für Deutsch als Fremdsprache, mit ganz unterschiedlichen Klientelen und mit Gruppen, die ganz unterschiedliche Voraussetzungen hatten. Bevor das anfing, hatte ich eine Weile in einer Kneipe namens Oblomow im Kölner Univiertel gearbeitet, die sich nicht lange gehalten hat und keineswegs so erfolgreich war wie ihr Bochumer Namensvetter. Ich könnte nicht mal mehr genau sagen, wo die war, nicht weit vom Luxor jedenfalls. Ich habe auch im Supermarkt Regale aufgefüllt, als Auslieferungsfahrer für eine Feinkostfirma gearbeitet und war eine Weile Hilfskraft in einer Großgärtnerei, das Letzte war aber nichts für mich. Taxifahrer bin ich leider nie geworden, das wäre die Krönung gewesen. Das fehlt mir in meiner *Erwerbsbiografie,* die zweifellos *gebrochen* ist. *Erwerbsbiografie* ist einer meiner Lieblingsbegriffe, das Wort begeistert mich immer wieder, auch wenn meine eigene dazu geführt hat, dass die Rente nicht reicht.

Damals also – auf dem Hocker vor unserer kleinen Küchenbar – hatte ich Pause. Gerade war ein Kurs zu Ende gegangen mit Sprachanfängern aus Osteuropa, die ich sehr gern unterrichtet hatte, auch wenn es Knochenarbeit war. Den Kurs teilte ich mir halbe-halbe mit einem Kollegen, etwa so alt wie ich. Kurz vor Ablauf der sechs Monate begrüßte mich der Kollege im Lehrerzimmer: »Hallo Tulipan!« Verstand ich nicht. »So nennen dich unsere Freunde aus der II a. Ich habe sie gefragt, warum. Grażyna hat gesagt – wörtlich – *Das liegt doch auf der Hand.* Hätte sie vor sechs Monaten so noch nicht sagen können, wir haben also was erreicht. Es war aber nicht ihre Erfindung, der ganze Kurs sieht dich offenbar als Tulpe.«
Niemand wird verstehen, dass dies einer der glücklichsten Momente meines Lebens war, oder man wird das zumindest für eine horrende Übertreibung halten. Ich kenne mich in der Botanik und in der Flora nicht besonders gut aus. Als Kind hatte ich beinahe Angst vor allem, was *Natur* hieß. Aufgewachsen bin ich zwi-

schen Trümmern in der Nähe des Barbarossaplatzes, aber das ist fast egal, von der Stadt war ja ohnehin nichts mehr übrig. Zweihundertzweiundsechzig Bombardierungen, eins Komma fünf Millionen Bomben, deutscher Rekord. Das sei nur mal eben in Richtung Dresden erwähnt, bevor im nächsten Februar wieder die große Opfershow gestartet wird.

Natur kam nur als Wildwuchs zwischen den Schutthaufen vor; manchmal blühte auch etwas, von dem ich nicht wusste, was es war. Aber als ich das erste Mal einen Strauß Tulpen sah, war ich entflammt. Es waren einfache Tulpen, leuchtend rot, Darwin-Tulpen oder vielleicht auch Duc van Thol, wie ich später gelernt habe, und sie waren, als ich sie sah, noch fast ganz geschlossen. Die einfachen Frühen oder einfachen Späten sind mir nach wie vor die liebsten, ungefüllt, je schlichter, zugleich aber künstlicher, umso besser. Lange Zeit dachte ich, die Tulpe sei eine holländische Erfindung; dass sie wild in vielen Variationen vor allem in Zentralasien wächst, dass sie ursprünglich aus dem Orient kommt, wusste ich damals nicht, und es interessiert mich auch heute nicht.

*O Wildnis, o Schutz vor ihr**

Was mich dagegen faszinierte, als ich vor dreißig Jahren erstmals etwas darüber las, war die Tatsache, dass die Tulpe in den Vereinigten Provinzen der Niederlande Mitte der Dreißigerjahre des siebzehnten Jahrhunderts mehr und mehr ihrer konkreten Form entkleidet und zum Wertpapier, ja sogar zum Derivat wurde, wie man heute sagen würde. Dass am Ende des *Tulpenwahns* nicht einmal mehr eine einzelne Tulpenzwiebel gegen Wahnsinnssummen und gegen Haus und Hof eingetauscht wurde, in der Hoffnung auf die unendliche Wertsteigerung, sondern am Ende nur noch der *Zwiebelname*. Welch ein kühner Vorgriff auf die Finanzmoderne! Die unendliche Wertsteigerung fand nicht statt, so wie sie nie stattfindet, denn schon ab 1635 begannen die Kurse zu stagnieren, und im Winter 1637 kam der große Crash. Da die Tulpenmanie klassenübergreifend alle besessen gemacht hatte, wurden Reiche und Arme gleichermaßen ruiniert. Zum Goldenen Zeitalter, dem *Gouden Eeuw*, gehörte wohl zwangsläufig auch die Phantasie an der Macht, also der Irrsinn.

Dr. Meissner war amüsiert, als ich ihm eines Tages von meiner Liebe zur Tulpe erzählte und dann sagte: »Wenn ich einschlafe, schließe ich mich wie eine Tulpe, die man nachts nach draußen stellt, ins Kühle.«

»Sie schlafen also gewissermaßen einen Tulpenschlaf«, sagte er und brachte es auf den Punkt.

3 **Es blieb nicht** bei Barschel und beim siebzehnten Juni, es folgte auch bald der *Bonner Hofgarten*. Nicht der von 1981, da war ich noch nicht dabei, sondern der von 1983. Da war ich eigentlich auch nicht richtig dabei, nicht mit meiner ganzen Person. Heute würde ich sagen, ich wohnte zu nah dran, um zu schwänzen, eine halbe Stunde Zugfahrt ist einfach keine gute Ausrede. Ich hatte ein bisschen in einer Friedensgruppe mitgearbeitet, die von Dekapisten dominiert wurde, und den Dekapisten habe ich eigentlich immer misstraut. Falsches Wort. Ich habe ihnen nicht misstraut, es ging nicht um ideologische Fragen,

ich kam mit ihrem Ernst nicht zurecht und ihrer Biederkeit. Es gab ein, zwei Ausnahmen, aber die waren nicht in dieser Gruppe, die kannte ich aus dem Chlodwig-Eck von der Theke. Also, dachte ich damals, ich gehe jetzt noch auf diese Demo, und das war es dann aber mit der Friedensarbeit, dann steige ich aus. Goldener Oktober, ohne Einschränkungen. Auf dem Weg vom Bonner Hauptbahnhof zum Hofgarten vorbei an einem McDonald's, gleich kam aus der Menge der Zweizeiler *Neuer Job für Ronald / Kellner bei McDonald's!,* der schon inhaltlich verunglückt war, weil es bei McDoof keine Kellner gibt. Von der Kundgebung selbst erinnere ich mich noch an den Satz Heinrich Bölls, dass es im Laufe der Geschichte in Deutschland einige *höchst zwielichtige Gestalten* in die höchsten Ämter geschafft hatten; das war eine Antwort auf den Vorwurf gegen die Friedensbewegung, sie werde teils von zwielichtigen Elementen gesteuert. Böll sprach ziemlich leise und wirkte irgendwie erschöpft, zwei Jahre später ist er gestorben, aber alle konnten ihn verstehen, weil die Menge während seiner Rede ziemlich still war, beachtlich bei einer geschätzten halben Million Menschen. Ich weiß nicht, ob es so viele waren, für eine halbe Million Menschen habe ich überhaupt kein Gefühl. An die anderen prominenten Redner erinnere ich mich nicht, sondern nur noch an den jungen Mann, der uns darauf hinwies, dass *Deutschland immer noch ein besetztes Land* sei, und an das zustimmende Gemurmel in meinem Umfeld. Überhaupt schien der Satz auch anderswo im Auditorium gut anzukommen, ein kleines Raunen ging durch die Reihen, eine Welle des Opferbewusstseins. Ich weiß wirklich nicht mehr, ob ich mitgeraunt habe, oder ob mich schon damals etwas störte; ich weiß nur, dass das Nazi-Onale mich schon immer abstieß, in jeglicher Form, auch in der des so genannten gesunden Patriotismus. Ich möchte auch nicht angegrinst und in kalifornischem Schwäbisch angebrüllt werden: *Du bist Deutschland!* Vielen Dank.*

*(Und »Nationaler Kitsch« ist weißer Schimmel: national ist immer Kitsch!)**

Einzige Ausnahme: die Marseillaise. Da stehe ich auf, da singe ich sogar die ersten beiden Zeilen mit. Da bin ich absolut inkonsequent. Aber vermutlich hat das mit Rick und mit Victor Laszlo zu tun: *Spielen Sie die Marseillaise! Spielen Sie!* Die einzige Filmszene, in der mir zuverlässig die Tränen kommen.

Als sich im Hofgarten langsam alles auflöste, traf ich auf einer Brücke einen Bonner Freund und konnte mich endlich von meiner Gruppe entfernen. Ich bin nie mehr hingegangen, habe noch ein paar Telefongespräche mit Einzelnen geführt, aber freundlicherweise hat man mich dann in Ruhe gelassen.

»Ihre Erinnerung an den Tag«, sagte Dr. Meissner an jenem Morgen zu mir, »besteht also nur aus ein paar Komponenten: dem schönen Herbstwetter, dem McDonald's-Augenblick, den *zwielichtigen Gestalten* aus der Rede von Heinrich Böll und den nationalen Tönen des jungen Mannes, dessen Namen Sie nicht wissen, und dem Raunen, das durch die Menge ging.«

»Ganz recht. Das ist nicht sehr viel, zugegeben.«

»Doch, schon«, sagte Dr. Meissner, »vor allem diese kleine Unsicherheit, dass Sie nicht mehr wissen, ob sie bei den plötzlichen nationalen Tönen mitgeraunt haben oder schon damals leicht angewidert waren. Im Nachhinein sind Sie es ja bestimmt.«

Das wüsste ich auch gern, wie das damals war. Ich würde übrigens nicht *angewidert* sagen, sondern eher *mulmig*: Mir war damals, glaube ich, mulmig zumute, als ich diese Spitze gegen die Besatzungsmächte hörte, die an jenem Tag besonders gegen die Amerikaner gerichtet war. Obwohl es bei uns ja die Briten waren, und zum Teil auch die Belgier.

»Wir waren damals auf der Schule auch gegen die Amis, das weiß ich noch«, sagte Dr. Meissner.

*»Nanu?!«, rief ich! »Ich will Ihnen was sagen, Herr Bauer: hoffentlich bleibt die Besatzung fünfzig Jahre!« – Erzählen Sie mir doch nicht, dass Hitlers stets 98%ige Wahlerfolge gefälscht gewesen wären: das hatte er gar nicht nötig!**

Aber es ist wohl an der Zeit, ein paar Worte zu Dr. Meissner zu sagen.

4

Als ich heute Morgen um halb elf aus dem Fenster sah, war in meinem Sichtfeld nur die Alte unterwegs, die um diese Zeit zum zweiten Mal am Tag ihren Zwergpudel ausführt. Vom Hansaring aus hatte das Verkehrsrauschen noch beinahe Normalstärke. Sonniges Wetter, zehn Grad.

Alles, was ich über Dr. Meissner weiß, habe ich entweder von ihm selbst erfahren, oder ich habe es aus dem Netz. Ein paar Details hat mir auch Frau Wobser

erzählt, zum Beispiel, wie es in Dr. Meissners Haus in Oberkassel aussieht, und dass er *eine sehr hübsche und viel jüngere Frau* hat, *ein richtiges Model!* Frau Wobsers Mann ist Fußbodenverleger* – mit eigener Firma – und hat vor drei Jahren bei Dr. Meissner in vier Räumen eigenhändig neues Parkett verlegt, vom Feinsten, und einmal hat Frau Wobser ihn abends von der Arbeit abgeholt und die Frau Meissner gesehen. *Das ist ja schön, dass ich die Mitarbeiterin meines Mannes mal kennenlerne,* hat Frau Meissner gesagt und dabei *nett gelächelt.*
Ich wartete noch auf den Anschlusssatz *Nett ist die kleine Schwester von scheiße,* aber er kam nicht. Das gehört entweder nicht zu Frau Wobsers Repertoire, oder sie konnte sich zurückhalten.

Dr. Meissner kommt direkt von der Zonengrenze, aus der Eisenbahnerstadt Bebra; auch sein Vater war selbstverständlich bei der Bahn, in gehobener Position, »aber ich weiß nicht genau, was er gemacht hat, weil ich auch nie gefragt habe. Meine Eltern hatten Verwandte auf der anderen Seite, in Thüringen, die sie ein paar Male drüben besuchten, aber ich wollte zu Hause bleiben. Ich habe gar nicht begriffen, dass das auch *meine* Verwandten waren. Mir gefiel es in Bebra nicht schlecht, ich kannte ja viele Jahre wenig anderes, auch wenn ich durch meinen Vater billig mit der Bahn fahren konnte. Aber in meinem Abijahr – sechsundachtzig – habe ich Sommerferien in Frankreich gemacht, vier Wochen Feriensprachkurs im Lande, in Tours. Französisch war ein Wahlfach von mir, und in Tours wird ja angeblich das reinste Französisch gesprochen, aber vor allem war es schön warm, und dann die Loire! Ich hatte noch nie an so einem großen Fluss gestanden. Und einmal haben wir in Amboise direkt am Ufer fast einen ganzen Nachmittag in der Sonne gelegen.«

Ich fragte mich, wer *wir* ist, aber Dr. Meissner redete nach einem kurzen Stocken, das ihn offensichtlich weit in seine Jugend zurückgeführt und vielleicht an eine schöne kleine schmutzige Geschichte erinnert hatte, Dr. Meissner also redete schon weiter.

»Danach wollte ich nur noch weg aus Bebra. Wenn möglich nach Frankreich. Ich glaube, es hatte damit zu tun, dass es mir weit genug weg von *Drüben* erschien. *Drüben* ist mir in meiner ganzen Kindheit und Jugend zu nah auf die Pelle gerückt, gleich auf der anderen Seite lag ja die GÜSt Gerstungen, und ich hatte das Gefühl, das Armselige, dieses klapprige Grau von drüben schwappte rüber zu uns, und so ist es ja auch irgendwie gewesen, auch wenn es Bebra selbst damals nicht schlecht ging. Als Interzonenbahnhof hatte die Stadt eine unbestreitbare Existenzberechtigung. Ich mochte auch die ganzen Eisenbahngerüche von damals sehr gern und vermisse sie heute manchmal, aber gleichzeitig hörte die Welt eben bei uns auch auf.«

Manchmal, bisher ist das drei Mal vorgekommen, lädt mich Dr. Meissner nach der Probandennacht in sein großes Büro zum Frühstück ein, während ich es sonst im dafür vorgesehenen Raum der Praxis oder irgendwo in der Stadt einnehme. Bei einer dieser Gelegenheiten hat er mir das erzählt. Laut Frau Wobser bin ich der Erste und bisher Einzige, der dieses Frühstücksprivileg hat. »Womit haben Sie das verdient«, fragt oder sagt Frau Wobser, »na, wahrscheinlich, weil Sie älter sind als der Doktor, von Ihnen kann er noch was lernen. Dabei haben Sie nicht mal Altersflecken an den Händen, da staune ich immer wieder drüber.«

1989 im November war Dr. Meissner schon weiter ins Landesinnere gerückt, studierte Medizin in Marburg an der Lahn und stand kurz vorm Physikum. Er fuhr nicht nach Bebra, um zu sehen, wie die Grenze fiel; er wusste, dass das mittelfristig für Bebra nicht gut sein konnte. Er besuchte erst zwei Jahre später wieder seine Eltern, als er sich schon mitten im klinischen Teil seines Studiums befand, mit starker Neigung zur Inneren, und als sein Vater starb, sehr früh mit siebenundfünfzig Jahren, war er bereits Arzt in Weiterbildung in Bonn und fuhr nicht selten hinter Autos her, auf deren Heckscheibe der Aufkleber mit dem Slogan *Kein Umzug nach Berlin* leuchtete, die Schrift groß und deutlich, leider aber oft genug auch in Schwarzrotgold, dieser überaus geschmacklosen Farbkombination.
»Hat nichts genützt«, sagte Dr. Meissner, »aber mich betraf es ja nicht. Ich hatte gerade die Gegenbewegung gemacht und bin dann auch im Rheinland geblieben.«

Das Hervorstechendste an ihm sind unruhige Augen, graugrün. Ich kann mich nicht erinnern, dass seine Augen jemals länger etwas fixiert hätten als den buchstäblichen Augenblick lang. Dieser Blick springt ständig hin und her, und ihm zu folgen ist unmöglich. Allerdings weiß ich nicht, wie es sich verhält, wenn er allein in seinem Büro sitzt.
Das stimmt nicht ganz. Beim ersten Mal, als er mich zum Frühstück eingeladen hatte und ich sein Büro be-

trat, habe ich ihn vielleicht bei etwas *erwischt.* Er trug seine Lesebrille mit den sehr kleinen runden Gläsern, ohne die er nichts entziffern kann – für die Fernsicht reicht dagegen sein Augenlicht –, beugte sich über eine geöffnete Kladde, unliniert, wie ich noch feststellen konnte, und schrieb. Schwer atmend zog der linkshändige Mann mit einem klassischen Füllfederhalter aus dem Hause Pelikan feine Linien auf dem Papier, bevor er die grüne Kladde zuklappte, in der Schublade verschwinden ließ und mich etwas verlegen anlächelte, wobei sein Blick wie gewohnt unruhig durch den Raum huschte.

Für mich ist klar, dass es sich nicht um wissenschaftliche Aufzeichnungen oder die Auswertung von Schlafprotokollen handelte. Die Kladde war eher von der Art, in der man Tagebuch führt. Oder mit der in früheren Zeiten Menschen, die ein Buch schreiben, ja, die *Schriftsteller* werden wollten, ihren Bemühungen die nötige Ernsthaftigkeit verliehen, indem sie eben gleich in ein schon gebundenes Buch mit Blankoseiten hineinschrieben. Später sah ich in Cafés oft Männer, manchmal auch Frauen, die in ihr kleines Moleskine ihre Notizen machten und ab und zu aufsahen, ob die Menschen an den anderen Tischen ihre Arbeit auch gebührend wahrnahmen. Heute, wo es selbstverständlich ist, dass alle auf ein Smartphone starren, ist diese Distinktionsgeste weitgehend untergegangen.

Kurzum, ich gehe davon aus, dass Dr. Meissner ein Buch schreibt, keine wissenschaftliche Abhandlung, sondern einen Roman, eine Novelle, vielleicht auch einen *Essai* im ursprünglichen Sinn des Wortes. Oder seine Autobiografie vielleicht, oder wenigstens Autofiktion, die derzeit so hoch im Kurs steht. Darauf

deutet auch das Schreibinstrument hin. Wenn er in den Räumen von *Bon Sommeil* unterwegs ist – das ist der offizielle Name des Schlaflabors und geht auf Dr. Meissners Frankophilie zurück –, macht er sich seine Notizen mit ganz normalen Kugelschreibern.
Er schreibt also ein Buch, redet aber nicht darüber: ein guter Ansatz. Und ich bin davon überzeugt, dass er seit der Szene im Büro genau weiß, dass ich davon weiß. Aber wir reden nicht darüber.

Gerade lese ich, dass die Schweden auf ihre Art weitermachen. Das Leben geht seinen Gang, nur die Infizierten sollen in Notlazaretten isoliert werden. Die meisten Infizierten sind zwischen vierzig und sechzig und haben sich beim Skifahren in Italien und Österreich angesteckt. Wären sie doch im Land geblieben – der Skibetrieb geht dort weiter. In den Osterferien ist der Skiurlaub in den schwedischen Bergen sehr beliebt, erfahre ich.

Hierzulande dagegen *Kontaktsperre.* Das Wort habe ich zum ersten Mal 1977 gehört. Ein paar Wochen danach gab es zur nachträglichen Legalisierung ein *Kontaktsperregesetz.* Hatte mit irgendeinem Virus aber nichts zu tun.

Dr. Meissner hat angerufen. »Wir machen weiter. Die Forschung darf nicht stillstehen. Sie kommen mit dem Taxi.«

5 **Das Taxi ist wahrhaftig** mit einer Trennscheibe aus Plexiglas hochgerüstet worden, und ich sitze hinten. Das erspart mir die Konversation. Der Fahrer ist ein Mann Ende dreißig. Von der Musik, die er hört – nicht aus dem Radio, sondern eigene Playlist –, kommt bei mir noch so viel an, dass ich Massive Attack identifizieren kann, später dann Air mit *Premiers Symptômes*. Jetzt hätte ich doch plötzlich Lust, mit ihm zu sprechen.

Le soleil est près de moi … J'ai dormi sous l'eau

Wir gleiten ohne die üblichen Staus über eine ziemlich leere A57 nach Norden und dann über die A46 nach Düsseldorf. Als ich in Flingern aussteige, bedanke ich mich beim Fahrer für die Musik und sage zum ersten Mal selbst den klassischen Satz dieser Wochen: »Bleiben Sie gesund!« Der Satz funktioniert einwandfrei.

Oben öffnet wie immer Franz die Tür, Franz Nonnenmacher. Er ist scheinbar das Faktotum des ganzen Betriebs. Damit keine Missverständnisse entstehen: Franz Nonnenmacher ist selbst Mediziner und arbeitet an der Auswertung der Schlafprotokolle und Messungen wesentlich mit, wenn er nicht sogar in dieser Hinsicht die Hauptarbeit macht. Aber er steht offenkundig nicht auf derselben Stufe wie die Doctores Meissner und Murnau, was sich schon daran ablesen lässt, dass er zwar wie diese ein eigenes Büro hat, dieses aber ein einsehbarer Glaskasten ist, der stark einer Pförtnerloge ähnelt. Franz ist etwa so alt wie mein Taxifahrer von eben. Sein Geheimnis habe ich bisher nicht entschlüsseln können. Entweder ist er noch auf

der Karriereleiter unterwegs, oder aber es hat in seinem Leben einen entscheidenden Knick gegeben, der sein gläsernes Büro mehr oder weniger zur Endstation macht. *Gebrochene Erwerbsbiografie,* gewissermaßen. Wir sollten mal einen trinken gehen, wenn das wieder möglich ist.
»Sie sind es«, sagt Franz seinen Standardsatz, »willkommen, Herr Roloff«, nimmt die Taxiquittung in Empfang und weist dann in Richtung *meines* Zimmers. »Frau Hoss ist dann bei Ihnen.« Also ist Frau Wobser noch in Urlaub, auch wenn mein letzter Besuch schon drei Wochen her ist. Dabei hätte ich sie gern noch ein bisschen über Dr. Meissner ausgefragt.
Heute hat die Bettwäsche einen schönen Schieferton. Den Fernseher stelle ich nicht an; die Nachrichten sind seit Tagen ermüdend. Textnachrichten aus der Bundesliga entfallen, weil die Bundesliga selbst auch schon seit Wochen entfällt.
Dass die Welt um mich herum langsam und auf oberste Anordnung selbst mehr und mehr in ein schlaf- oder vorschlafähnliches Stadium übergleitet, gefällt mir nicht. Bisher war ich ein Held von der anderen Seite, ein Partisan gegen die 24/7-Gesellschaft, mit einem Wort: etwas Besonderes. Inzwischen hat die Schwärmerei über die *Entschleunigung*, das *Zurückfahren*, die *Selbstbesinnung* oder wie immer das gerade genannt wird, derart zugenommen, dass ich mich und mein Partisanentum von falscher Seite vereinnahmt und nachgerade missbraucht fühle. Am meisten Übelkeit verursacht mir die *Achtsamkeit*, nicht so sehr wegen des neuen Jargons der Eigentlichkeit, der darin mitschwingt, sondern wegen der Gurus, die sie als Markenzeichen vor sich hertragen. Es gibt wahrhaftig

schon eine Zeitschrift, die diesen Namen trägt. Dagegen ist jeder Töpferkurs an der Volkshochschule ein Pflock der praktischen Vernunft. Wie immer, wenn es darum geht, neuartige Situationen zu bewerten, melden sich auch die Philosophen zu Wort, so dass man nicht einmal das Feuilleton einer so genannten Qualitätszeitung gefahrlos aufschlagen kann.
Barbara Hoss lässt auf sich warten; also blättere ich in den zwei Büchern, die ich mitgebracht habe, weil ich mich zu Hause nicht entscheiden konnte, und drehe die noch nicht entfaltete Tageszeitung hin und her. Die Bücher sind beide Wiederholung und beide zur Hälfte gelesen, aber zu Hause wusste ich nicht, wozu ich heute Abend mehr Neigung haben würde. Dann entdecke ich auf dem Grund meiner Tasche unerwartet noch *Bartleby*, der von der letzten Reise – das war Lübeck, zum letzten Mal – noch dort versteckt war. Wenn die anderen beiden Bücher nicht funktionieren: Bartleby geht immer. Deshalb werde ich Bartleby für immer in dieser Tasche lassen.
Ich schlage jetzt doch die Zeitung auf und finde prompt im Feuilleton einen sehr langen Artikel eines Philosophen, der in der erwartbaren These gipfelt, dass das Virus uns verändern wird und nichts mehr so sein wird, wie es vorher war. Den zweiten Teil der These kenne ich schon seit 2001; bereits ein, zwei Jahre danach sah ich mich um und dachte an die lange Litanei eines toten Dichters:

Die Geschichtenerzähler machen weiter, die Autoindustrie macht weiter, die Arbeiter machen weiter, die Regierungen machen weiter …

Wie es weitergeht und wer noch alles weitermacht – das Ganze geht über zweieinhalb Seiten –, kann ich jetzt nicht memorieren, ich habe das schon lange nicht mehr gelesen und bin stolz, dass ich den Anfang noch zweifelsfrei korrekt wiedergeben kann. Im Übrigen kommt jetzt Frau Hoss, um mich zu verstöpseln. Obwohl ich die Antwort längst kenne, frage ich sie, was man denn eigentlich dauernd an mir messe; ich sei doch eigentlich nur hier, um meine morgendlichen Aufwachassoziationen zu Protokoll zu geben.
»Wir müssen doch Ihren jeweiligen Schlafverlauf verfolgen können«, antwortet Frau Hoss, »das hat Ihnen der Doktor bestimmt längst erklärt. Sie sind ja hier ein alter Hase, habe ich gehört.«
Sicher hat er das getan, sicher bin ich ein alter Hase. Dr. Meissner spricht gern wie viele seiner Kollegen von *Schlafarchitektur*; ich glaube, an dem Wort haben alle viel Freude, ich übrigens auch. Die verschiedenen Phasen kann ich auswendig herbeten: W – N1 – N2 – N3 – R. Wach, transienter Leichtschlaf (Non Rapid Eye Movement 1, abgekürzt NREM 1), stabiler Leichtschlaf (NREM 2), Tiefschlaf (NREM 3 + NREM 4), Traumschlaf (REM). Als ich diese Begriffe lernte, hatte es mir vor allem die Wendung *stabiler Leichtschlaf* angetan, wenn auch für unsere Forschungen – für Dr. Meissners Forschungen, muss ich selbstverständlich schreiben – die Tiefschlafphase am entscheidendsten ist. Stabiler Leichtschlaf klang für mich wie ein Alufahrrad mit elfgängiger Shimano-Schaltung: kein Witz, das war das Erste, was mir dazu einfiel.
»Sicher hat mir der Doktor das erklärt«, sage ich und bete die fünf Phasen herunter, die bei einem durchschnittlichen Schläfer pro Nacht bis zu fünfmal auf-

einander folgen, und füge hinzu: »Sicher bin ich auch ein alter Hase, aber Sie sind keine alte Häsin, denke ich.« Kaum habe ich das gesagt, könnte ich vor Scham losheulen über mein plumpes Manöver, aber Frau Hoss bleibt ganz cool, während sie mir den letzten Stöpsel auf die Stirn drückt und sich dabei weizenblond und kirschrot über mich beugt und sagt: »Stimmt. Aber ich bin hier keine Aushilfe, Herr Roloff, sondern Ärztin in Weiterbildung. Mittelfristig steige ich als Dritte mit ein. Haben Sie einen schönen Abend und eine gute Nacht.«

Sie ist schon an der Tür, als ich nach Dr. Meissner frage.

»Dr. Meissner ist zu Hause und kommt erst morgen früh. Heute Nacht habe ich Bereitschaft.« Sagt es, lächelt und verschwindet, während ich mich auf meine beginnende Erektion konzentriere, die mir äußerst unangenehm ist, denn ich habe mir noch nie in einem Schlaflabor, weder in diesem noch anderswo, einen runtergeholt. Schäm dich, weißer alter Mann, sage ich zu mir.

Weißer alter Mann,
*du bist gut zu mir …**

Dann greife ich noch einmal zu der mitgebrachten Tageszeitung, und es gelingt mir, meine Erregung langsam herunterzufahren. Später hilft Bartleby.

Am nächsten Morgen die übliche Besprechung, nicht mit Frau Hoss, sondern wie üblich mit Dr. Meissner, der sagt: »Sehr schöne Tiefschlafphasen heute Nacht mal wieder. Da haben Sie Ihrem Gedächtnis was Gutes getan, aber das ist ja nichts Neues bei Ihnen. Und das Aufwachen?«

Das Aufwachen war so, dass es nicht einmal im Ansatz eine irgendwie erotische Tönung gehabt hätte. Kein Link zu den Wochen mit Vivian oder den Jahren mit Lotte, die eigentlich Charlotte heißt. Stattdessen: Vermeer, aber nun nicht etwa *Bei der Kupplerin* oder das *Mädchen mit rotem Hut* mit den halb geöffneten, rot schimmernden Lippen und dem erwartungsvollen und auch etwas provokanten Blick. Auch nicht das *Mädchen mit dem Perlenohrgehänge,* das ich, ebenso wie die *Ansicht von Delft*, mehrere Male im Haager Mauritshuis gesehen und außerdem schon wenigstens zwanzig Mal als Postkarte zugeschickt bekommen habe.

Dr. Meissner erzähle ich aber an diesem Morgen nicht davon, was ich alles *nicht* vor mir gesehen habe beim Aufwachen. Mein Vermeer-Bild, das sich als erstes heute Morgen einstellte, war in seiner ausgeprägten Männlichkeit ganz untypisch für den größten Maler des Goldenen Zeitalters, nämlich *Der Geograph*, ein Gemälde, dessen Original ich nie gesehen habe, weil ich es bei meinen Frankfurter Aufenthalten noch nie ins Städel geschafft habe. Meiner Erinnerung nach sind dieses Bild und der zeitgleich entstandene *Astronom* die einzigen Werke, auf denen männliche Einzelfiguren zu sehen sind, während Vermeers sonstige Welt doch eher die der Frauen in ihren jeweiligen Nischen ist, in denen sie ihren Arbeiten nachgehen: Briefe lesen und schreiben, Milch einschenken oder Spitzenklöppeln. Oder aber von einem Kavalier ein Glas Wein gereicht bekommen, mit überredender Geste, doch einen Schluck zu nehmen.

In diese Welt gehört der Geograph nicht. Seine Arbeit mag auch bei ihm zu Hause stattfinden, aber sein Zuhause ist vor allem sein Arbeitsraum. Sein Blick richtet sich nicht in den Raum, sondern auf die Welt. Die spendet ihm von der Seite durchs große Fenster Licht, das vor allem auf die vor ihm ausgebreitete Karte fällt. Dieses Licht und die schöne blaue Robe fielen mir zuerst auf, als ich eine Reproduktion des Bildes sah, also *vor sehr langer Zeit.* Später kam dann sein Blick hinzu, der sich von der Karte gelöst hat und ebenso sinnend wie konzentriert wirkt, als habe er gerade eine Entdeckung gemacht oder stünde kurz davor.

So ungefähr beschreibe ich Dr. Meissner mein erstes Bild an diesem Tag, und er greift meine Formulierung auf und fragt: »Was bedeutet das für Sie in diesem Fall: *vor sehr langer Zeit*?«

Ich muss nachdenken, wann ich mich das erste Mal intensiv mit Vermeer und seiner Zeit beschäftigt habe, und stelle fest, dass das keineswegs in meiner Jugend oder im jungen Erwachsenenalter war, wie ich im ersten Moment dachte, sondern später, Mitte der Achtziger. Nach dem friedensbewegten Intermezzo und vielleicht zwei Jahre vor Barschel. Das überrascht mich, weil ich bisher eine ganz andere Vorstellung davon hatte. Jetzt tauchen langsam die Zusammenhänge wieder auf, in Farbe – während ich die Siebziger etwa ab 1974 nur in Schwarzweiß aufrufen kann, schlechte Bildqualität noch dazu. Erst 1979 kehrt die Farbe zurück.

»Also vor gar nicht so langer Zeit«, sagt Dr. Meissner, »angesichts Ihres Alters. Fünfunddreißig Jahre, sagen wir mal. Was war da so los, um Sie herum?«

Das ist seine Standardfrage; oft muss er sie gar nicht aussprechen. Wie schon gesagt, Dr. Meissner geht

davon aus – und ich glaube, er hat recht –, dass meine Erinnerungen nicht allein meine Privatsache sind, sondern, wie er es nennt, in ein *soziales Setting* (manchmal sagt er auch: *gesellschaftliches Setting*) eingebettet sind, auch ein Begriff, den er, wie *Schlafarchitektur*, mit einem spürbaren Genuss ausspricht, geradezu abschmeckt. Ich mache mich nicht darüber lustig, für mich zeigt es nur den Enthusiasmus, mit dem er seinen Beruf ausübt. Soziales Setting soll heißen, dass ich zur jeweiligen Zeit in einem Gruppenzusammenhang gelebt habe, eigentlich sogar in mehreren zugleich: beruflich, Freundeskreis, Liebesbeziehungen; dass ich bestimmte Reisen unternommen habe, allein oder mit anderen; dass es bestimmte öffentliche Ereignisse gab, die sehr viele Menschen betroffen oder interessiert haben, oder wenn nicht sehr viele, dann wenigstens die Gruppe oder die Gruppen, in denen ich mich bewegte, und dass deren Mitglieder vielleicht einen Teil meiner Erinnerungen teilen würden, in dem Sinn, dass sie sofort begreifen würden, wovon ich spreche. Und dass für mich die Erinnerung daran hilfreich sein kann, in welchem Rahmen ich mich damals bewegt habe, um näher an bestimmte Details zu kommen.
Also denke ich darüber nach, *was um mich herum los war* und wie Vermeers Geograph dort hineinpasst. Zuerst fällt mir ein, dass ich Anfang Mai 1985 in Bremen furchtbar gefroren habe, weil ich wenige Tage zuvor auf der Kölner Ehrenstraße einen Leinenanzug gekauft hatte, in einem Geschäft, das *Depeche* hieß (ohne accent aigu und circonflexe) und deutlich genug auf der Erfolgswelle der Gruppe Depeche Mode ritt. *People are people*, was denn sonst. Der Laden lag im unteren Teil der Ehrenstraße, vom Ring kommend

auf der rechten Seite. Damals war der Begriff des Konsumterrors verschwunden, ausgenommen in versprengten und nachgerade unsichtbaren Zirkeln, und stattdessen der Konsumismus endlich zu sich selbst gekommen, und ich sah keinen Grund, mich ihm zu verweigern, soweit meine Finanzen das zuließen. Leider waren der Anzug und ein leichter Trenchcoat (nicht neu) die einzige Oberbekleidung, die ich nach Bremen mitnahm, wo ich einen Freund besuchte. Der Mai begann jedoch außerordentlich kühl und nass, und während wir in der Stadt unterwegs waren, fror ich die ganze Zeit, und ein nasser Leinenanzug klebt auf eine ganz eigene und eklige Art am Körper.
»Ja, die neuen Sachen will man immer gleich anziehen, egal, ob es passt oder nicht«, sagt Dr. Meissner. »Und was war sonst noch los um Sie herum?«
Ich sage ihm zuerst, dass ich inzwischen neu gekaufte Kleidung erst anziehe, wenn die Zeit dafür gekommen ist, und wenn ich vier Wochen warten muss. Dann komme ich noch einmal auf das Geschäft in der Ehrenstraße zurück, wir sind damit noch nicht fertig, sage ich, denn im Herbst desselben Jahres kaufte ich mir dort einen Blouson aus hellgrauer Baumwolle, mit breitem Revers und mit Bündchen an den Ärmeln, als Bomberjacke geschnitten und sehr weich am Körper fallend, beinahe als flösse die Jacke von oben an mir herab. Die dummbatzigen Jungnazis von heute glauben ja immer noch, die Bomberjacke sei der modische Ausdruck ihrer Gesinnung, während sie doch gerade das Kleidungsstück derjenigen war, die in den Vierzigern die Nazistädte bombardierten. Der modische Ausdruck ihrer Gesinnung, falls man von der sprechen kann, wären doch eher die weit geschnittenen

Breeches höherer Nazioffiziere, bei denen hinten so viel Luft und Platz gelassen war, dass die Herren noch genug Spielraum für ihre immer fetter werdenden Ärsche hatten.

Ich habe meine Jacke fast fünfzehn Jahre getragen, bis es nicht mehr ging. Und dazwischen, zwischen dem Kauf des Leinenanzugs und dem der Jacke, lag dieser Sommer, in dem ich Westeuropa entdeckte. Nicht, dass ich vorher noch nie in Westeuropa gewesen wäre, im Gegenteil, ich wohnte und wohne ja an seiner Grenze. Aber im Laufe dieses Sommers entdeckte ich Westeuropa als Idee, als Wille und Vorstellung, und das lag vielleicht auch daran, dass ich vier Tage in der Woche noch etwas weiter westlich verrutscht war, weil ich von Anfang Juni bis Mitte September einen Aushilfsjob im Aachener Stadtarchiv hatte. Ich bin über eine Freundin dazu gekommen, die dort arbeitete und der ich dafür immer dankbar sein werde. Es waren zwei Mitarbeiter ausgefallen, die im Magazin arbeiteten. Keine bedeutenden Arbeiten, die ich dort zu verrichten hatte, es ging um eine Neuordnung des Magazins, unter Anleitung. Ich war also nichts weiter als eine Hilfskraft, die dicke Bände von einer Stelle zur anderen schleppte, als diplomierter Soziologe aber immerhin eine *wissenschaftliche* Hilfskraft.

Es war ein herrlicher Sommer. Gewiss darf man so einen Satz nicht schreiben, vor allem nicht, wenn der betreffende Sommer schon fünfunddreißig Jahre zurückliegt. Schwerer Verdacht auf Verklärung und Alterssentimentalität. Es will mir aber scheinen, als träfe das hier nicht zu. Damals lag das Stadtarchiv noch mitten im Zentrum, im Grashaus am Fischmarkt nämlich, das das erste Aachener Rathaus überhaupt war. Ich arbeitete sechs Stunden täglich, vier vormittags und zwei nach einer Mittagspause, und hatte ansonsten viel Zeit, in der Aachener Sommerwärme zu schlendern, bevor ich manchmal erst spätabends den letzten Zug nach Köln nahm. Alles war gleichsam um die Ecke: der Dom, der mich nicht so sehr interessierte, die großartige Buchhandlung von Peter Klein in der Kleinmarschierstraße, die Aachener Gastronomie in ihren zahlreichen Spielarten und die Reihe der Geschäfte, die auf die neue konsumistische Kundschaft warteten. Übrigens gab es auch eine Aachener Niederlassung von *Depeche*, der Fläche nach zu urteilen war es vielleicht sogar das Stammgeschäft. Es fällt mir nicht schwer zuzugestehen, dass das Aachener Stadtbild entschieden schöner ist als das kölnische, und dass das so war, hat direkt mit der Stadtgeschichte um 1944 zu tun, auf die ich in meinen Mußestunden im Archiv in Gestalt der *Aachener Nachrichten* stieß. Ihretwegen vergaß ich manchmal die Mittagspause und blieb im Schatten des Archivs, um in den gebundenen ersten Jahrgängen der Zeitung zu blättern.

Die *Aachener Nachrichten*, das wusste ich, waren die erste deutsche Zeitung, die nach dem Krieg erschien, allein deshalb schon interessierten mich diese gebundenen ersten Jahrgänge. *Nach dem Krieg* hieß: seit dem 24. Januar 1945; da saßen der Führer und seine Entourage noch in ihrem Berliner Bunker, im Rest des Zwölfjährigen Reiches wurden noch munter Volksschädlinge erschossen oder hingerichtet und Fünfzehnjährige mitsamt alten Menschen als Volkssturm in den Tod geschickt.
Für die Aachener hieß *nach dem Krieg*: seit dem

21. Oktober 1944, als die Stadt nach sechs Wochen Kampf von amerikanischen Truppen befreit wurde. Allerdings lebten zu diesem Zeitpunkt nur noch elftausend Menschen in ihr, die restlichen hundertfünfzigtausend waren zuvor evakuiert worden. Und weil der Aachener Stadtkommandant schließlich klugerweise kapitulierte, blieben immerhin noch fünfunddreißig Prozent der Stadt unzerstört übrig, wogegen von meiner Geburtsstadt beinahe nur noch der Dom stand, nicht als Sakralbau (hässlich genug!), sondern als weithin sichtbare Orientierungsmarke für die amerikanischen und britischen Flieger.
Während ich zuweilen im schattigen Stadtarchiv saß und die Mittagssonne draußen blieb, fragte ich mich manchmal, was wohl diese amerikanischen Soldaten aus Denver, Colorado oder Austin, Texas, was ihre britischen Verbündeten aus Blackburn, Lancashire oder Kiveton Park, South Yorkshire, sich gedacht hatten, als sie dieses vollständig fremde Land mit seiner vollständig fremden Bevölkerung (*aliens* geradezu) betreten hatten, während sie vermutlich viel lieber im local pub gesessen oder womöglich gar an der University of Texas ihre Studien fortgesetzt hätten.

Ich merke, dass Dr. Meissner zum ersten Mal, seit wir uns kennen, eine leichte Ungeduld zeigt, gemildert durch die deutlich sichtbare Neugier darauf, wie ich es wohl schaffen werde, zu Vermeers Gemälde zurückzukommen, und ich warne ihn vor, dass ich vermutlich noch eine Weile brauchen werde, weil aus der morgendlichen Erinnerung an dieses Bild *wie in jenem Spiel, bei dem die Japaner in eine mit Wasser gefüllte Porzellanschale kleine Papierstückchen werfen, die sich* *zunächst nicht voneinander unterscheiden, dann aber, sobald sie sich vollgesogen haben, auseinandergehen, Umriss gewinnen, Farbe annehmen und deutliche Einzelheiten aufweisen,** ebenso die ganze Zeit vom Frühjahr bis zum Herbst 1985 in scheinbar allen Einzelheiten wieder in mir aufstieg: meine damalige kleine Wohnung in der Alteburger Straße in der Kölner Südstadt, der Leinenanzug und das Frösteln bei meinem Besuch in Bremen, der Wechsel von Licht und Schatten, von Hitze und Kühle während meiner Arbeit im Aachener Stadtarchiv, die schönen Häuserfronten der Aachener Innenstadt, die kleinen Restaurants in der Nähe des Doms mit ihren Nischen und ihrem gedämpften Licht, in denen ich manchmal zu Mittag aß, meine kleinen Ausflüge, wenn ich ein Auto dabeihatte, über die belgische oder niederländische Grenze, der merkwürdige Stein an einem der Grenzübergänge bei der Rückkehr nach Deutschland mit dem eingemeißelten Berliner Bären und der Aufschrift *Berlin 600 km*, die Rede des Bundespräsidenten am achten Mai zu vierzig Jahren Kriegsende, die sehr angesagten Lacoste-Polos und die lässigen Staubmäntel der Sommermode, der Sieg des Siebzehnjährigen aus Leimen in Wimbledon am siebten Juli und am Ende dieses Sommers meine Reise nach Den Haag, um noch einmal das Mauritshuis zu besuchen und *Das Mädchen mit dem Perlenohrgehänge* und die *Ansicht von Delft* zu sehen.

»Dass heute Morgen ein ganz anderes Bild von Vermeer vor mir auftauchte«, sage ich jetzt zu Dr. Meissner und merke, wie er sich langsam entspannt, »hat sicher mit meiner damaligen Entdeckung zu tun, Westeuropa also. Westeuropa als kultureller Raum, als ästhetisches Ensemble, als Raum der frühen Neuzeit und der Entdecker, und zu den Entdeckern gehört auch der Geograph. Sein Blick, wie Vermeer ihn festgehalten hat, weist darauf hin, dass er soeben eine Entdeckung gemacht hat, über die er jetzt nachsinnen muss, und dieses konzentrierte Nachsinnen macht ihn durchaus zu einem ansehnlichen Mann. Sein Nachsinnen gilt der *Zukunft*, und ich selbst dachte in diesem westeuropäischen Sommer, nach Jahren einer Vorherrschaft der Melancholie in meinem Leben (nicht Depression), auch zum ersten Mal seit langem wieder in solchen Kategorien. Oder wenigstens in der Kategorie der Gegenwart, des Präsens und der Präsenz. Nicht wie heute, wo nicht nur die Zukunft, sondern auch schon die Gegenwart für mich ein reichlich lächerlicher Begriff ist. Damals war ich siebenunddreißig und hatte das Gefühl, ich könne, zusammen mit dem Geographen und dessen Zeitgenossen, auf Entdeckungsfahrt gehen, wir alle beschirmt vom zugleich sanften und kühlen, alles durchdringenden Blick Spinozas, Jahrgangsgenosse Vermeers. Ich könne also noch einmal von vorn anfangen. Das ist Unsinn, versteht sich«, sage ich zu Dr. Meissner, »das wissen Sie so gut wie ich. Niemand kann von vorn anfangen, weil die Tradition aller toten Geschlechter wie ein Alp … das muss ich nicht zu Ende zitieren, oder? Es war ja auch bezeichnend, dass ich damals in einem *Archiv* arbeitete und in meiner freien Zeit, von der es reichlich gab, hauptsächlich *Museen* besuchte, und dass meine plötzliche Aufbruchsstimmung auf die Beschäftigung mit einem Maler und einem Philosophen und einer Republik zurückzuführen war, die alle schon vor mehr als dreihundert Jahren, wie soll ich sagen, verstorben waren. Von den Scheußlichkeiten, die diese Republik als

Kolonial- und Ausplünderungsmacht verbrochen hat, mal ganz abgesehen. Ändert aber alles nichts daran, dass meine Liebe zu Westeuropa, gebrochen durch das Prisma des niederländischen Goldenen Zeitalters, bis heute nicht erkaltet ist, auch wenn von diesem Westeuropa eingestandenermaßen kaum noch etwas übrig ist.«

Während ich das erzähle, nimmt Dr. Meissners Blick einen mehr und mehr entrückten Ausdruck an, und ich bin mir nicht sicher, ob er mir noch zuhört. Vielleicht denkt er an seine vier Wochen in Tours und an der Loire, an das Licht, das in jenem Sommer dort herrschte, an den Nachmittag in Amboise, wo *wir* fast drei Stunden am Ufer in der Sonne lagen.

»Wo ist denn eigentlich Frau Hoss?«, frage ich in diese Träumerei hinein.

Dr. Meissner lächelt und sagt: »Frau Hoss hat doch Nachtdienst gehabt und ist auf dem Weg nach Hause.«

Ich erzähle ihm von den Plänen seiner neuen Mitarbeiterin, als Dritte in die Praxisgemeinschaft einzusteigen, und Dr. Meissner nickt und sagt: »So ist das mittelfristig geplant, ja. Frau Hoss ist sehr qualifiziert und sehr ehrgeizig. Und sehr attraktiv, da haben Sie recht.«

Ich bin daran interessiert, mit einem Schlafmediziner, also einem Tiefseeforscher, zusammenzuarbeiten und werde das auch weiterhin tun. Einen Analytiker oder Psychotherapeuten, der mir Worte in den Mund legt, die ich nicht ausgesprochen habe, brauche ich nicht. Zum Glück hat Dr. Meissner mich dann noch gefragt, wann ich gemerkt hätte, dass es mit dem erhofften Neuanfang nicht klappte und nicht klappen konnte. Ich habe ihm gesagt, darüber würde ich zu Hause nachdenken.

6 **Der Bremer Freund,** an dessen Seite ich 1985 in der Stadt so sehr gefroren habe (er selbst war damals passend angezogen), hat mich heute Vormittag angerufen. Man fragt sich jetzt immer zuerst, wie es einem geht, in einem anderen Sinn als bei der normalen *Alles klar?*-Frage. Es geht gut, auf beiden Seiten, und dann sagt er: »Folgen wir den Behörden!« Eine großartige Parole; sofort sehe ich das T-Shirt vor mir, schwarz auf weiß oder rot auf schwarz: *Folgen wir den Behörden!* Das sollte auch keine Schwierigkeiten machen, denn unser Folg ist mehrheitlich doch sehr volksam, Luther sei Dank.
Als ich eine halbe Stunde später ein paar schnelle Einkäufe erledige, bei strahlendem Sonnenschein und inzwischen 24 Grad, sehe ich im Supermarkt aber ein anderes T-Shirt, das von einem überraschenden Kontinuitätsbewusstsein seines Trägers und von Treue zur eigenen Position zeugt. Schwarz auf Rot prangt dort die Aufschrift:

Still
Hate
Thatcher

Gern würde ich den Träger des Shirts, einen Mann Mitte fünfzig, umarmen, aber das *social distancing*, das in Wahrheit ein *physical distancing* ist, verbietet es mir. An der Kasse ist er unmittelbar nach mir dran. Während ich noch meine paar Sachen einpacke, höre ich bei seinem kurzen Gespräch mit der Kassiererin hinter der Plexiglasscheibe an seinem Akzent, dass er wirklich Engländer ist. Nordengländer, vielleicht auch Schotte. Ein *Expatriate* seit langer Zeit, nehme ich an, eventuell aus beruflichen Gründen. Es gelingt mir, Blickkontakt aufzunehmen. Ich zeige mit der linken Hand auf seine Brust und hebe den Daumen der rechten. Das scheint ihn zu freuen. Ich verlasse den Supermarkt und verbuche die Szene unter der Maxime: *Jeden Tag ein Akt der Solidarität.*

Auch das war 1985, denke ich, als ich wieder zu Hause bin. 84/85, um genau zu sein, Maggies erfolgreicher Krieg gegen die Bergarbeiter und die Gewerkschaften. Aber als damals der Aachener Sommer für mich aufzog, war dieser Krieg schon beendet und entschieden, und vorgestern im Gespräch mit Dr. Meissner tauchte er nicht auf. Und die Frage, woran ich es denn gemerkt hätte, dass der Neuanfang sich als Illusion herausstellen würde, ist noch nicht beantwortet, wenn ich auch eine Vermutung habe.

Im fortgeschrittenen Herbst 1985, an einem trüben Novemberabend, ordnete ich Unterlagen. Falsch. Ich entrümpelte die Schubladen meines Schreibtischs. Ich fand unter anderem Postkarten, die man mir zu verschiedenen Geburtstagen geschickt hatte, beginnend 1979, ein Döschen mit Büroklammern und eins mit Heftklammern, mehrere aus Zeitungen ausgeschnittene Nachrufe auf Heinrich Böll, der im Juli gestorben war, eine alte Kinokarte zu Bertrand Taverniers Film *Ein Sonntag auf dem Lande,* den ich im *Broadway* gesehen hatte, einen vier Jahre alten Artikel aus der *Zeit* mit der Überschrift *Ein Volk, ein Reich, ein Frieden,** den ich damals nur ausgeschnitten hatte, nun aber mit umso größerem Genuss endlich las, und zu meiner Überraschung auch den vollständigen Wortlaut jener

Rede des Bundespräsidenten von Weizsäcker aus dem Mai, die im Inland und im – europäischen und amerikanischen – Ausland helle Aufregung, Anerkennung und Freude ausgelöst hatte, abgesehen von der Stahlhelmfraktion um Alfred Dregger und FJS und etlichen seiner Parteigenossen. Ich las jetzt diese Rede erstmals ganz und entdeckte, dass Weizsäcker zwar den 8. Mai explizit als Tag der Befreiung charakterisiert hatte, was eben das In- und Ausland entzückte und Dreggers Alfred, FJS und etliche Abgeordnete der Christsozialen Union erzürnte, dass er aber dem deutschen Selbstmitleid und den Opfern, die das deutsche Volk brachte, im Rest der Rede gewaltig Honig ums Maul schmierte. Vor allem eins solle man sich merken: *Am Anfang der Gewaltherrschaft hatte der absolute Hass Hitlers gegen unsere jüdischen Mitmenschen gestanden. Hitler hatte ihn nie vor der Öffentlichkeit verschwiegen, sondern das ganze Volk zum Werkzeug dieses Hasses gemacht.* Ja, leck mich, dachte ich, der Führer war's, ganz klar, das Volk war nur sein Werkzeug. Der Führer hat den Judenhass erst erfunden, während die anderen doch wussten, dass die Juden zwar Juden, aber trotz allem doch irgendwie *Mitmenschen* waren! Wenigstens Mit-Menschen, wenn auch vielleicht keine richtigen Menschen. Denn: *Die Ausführung des Verbrechens lag in der Hand weniger. Vor den Augen der Öffentlichkeit wurde es abgeschirmt.* Na klar, dachte ich an diesem trüben Novemberabend (vielleicht war's gar der neunte?), wie zum Beispiel in der *Reichskristallnacht*, als es jeder mal krachen lassen durfte. Streng abgeschirmt. Vergessen wurde auch nicht das Hohelied der Trümmerfrauen, die dem Führer einige Jahre zuvor noch verliebt zugejubelt hatten, bereit, vor ihm hinzusinken.

An diesem Abend muss es gewesen sein, dass ich in die Melancholie zurückfiel, die unter Bekannten als mein Markenzeichen gilt, was ich nebenbei bemerkt hasse. Nicht die Melancholie, auf deren Segnungen als Erkenntnisinstrument ich nicht verzichten möchte, sondern das Markenzeichen.
Wie alt war Dr. Meissner damals? Siebzehn. Ein Jahr vor seinem Sommer an der Loire. Mein nächster Termin in Düsseldorf ist in einer Woche.

Heute Morgen beim Erwachen ein Satz, den ich deutlich hörte, von einer Frau, nein, eindeutig von Lotte gesprochen: *Ob wohl Herr Müller-Lüdenscheid noch lebt?*

7 **Ich bildete mir nicht ein,** diesen Satz zu hören, sondern ich hörte ihn, und die Stimme war nicht so ähnlich wie die von Lotte, es war Lottes Stimme. Ein Arzt hat mir vor ein paar Jahren erklärt, dass es gar nicht so wenige Menschen gibt, die ab und zu Stimmen hören. Nicht immer muss das so bedrängend sein und zur Katastrophe führen wie bei Virginia Woolf und damit zum berührendsten suizidalen Abschiedsbrief, den ich kenne. Es kann auch eine Stimme sein, die nur ein, zwei Sätze spricht und dann wieder verstummt und die keine Angst auslöst, sondern im Gegenteil Freude bereitet oder Mut macht. Als ich damals im November die Weizsäcker-Rede erstmals mit Verstand las und für mich auseinandernahm, hörte ich plötzlich die Stimme meines längst verstorbenen Geschichtslehrers, der knapp und deutlich sagte: *Sehr gut, Roloff!* Nichts weiter. Das half mir, auch den Rest der Rede noch zu lesen, in der *wir seit vierzig Jahren in*

Frieden und Freiheit leben und *durch unsere Politik unter den freien Völkern des Atlantischen Bündnisses und der Europäischen Gemeinschaft dazu selbst einen großen Beitrag geleistet* haben. Nehmt das zur Kenntnis, bitte. Wir sind wieder da.

Lotte wollte sich heute Morgen vielleicht einfach nur in Erinnerung rufen. Mich gibt's noch. In der Tat habe ich sie seit einigen Jahren nicht mehr gesehen. Sie lebt schon lange in Berlin, und das liegt nicht in meinem Aktionsradius. Gehört nicht zu meinem erweiterten Nahbereich.

Als ich Lotte kennenlernte, war sie neunzehn und gerade aus einem Ort namens Korseifen im Oberbergischen Land nach Köln gekommen, um dort Kunstgeschichte zu studieren. Das war 1979 und erklärt, warum meine schwarzweiß flackernden Erinnerungsbilder aus der zweiten Hälfte der Siebziger in diesem Jahr wieder Farbe annehmen. Dass Lotte aus Korseifen kam, welches seinerseits zu Morsbach gehört und vielleicht siebzig Einwohner hat, war für mich kein Grund, die Nase zu rümpfen. Auch wenn ich die freie Wildnis – im Gegensatz zur städtischen Brache – nach wie vor fürchte, finde ich die Hochnäsigkeit der Städter und ganz besonders den sentimentalen Kölner Lokalpatriotismus noch viel unerträglicher. Rheinischer Separatismus ist in Ordnung (vielleicht die einzige Sache, für die ich heute noch auf die Straße gehen würde), aber gefühlstriefende Veedelssentimentalität ist widerlich.

Ich lernte sie nicht an der Universität kennen, sondern im Kurfürstenhof, der damals von Bernd Schmitz geführt wurde. Sie sah aus wie Marianne Faithfull zu der Zeit, als sie das erste Mal *As Tears Go By* sang. Sie saß in einem himmelblauen knöchellangen Second-Hand-Kleid auf einem der Thekenhocker, belagert, wenn auch nicht aufdringlich, von zwei Punks, die sie zu überreden versuchten, sich als Sängerin ihrer Band anzuschließen. »Ich kann überhaupt nicht singen«, sagte Lotte, und einer der Punks sagte: »Macht nichts, wir können auch nicht spielen.«

Gegenüber älteren Menschen sind Punks bekanntlich recht höflich, und da ich schon ein Jahr über dreißig war, zählte ich zu den älteren Menschen. Während mir einer von Bernd Schmitzens Thekenkräften – hieß er nicht Thomas und war eigentlich Künstler, wie fast alle hier? – ein Kölsch zapfte, rutschte ich auf den Hocker neben Marianne Faithfull, und einer der Punks nickte mir freundlich zu, während der andere meiner Thekennachbarin eine Visitenkarte in die Hand drückte, auf der, wie ich später erfuhr, der Name und die Kontaktadresse der Gruppe standen. Die Gruppe hieß *Cotzbrocken*, was ich angesichts der beiden wohlerzogenen jungen Männer ziemlich unpassend fand. Ähnliches hatte ich ein paar Wochen vorher bei einem Kurzurlaub in London erlebt, als ich zum ersten Mal den Marquee Club besuchte und im dichten Gedränge vor der Bühne (es spielte eine Gruppe namens *Simple Minds*, die gerade ihr erstes Album herausgebracht hatte) ein Punkmädchen mich versehentlich mit dem Ellbogen anrempelte und sofort sagte: *Oh sorry, Mister.* Mister!

Nun saßen das Mädchen aus Korseifen (was ich noch nicht wusste) und ich allein nebeneinander an der Theke, und zum Glück fiel mir sofort etwas ein, was ich sagen konnte: »Ich wollte die beiden nicht vertrei-

ben und deiner Karriere auch nicht im Wege stehen.«
»Macht nichts, ich kann nämlich wirklich nicht singen. Ich bin wegen der Kunst hier. Du sicher auch.«
Ich war keineswegs wegen der Kunst hier, sondern weil ich damals in der Südstadt wohnte und nicht weit zu gehen hatte. Ansonsten war ich seit drei Wochen Diplom-Soziologe und überlegte, wie mein Leben eventuell weitergehen könnte (nicht, wie es weitergehen *sollte*, dieser Gedanke war mir fremd). Darüber nachzudenken, war der Kurfürstenhof nicht der schlechteste Ort.
Ich erfuhr dann, dass sie mit der Kunst eigentlich die Kunstgeschichte meinte und gerade herausgefunden hatte, dass das zwei paar Stiefel waren. »Schon interessant«, sagte sie, »aber ich glaube, die reden nur drüber. Die machen es nicht.« Ich erklärte ihr, dass das auch ihr Job sei und es zum Beispiel bei den Musikwissenschaftlern oder den Literaturwissenschaftlern nicht anders aussehe. »Aber hier bist du schon richtig«, sagte ich, »hier verkehren die, die es machen. Der da jetzt rausgeht zum Beispiel heißt Jürgen Klauke, der ist fast schon berühmt.« Sie sah der hageren Gestalt in schwarzem Leder nach, die gerade auf die Bonner Straße trat, und zuckte mit den Achseln, der Name sagte ihr noch nichts.
Dies alles begann noch im Hellen, an einem sonnigen Vorabend im Mai. Ich merkte, dass ich wegen meiner Diplomprüfungen in den letzten Wochen kaum noch länger mit jemandem gesprochen hatte. Also holte ich das nach, und da sie dagegenhielt, wurde es glücklicherweise kein Monolog. Ich spürte, dass ich für sie eine weitere Möglichkeit war, in die neue Stadt hineinzukommen. Wenn sie hätte singen können, hätte sie sich sicher auch mit den Jungens von Cotzbrocken

länger beschäftigt, die aber bald abzogen, immer noch in der Helligkeit, und uns zum Abschied freundlich zuwinkten.
Korseifen kam bald dran, und ich überraschte sie damit, dass ich immerhin Morsbach kannte. Sie atmete deutlich auf, als ich meine Tiraden gegen den Kölner Lokalpatriotismus startete, froh darüber, dass ich sie auch als *Landei* – so hatte sie sich selbst bezeichnet – als vollgültigen Menschen betrachtete. Nur, dass sie sich irgendwann als *Lotte, eigentlich Charlotte* vorstellte, irritierte mich und ließ mich sofort an Pferde denken und an ein zwölfjähriges Mädchen, das auf einer Stute gleichen Namens auf der Koppel reitet. Es war bestimmt nicht sie selbst, sondern es waren die Leute im Dorf, die ihr den Namen gegeben hatten. Später versuchte ich sie zu überreden, wieder ihren eigentlichen Namen zu benutzen, und zwar entweder französisch als Char*lotte* oder aber britisch als *Char*lotte.
Langsam wurde es draußen dunkel, der Kurfürstenhof füllte sich, und die Musik lief einen kleinen Tick lauter. Die Pretenders sangen *Brass in Pocket* und Elvis Costello *I don't want to go to Chelsea,* Devo kamen mit *Mongoloid* an die Reihe, Lene Lovich sang *Lucky Number*, The Rumour erzählten von *Frozen Years,* Ian Dury besang *Sweet Gene Vincent*, kurz, es war einer dieser Abende, an dem der Blick auf die Uhr plötzlich verrät, dass seit seinem Anfang nicht etwa zwei Stunden vergangen sind, sondern fünf, einer dieser Abende, an denen die Trunkenheit nicht dumpf und unbeholfen, sondern leicht und schwebend macht.

Leicht und schwebend und im stummen Einverständnis verließen wir den Kurfürstenhof, während hinter

uns die Schwingtür zurückpendelte und *Kate-Bush-die-Göttliche* sich noch einmal in große Höhen aufschwang, *Heathcliff – It's me-e, Cathy-y, I've comehome anI'm / so co-ho-ho-hold* …, und dann gingen wir Arm in Arm und ohne ein Wort die paar Minuten in die Alteburger, in die ich gerade vor vier Monaten eingezogen war.
Wenn ich heute darüber nachdenke, konnte das nur gelingen, weil wir wirklich nichts sagten, und weil ich zudem das Gefühl hatte, dass Lotte mich führte, obwohl sie gar nicht wusste, wo ich wohnte.
Später hat sie mir einmal erzählt, je länger wir an der Theke gesessen hätten, desto eher hätte sie mich für fünfundzwanzig gehalten und die sechs Jahre Unterschied vertretbar gefunden, aber wenn sie gewusst hätte, dass ich *einunddreißig* war – nie. Nie und nimmer.
»Das hätte ich pervers gefunden«, sagte sie, »obwohl meine Eltern auch genau zwölf Jahre auseinander sind. Aber das ist was anderes.«
Ich habe nicht gefragt, warum das was anderes ist.
Stattdessen frage ich mich jetzt, ob sich im Lauf der Jahrzehnte bei mir nicht die Überzeugung herausgebildet, nein, unbemerkt eingeschlichen hat, *dass die erste Nacht immer die schönste ist.* Nicht, dass darauf zwangsläufig eine Kette von Enttäuschungen folgt, bewahre, aber dieser plötzliche Klimawechsel, dieser abrupte Eintritt in eine andere Sphäre, mit einer im Grunde völlig Fremden, die ihrerseits mit einem völlig Fremden ihre eigene Sphäre schutzlos macht, dieser Punkt, wo alles Bisherige sich unter dem lapidaren Begriff *davor* zusammenfassen lässt (und *davor* heißt: völlig belanglos geworden), dies alles geschieht eben nur ein einziges Mal, am Anfang, und der Anfang ist zugleich der Höhepunkt.

Ich will nicht, dass jemand bei diesen Sätzen an Hermann Hesse denkt, »allem Anfang wohnt ein Zauber inne«, aber dummerweise, da ich ja allein bin, während ich dies schreibe, denke ich als Erster und bisher Einziger daran.

Bei ihr – und deshalb akzeptierte ich diese Form ihres Namens von Anfang an nicht – dachte ich zuerst an die Eselsmilch, in der sie offenbar wie Cleopatra regelmäßig badete. Ihre Haut war so zart, dass sie nun wirklich nicht das Geringste mit Korseifen, mit Landei und Pferden auf der Koppel zu tun hatte, so fleckenlos und porzellanweiß, als würde sie sämtliche Mittel einsetzen, um das Schönheitsideal japanischer Edelfrauen aus der Heian-Zeit zu erreichen. Jedenfalls hatte sie in diesem milden und sonnigen Frühsommer gewiss noch kein einziges Mal mit entblößter Haut im Volksgarten oder am Aachener Weiher auf einer Decke gelegen.
Zum Glück sank mein Begehren nicht ehrfürchtig vor dieser Porzellanhaut in die Knie, und zusätzlich erleichterte mich, dass ich sehr schnell merkte: Ich war hier nicht mit der Aufgabe einer Defloration betraut. Es handelte sich lediglich, wie ich später erfuhr, um die *Kölner* Defloration, denn schließlich wohnte sie erst seit fünf Wochen in der Stadt.
Um sechs Uhr morgens, als auf dem Hinterhof – die Wohnung ging komplett nach hinten raus – schon längst die Vögel sangen, schliefen wir ein.

Als ich heute Morgen vom Brötchenholen zurückkehrte, traf ich im Treppenhaus auf eine professionell maskierte junge Frau, die leichtfüßig aus dem obersten Stockwerk herunterkam. Mindestens FFP2, wenn

nicht 3. Wir kennen uns kaum im Haus, die Fluktuation ist zudem groß. Ich muss sie etwas erstaunt angesehen haben.
»Ich bin Krankenschwester im St. Marien«, sagte sie hinter ihrer Schutzmaske hervor, »ich muss jetzt zum Dienst.«

8 **Dass ich Soziologie** studiert und sogar einen Abschluss gemacht habe, gehört nicht zu den Nebensächlichkeiten in meinem Leben. Denn erstens ist es nach meiner Schulzeit das Einzige, was ich zu Ende gemacht habe, und zweitens habe ich dabei einen Blick erlernt, der mir oft geholfen hat, konkrete Situationen im Alltagsleben annähernd richtig einzuschätzen und die Gesten und Sprechweisen der anderen richtig zu lesen. Vielleicht kommt daher meine Furcht vor dem Blick der anderen, denen ich zutraue, mich ebenso zu durchschauen wie ich sie. À propos lesen: Die Soziologie hat mir auch geholfen, die *belles lettres*, die schöne Literatur also, der ich in meiner frühen Jugend rettungslos verfiel und immer noch verfallen bin, zugleich ästhetisch wahrzunehmen sowie als Schlüssel zur Erkundung der Welt zu nutzen. Wobei Schlüssel vielleicht ein Begriff ist, der das Ganze zu einfach darstellt. Es handelt sich, gerade bei den ästhetisch gelungensten Büchern, oft eher darum, eine Dechiffriermaschine zu entwickeln, um das Rätsel zu lösen und den Code zu entschlüsseln.

Die Bücher, die es in unserer elterlichen Wohnung gab, stammten hauptsächlich aus vier Quellen. Mein Vater hatte von seinem Vater eine gewisse Liebe zu sehr dicken russischen Romanen geerbt, und so standen beim Postamtmann Roloff in einer Reihe tatsächlich mehrere Dostojewskijs, Tolstois, ein Turgenjew und sogar Gontscharows *Oblomow* im Regal. An diese Bücher traute ich mich damals nicht so recht heran. Nicht, dass ich Angst hatte, sie nicht zu verstehen, es war einfach ihr Umfang, der mich abschreckte, dazu die Personenverzeichnisse mit den komplizierten und leicht zu verwechselnden Namen, die oft am Anfang dieser Wälzer aufgeführt waren. Bei Tschechow wäre es vermutlich anders gewesen, aber den hatten wir nicht.

Zweitens fand sich eine Reihe von Titeln, die offenkundig aus dem Tausendjährigen Reich übrig geblieben waren, was ich aber noch nicht begriff: Hanns Johst, Erwin Kolbenheyer, Hans Friedrich Blunck, Hans Grimms *Volk ohne Raum*, Agnes Miegel. Erst später ist mir klar geworden, dass alle diese Leute noch lebten, als ich in unserem Bücherregal zum ersten Mal auf sie stieß.

Drittens hatten wir mehrere Märchensammlungen in unterschiedlichen Ausgaben. Gebrüder Grimm, Bechstein – und Andersen. An und mit ihm lernte ich lesen, bevor ich in die Schule kam, und mein Lieblingsmärchen war lange Zeit *Der Garten des Paradieses*, das von den vier Winden und ihrer Mutter handelt, ein reichlich kitschiges Stück, wie ich später feststellen konnte.

Die vierte Quelle waren die Bücher, die nach und nach über die beiden Buchklubs ins Haus kamen, denen meine Eltern angehörten. Harper Lee, Carson McCullers, Siegfried Lenz, Jean Anouilh, Heinrich Böll, John le Carré und ein Band *Französisches Theater der Avant-*

garde. Danke, liebe Buchklubs, denn bald konnte ich mich mit eurer Hilfe auf den eigenen Weg machen.

Da ich die Soziologie in Köln studierte, lernte ich die Empirie zu schätzen, auch wenn ich das Handwerk der empirischen Sozialforschung nie wirklich so beherrschte, wie ich es mir gewünscht hätte. Vielleicht wären meine damaligen Lehrer in Köln auch nicht begeistert gewesen, hätten sie gewusst, dass ich eine Zeitlang einmal wöchentlich nach Frankfurt fuhr, um eine Vorlesung in der dortigen Soziologie zu hören. Ich selbst sah darin keinen Widerspruch und fühlte mich bestätigt, als ich viel später erfuhr, dass es zwischen René König und Adorno siebzehn Jahre lang einen regelmäßigen Briefwechsel gegeben hatte. Am Ende schrieb ich eine Diplomarbeit unter dem Titel *Chancengleichheit, sozialer Habitus und Bildungswege* und war damit der Erste in der ganzen Verwandtschaft mit einem abgeschlossenen Studium. Darauf waren meine Eltern stolz, und ich machte ihnen diese Freude gern. Dass ich meinen Abschluss nie für eine berufliche Karriere genutzt habe, mag bei meiner Wertschätzung für diese Wissenschaft seltsam erscheinen. Aber ich wusste von vornherein, dass ich später nicht für irgendeinen Verband oder eine Gewerkschaft oder ein Marktforschungsinstitut arbeiten wollte. Auch an der Universität wollte ich nicht bleiben und hatte mich während meines Studiums dafür ohnehin zu wenig vernetzt. Ich habe immer ziemlich genau gewusst, was ich nicht wollte.
Trotzdem habe ich auch nach meinem Studium versucht, auf der Höhe der Zeit zu bleiben, vor allem aber in Ruhe all die Klassiker zu lesen, aus reinem Vergnü-

gen und interessiertem Wohlgefallen, von Durkheim über Simmel bis hin zu Meister Bourdieu. Heute stelle ich es mir sehr schwer vor, so klare Blicke zu entwickeln, denn irgendwie will mir scheinen, als sei uns *die Gesellschaft* abhanden gekommen. Ich meine nicht die *Gemeinschaft*, die droht ja an allen Ecken und Enden, die *Communitys*, Netzwerke und Bewegungen sind nicht mehr zu zählen, und das Virus wird uns à la longue bestimmt zur einen Großen Gemeinschaft zusammenschweißen. Rette sich, wer kann.

Zwei Wochen nach dem Vogelgezwitscher im Hinterhof der Wohnung in der Alteburger begann meine Zeit als Fahrer für die Feinkostfirma. Mein Gebiet waren Supermärkte und andere Abnehmer im deutlich erweiterten Kölner Umland, nach Westen bis Düren, südlich bis nach Bonn, Euskirchen und in die Voreifel und östlich bis ins Oberbergische, wobei Korseifen allerdings keine Station war. Die Touren wechselten im Wochenrhythmus. Nur der Norden, der Niederrhein blieb mir versperrt, weil er von Düsseldorf aus versorgt wurde.

Nachdem Lotte und ich – im stummen Einvernehmen, könnte man sagen – nach dieser ersten Nacht zusammengeblieben waren, fühlte ich mich verpflichtet, Geld zu verdienen, um meiner Liebsten *etwas bieten* zu können: So habe ich das damals im Stillen für mich formuliert.

Es waren wunderbare eineinhalb Jahre. Ich fuhr einen Lieferwagen, den unfallfrei zu rangieren ich gerade noch hinbekam, musste außer der routinierten freundlichen Konversation bei der Anlieferung mit niemandem sprechen, freute mich am wöchentlichen Wechsel der Land-

schaften, noch mehr aber an der frühabendlichen Rückkehr nach Köln. Obwohl ich morgens früh aufstehen musste, zog ich oft abends mit Lotte *um die Häuser*, in den Kurfürstenhof, in die Eisbärbar, die leider nur etwa ein Jahr existierte, ins Blue Shell, ins Peppermint, ins Alcazar, ins Roxy, in die neu eröffnete Opéra und so weiter. Vielleicht bekam ich etwas zu wenig Schlaf in dieser Zeit, aber da ich – gerade erst! schon! – knapp über dreißig war, blieben Folgeschäden aus.
Die ersten Wolken zogen im November 1980 auf, als mich die Feinkostfirma nicht mehr brauchte, ich nicht mehr durch die Landschaften streifen konnte und stattdessen in Köln begann, im Supermarkt Regale aufzufüllen.

9 **Fast mein ganzes Leben lang** habe ich in meiner Geburtsstadt gewohnt und mich dennoch nie als sesshaft empfunden, sondern als Nomade. Das hing mit meinen vielen Umzügen zusammen, die nicht innerhalb eines Viertels stattfanden – ich habe schon erwähnt, wie ich die Veedelsseligkeit hasse –, sondern von Süd nach Nord und West sprangen. Einmal habe ich sogar auf der anderen Rheinseite gelebt, im Osten gewissermaßen, in Mülheim, hundert Meter von der Mülheimer Brücke entfernt, nah genug, um auch zu Fuß schnell wieder ins Linksrheinische wechseln zu können. Manche Straßen, in denen eine meiner Wohnungen lag, habe ich nach dem Wegzug nie wiedergesehen. Auch in der Südstadt bin ich lange nicht mehr gewesen, zum letzten Mal vielleicht vor vier Jahren, und doch habe ich dort sechs Jahre gewohnt.
Deshalb mache ich mich jetzt, nachdem Lotte mich

gewissermaßen heute Morgen gerufen hat, auf den Weg. Nicht mit der U-Bahn, obwohl ich meine Maske bei mir habe, gekauft vor ein paar Tagen bei einem Discounter. Ich bin entschlossen, den ganzen Weg vom Hansaring bis zum Karolingerring und zum Chlodwigplatz zu laufen, gleichsam entgegen der historischen Zeitenfolge. Auch wenn ich weiß, dass ich nicht irgendwo Pause machen und einen Milchkaffee trinken kann. Gut fünf Kilometer sind keine Strecke, bei meiner schon fast furchterregenden Altersgesundheit. (Vielleicht sollte ich wieder anfangen zu rauchen.)
Mich erstaunt die Disziplin meiner *Mitbürger.* Man sagt uns ja einen gewissen Hang zum Anarchischen und mangelnden Respekt vor der Obrigkeit nach (*Luther kam nur bis Wuppertal,* schöner Titel), und gewiss würde hier niemand wie anderswo auf den Gedanken kommen, an einer roten Fußgängerampel zu warten, wenn die zu überquerende Straße völlig frei ist. Völlig egal übrigens, ob Kinder zugucken oder nicht. Aber ich bin doch erstaunt, wie die meisten wirklich Abstand halten und viele ihre Masken sogar auf der Straße tragen. Dann muss ich auf dem Habsburgerring, Höhe Rudolfplatz, plötzlich laut lachen und bemerke einige befremdete Blicke. Ich lache aber nicht über die anderen, sondern habe mich gerade an Hans Weigels Sätze über den neuen Roman seines Kollegen Doderer erinnert: »Er handelt von einem Mann, der über die Ringstraße geht. Die ersten tausend Seiten sind schon fertig.«
Einige meiner Mitbürger machen bei diesem Heiterkeitsausbruch mechanisch einen noch größeren Bogen um mich, als er durchs social distancing ohnehin vorgeschrieben ist. Der Alleinlachende in der Öffent-

lichkeit, vor allem im fortgeschrittenen Alter, ist mit Sicherheit dem Irrsinn nah, also Abstand halten, denn der Irrsinnige könnte doppelt ansteckend sein.
An dieser Ecke habe ich auch ein paar Jahre gewohnt, nachdem ich aus der Wohnung im Agnesviertel ausgezogen war, Ende der Achtziger und kurz *vor der Einheit.* Meine Großmutter hat früher immer *vor der Währung* und *nach der Währung* unterschieden. Ich selbst bin drei Monate *vor der Währung* geboren. In dieses Viertel zog ich zwei Jahre *vor der Einheit,* in unmittelbare Nachbarschaft des *Holiday Inn*, das heute ein *Steigenberger* ist. Im Untergeschoss hatte das Hotel einen Saunabereich, der gegen Bezahlung auch Nichtgästen offen stand, und in ihm habe ich in diesen Jahren viele Stunden zugebracht, frühabends zwei, drei Stunden, dann einmal über die Straße und nach Hause, um gleich einzuschlafen. Ich meine mich zu erinnern, die *Buddenbrooks* fast ausnahmslos auf den sehr komfortablen Liegen im Hades dieses *Holiday Inn* gelesen zu haben, zwischen den einzelnen Saunagängen und über Wochen gestreckt im November und Dezember 1988. Ich fand, diese Verfallsgeschichte könne man am besten im Liegen lesen, und das Ambiente in diesen Katakomben passte sehr gut dazu. (Heute lese ich nur noch im Liegen, selbst meine kürzlich erfolgte Wiederholungslektüre des *Kommunistischen Manifests* macht da keine Ausnahme.)
Auch den 9. November des Folgejahrs habe ich vom frühen Abend bis kurz nach zehn in dieser Unterwelt verbracht und bin wie üblich gleich nach meiner Rückkehr in meine Wohnung ins Bett gegangen. Ich war deshalb zunächst etwas desorientiert, als ich am nächsten Tag zum ersten Mal das Radio einschaltete,

und demnach noch deutlich langsamer als Herr Lehmann (und auch viel weiter weg).
Bis heute glaubt mir niemand, dass ich nicht nur überrascht, sondern völlig überrumpelt war. Schließlich seien die Vorzeichen doch seit einigen Wochen, ja Monaten erkennbar gewesen, auch wenn niemand die konkreten Ereignisse hätte genau vorhersehen können. Ich war damals aber nicht damit beschäftigt, irgendwelche Vorzeichen zu lesen. Ich lebte in einer Art Glasglocke – nein, das ist nicht das richtige Wort, bloß keine Glasglocke! –, ich lebte immer ein wenig *unter Wasser*, das trifft es eher, und interessierte mich kaum dafür, was an der Wasseroberfläche geschah, in der so genannten *Geschichte*. Ich hatte im Sommer gerade mal wieder meinen Job als Sprachlehrer gemacht, und nach Feierabend ging ich durch die Straßen, besuchte Cafés und Kneipen, hörte die Musik aus den Lautsprechern – der Lambada-Sommer! – und schwitzte bis in die Nacht im typischen Kölnerbuchtsommer, an dem auch ein paar Gewitter und Hagelschauer im Juli nichts ändern konnten. Im Café Central, das damals und in den Folgejahren seine große Zeit hatte, lernte ich eines Abends an der Theke einen untersetzten jungen Engländer namens Damien Hirst kennen, der im angeschlossenen Hotel Chelsea wohnte und sich gerade im Absprung zu Ruhm und Reichtum befand, was ich noch nicht wusste. Eine halbe Stunde lang sangen wir zweistimmig Beatlessongs, textsicher und zum Entzücken (oder zum Amüsement) der Mädchen hinterm Tresen, und ich dachte dabei die ganze Zeit: Du warst damals noch ein Baby, junger Künstler, aber ich bin mit den *fab four* aufgewachsen.
Dieser Sommer war auch die schöne Zeit meiner ers-

ten Absenzen, obwohl jeder mich sehen konnte. In diesem Sommer begannen sie und sind mir bis heute treu geblieben. Und als dann im November die Geschichte zurückkehrte, war ich einfach nicht darauf vorbereitet.

Die Absenzen nahmen von Jahr zu Jahr zu und sind der Grund, warum ich kaum noch selber Auto fahre, obwohl ich immer gern unterwegs war. Ich habe Dr. Meissner einmal davon erzählt und ihn gefragt, ob ich eventuell zum Narkoleptiker werden könnte, aber er hat mich beruhigt und gesagt, dass es schon im Grad der Aktivität einen Riesenunterschied zwischen dem Tagträumer und dem Schlafsüchtigen gebe. Mein alter Freund Gregor Korff, den ich kaum noch sehe, weil er vor Jahren direkt an die niederländische Grenze gezogen ist, hat mir bei unserem letzten Zusammentreffen davon erzählt, wie er eines Abends in der Dunkelheit nach einem Kinobesuch in Kempen bei der Heimfahrt auf eine ihm völlig fremde Straße geraten war und das erst nach einer knappen Stunde gemerkt hatte. Keine Erinnerung an die zurückliegende Fahrt, Bilder gelöscht. Dabei aber nicht schläfrig, sondern nur anderswo: abwesend-anwesend.
Offenbar bin auch ich jetzt wieder einer Absenz gefolgt. Irgendwie muss ich fast einen Bogen vollzogen haben und finde mich stadteinwärts auf der Aachener Straße wieder, habe das Hotel einmal umrundet in dem unbewussten Wunsch, den Rückweg anzutreten. Den Rückzug, um es präziser zu sagen. Nicht, weil mir die Beine schwer werden, obwohl auch das der Fall ist, sondern weil mir klar wird, dass der aussichtsloseste Weg, etwas Vergangenes wieder heraufzubeschwören, der ist, an den Ort dieses Vergangenen zurückzukeh-

ren. Heraklit, man kann nicht zweimal. *Draußen* siegt immer das Heute, die Rekonstruktion gelingt nur abseits davon.

Lotte und ich haben nie zusammen gewohnt, verbrachten aber auch nach dem ersten Rausch viele Abende miteinander. Manche davon vor dem Fernseher, wiederholt auch vor dem Badewannenkampf zwischen Dr. Klöbner und Herrn Müller-Lüdenscheid, der zu unseren Lieblingsstücken gehörte. Lotte ließ die Kunstgeschichte sehr schnell sein und begann, selber Kunst zu machen. Sie teilte sich das Atelier mit vier anderen. Im Sommer 1981 – es war dieser Sommer, in dem plötzlich so viele junge Menschen mit diesen entsetzlichen Karottenjeans herumliefen – kam ein Neuer ins Atelier, im doppelten Sinn des Wortes. Er gehörte oder wollte gehören zu den Neuen Wilden, die damals für kurze Zeit der letzte Schrei waren. Geschafft hat er es nicht; sogar mir gelingt es, seinen Namen zu vergessen, wenn ich will. Auch Lotte ist nur ein knappes Jahr bei ihm geblieben, dann hatte sie – ja, was gefunden? ihre Handschrift? ihren Stil? ihren Duktus? ihre Manier? ihr Markenzeichen? Ich weiß nicht, wie man das in der Kunst nennt. Was sie machte, hatte nichts mit den Neuen Wilden zu tun. Es war aber auch nichts völlig Neues: großflächige, zum Teil riesige monochrome Acrylbilder, wobei auf ihnen die jeweilige Farbe – in kaum wahrnehmbaren Übergängen – vielerlei Abstufungen durchlief, als wollte sie die gesamte RAL-Farbpalette wiedergeben. Ich muss zugeben, dass das schön anzusehen war und viel Arbeit erforderte, gemäß Karl Valentins berühmtem Satz.
Auf jeden Fall wurde sie bald *gesammelt* und hatte ih-

ren Preis. *Lobpreis*: erst das Lob, dann der Preis. Am Ende nur noch der Preis. Ihr Galerist aber hatte seinen Standort nicht, wie damals eigentlich alle Galeristen von Bedeutung, in Köln oder Düsseldorf, sondern in Westberlin. Anfang 1983 zog sie selbst dorthin, sieben Jahre vor der Einheit. Bowie-Berlin, Simulations-Berlin, Annette-Humpe-Berlin.

Mal sehen, was im Dschungel läuft

Ich fühl mich gut
*Ich steh auf Berlin**

Als in den frühen Neunzigern der Tross der Galeristen und Kreativen in die neue Hauptstadt aufbrach, wohnte sie schon jahrelang in einem komfortablen Loft in Charlottenburg und konnte den Neuankömmlingen sagen: *Ick bün all hier.*

Dass sie sich das leisten konnte, lag nur zum Teil an den Verkaufserfolgen ihres Galeristen. Noch während Lotte und ich zusammen waren, brachte ich nach und nach in Erfahrung, dass sie nie das Landei gewesen war, als das sie sich mir damals im Kurfürstenhof vorgestellt hatte. Korseifen stimmte, aber sie war weder eine Bauerntochter (nicht einmal die eines reichen Bauern) noch die so genannter einfacher Leute. Ihr Vater war Manager in der Atomindustrie gewesen, der sich ein Grundstück in Korseifen gekauft und darauf ein schönes Haus hatte bauen lassen und seiner geliebten und einzigen Tochter half, wann immer sie ihn darum bat. Kurz vor Lottes Abitur wandelte er sich vom Saulus zum Paulus, wechselte zu den Guten und wurde zum Kronzeugen gegen die Gefahren der Kernenergie. Das einzig Ländliche an Lottes Kindheit und Jugend, nicht aber bäuerlich, sondern eher gutsherrlich, war die Stute, die ihr Vater ihr tatsächlich gekauft hatte, als sie zwölf war, und auf der sie mit Freude ritt, bis sie siebzehn war. Das Tier hieß aber nicht Lotte, sondern Leonie, wie meine Schwester.

Mein Vater war Postamtmann und meine Mutter Hausfrau. Deshalb haben sich beide so gefreut, als ich tatsächlich meinen Abschluss in Soziologie schaffte. Vielleicht haben sie dann noch mehr von mir erwartet, aber ich glaube nicht, dass sie sehr enttäuscht waren, als die Erwartungen nicht erfüllt wurden. Die Karriere meiner Schwester Leonie, Ärztin für Innere Medizin mit einer gutgehenden Praxis in Bayenthal (die sie vor drei Jahren ebenso gut verkauft hat), spendete ihnen Trost genug.

Dass mein Vater Postamtmann war, habe ich erst richtig verstanden, als ich in die Schule kam. Mein Vater arbeitete bei der Post, also war er für mich, wie alle anderen dort auch, ein *Postamt-Mann.* Es gab auch einige *Postamt-Frauen*, das sah ich, wenn meine Mutter mit mir zuweilen auf die Post ging. Erst in der zweiten Klasse erklärte mir eine Lehrerin, dass mein Vater ein Post*amt*mann war und es sich dabei um eine Rangbezeichnung handelte. Als ich zu Hause davon erzählte, trug das sehr zur Erheiterung meiner Eltern bei. Mein Vater erzählte mir dann, dass er vor drei Jahren noch Postoberinspektor gewesen sei. Das fand ich vom Klang her wesentlich attraktiver als den Amtmann, aber ich lernte, dass er *aufgestiegen* war, eine Stufe nach oben. Ein paar Jahre danach wusste ich sogar, dass er A11 bekam, was bedeutete, dass wir zwar nicht im Luxus

leben konnten, aber von Armut weit entfernt und auch zukünftig davor sicher beschützt waren.
Mein Amtmannsmissverständnis ging direkt in die Familienfolklore ein und wurde gern allen Gästen erzählt, vorzugsweise den Freundinnen meiner Mutter bei Kaffee und Kuchen, die mich nachts gerade in jenen Jahren als Roros heimsuchten. Nur Leonie verstand an dem Ganzen den Witz noch nicht. Dafür wurde sie später die wahre Aufsteigerin in unserer Familie.

Von ihrer Mutter hat mir Lotte kaum etwas erzählt. Im Gedächtnis behalten habe ich nur, dass sie – ihre Mutter – in einer Kölner Boutique einmal beim Klauen erwischt worden ist, und dass sie – Lotte selbst, damals fünfzehn – dabei war und alles unendlich peinlich fand. Vor allem den Moment, als ihre Mutter, nachdem sie die Verkäuferin (die Chefin war nicht da) überredet hatte, von einer Anzeige abzusehen, gegen nachträgliche Bezahlung und einen Bonus von hundert Mark in bar für das persönliche Wohlergehen der Verkäuferin, *das bleibt unter uns*, als ihre Mutter also ihr Lederportemonnaie von The Bridge auseinanderklappte und dabei die prachtvolle Reihe ihrer Kreditkarten sehen ließ.
Der versuchte Diebstahl hatte einem Seidentuch von Hermès gegolten.

10 **Wenn ich selbst** heute auf einem Formular oder in einer Datei einen Beruf angeben soll, meistens in einer Arztpraxis, trage ich konsequent *Privatgelehrter* ein. Ich halte das für weniger Etikettenschwindel als damals, wo ich je nachdem *Auslieferungsfahrer*, *Logistiker* (im Supermarkt), *Kellner* (im Oblomow) oder

immer wieder *Sprachlehrer* angeben konnte. Mein akademischer Abschluss, meine Liebe zur Soziologie und meine Existenz passen erst heute so recht zueinander, und außerdem bin ich als Forschungsgegenstand der Wissenschaft doppelt verpflichtet.
Übermorgen braucht mich die Forschung wieder, pünktlich zum Beginn der Eisheiligen, die diesmal laut den Prognosen ihrem Namen Ehre machen werden. Ich soll zwei Tage bleiben, mit *Freizeit* zwischendrin und einem erhöhten Spesensatz. Dr. Meissner will mit mir die Schlaftagebücher der letzten Monate durchsprechen (die von zu Hause), auch die anderen Probanden werden nach und nach drankommen.
Frei hätte ich etwa zwischen elf Uhr vormittags und sechzehn Uhr nachmittags, was mache ich da in Düsseldorf, wenn die Stadt weitgehend geschlossen hat? Ich habe vor Jahren aufgehört, im landläufigen Sinn des Wortes zu reisen (mir *etwas anzusehen*). Ich reise nur noch, um meiner Tätigkeit als Laborschläfer nachzukommen. Derzeit sind meine Bewegungen also auf die Strecke von Köln nach Düsseldorf und zurück reduziert, mit der unterwegs ewig auftauchenden Frage, ob es »Leverkusen« gibt. Ich kenne Wiesdorf, Schlebusch, Küppersteg, Rheindorf und Opladen, aber »Leverkusen« habe ich nicht gefunden.

Heute kann man sich den kommenden Temperatursturz noch gar nicht vorstellen. Als ich mittags die paar Sachen fürs Wochenende im REWE am Eigelstein einkaufte, hatten wir draußen schätzungsweise schon 25 Grad. Unter den Maskierten – zu denen selbstverständlich auch ich gehörte – entdeckte ich wieder den englischen oder schottischen Freund, der diesmal

denselben Slogan weiß auf einem schwarzen T-Shirt trug. Hat er entsprechende Kleidungsstücke auch für die kälteren Tage?
Er sieht mich, als er auf dem Weg zur Kasse ist, und winkt mir kurz zu, was mich zu meinem Erstaunen über die Maßen freut. Er ähnelt dem schottischen Schauspieler Douglas Henshall als Jimi Perez in der Krimiserie *Mord auf Shetland* (im Original nur *Shetland*), die ich mir mit allen schon auf DVD verfügbaren Staffeln vor zwei Monaten an zwei Tagen hintereinander angesehen habe, insgesamt fast zwanzig Stunden, ein klarer Fall von Sucht. Aber wir sind zu weit voneinander weg, um hinter unseren Masken miteinander sprechen zu können, er schon in der brav geordneten Kassenschlange, ich noch immer auf der Suche nach Sardellen (kein Problem) und nach Kapernäpfeln (großes Problem). Als ich die letzteren endlich gefunden habe und mich mit Abstand in die Schlange vor Kasse 2 (die schöne Türkin) anstelle, ist er längst draußen.
Er muss aber hier irgendwo im Bermuda-Dreieck des Eigelsteinviertels wohnen, und ich begreife noch nicht so ganz, warum es mir so wichtig wäre, ihn kennenzulernen. Und erst jetzt fällt mir auf, dass das knappe *Still Hate Thatcher* (ohne das *I* davor, das Ich) beides zugleich ist: eine Aussage über den Träger des Shirts wie auch ein Imperativ. Ein nachgerade kategorischer Imperativ, würde ich in diesem Fall sagen.

11 Elf Grad Temperaturabfall von Sonntag auf Montag, von 25° auf 14°, das sind also die Eisheiligen in Köln. Anderswo sollen sie etwas entschiedener auftreten, habe ich heute Morgen gelesen. Um halb sechs

sitze ich wieder hinter der Plexiglasscheibe. Das Taxi hat deutlich mehr Mühe als noch vor zwei Wochen, aus der Stadt herauszukommen, und die A57 ist schon fast wieder so belebt wie üblich um diese Tageszeit. Also voll.
Es ist dasselbe Taxiunternehmen, aber ein anderer Fahrer, deutlich älter als der vor vierzehn Tagen, aber auch jemand, der seine eigene Musik laufen lässt und nicht WDR2 oder WDR4 hört. Oder 1LIVE, auch wenn die Zielgruppe da nur bis zum Alter von 39 geht. Er könnte sogar noch ein paar Jahre älter sein als Dr. Meissner. Ob Taxi fahren sein *wahrer* Beruf ist (den ich nie ausüben durfte), oder ob er *eigentlich* ein Anderer ist? Wie so viele von uns? Ein Schriftsteller, *eigentlich* (wie vielleicht auch Dr. Meissner). Ein Ethnologe, dessen Feldforschung die akademische Welt nicht haben wollte und der jetzt eine Ethnologie des Inlands betreibt, im Normalfall (ohne Plexiglasscheibe) auch an seinen Fahrgästen. Ein Start-up-Unternehmer aus den Nullerjahren, dem kurz nach dem Verlassen der Startblöcke die Puste ausging. Ein Musiker, der in den Achtzigern, frühen Neunzigern mal *wer war*, zumindest hier in der Region. Am Ende gar ein Privatgelehrter wie ich.
Während ich langsam ein wenig wegdämmere – aber kein stabiler Leichtschlaf, bewahre –, denke ich darüber nach, woher es kommen mag, dass so viele Leute eigentlich etwas anderes zu sein glauben, als sie sind. Das Rimbaud-Syndrom. *Car Je est un autre.* Gibt es einen Taxifahrer, der einfach nur Taxifahrer ist? Oder könnte man sich zum Beispiel einen Investmentbanker vorstellen, der *eigentlich* gern Taxifahrer wäre? Könnte man sich umgekehrt vorstellen, dass Gerhard Richter

lieber Investmentbanker geworden wäre? (Das ist etwas schief, denke ich gleich darauf, das liegt zu nah beieinander, auch wenn Gerhard Richter nichts dafür kann.)
Dr. Meissner, der zwischendurch in der Praxis an seinem Roman schreibt, Dr. Benn, der zwischen einem Tripperpatienten und der Gesundheitskontrolle einer Prostituierten an einem Gedicht arbeitet. Diese ganze Eigentlichkeit, die doch *eigentlich* ein alter Hut von vorvorgestern ist, denke ich –
– und jetzt ist die Abwehrmauer, die meinen Dämmerzustand bewacht und die in den letzten Minuten spürbar Risse bekommen hat, endgültig in sich zusammengefallen, und mit aller Macht dringt eine Musik bis zu mir, die vermutlich schon länger da vorn im Fahrerbereich läuft, für mich jetzt aber nicht von dort kommt und nicht aus dem Heute, sondern aus der Tiefe der Jahre.

We dress like students, we dress like housewives
Or in a suit and a tie
I changed my hairstyle so many times now
I don't know what I look like

Schade, denke ich, jetzt ist es schon gleich zu Ende, nur noch

You make me shiver, I feel so tender
We make a pretty good team
Don't get exhausted, I'll do some driving,
You ought to get you some sleep

und dann das langsame *fade out*, und ich überlege, ob ich den Fahrer stören und bitten soll, das noch einmal zu spielen, aber bevor ich mich entschließen kann, kommt schon der scheppernde Anlauf zu *Memories Can't Wait,* und mir wird klar, dass er das ganze Album abspielt und die ersten Titel meinen Dämmerzustand noch nicht erreichen konnten, sondern erst der stampfende Rhythmus von *Life During Wartime*, wie damals.

Nach dem Krieg ist vor dem Krieg. War das nicht Sepp Herberger?

Damals, das ist der Morgen des 14. Januar 1980, ein Montag, um Viertel nach sieben auf der A4 Richtung Aachen, in tiefer Dunkelheit. Ich sitze neben Gerda Franzl in ihrem acht Jahre alten Citroën DS 23 und dämmere vor mich hin. Zwar bin ich von meinem Feinkostfahrerjob das frühe Aufstehen gewohnt, jetzt aber habe ich zwei Wochen frei und hatte mich gerade daran gewöhnt, morgens länger im Bett zu bleiben und zu dösen. Immerhin kommt der kuschlige Komfort der *Déesse* dieser Vorstellung recht nah. Gerda, mit der zusammen ich Soziologie studiert habe, deren Hauptfach aber Geschichte war, hat mich gebeten, sie zu einem *alten Mann* in das Dorf Vossenack im Hürtgenwald zu begleiten. Der alte Mann ist achtundfünfzig, wie sich später herausstellen wird, und ein wertvoller Zeitzeuge, was die Schlacht im Hürtgenwald im Herbst 1944 betrifft. Er arbeitet als Lehrer in Düren und ist zugleich ein ernstzunehmender Lokalhistoriker der Gemeinde Hürtgenwald und ihrer einzelnen Ortschaften, und wir müssen früh bei ihm sein, weil er mittags zu einer Konferenz in der Schule sein muss. Gerda arbeitet zu dieser Zeit in einem Uni-Team, das eine Dokumentation über das Kriegsende im Rheinland erstellen soll. Sie hat mich gebeten, sie zu begleiten, nicht weil sie Angst vor dem alten Mann hat, sondern weil sie glaubt, dass ich anders und mehr höre als sie. Ich habe mich bereit erklärt, auch wenn die Wälder mir nie so recht geheuer gewesen sind.

Wo aber der Wald ist,
wächst das Düstere auch.

Noch aber haben wir Köln kaum verlassen, gerade erst den Bonner Verteiler passiert und uns in die richtige Autobahn eingefädelt. Ich werde sanft in der hydropneumatischen Polsterwiege geschaukelt und fühle mich absolut geschützt, während Gerda eine Kassette in den Recorder einschiebt und die göttliche französische Kutsche durch die Dunkelheit steuert. Wir *hatten* nie *was miteinander*, waren uns aber während des Studiums immer sehr nah und hätten vielleicht gern *was miteinander gehabt*, was sich aber nicht ergeben hat. Deshalb verstehen wir uns so gut, übrigens bis heute. Sie ist es, die mir fünf Jahre später den Aushilfsjob am Aachener Stadtarchiv verschaffen wird.
Während der Wagen weich auf der Überholspur an der endlosen LKW-Kette nach Holland und Belgien vorbeizieht und ich döse, erreicht mich die Musik immer nur in kleinen Wellen, dann bin ich wieder im Halbschlaf und bei dem hartnäckig wiederkehrenden Bild von Brigitte Majewski, in der zweiten Klasse der Volksschule, die sich während einer Schulstunde ins Höschen pinkelt, in den *Schlüpfer*, wie das damals hieß,

und die Lehrerin bittet, nach Hause zu dürfen, und die ganze Klasse lacht hinter ihr her. Ein Flüchtlingskind, der Name sagt es schon, mit einem fast honiggelben Teint und zwei riesigen Ohrringen, Gold oder Messing, das weiß keiner von uns. Sonst erinnere ich mich von den Mädchen in der Volksschule nur noch an Ulrike Hartung mit ihren hochstehenden Wangenknochen und den langen dunklen Zöpfen, von der es hieß, die Familie komme aus dem *Baltikum*, ein Wort, mit dem ich lange nichts anfangen konnte und nach dessen Bedeutung ich nicht zu fragen wagte.
Dann mischt sich die Tonspur entschiedener in meinen *Denkschlaf* ein (wie der Major Melzer das in der *Strudlhofstiege* unvergleichlich treffend genannt hat), ich höre auf Englisch etwas von London, einer kleinen Stadt, die tagsüber dunkel ist und wo die Menschen am Tage schlafen, wenn sie wollen, kurz danach ist von Bristol und Birmingham die Rede und davon, dass der Sänger schon die Stadt finden wird, in der er leben kann. Ich begreife nicht gleich, ob der anschließende Song noch zum vorhergehenden gehört, mit leichtem Rhythmuswechsel, oder ob er autonom ist, jedenfalls bin ich jetzt wach und denke: *Ja, genau so sollte Musik sein, heute, im Jahr 1980.* In dem neuen Lied – inzwischen habe ich verstanden, dass es ein neues Lied ist – geht es eindeutig um einen wie auch immer gearteten Kriegszustand, einen Bürgerkrieg vielleicht eher als um einen so genannten konventionellen, Leute sind offenbar dauernd auf der Flucht und verstecken sich,

Lived in a brownstone, lived in the ghetto,
I lived all over this town,

es gibt einen *van, loaded with weapons,* man hat *three passports, a couple of visas* und so weiter, vor allem aber ist eins klar, das sagt der Refrain:

This ain't no party, this ain't no disco,
This ain't no fooling around,
No time for dancing, or lovey dovey,
I ain't got time for that now.

Das alles nehme ich in diesem Augenblick so detailliert gar nicht wahr, sondern ich werde es mir erst nach und nach aneignen bei den aberhundert Malen, die ich das Album später hören werde, immer von vorn bis hinten, in der vorgeschriebenen Reihenfolge, bis ich es buchstäblich auswendig kann.* Jetzt sind es vor allem der Rhythmus und die Klangfarbe, die mich faszinieren, einerseits Garagensound, zugleich raffiniert, vor allem aber Lichtjahre entfernt von den barocken Klanggebilden und pompösen Opern der Siebzigerjahre, und ich frage Gerda, was das ist und wer das ist, um Himmels willen.

»Die Gruppe heißt Talking Heads, und das Album heißt *Fear of Music*, und das ist gar nicht ihre erste Platte«, sagt sie, »aber die anderen sind noch nicht so gut wie diese. Ja, das ist schon was. Gefällt's dir?«

Ich kann kaum richtig sagen, wie sehr es mir gefällt, aber mir scheint, sie begreift es. Vielleicht sind wir uns in diesem Moment, kurz bevor wir an der Abfahrt Düren die Autobahn verlassen, noch näher als sonst, vielleicht *haben wir* in diesem Moment *was miteinander.*

Draußen ist es noch immer dunkel und vermutlich kälter als zu dem Zeitpunkt unserer Abfahrt, denn wir haben die Wärme der Kölner Bucht verlassen und fahren in die Eifel ein. Auf dem Weg nach Vossenack singen die Talking Heads, singt David Byrne:

Heaven,
Heaven is a place
A place where nothing
Nothing ever happens

und wir schauen uns kurz an und lachen beide. Einverständlich. Zustimmend. Auch hingerissen von so viel Klugheit. Obwohl es sich bei *Heaven* nur um den Namen einer Bar handelt, in dem jeden Abend dieselbe Musik läuft. Eine Bar, in der alles etwa so abläuft wie der ewige Fünfuhrtee bei Lewis Carroll.
Wenig später fahren wir in Vossenack ein und suchen in der zögernden ersten Helligkeit das richtige Haus. Ein Stück weiter westlich von hier, an der Grenze zu Belgien, warnte 1944 ein Schild die amerikanischen Soldaten: *You enter Germany. Be on your guard!*

»Wir sind da«, sagt der Taxifahrer, und ich mache hinten im Fond den Tigersprung ins Heute zurück, während vorn die Talking Heads die Tierwelt kritisieren:

Animals think they're pretty smart
Shit on the ground, see in the dark

Während mir der Fahrer die Quittung gibt, frage ich ihn und zeige nach vorn, gewissermaßen auf die Musik: »Wie alt waren *Sie* denn damals?« Er versteht sofort und antwortet: »Zwanzig. Hab damals selbst Musik gemacht.«

Volltreffer, denke ich, weil eine meiner Vermutungen von vorhin ins Schwarze getroffen hat, frage aber nicht nach dem Namen der Gruppe, sondern ob man ihn persönlich beim Taxiunternehmen buchen kann, wenn man rechtzeitig anruft. Wegen der Musik, sage ich.
Er gibt mir eine Karte und sagt: »Von siebzehn bis fünf Uhr. Sonntags und mittwochs nie.«

12 **Frau Wobser** ist wieder da. Ich höre ihre Stimme, gleich nachdem Franz Nonnenmacher mich hereingelassen hat. Im ersten Moment bin ich überrascht. Ich muss insgeheim (und mir selbst nicht bewusst) geglaubt haben, sie werde nicht wiederkommen, weil jetzt doch Barbara Hoss da ist. Ich begreife sofort, dass das Unsinn ist, weil Frau Hoss eine ganz andere Funktion in dieser Praxis hat als Frau Wobser. Frau Wobser ist MTA, die andere dagegen Ärztin und zudem der aufleuchtende Stern am Firmament des Schlafmedizinischen Zentrums. Ich muss also nicht befürchten, dass jetzt, da Frau Wobser wieder da ist, Barbara Hoss gehen muss. Diese ganze Gedankenkette – die man vielleicht eher eine Assoziationskette oder noch besser eine Befürchtungskette mit glücklichem Ende nennen könnte – läuft in Sekundenschnelle ab, während ich quasi noch im Empfangsbereich von *Bon Sommeil* stehe und kaum angekommen bin.
Jetzt antwortet eine jüngere Männerstimme (jünger als meine) auf Frau Wobser. Ich kann zwar nicht genau verstehen, worum es geht, bin mir aber absolut sicher, dass ich diese Stimme kenne, dass ich sie schon irgendwo gehört habe, ja dass ich mit diesem Mann direkt gesprochen habe, mehrmals sogar, und dass es sich

dabei nicht um jeweils einen kurzen Wortwechsel gehandelt hat. Nicht in dieser Praxis, das weiß ich genau. Ich kann nicht genau einschätzen, wann das letzte Mal war, und ich kann das Gespräch auch nicht lokalisieren, aber die Stimme ist mir bekannt: jeder Zweifel so sehr ausgeschlossen, dass ich fast wütend werde darüber, sie nicht zuordnen zu können. Es ist dieselbe Wut, wenn man einen Bekannten von früher trifft und nicht auf seinen Namen kommt. Jetzt hat Frau Wobser wieder eine Bemerkung gemacht, und der Mann antwortet länger, was mir aber nicht hilft, sondern eher die Blockade noch verstärkt. Ich könnte Franz Nonnenmacher fragen, der sich wieder in seinen Verschlag zurückgezogen hat, aber erstens weiß ich nicht, ob er mir Auskunft geben darf, und zweitens ist es mein Ehrgeiz, es selbst herauszufinden. Ich gehe in mein Zimmer, die Bettwäsche heute ganz Sand, und ein paar Minuten später kommt Frau Wobser herein und sagt, es sei schön, mich wiederzusehen, und ich antworte, ganz meinerseits.
»Heute wird's aber später mit dem Schlafengehen«, sagt sie dann, »erst möchte der Doktor noch mit Ihnen sprechen.«

Der Doktor, so habe ich den Eindruck, ist mit meinen Erinnerungsprozessen nach dem Erwachen nicht zufrieden. Er sagt es nicht so, aber er lässt es mich spüren, während ich ihm an seinem Riesenschreibtisch gegenübersitze und Barbara Hoss an der immer noch sehr breiten Schmalseite mich unergründlich anlächelt. Was ihre Rolle hier ist, ist mir ebenso unergründlich, denn sie macht sich während des Gesprächs keine Notizen und sagt kein Wort. Sie sitzt im schwarzen Büroledersessel mit geschwungenem Rückenteil, hat fast die ganze Zeit die Arme unter den Brüsten verschränkt und richtet ihr unergründliches Lächeln mal hier- und mal dorthin. Ihre Rolle kann also nur darin bestehen, hinterher, wenn ich gegangen bin, mit Dr. Meissner das Gespräch zu analysieren. Vielleicht geht es für mich heute darum, eine Prüfung zu bestehen, ohne dass ich davon weiß. Dabei habe ich schon vor gut drei Jahrzehnten entschieden, dass ich keine Prüfungen mehr machen will, egal, worum es sich dreht. Spätestens mit vierzig muss man das nicht mehr über sich ergehen lassen. Sicher hat auch diese Entscheidung mein Fortkommen beeinträchtigt, aber schließlich wollte ich ja auch nicht fortkommen, sondern eher hierbleiben.

Ganz verstehe ich nicht, was Dr. Meissner von mir will. Einerseits scheinen ihm meine Erinnerungen zu wenig individuell, zu *abgekupfert* zu sein – an einer Stelle gebraucht er tatsächlich dieses Wort –, andererseits fehlt ihm bei manchen die kollektive Einbettung. Barschel ist ihm zu *medial*, wie er sich ausdrückt, die Roros sind ohnehin *freudianisch*, den Bonner Hofgarten hat er selbst vielleicht zu oft im Fernsehen gesehen, dafür entschuldigt er sich. Dagegen scheint ihm der *Westeuropakomplex*, so nennt er meine Erinnerungen an 1985 mit Vermeer und dem Aachener Stadtarchiv, *sehr gelungen*; als gelte es, die Arbeit eines Autors zu beurteilen. Dabei weiß doch keiner besser als Dr. Meissner, denke ich mir, dass niemand der alleinige Autor seiner Erinnerungen ist. Fast scheint mir, als hänge er plötzlich einem kruden Realismus, einem Kult des Authentischen, einer Sehnsucht nach unverfälschten, *ächten* Erinnerungen an, was seinem theoretischen

Ansatz diametral widersprechen würde. Beinahe bin ich versucht, ihm einen kleinen Vortrag zu halten und mit seinen eigenen Worten darauf hinzuweisen, dass man sich nicht so sehr erinnert, sondern unter den jeweils gegebenen Bedingungen *rekonstruiert*. So habe ich es bei ihm praktisch als Lektion 1 gelernt, beim ersten Mal, als wir uns hier gegenübersaßen. Stattdessen sage ich nur, dass ich keinen Einfluss darauf habe, wie individuell oder wie eingebettet meine Bruchstücke sind, die ich aus der Tiefe der Zeiten hervorhole.

»Sicher, sicher«, sagt Dr. Meissner, »das versteht sich von selbst. Ich mache Ihnen ja auch keine Vorwürfe.«

Vielleicht ist er dabei, eine Zwischenbilanz über seinen Langzeitversuch zu ziehen, und die Fortsetzung des Ganzen steht auf der Kippe. Vielleicht zweifelt er erstmals an den eigenen theoretischen Voraussetzungen. Vielleicht geraten ihm aber auch im Augenblick seine wissenschaftliche Arbeit und seine literarischen Bemühungen durcheinander, von deren Existenz ich nach wie vor überzeugt bin, reiben sich aneinander mit beiderseits unbefriedigenden Ergebnissen. Fast fühle ich das Bedürfnis, ihn zu trösten. Oder ihm zu sagen, keineswegs in strengem Ton: Entweder Sie forschen, oder Sie schreiben einen Roman.

Während der ganzen Zeit verlässt Barbara Hoss nicht ihre Rolle als unergründliche Beobachterin: die Sphinx vom Schlaflabor. Ein paarmal schaue ich auch zu ihr hin, während ich rede, und nicht zu Dr. Meissner. Mittendrin überrascht mich, dass ich mir ihre Augenfarbe gleich am ersten Abend eingeprägt habe. Sonst kann ich mir über Jahre nicht die Augenfarbe von Menschen merken, die mir weitaus näher sind oder waren. Ich bin mir immer wieder unsicher, und wenn ich dann end-

lich weiß, es handelt sich um Blau oder Braun oder gar Grün, kann ich das noch immer nicht näher bestimmen. Die Augenfarbe von Barbara Hoss dagegen habe ich mir sofort als *Eisblau* eingeprägt und finde das jetzt bestätigt. Weizenblond, Kirschrot, Eisblau – das sind ihre Farben.
Das Gespräch ist jedoch erst einmal beendet und soll morgen fortgesetzt werden. Dabei wird es sich wesentlich um die Schlaftagebücher von zu Hause handeln. Dr. Meissner drückt auf seine Sprechanlage und lässt durch Franz den nächsten Probanden aufrufen.

Der kommt mir auf dem Flur entgegen, und sofort weiß ich wieder, wem die bekannte Stimme gehört, die ich vorhin bei meiner Ankunft gehört habe. Auch er erkennt mich wieder und nickt mir zu, sichtlich erfreut, ein kahlköpfiger Riese im weiten schwarzen japanischen Anzug, das Sakko ein Zweireiher, darunter ein ebenso ausladendes dunkelblaues Hemd, und ich denke sofort: Yamamoto.
»Wir sehen uns?«, fragt er.
»Wir sehen uns«, antworte ich.

Als ich Andreas Willich vor gut zwanzig Jahren kennenlernte, trug er schon den gleichen prachtvoll schimmernden Kahlkopf wie jetzt, aber noch keine Sakkos und Hemden von Yamamoto: stattdessen Jeans und immer dieselbe abgewetzte Lederjacke mit Speckkragen, darunter ein weit offenes Hemd in den wechselnden Farbvariationen Grau, Grasgrün, Königsblau und Weinrot. Wir saßen an drei aufeinander folgenden Abenden nebeneinander an der Theke des Café Schmitz, Hansaring Ecke Lübecker Straße, auf den

schwarzen Hockern (Thonet?) vor der schwarzen Theke, und am dritten Abend mochte Andreas das nicht mehr für einen Zufall halten und fragte mich mit einem freundlichen Lächeln, wer ich sei und was ich täte, wenn ich nicht gerade hier neben ihm an der Theke saß. Er hatte dabei keine andere Wahl, als auf mich herabzusehen, weil er mich mit seinen knapp zwei Metern um fünfundzwanzig Zentimeter überragt.
Ich sei Rainer Roloff, sagte ich, manchmal Lehrer für Deutsch als Fremdsprache (zu der Zeit praktizierte ich gerade wieder), außerdem Diplom-Soziologe und so etwas wie ein Privatgelehrter. Das war das erste Mal, dass ich den Begriff für mich benutzte. Ich war gerade fünfzig geworden. Andreas dagegen gehört der Generation von Dr. Meissner an und war damals in seinem dreißigsten Jahr, Mathematiker an der Universität Köln und kurz vor seiner ersten Professur an der Ruprecht-Karls-Universität in Heidelberg. *Der Ruf,* so sagte er es wörtlich, sei eigentlich nur noch Formsache. Mir fiel auf, dass er diese Mitteilung ohne Prahlerei, ja sogar ohne eigentliche Freude machte, eher etwas resigniert, als müsse er sich nun in sein Schicksal ergeben. Die Mathematiker habe ich immer beneidet, zumindest jene, die die entsprechenden Gene mitbekommen hatten und später nicht an einer Schule unterrichten oder Versicherungsmathematik praktizieren mussten. Ich meine jenen erlauchten Kreis, der in einem ganz anderen Universum lebt und sich mit Fragen befasst, die die Bewohner des gemeinen Universums nicht einmal stellen könnten. Ich hatte dann und wann populäre oder biografische Bücher zum Bereich des *mathematischen Feldes* gelesen, um mit Meister Bourdieu zu sprechen, und diese Geschichten um die Her-

ren Fermat und d'Alembert, Gödel und Hilbert und die Damen Maria Gaetana Agnesi und Sophie Germain hatten mich umso mehr fasziniert, je weniger ich davon verstand. Immerhin begriff ich, dass es sich auf diesem Feld auch um Fragen der Anmut und der Schönheit handelte, als sei die Mathematik die eigentliche Verkörperung von Schillers ästhetischer Theorie und als habe hier das Spiel endgültig triumphiert.

Zugleich begriff ich, dass die Autonomie dieses Universums in Einzelfällen keineswegs ausschließt, dass seine Erkenntnisse weltgeschichtliche Konsequenzen haben, wie etwa im Fall der Enigma-Entschlüsselung durch Alan Turing und sein Team, mitentscheidend für die glückliche Wende im Zweiten Weltkrieg. Darum wurde Turing gleichsam mein Lieblingsmathematiker, und besonders mochte ich die Geschichte, dass er schon als Kind auf den Spaziergängen mit seinen Eltern die Seriennummern der Straßenlaternen auswendig lernte. Da hätte ich mitmachen können.

All diese historischen Figuren, über die ich hier und da und völlig unsystematisch etwas erfuhr, brachten also Gene mit, die ihnen Zutritt zu einer ganz eigenen Welt verschafften und sie zugleich von den anderen, den *Normalen* entfernten. Denn wenn man sich nicht verständlich machen kann über das Sonnensystem, in dem man sich bewegt, erscheint man leicht hochnäsig und wird es vielleicht auch. Manche, wie das fünfzehnjährige Mathematikgenie Lars Carlsson in Lars Gustafssons Roman *Wollsachen*, gehen schon in der Schule daran zugrunde, weil so jemand im Reich eines *Schulreformluders*, eines *Studientags- und Lehrplanpäderasten*, wie der Erzähler den Schulleiter nennt, nicht nur nicht vorgesehen, sondern ausgesprochen störend ist.

Die Schule aber hatte Andreas Willich, der jetzt den dritten Abend hintereinander neben mir saß, immerhin überlebt. Vielleicht hatte ihm seine schiere physische Präsenz dabei geholfen. Auch jetzt war er offenbar noch in der Lage, seinen inneren Bezirk zu verlassen und das Wort an jemanden aus dem Alltagsuniversum zu richten, wenn auch erst am dritten Abend. Und bald erfuhr ich auch, dass er einmal wöchentlich nach Düsseldorf zu einem Zen-Meister fuhr. Ich fragte ihn, ob beides zusammen, Zen und Mathematik, nicht zu viel sei.

»Im Gegenteil«, sagte er, »Zen hilft mir aufzuräumen. Nicht durchzudrehen. Nicht größenwahnsinnig zu werden.«

In der Folge, ich spreche hier vom Sommer 1998, sahen wir uns, ohne jede Verabredung, zwei- bis dreimal wöchentlich hier. Bei Andreas hatte das den einfachen Grund, dass er fast um die Ecke wohnte, in einer Eineinhalbzimmerwohnung am Gereonswall, die er bald gegen eine sehr viel bessere im Agnesviertel eingetauscht hätte, wäre da nicht *der Ruf* gekommen. (Er war ja noch gar nicht gekommen, aber er stand unmittelbar bevor, Andreas konnte ihn schon hören.) Ich selbst wohnte damals am Rand des Belgischen Viertels und hatte es auch nicht so viel weiter ins Café Schmitz als er. So saßen wir vereint an *unserer* Thekenecke – er war immer schon da, wenn ich kam – und sprachen über sein spezielles Forschungsgebiet, irgendetwas, was mit *algebraischer Zahlentheorie* und mit *arithmetischer Geometrie* zu tun hatte und wovon ich buchstäblich nichts begriff, spätestens dann nicht mehr, als Andreas mir den Titel seiner Habilitationsschrift nannte: *Null-*

zykel auf Hilbert-Blumenthal-Flächen. Ich bedauerte ihn, dass er die Verständnismauer zwischen uns nicht überwinden konnte, so viel Mühe er sich auch gab, und bedauerte mich selbst, dass ich die Eintrittspforte zu seinem Reich (das auch nach Antritt der Professur niemals das eines *Lehrplanpäderasten* werden würde) nie würde öffnen können. Ich dagegen hatte es viel leichter (und er hatte es mit mir viel leichter), wenn ich ihm die Forschungen und Erkenntnisse von Bourdieu auseinandersetzte, denn er konnte mich beispielsweise fragen, wo er und seine Spießgesellen denn vom Habitus her anzusiedeln seien und wie es soziologisch überhaupt um das mathematische Feld bestellt sei.
»Das mathematische Feld hat der Meister noch nicht untersucht, lieber Andreas«, sagte ich (und dazu kam es auch nicht mehr, denn vier Jahre später war der Meister plötzlich tot), »aber du selbst gehörst eindeutig zum *homo academicus.* Kannst du nachlesen. Gibt's schon seit Jahren in deutscher Übersetzung.«
Das schien ihn nicht sehr fröhlich zu stimmen.

Dann wurde Frankreich im eigenen Land Fußballweltmeister, und zwei Tage später, als ich ins Café Schmitz kam, sagte Andreas mit sehr betrübter Miene: »Es ist soweit. Ich habe den Ruf.«
Vier Wochen danach war er weg, und bis zu unserer jetzigen Begegnung auf dem Flur von *Bon Sommeil* hatte ich von ihm nichts mehr gehört.

Während Frau Wobser mich verstöpselt, frage ich sie nach ihrem Urlaub. Der hat zu Hause stattgefunden, obwohl es anders geplant war, »aber man darf ja nirgendwohin. Zum Glück haben wir einen sehr schönen

Garten hinterm Haus, und zum Glück durfte mein Mann den Betrieb schon nach kurzer Zeit wieder öffnen.« Die Wobsers wohnen nicht direkt in Düsseldorf, sondern in Hilden.
Mehr als um die Pandemie macht sie sich aber Sorgen um Dr. Meissner. Er wirke auf sie irgendwie abwesend, zerstreut, manchmal sogar regelrecht niedergeschlagen. »Kann sein, dass ich mich täusche, aber irgendwie habe ich den Eindruck, dass das bald nach der Mitarbeit von Frau Dr. Hoss hier im Haus angefangen hat.« Sie sagt nicht *die Neue,* es handelt sich auch nicht um so etwas wie Eifersucht, glaube ich. Eher so, als sei die Hoss unheilbringend, so etwas wie ein Fabelwesen, eine Undine oder Melusine, die eines Tages Dr. Meissner und Dr. Murnau und überhaupt das ganze Schlaflabor in die nasse Tiefe ziehen werde. Wie denn eben meine Audienz – sie gebrauchte tatsächlich dieses Wort – bei den beiden gewesen sei?
»Das Gespräch war hier und da ein bisschen schleppend«, sagte ich, »aber mit Frau Dr. Hoss hatte das nichts zu tun. Die saß die ganze Zeit nur dabei und hat keinen Ton gesagt. Wie so eine Protokollführerin. Oder ein menschliches Aufnahmegerät.«
Da lacht Frau Wobser und lässt das Thema fallen. Sie ist mit ihrer Arbeit jetzt auch fertig und wünscht mir einen guten Schlaf, »aber da muss man sich bei Ihnen ja keine Sorgen machen«.

Muss man nicht, nein, oder nur selten. Auch an diesem Abend nicht, an dem ich wieder in zwei mitgebrachten Büchern blättere, auf der Jagd nach schönen Stellen, schönen Sätzen, bis ich auf diese hier stoße: *Auf diesem alten Passfoto, das ist ein junger Mann. Auf diesem* *jungen Passfoto, das ist ein alter Mann.** Das kann ich mitnehmen in den Schlaf.

13 **Am nächsten Morgen,** im kostbaren Zwischenraum zwischen Schlaf und Wachen, bin ich sechzehn. Ich segle auf einer kleinen Jolle einen Fluss hinunter. Dass *ich* segle, trifft nicht wirklich zu, denn alle wichtigen Manöver führt das zweite Besatzungsmitglied aus, Torsten, der ein Jahr älter ist als ich und als Mitglied des örtlichen Segelvereins die Jolle (die vor allem der Ausbildung dient) zeitweise zur Verfügung hat. Wir sind in Ostfriesland, meine Eltern machen mit mir und Leonie einen zweiwöchigen Urlaub. Wir wohnen in einer Pension. Torsten habe ich gleich am ersten Tag in einem italienischen Eiscafé mit Musicbox kennengelernt. Den Namen des Cafés weiß ich immer noch: De Luca. Jemand hatte gerade die Animals mit ihrer Version von *The House of the Rising Sun* gedrückt, und ich sah, wie Torsten, der allein vor einer Cola saß, mitging und leise mitsang. Ich stimmte ebenso leise ein, und er winkte mich zu sich.

Damals wollte sogar ich Musiker werden und in einer Band sein, obwohl ich bestimmt noch viel weniger spielen konnte als später die Cotzbrocken. Torsten dagegen war schon in einer Band, wie ich erfuhr, die übliche Besetzung von damals: drei Gitarren, ein Schlagzeug. Er war Leadgitarrist und Sänger dazu.

Im Grunde verbrachte ich die zwei Wochen mehr mit ihm als mit meinen Eltern oder Leonie. Zweimal war ich sogar dabei, als seine Band probte: in der leerstehenden Garage seiner Eltern, die weder ein Auto noch einen Führerschein besaßen und die Garage vielleicht

prophylaktisch für ihren Sohn gebaut hatten. Die Band hatte sich den Namen *The Madmen* gegeben und war mächtig stolz auf ihren Einfall.
Aber der Kern dieser zwei Wochen war jener Hochsommernachmittag auf dem Wasser. Torsten segelte schon seit vier Jahren und hatte den BK-Schein, die Lizenz für die Küstenfahrt innerhalb der Dreißigmeilenzone. So weit wollten wir aber an diesem Nachmittag nicht.

Wir legen vom Segelverein ab, erreichen die Mitte des Flusses und passieren einen holländischen Frachter, über dessen Reling ein Mitglied der Crew einen Eimer mit einer undefinierbaren Flüssigkeit auskippt. Als wir an den kleinen Handelsschiffen vorbei sind, die backbord von uns vor Anker liegen, manövriert Torsten die Jolle ganz ans andere Ufer, bis wir einen Steg erreichen, an dem er sie festmacht. Er rollt eine Decke aus, und wir legen uns beide im Boot auf den Rücken und sehen in den hellblauen Himmel mit seinen plustrigen weißen Schönwetterwölkchen. Torsten erzählt mir von einem Mädchen, hinter dem er her ist, das aber von ihm nichts wissen will. Er prahlt nicht mit irgendwelchen sexuellen Abenteuern wie einige meiner Schulfreunde. Sechzehn- oder siebzehnjährige Jungen waren im Jahre 1964 mehrheitlich noch Jungfrau, vor allem, wenn sie aufs Gymnasium gingen. Torstens Eltern haben zwar weder ein Auto noch einen Führerschein, sind aber im Vergleich zu meinen ziemlich vermögend. (Das Wort *vermögend* hatte ich kurz vorher zum ersten Mal in einer Zeitung gelesen.) Der Vater führt eine Anwaltskanzlei, und er möchte, dass auch sein Sohn Jurist wird, wie das in diesen Kreisen üblich ist. Er sagt

es nicht, sie sprechen noch nicht über die Zeit nach der Schule. Torsten hält es bisher gut aus in seiner kleinen Stadt, aber später will er richtig weg. Nach Liverpool. Oder London. Oder wie ist es in Köln? Ich sage, dass es in Köln eigentlich ziemlich gut ist, dass ich aber kaum etwas anderes kenne und zum Beispiel noch nie auf einer Jolle war. Nur einmal, als wir Verwandtenbesuch hatten, habe ich mit den Verwandten und meinen Eltern eine einstündige Stadtrundfahrt auf dem Rhein gemacht, mit der Köln-Düsseldorfer.
Dann sagt keiner mehr etwas. Zuerst schaue ich noch in den Augusthimmel, dann schlafe ich ein, spüre zweimal den Wellengang, als andere Schiffe unsern Ankerplatz passieren, und eine halbe Stunde später weckt mich Torsten und sagt: »Wir müssen langsam zurück. Die Jolle wird um fünf gebraucht.«
Wir haben uns noch ein paar Briefe geschrieben, bis zu seinem Abitur (die *Madmen* waren schon vorher implodiert), und er ist dann doch zum Jurastudium nach Münster gegangen. Dann kamen keine Briefe mehr.

Dr. Meissner fragt und sagt kaum etwas, als ich ihm davon erzähle. Er macht sich sehr sparsam Notizen und seine sonst so beweglichen Augen schauen fast die ganze Zeit in eine unbestimmte Richtung, links an mir vorbei. Ich nehme an, er ist in diesen Momenten am Ufer der Loire.

14 Andreas Willich dagegen wollte nie in einer Band spielen und ist auch nie gesegelt. Eine Zeitlang ist er dreimal wöchentlich gelaufen, das hatte er mir schon damals im Schmitz erzählt. Dann wurde ihm das zu blöd, weil alle liefen. Ich frage ihn jetzt, ob er immer noch zu seinem Zen-Meister geht.

»Mein Zen-Meister ist seit fünf Jahren tot«, sagt er, »auch Zen-Meister sterben. Im Übrigen wäre das auf die Dauer etwas zu weit. Ich wohne jetzt am Bodensee. Da gibt es auch Dojos, wo ich Zazen sitzen könnte. Aber ich mache das inzwischen allein, zu Hause.«

»Bodensee? Konstanz? Lindau? Friedrichshafen?«

»Kreuzlingen. Schweizer Seite. Ich habe inzwischen einen Schweizer Pass.«

Es ist der zweite Tag der Eisheiligen, und wir laufen durch Düsseldorf, das recht kühl und noch immer weitgehend geschlossen ist, aber nicht hermetisch. Seit gestern dürfen sogar Restaurants und Cafés unter Auflagen wieder öffnen. In anderen Zeiten hätten wir uns vermutlich auf den schnellsten Weg zu einem japanischen Toprestaurant gemacht, und Andreas hätte mich sicher eingeladen. Jetzt sind wir einfach froh, dass wir in der Nähe ein Lokal mit dem schönen Namen *Hase und Igel* finden, das schon gestern keine Zeit verloren hat, wieder zu öffnen. Es liegt auf einer *revitalisierten* Industriebrache, einem Tummelplatz unter anderem für Kreative und solche, die es werden wollen. Für die Außengastronomie ist es uns noch zu kalt, aber drinnen ist sehr viel Platz, und wir erfüllen alle Auflagen, denn wir haben Masken dabei und sind zudem erkennbar einfach nur zwei Individuen.

Andreas' Weg führte damals, zu Zeiten des *Millen-*

niums und der *Nullerjahre*, von Heidelberg weiter über München und ein Gastjahr in Princeton bis nach Cambridge, Cambridgeshire (nicht Massachusetts), ans Trinity College, und von dort vor drei Jahren an den Bodensee, Schweizer Seite.

»Aber an der Uni bist du sicher in Konstanz?«

»Ich bin an keiner Uni mehr. Ich bin nicht wegen Konstanz an den Bodensee gezogen, sondern wegen des Sees. Zur Auswahl stand übrigens auch der Genfer See. Ich bin zweiundfünfzig, und mit zweiundfünfzig gehört man als Mathematiker, jedenfalls in der Liga, in der ich gespielt habe, unbedingt zum alten Eisen. Und finanziell habe ich es nicht nötig, an irgendeiner Uni mein Gnadenbrot zu essen.«

»Und was machst du den ganzen Tag?«, frage ich und wundere mich im selben Moment, dass ausgerechnet ich diese Frage stelle. Ich Privatgelehrter. Ich Bartleby-Verehrer.

»Ich schreibe«, sagt Andreas, und ich denke sofort: *bitte, nicht noch einer,* »ich schreibe so etwas wie eine Geschichte der Mathematik für Kinder«, sagt er, und ich atme auf. »Ich gehe viel am Seeufer entlang, ich sitze Zazen, fahre manchmal nach Zürich oder nach Bregenz, und außerdem bin ich ab und zu im *Bon Sommeil* in Düsseldorf. Im selben Projekt wie du.«

Das Essen kommt, die typische kleine Bistroküche für den Kreativen (zählen wir eigentlich auch dazu?), und ich schaue noch mal auf die Karte und sehe, dass *Hase und Igel* in der Tat nur mittags geöffnet haben. Andreas hatte jahrelang nicht richtig schlafen können, schon in Köln im Café Schmitz hatte er darüber geklagt. Das Problem verschärfte sich noch einmal in Cambridge, weshalb er für Kollegen wie Studenten vor 4.30 p.m.

kaum ansprechbar war. Auch für seine Frau nicht, Rhonda, die Tochter eines Linguistikprofessors, von der er vier Jahre später wieder geschieden wurde. Bis dahin, darüber waren die Mitglieder des inneren Zirkels sich einig, war es aber eine sehr gute Ehe gewesen.
»Eigentlich war das Leben in Cambridge überhaupt sehr schön«, sagt er jetzt. »Ich konnte tatsächlich zu einer Problemlösung auf dem Gebiet der algebraischen Zahlentheorie beitragen, die Details erspare ich dir. Vor allem aber konnte ich ein neues Problem formulieren, damit müssen sich jetzt aber andere herumschlagen. Irgendwann reicht die eigene Kraft nicht mehr. Aber das Leben war schön, sehr viele Freiheiten, Geld genug und ein überschaubares Gesellschaftsleben – immer dieselben Leute letztendlich, ein ganz besonderes … du hast damals in Köln mal ein Wort dafür gebraucht, Biotop, stimmt's?«
»Soziotop«, sage ich. »Heute heißt das Filterblase oder Community, je nach Blickwinkel.«
»Soziotop gefällt mir besser. Geht einem aber irgendwann auf die Nerven, das Soziotop. Ich weiß noch, wie ich mich erschrocken habe, als du damals gesagt hast, ich sei ein *homo academicus.* Bloß nicht!«
Ich bin erstaunt, wie detailliert er sich an unsere mehr als zwanzig Jahre zurückliegenden Thekengespräche noch erinnert. Bei mir selbst überrascht mich das nicht, aber bisher habe ich mein Gedächtnis für ziemlich einzigartig gehalten. Noch ein paar andere, die mir das Wasser reichen können, aber nicht viele.
»Und wie würdest du dich jetzt bezeichnen?«, frage ich Andreas.
»Ich weiß nicht. Elder statesman? Ruheständler? Freigeist? Passt alles nicht. Vielleicht – Privatgelehrter?«

Versteht sich, dass er mich etwas eingeschüchtert, ja entgeistert anstarrt, als ich laut loslache.

Später erzählt er mir von seiner *Wunderheilung*. Ich habe ihn gefragt, wie er an Dr. Meissners Studie als Proband teilnehmen kann, wenn dafür doch ausdrücklich Personen *mit ungestörtem Schlaf* gesucht wurden. Es war nicht die Scheidung von seiner Frau Rhonda (»das lief alles völlig reibungslos und ohne böses Blut«), die seine Einschlafstörungen beendete, auch nicht sein bedeutender Beitrag zur Lösung des Problems aus der algebraischen Zahlentheorie, an dem er ein Jahrzehnt gearbeitet hatte, sondern erst die Formulierung jenes neuen Problems, das nun einige seiner jüngeren Kolleginnen und Kollegen beschäftigt, »das mich aber nicht mehr berührt. Das war der Abschied, auch wenn ich danach noch zwei Jahre in Cambridge war. Plötzlich, von der einen Nacht auf die andere, konnte ich schlafen, und die Kollegen in Cambridge waren bald verblüfft, mich schon mittags im College oder auf den Straßen zu sehen. Der gute Schlaf ist geblieben, als ich an den See zog. Da wollte ich immer hin, seit ich mit meinen Eltern mal in den Schulferien dort war.«
»Du warst damals bestimmt sechzehn«, sage ich spontan und ohne zu wissen, was mich da so sicher macht.
»Stimmt genau.«
»Und bist jetzt ein glücklicher Mensch.«
»Anzunehmen.«
»Und wie bist du an Meissners Projekt gekommen?«
»Ich bin zufällig im Netz drauf gestoßen und fand das interessant. Vielleicht hat auch Düsseldorf eine Rolle gespielt, weil ich hier doch früher immer beim Zen-Meister war. Auch wenn es lange her ist.«

»Und außerdem war es eine wesentlich kürzere Strecke damals«, sage ich.
»Stimmt. Damals eine halbe Stunde, heute etwa sieben.«
Einen Augenblick überlege ich, ihn zu fragen, ob er auch eine Aufwandsentschädigung bekommt, verkneife mir das aber und frage stattdessen, wie es denn bei ihm aussieht, morgens im Zwischenraum. Nach dem Aufwachen. Mit dem individuellen und mit dem kollektiven Gedächtnis.
»Das willst du nicht wissen, es ist Klischee im Quadrat. Manchmal sind es einzelne Zahlen, die als erste kommen, manchmal eine oder mehrere Formeln oder Ableitungen. Und Meissners Steckenpferd, das kollektive Gedächtnis, reicht bei mir über Cambridge kaum hinaus. Die Kollegen und Konkurrenten, Empfänge, Dinnerabende, Ehegeschichten. Das Herausragendste war, dass bei uns am College noch einmal ein Spion enttarnt wurde, siebzig Jahre nach den *Cambridge five*. Sein Arbeitgeber hieß aber nicht Russland, sondern schon China. Da waren wir mal nah dran an der Wirklichkeit, denke ich, aber so sensationell war es letztendlich auch nicht. Ansonsten: Ich lebte auf einer Insel, vergiss das nicht, und auf dieser Insel wiederum auf einer kleineren Insel, die Cambridge hieß, und dann auf einer noch kleineren, die hieß Trinity College.«
Er winkt nach der Rechnung und lädt mich ein.
Andreas ist schon einen Tag früher ins *Bon Sommeil* gekommen als ich, und er fährt entsprechend auch einen Tag früher nach Hause. Er wäre schon längst unterwegs, wenn wir uns nicht getroffen hätten. Ich begleite ihn noch bis zum Parkhaus, wo er mir eine Visitenkarte gibt, die nur seinen Namen, seine Adresse, zwei Telefonnummern (Festnetz und mobil) und eine Mailadresse

preisgibt. Kein *Mathematiker*, kein *Don*, auch kein *Privatgelehrter*. Es ist drei Uhr nachmittags, und in einer Stunde bin ich in Dr. Meissners Büro verabredet.

15 Als ich dort eintrete, ist Dr. Meissner nicht zu sehen. Auf seinem Chefsessel hinter der großen Schreibtischfläche sitzt Frau Dr. Barbara Hoss und bittet mich, Platz zu nehmen. Dr. Meissner und sie wechseln sich in diesen Tagen bei dem Interviewmarathon ab, erklärt sie, auf meine Verwirrung eingehend. Dr. Meissner ist vor einer Stunde nach Hause gefahren und ist erst morgen Mittag wieder in der Praxis.

»Sie haben einen ihrer Mitprobanden kennengelernt«, sagt sie, »den Herrn Willich. Ich habe gesehen, wie Sie beide vorhin gemeinsam weggegangen sind. Ein interessanter Mann, oder?«

»Auf jeden Fall. Aber kennengelernt habe ich ihn nicht heute, sondern vor gut zwanzig Jahren. In Köln an einer Theke. Damals war er auf dem Sprung nach Heidelberg. Erste Stufe der Karriereleiter. Dann kam München, dann Princeton und dann Cambridge, aber das wissen Sie sicher alles. Ja, das war eine schöne Überraschung. Wir hatten uns ja seit damals nicht mehr gesehen.«

Es ist bemerkenswert, wie sie die Fassung bewahrt, aber zugleich deutlich sichtbar, dass sie darum kämpfen muss. Mein Wissen über Andreas – den Herrn Willich – verschiebt die Kräfteverhältnisse zwischen uns, jedenfalls empfindet sie es offenbar so. Schon die pure Tatsache, dass ich Andreas zu einem Zeitpunkt kennengelernt habe, da sie selbst noch ein sieben- oder achtjähriges Mädchen war, verschafft mir in ihren

Augen einen uneinholbaren Vorsprung, und ob die von mir aufgezählten Laufbahnstationen ihr wirklich genauso viel sagen wie mir – wenn sie überhaupt davon weiß –, muss sie jetzt bezweifeln. Um aus der Defensive herauszukommen, in die ich sie gedrängt habe (ohne Vorsatz!?), wendet sie sich dem Bildschirm zu, auf dem ich so etwas wie *meine Akte* vermute, und stellt eine Frage.

Die mich nicht erreicht, denn ich bin gerade dabei, meinerseits *ihre Akte* zu erstellen, auf Basis meines Wissens und, mehr noch, meiner Vermutungen. *Mutmaßungen über Barbara.* Ich bin selbst überrascht, wie schnell das geht, wie geschmeidig mein soziologisches Gen arbeitet. Das Dossier liest sich dann etwa so: Geboren Anfang der Neunzigerjahre, der Sprachfarbe nach eindeutig im Südbadischen aufgewachsen. Auf jeden Fall gutes, soll heißen einigermaßen vermögendes Elternhaus: Arzt-, Anwalts-, Architektenhaushalt, vielleicht auch Banker. Kennt Deutschland seit Beginn ihres bewussten (und erinnerten) Lebens nur »vereint«, auch wenn sie in der Schule gelernt hat, dass es bis vor gar nicht langer Zeit »geteilt« war. Vorstellen kann sich das Kind diese Teilung nicht, denkt auch vor allem *jetztzeitig.* Als die Twin Towers implodieren, ist sie neun oder zehn. Was sie speichert, sind die Bilder, erklärt bekommt sie nichts. Bilder regieren auch einige Jahre später ihre Wahrnehmung, wie bei ihrer ganzen Generation. (Kenne ich die überhaupt? Welche ist das? Generation Y, Millennials? Ich weiß nichts Genaues, muss ich mir eingestehen.) Leistungsorientiert, zielstrebig, dies auch durchs Elternhaus vermittelt. Entscheidung für Medizin durch Neigung, vor allem aber auch

durchs damit verbundene gesellschaftliche Ansehen & die späteren Einkommensperspektiven. Interessen über den Beruf hinaus schwer einzuschätzen, vielleicht sportlicher Natur (Surfen, Tennis, Squash), kann aber auch ganz anders gelagert sein. Zweifelhaft, dass sie immer weiß, wovon die Rede ist, wenn ältere Probanden & Probandinnen ihre Erinnerungen schildern. Umso lerneifriger ist sie, auch angespannt. Die Souveränität, die sie ausstrahlte, als sie mich das erste Mal verstöpselt hat, war schwer erkämpft, das verstehe ich inzwischen. Ihr Kleidungsstil: teuer, sachlich, kühl, nicht auffällig extravagant. Kann sich sehr gut zurechtmachen, zumal das Weizenblond und das Eisblau echt sind und eine gute Ausgangsbasis darstellen für die kirschrote Zutat.
Ich will dies routiniert erstellte Dossier gerade noch um das erotische Profil ergänzen, als ich Frau Dr. Hoss etwas – verwundert? genervt? beunruhigt? – höre: »Herr Roloff?«
Sie hat mir eine Frage gestellt, vorhin, bevor ich ihre Akte anlegte, daran erinnere ich mich. Bis jetzt hat sie geduldig gewartet, aber nun kommt der etwas ängstliche Ordnungsruf. Ich muss mir die Frage wiederholen lassen.
»Nein«, antworte ich. Es geht darum, dass meine kurzen nächtlichen Wachphasen etwas häufiger geworden sind, wenn auch nicht länger. Es handelt sich um jene kurzzeitigen Fälle von nächtlichem Aufwachen, die ein paar Sekunden oder weniger als eine Minute dauern und dem Schläfer gar nicht bewusst sind, obwohl sie sehr häufig sind. Dem gilt auch die zweite Frage, ob ich, entweder im Schlaf oder nach dem morgendlichen Erwachen, irgendetwas davon merke. Mich etwa unausgeschlafener fühle. Wir werden ja in dieser Ver-

suchsreihe nicht zu einem bestimmten Zeitpunkt geweckt (wie bei der therapeutischen Arbeit mit Schlafgestörten, die Dr. Murnau leitet), sondern man wartet, bis wir von selbst wach werden.

Plötzlich bekomme ich Panik. Bin ich kein Proband *mit gesundem Schlaf* mehr? Muss ich ausgesondert werden? Frau Dr. Hoss lacht und beruhigt mich. »Sie sind ein sehr gesunder Schläfer«, sagt sie, »und niemand will Sie hier rausschmeißen. Das würde schon allein die ganze Altersstruktur des Versuchs durcheinanderbringen, Sie sind ja unser zweitältester Proband.« Das verwirrt mich einen Augenblick noch mehr, denn bisher war ich davon ausgegangen, ich sei der älteste. Frau Dr. Hoss klärt mich darüber auf, dass die älteste Probandin eine 1940 geborene Dame sei, wohnhaft direkt hier in Düsseldorf, aber *kurz vor dem Mauerbau* (aus ihrem Mund klingt diese Formulierung etwas merkwürdig) aus Leipzig in den Westen gekommen. Mehr dürfe sie mir nicht erzählen.

Ich lausche noch einmal meiner nun abgeklungenen Panik nach und verstehe, wie wichtig mir mein Platz im Schlaflabor ist. Nicht allein, dass mir mit ihm ein Stück Zuhause verlorengehen würde, ich würde, so empfinde ich es jetzt, praktisch meine letzte deutlich definierte Verbindung zur *Gesellschaft* verlieren, völlig unabhängig davon, ob es so etwas wie eine Gesellschaft noch gibt und wie sie genau aussieht. Ich würde endgültig aus ihr herausfallen.

Aus solchen Grübeleien erlöst mich Barbara Hoss, indem sie sagt: »Ich würde – wir würden – gern noch etwas ausführlicher über Ihre Trümmererinnerungen sprechen. Bei Ihnen ist doch sehr oft irgendwas mit Trümmern.«

16 Trümmer-Erinnerungen (in dieser Schreibweise steht das Wort vor mir) ist ein vielschichtiger Begriff. Was Barbara Hoss in diesem Moment meint, sind ganz konkret meine kindlichen Spiele zwischen den Trümmern rund um den Barbarossaplatz, die in meinen Aufwachprotokollen, aus dem Labor ebenso wie zu Hause, immer wieder auftauchen. Was Frau Dr. Hoss eventuell, Dr. Meissner aber ganz sicher auch meint, ist die Tatsache, dass meine Erinnerungen überwiegend den Charakter von Trümmern zeigen, dass sie selbst in der Gestalt von Bruchstücken auftreten, als hätte die Schutt- und Brockenkulisse meiner Kindheit mein Erinnern für immer geprägt. Darum war es ja auch in dem vorgestrigen Gespräch gegangen. Bis dahin hatte ich gedacht, das sei das Normale, aber offensichtlich erinnern andere sich *biografiefähiger*. Dagegen kann ich aus meinem Gedächtnis, obwohl oder vielleicht gerade weil es so gut ist, keine Biografie bauen. Nicht nur *erwerbsbiografie-*, sondern insgesamt *biografieunfähig*. Vielleicht auch deshalb, weil eine der wichtigsten Erinnerungen aus meiner Kindheit nicht meine eigene ist, so sehr ich mir auch Mühe gegeben habe.

Meine Mutter hat mir die Geschichte oft erzählt. Als ich im Schutt um den Barbarossaplatz zu spielen begann, war ich drei oder vier, aber der entscheidende Vorfall ereignete sich in meinem ersten Schuljahr.
Ich habe nie erfahren, ob meine Mutter zu den so genannten Trümmerfrauen gehört hat, deren Loblied der Präsident dann vierzig Jahre später in seiner gepriesenen Rede gesungen hat. Ich hoffe irgendwie, dass sie nicht dabei war, denn dann hätte sie in meiner Vorstellung auch zu den jungen Frauen gehört, manche

noch beinahe Mädchen, die dem Führer früher zugejubelt hatten, und in den Jahren vor meiner Geburt zu diesen verhärmten Kopftuchfrauen, die der Führer am Ende schmählich verlassen hatte und die darüber enorm verletzt waren, während sie zwischen den Trümmern herumstocherten oder ihre Bollerwagen hinter sich herzogen, jene Bollerwagen, die auch ich aus meiner Kindheit noch kenne. Diese Hingabe an den Führer sah ich später in den Bildern, die ich in Dokumentarfilmen und alten Wochenschauen sah und mir heute noch bei allen möglichen Gelegenheiten, *ZDF History* vorneweg, reinziehe wie ein Süchtiger. Ein fremdes Volk, völlig fremde Gesichter, in denen ich nichts lesen kann als Bitterkeit. Ganz anders, wenn ich aus denselben Jahren britische oder französische Dokumente sehe. Die deutschen Gesichter dieser Generation bleiben für mich *aliens*. Verständlicherweise wollte ich nicht, dass meine Eltern dazugehörten, sondern zu den Ausnahmen zählten.

Neun Jahre nach Kriegsende und sechs Jahre nach meiner Geburt war der Barbarossaplatz und waren die angrenzenden Straßen noch immer eine Abfolge von Schutthaufen und Baulücken. Dies war der Nahraum meiner Kindheit; so bot sich mir die Welt dar und so auch den Jungen (und Mädchen) meines Alters, mit denen ich spielte und mit denen ich zwischen den Trümmern hin und her kroch.

Ich kann verstehen, dass weder meine Mutter noch die Mütter meiner Freunde davon begeistert waren. Unter den Trümmern verbargen sich alle möglichen Altlasten von zweihundertzweiundsechzig Bombenangriffen, und viele von ihnen waren keineswegs tot, sondern schlummerten und warteten auf ihren Einsatz. Nicht nur bei uns, im ganzen Land kursierten die Geschichten von Kindern, die durch einen Blindgänger ums Leben gekommen waren oder noch scharfe Handgranaten gezündet hatten. Eben eine dieser Geschichten erzählte meine Mutter.

»Ich werde nie vergessen«, so fing sie immer an, »wie du (wie der Kleine, wie mein Sohn, wie Rainer – je nach Adressat) und dein Freund Klaus eine Handgranate gefunden und damit hantiert habt. Klaus war zwei Jahre älter und hatte irgendwo erfahren, wie man damit umgeht, warf sie aber zu spät und nicht weit genug, nachdem er den Abrisszünder betätigt hatte. Dir (dem Kleinen, meinem Sohn, Rainer) ist nicht viel passiert, aber dem Klaus hat es die Hand abgerissen.« Auch mir selbst hat meine Mutter diese Geschichte immer wieder erzählt, dazu meinem Vater und meiner Schwester. In gewisser Weise war es ihre Lieblingsfamiliengeschichte, weil sie demonstrierte, dass ein Schutzengel die Familie – oder wenigstens mich – beschirmt hatte. Im Gegensatz zu meinem Vater, der aus Detmold stammt, war meine Mutter eine echte Kölnerin und pflegte den Katholizismus pragmatisch-kölscher Prägung. Mir gefiel es, dass der Schutzengel mich ausgewählt hatte, mich zu beschirmen, und deshalb hörte ich die Geschichte gern, vor allem auch, wenn wir Besuch hatten.

Allerdings, und das gestehe ich an diesem Morgen Frau Dr. Hoss, kann ich mich an nichts dergleichen erinnern. Weder an einen Freund namens Klaus mit abgerissener Hand, noch daran, jemals eine Eierhandgranate auch nur aus der Nähe gesehen zu haben. Zudem klang das Wort *Abrisszünder* aus dem Mund meiner Mutter wie ein Fremdwort, das sie nachgeschlagen hatte. Auch das »nicht viel«, das mir passiert sein soll, hat meine Mutter nie näher beschrieben, am Ende war es nur ein furchtbarer Schock, den ich gehabt haben soll. Ich habe sie gefragt, ob sie dabei gewesen sei. Nein, aber eine Nachbarin habe das alles gesehen und sei schnell zu ihr nach Hause gelaufen.

Einen Großteil meiner Kindheit habe ich darum gekämpft, ein Bruchstück, einen kleinen (Granat-)Splitter nur, aus dieser Szene in meiner Erinnerung wiederzufinden, als Bildfragment, als Widerschein eines bestimmten Lichts (es sei Hochsommer gewesen, sagte meine Mutter), einer Tageszeit (nachmittags), als Widerhall des Geräuschs der explodierenden Granate. Denn knapp dem Tode entronnen zu sein, war ein Gedanke, der mir naturgemäß gefiel. Aber meine Bemühungen blieben ohne Erfolg. Entweder also hat mein damaliger Schock die Erinnerung an den Vorfall blockiert und sorgt dafür, dass sie bis heute nicht wieder aufgerufen werden kann; oder aber meine Mutter hat die Geschichte erfunden, um die Familienerzählungen mit einer kleinen Heiligenlegende zu bereichern.

»Heute neige ich eindeutig zur zweiten These«, sage ich zu Frau Dr. Hoss, die meinen Ausführungen sehr aufmerksam gefolgt ist, wobei das Eisblau ihrer Augen fast einen milden Schmelz angenommen hat.

»Dann sind Ihre Trümmererinnerungen zum Teil also gar nicht real?«

Ich versichere ihr sofort, dass es sich nur um diese eine Geschichte handelt, dass meine anderen Erinnerungen aus diesen Jahren sehr deutlich und sehr lebendig sind, etwa bis zum Zeitpunkt, als die letzten Trümmer beseitigt waren, der Barbarossaplatz zu einer gigantischen

Kreuzung aus sieben Straßen umgestaltet war und sich, bei scharfer Konkurrenz, souverän den Titel *Kölns hässlichster Platz* eroberte und bis heute behauptet.
Bis dahin darf ich meinen Erinnerungstrümmern, auch wenn sich manchmal verschiedene Bilder aus derselben Sphäre überlagern mögen, sehr wohl trauen. Vor allem der einen Erinnerung, die ich Barbara Hoss jetzt aber nicht erzähle.

Es ist ein heißer Sommertag 1955, mein zweites Schuljahr, kurz vor den großen Ferien. Hoher Nachmittag, und ich klettere zusammen mit Dieter Kaluza und Brigitte Majewski in den Trümmern herum. Der Schutt ist zwar inzwischen irgendwie *ordentlicher* zusammengeschoben, aber eben noch nicht vollständig weggeräumt. Auch Dieter Kaluza ist übrigens ein Flüchtlingskind. Der Ort, aus dem seine Eltern mit ihm und den Geschwistern geflohen sind, heißt Königshütte und muss sehr weit weg liegen von hier. Dieter sucht eifrig nach verborgenen Schätzen in den Lücken des Schutts. Mit ihm könnte ich mir noch heute das Handgranatenmelodram, das meine Mutter mir ins Gedächtnis zwingen wollte, viel eher vorstellen; schließlich habe ich seinen Namen behalten und weiß heute noch, dass seine Frisur der Zeit voraus war. Sein Haarschnitt, vielleicht hausgemacht, antizipierte in der Tat denjenigen der Popper, die als Community erst knapp drei Jahrzehnte danach, in den frühen Achtzigern, in Westdeutschland die so genannte Jugendkultur bereichern sollten, wobei insbesondere die reichere Jugend der Hansestadt Hamburg eine prägende Rolle spielen würde. Wenn wir unterwegs sind, wirft Dieter ab und zu energisch den Kopf nach rechts hinten, um dem

rechten Auge vorübergehend freies Blickfeld zu verschaffen.
Dieter Kaluza, Brigitte Majewski und Rainer Roloff krabbeln und kriechen also durch die geordneten Schuttberge des Barbarossaplatzes, wo Dieter unter anderen Dingen zwei leicht verbeulte Wurstkonserven findet, vermutlich noch aus Wehrmachtsbeständen, als Brigitte Majewski plötzlich wieder Pipi muss. Das hatten wir doch schon mal in der Schule. Diesmal aber kann sie sich im Schuttgebirge niederlassen, rechtzeitig ihren Rock hoch- und ihren Schlüpfer runterziehen und die Nachlasstrümmer des Zweiten Weltkriegs bepissen, ausführlich und mit einem erleichterten Stöhnen. Derweil sehen Dieter Kaluza und ich interessiert zu und beginnen – *beide*, dessen bin ich sicher –, schwer zu atmen.
Diese bis heute sehr klare Erinnerung, dieses exakt gerahmte Bild (sie trug auch an diesem Tag die Ohrringe!) enthalte ich Frau Dr. Hoss aber vor, und ich werde es auch Dr. Meissner vorenthalten. Denn was das mit dem kollektiven Gedächtnis zu tun haben sollte, könnte mir ganz gewiss weder sie noch er erklären.

17 Mittags am folgenden Tag Taxi zurück nach Köln, vom Fahrer plexiglas-getrennt auch hier. Da wir in Düsseldorf sind, erwarte ich musikalisch von vorn wenigstens Fehlfarben oder DAF, eigentlich aber Kraftwerk. Aber nichts dergleichen, der Fahrer, irgendwie alterslos – oder ich hatte beim Einsteigen nicht genug Zeit, hinzusehen –, hört brav WDR2: *Der Vormittag,* mit Steffi Neu; das kommt aber bei-

nahe nur als Rauschen bei mir an, einzelne Wörter stechen heraus. Weil man sie jetzt ständig hört, versteht man sie schon, bevor sie ausgesprochen werden. Draußen ab und zu Sonne, kein Niederschlag, die Eisheiligen noch nicht vorbei, aber sanfter als am Montag.
Da von vorn keine Kommunikation droht, denke ich noch einmal an die letzten Tage zurück und besonders an das Dossier, das ich über Barbara Hoss zusammengestellt hatte, bevor ich unterbrochen wurde. Mir fällt das Abschätzige, beinahe Abwertende auf, das ich ihr und ihrer Generation entgegenbringe und für das es keinen anderen Grund gibt als: Fremdheit. Nicht Feindseligkeit wie gegenüber meiner Elterngeneration, sondern Fremdheit: *aliens* einer anderen Art als die Eltern. Angenommen, ich würde noch ein Vierteljahrhundert leben – wovor das Schicksal und vor allem meine eigene Entschlusskraft mich bewahren möge –, könnte ich dann mit Frau Hoss, ihrem sozialen Milieu und ihrer Generation Erinnerungen an das Jahr 2020 teilen, die mehr als das nackte Datum gemein hätten? Könnten wir uns nicht nur darüber verständigen, was damals war, sondern auch darüber, *wie es war*?
Könnten wir nicht; deshalb hat Dr. Meissner für den Versuch von vornherein Probanden zwischen zwanzig und achtzig gesucht, zwischen denen die Schnittmenge vermutlich umso kleiner wird, je weiter sie im Alter auseinanderliegen.
Dann fällt mir wieder ein, dass Kinder sich in der Regel mit ihren Großeltern besser verstehen als mit ihren Eltern. Das hieße im konkreten Fall zum Beispiel, Barbara Hoss würde sich viel eher dafür interessieren als Dr. Meissner (und sich eventuell auch amüsieren), wie

es zum Beispiel 1980 an dem sehr späten Augustabend im Kurfürstenhof war, als Jürgen Zeltinger und Bernd Schmitz ihre Wette abschlossen.
Anwesend waren: Lotte und ich, auf der Fensterbank sitzend, mit jeweils einem halb ausgetrunkenen Kölsch. Ein mir nicht bekannter Gast mit schulterlangem Speckhaar und einer Lederweste überm weit offenen Hemd, der mich lebhaft an das berühmte Hegel-Porträt von Jakob Schlesinger aus dem Jahr 1831 erinnerte und der an einem Tisch vor sich hinstarrte. Thomas, der schon angefangen hatte, die Gläser von der Theke und von den Tischen zu räumen. *De Plaat* Jürgen Zeltinger, ebenfalls in Leder, in angeregtem Gespräch.

Heute abend live im Roxy: Jürgen Zeltinger und Freunde! – das war schon beinahe ein Jahr her, und der Ruhm der Band hatte längst die Stadtgrenzen überschritten.

Wo hab ich denn noch keinen Deckel,
wo kann ich noch hin?
Im Roxy, Plenum, Solitaire, Alcazar, Sing-Sing,
Zodiac und Le Batou, alles ist tabu.
Plötzlich kommt mir die Idee:
Morgen hab ich Ruh!

Morgen geh' ich zum Sozialamt,
morgen geh' ich zum Sozialamt,
da gibt es Geld! da gibt es Geld!
Da gibt es Geld Geld Geld Geld Geld Geld Geld!

Meistens war die Band jetzt auf Tournee, aber an diesem späten Abend, als die Tage wieder spürbar kürzer wur-

den, stand *De Plaat* allein an der Theke und sagte *nein.*
»Doch«, sagte Bernd Schmitz, »da mache ich jederzeit ne Wette mit dir.«
»Biss beklopp'?«, erkundigte sich *De Plaat* in freundlichstem Ton, wie überhaupt an diesem friedlichen Abend im Hof keinerlei Spannung, keine Handgreiflichkeiten in der Luft lagen. Obwohl doch viele Angst, so genannten Respekt hatten vorm Ex-Knacki Zeltinger. Dabei handelte es sich um eine harmlose Jugendstrafe wegen Haschischkonsums, irgendwann in den längst versunkenen Sixties.
Bernd Schmitz, der bestimmt nie Angst vorm Zeltinger gehabt hat, bestand aber darauf, *nich beklopp'* zu sein, und formulierte seine Wette: Er werde es, nachts und bei freier A555 mit seiner Harley in genau sechs Minuten vom Bonner Verteiler in Köln bis zum Kölner Verteiler in Bonn schaffen. Das mochte Jürgen Zeltinger damals nicht glauben, und wir wenigen Zuhörer, die sich nicht einmischten, auch nicht. Bis auf Lotte: Als wir draußen waren und uns auf den Heimweg in die Alteburger machten – drinnen starrte Hegel immer noch vor sich hin –, rechnete sie mir vor, dass das bei zwanzig Kilometern Streckenlänge und idealen Bedingungen mit einer starken Maschine ohne Weiteres möglich sei.
»Für den Schmitz ist die Wette ein minimales Risiko. Wenn die Voraussetzungen gegeben sind.«
Ich musste ihr recht geben und bewunderte ihre Klugheit. Die Wette scheint aber entweder nicht zustande gekommen oder aber nie in die Praxis umgesetzt worden zu sein. Andernfalls, dessen bin ich mir sicher, hätte man davon gehört, nicht nur in der Südstadt.

Als ich jetzt die Haustür öffne und mit meinem kleinen Köfferchen die Treppe hochsteige, kommt mir wieder die Krankenschwester entgegen: nicht mehr leichtfüßig wie vor ein paar Wochen, sondern schleppend und mit stumpfem Blick, während sie ihre FFP2-Maske überzieht. Ich will etwas sagen und bin beinahe schon auf dem Weg zur *Heldin des Alltags*, aber sie ist bereits an mir vorbei und erspart mir alle Peinlichkeiten.
Oben höre ich durch die geschlossene Tür das Telefon und schaffe es tatsächlich noch, bevor aufgelegt wird. Meine Schwester Leonie sagt: »Ich hab's schon fünfmal versucht und genau so oft auf dem Handy. Also: Heute ist Mama gestorben.«

18 **Ich hatte lange nicht mehr** an meine Mutter gedacht und praktisch vergessen, dass sie noch lebte. Bei meinen letzten Versuchen, im Heim mit ihr zu sprechen, hatte sie mich nicht mehr erkannt, und am Telefon schlugen alle Versuche fehl, weil ihr Hörgerät kaputtgegangen war und sie kein neues mehr wollte, mit der Begründung: »Ich bin jetzt hundert und habe das Recht, nichts mehr zu hören.«
Dieses Recht hat sie wahrgenommen bis zum Tag ihres Todes. Auch die Pflegerinnen im Heim in Niehl hatten damit zu kämpfen. Das weiß ich von Leonie, die sie regelmäßig besucht hat bis zum Schluss. Und mir im Übrigen nie Vorwürfe gemacht hat, dass ich das nicht getan habe. Mama war ihre Angelegenheit, und seit der Kindheit hat auch nur Leonie meine Mutter Mama genannt, während ich sie Mutti und später nur noch Mutter gerufen habe.
Als unser Vater starb, vor fünfunddreißig Jahren, hatte

er seiner Frau zwar keine großen Vermögenswerte, aber immerhin doch eine solide Beamtenpension, eine Lebensversicherung und dazu noch eine Altersrente hinterlassen, die er extra für sie abgeschlossen hatte. Unsere Mutter führte lange das Leben einer lustigen Witwe, was sich vor allem in ihrer lebhaften Reisetätigkeit niederschlug: Israel, Türkei, Ägypten, Südafrika und weitere Länder, in denen ich nie gewesen bin. Vor gut zehn Jahren verschlechterte sich ihr Zustand, und es war vorbei mit den Reisen. Sie hatte immer gesagt: »Wenn ich nicht mehr reisen kann, dann sterbe ich.« Diese Prognose erwies sich jedoch als Irrtum. Nach weiteren drei Jahren konnte sie ihre Wohnung – unsere Kindheitswohnung in der Weyerstraße – nicht mehr verlassen. Leonie versorgte sie mit wechselnden polnischen und ukrainischen Pflegesklavinnen, die rund um die Uhr bei ihr blieben, bis die Altersdemenz so viel Oberhand gewann, dass Leonie eine andere Unterbringung für ratsam hielt und ihr den Platz im St. Christophorus in Niehl verschaffte. Das war vor vier Jahren, ein Jahr, bevor meine Schwester ihre Praxis verkaufte. Vor einem Jahr hat unsere Mutter sich dann, über den Umweg mit dem defekten Hörgerät, mehr oder weniger von der Welt abgemeldet. Am Ende hat sie auch das Essen verweigert. Kuchen ja, aber sonst nichts mehr. Sie hat Leonie zwar bis zum letzten Besuch erkannt, aber nicht mehr verstanden, was diese von ihr wollte.
Deshalb hat meine Schwester, als sie mich anrief, dem Satz *Heute ist Mama gestorben* noch hinzugefügt: »Endlich.«

Sie wird am Wochenende das Zimmer im Heim auflösen und Mutters persönlichen Besitz mitnehmen.

»Zu erben gibt's da nicht viel, da muss ich dich enttäuschen. Wir sehen es uns dann zusammen an.«

19 **Seit gestern** bin ich wieder draußen. Da ich nicht nördlich in St. Marien, sondern südlich im Severinsklösterchen lag, konnte ich der Krankenschwester aus meinem Haus nicht begegnen.

Passiert ist es einen Tag nach Leonies Anruf. Die Eisheiligen hatten sich wenigstens hier in Köln schon verabschiedet. Ich war auf dem Rückweg vom türkischen Imbiss in der Weidengasse und balancierte mein Essen elegant auf der rechten Hand, als ich fünfzig Meter vor dem Ziel ins Stolpern kam und, um nicht zu fallen, Fahrt aufnahm, noch ein paar Schritte lief, das Essen noch immer balancierend, und beim letztlich unvermeidbaren Sturz schon so viel Tempo hatte, dass ich ein paar Meter auf dem Trottoir nach vorn rutschte und dann einen heftigen Schmerz im linken Ellenbogen empfand und zudem sofort spürte, dass mein linkes Knie blutete und meine Hose nicht einmal mehr für die Altkleidersammlung taugen würde, weil sie an beiden Knien aufgerissen war.
Aber der Styroporbehälter mit dem Essen war unversehrt.
Unbeschädigt auch, sogar pandemiegestärkt: die Hilfsbereitschaft der Paare und Passanten um mich herum, die sternförmig auf mich zukamen und fragten, ob mir etwas passiert sei.
Natürlich war mir etwas passiert, das war offensichtlich. Aber ich sei nur fünfzig Meter von zu Hause entfernt und werde das wohl schaffen, sagte ich. Ich sei

nicht auf den Kopf gefallen, das sei die Hauptsache. Und mein Essen habe auch überlebt.
Zustimmendes Lachen. Entspannung. Also kein Rettungswagen? Nein, kein Rettungswagen.
Als ich gegessen hatte, wie so oft mit Blick auf den ein- und ausfahrenden Zugverkehr, rief ich Leonie an, weil nicht nur die Schmerzen im linken Ellenbogen zunahmen, sondern dieser sich auch blau und grün zu verfärben begann (war nicht auch ein Gelbstich dabei?) und schon erheblich angeschwollen war. Leonie setzte sich in ihren Wagen und kam zu mir, brachte Schmerztabletten mit, telefonierte mit einem befreundeten Chirurgen und machte einen Termin direkt nach Praxisschluss aus. Seit meine Schwester nach zwei Jahren Ehe mit einem HNO-Arzt Mitte der Achtziger geschieden war und wieder allein lebte, hatte ich keine Ahnung davon, mit wem sie privat verkehrte, falls das überhaupt der Fall war, und in welchem Milieu sie sich außerhalb ihres Berufs bewegte. Ich war mir sicher, dass unser beider Erinnerungen nach dem Ende von Kindheit und Jugend sich kaum noch berührten, so wie wir uns auch nur noch selten sahen. Aber *aliens* waren wir deshalb nicht füreinander, sondern Geschwister, von denen jedes dem anderen immer helfen würde wie jetzt. Ich gebe zu, dass es sich dabei im Großen und Ganzen um eine Einbahnstraße handelt. Ich bemühte mich, ein guter Bruder zu sein, und Leonie war eine gute Schwester, so wie sie eine gute Tochter gewesen war. Als sie jetzt mit dem Chirurgen telefonierte, klang das sehr vertraut und freundschaftlich, sogar fröhlich, und plötzlich erschien mir meine Schwester als eine Frau, die mit ihrem Leben sehr zufrieden war. Das erstaunte mich dermaßen, dass ich sie unmittelbar, nachdem sie aufgelegt hatte, danach fragte.

»Sischer dat«, sagte sie in einer kölschen Anwandlung, »ich habe doch bisher ein prima Leben gehabt. Ich hoffe, es bleibt so. Zeig mal dein Knie. – Nicht weiter schlimm. Tetanusimpfung auffrischen, würde ich sagen.«

»Nicht nötig, ist erst letzten Sommer passiert. Nach dem Fahrradunfall.«

Jetzt war Leonie erstaunt, weniger darüber, dass ich einen Fahrradunfall gehabt hatte (bei dem ich wirklich auf den Kopf gefallen war und bei dem auch der Rettungswagen kam), als darüber, dass ich mich an die Auffrischung der Impfung erinnerte. Das schien nicht zu ihrem Bild von mir zu passen.

Als wir nach unten gingen, wäre ich gern der Krankenschwester begegnet, um ihr meinen Arm zu zeigen und zu sagen, es gebe auch noch etwas anderes als das Virus; doch stattdessen kam uns der Fotograf entgegen, der sein Atelier oben im Dachgeschoss hat, und grummelte etwas in sich hinein. Der vermutliche Anlass dazu leuchtete uns direkt vor der Haustür entgegen: Leonies einzige Extravaganz, das rote Peugeot 504 Cabrio aus dem Jahr 1982 mit dem Kennzeichen K-LR 100 H, stand schräg halb auf dem Bürgersteig und halb auf der Straße eingeparkt.

Zum Chirurgen fuhren wir dann aber mit geschlossenem Verdeck. Der Abend war kühl.

Am nächsten Tag brachte Leonies Peugeot mich ins Severinsklösterchen in die Chirurgische. Ihr Freund und Kollege hatte die starke Vermutung geäußert, der Ellenbogen sei gebrochen, mochte sich aber nicht festlegen und überwies mich an seinen Schüler, der die Chirurgie im Severinsklösterchen leitete.

Leonie hatte meine Tasche für die Klinik fachkundig selbst gepackt. »Länger als drei Tage bist du da sowieso nicht«, sagte sie, und sie musste es wissen. Immerhin konnte ich gerade noch Modianos *Unfall in der Nacht* (Wiederholungslektüre) dazupacken und in Düsseldorf anrufen, um den nächsten Termin (vorgesehen für Dienstag, 26. Mai) abzusagen. Franz Nonnenmacher nahm meine Absage entgegen und wünschte mir gute Besserung, und plötzlich stieg wieder die Panik in mir auf, ich könnte meinen Platz im Projekt verlieren. Leonie war sehr interessiert; sie hatte von meinem Leben als Proband für die Schlafforschung bisher nichts gewusst. Auf der Fahrt fragte ich sie nach ihrem Verhältnis zu dem Chirurgen, der fünfzehn Jahre jünger war als sie und gut aussah, und sie lächelte zu meinem Beifahrersitz hinüber und sagte: »Mein Lieber, du hast dich noch nie für mein Liebesleben interessiert, jetzt musst du auch nicht mehr damit anfangen.«
Da hat sie wohl recht, mit einer Ausnahme.
»Vor HNO-Fritze habe ich dich von Anfang an gewarnt«, sagte ich. Ihr HNO-Ehemann hieß tatsächlich Fritz mit Vornamen, und ich habe ihn Leonie gegenüber immer nur HNO-Fritze genannt.

Aus Leonies drei Tagen sind dann doch sechs geworden. Erstens musste ja zunächst der Virustest durchgezogen werden, daran hatte sie nicht gedacht. Und zweitens war die Röntgenaufnahme nicht aussagekräftig genug, und es musste eine CT gemacht werden. Obwohl nur Kassenpatient, kümmerte man sich sehr um mich. Schließlich hatte der Lehrmeister des Chefs der Chirurgie mich persönlich eingewiesen, und seine mutmaßliche frühere Geliebte, eine anerkannte Inter-

nistin, hatte mich persönlich ins Krankenhaus gefahren, im offenen roten Cabrio.
Die Tomografie ergab schließlich, dass es sich zwar tatsächlich um eine Ellenbogenfraktur handelte, genau genommen um eine des Radiusköpfchens, der Bruch aber nur minimal verschoben und eine weitere Verschiebung nicht zu befürchten war. Der Chef der Chirurgie tröstete mich damit, dass eine Operation nicht nötig sei, sondern eine konservative Behandlung ausreiche, während ich noch entzückt dem Wort *Radiusköpfchen* nachschmeckte. Die konservative Behandlung bestand aus einem Gips bis zu meiner Entlassung. Zuvor schon hatte man per Spritze den Bluterguss weitgehend abgezogen.
Am Mittwoch, ich hatte eine Verordnung für die Physiotherapie und einen ordentlichen Packen Schmerztabletten in der Tasche, holte mich Leonie ab und fuhr mich nach Hause. »Übermorgen ist die Trauerfeier und die Beisetzung«, informierte sie mich, »aber wenn du zu große Schmerzen hast, entschuldige ich dich. Das zieht sich hin. Mama wird katholisch unter die Erde gebracht, versteht sich.«
»Ich habe jetzt schon große Schmerzen«, sagte ich.
Leonie nickte. »Dachte ich mir. Aber am Samstag solltest du trotzdem zu mir kommen. Ich habe ein paar interessante Sachen in ihren Hinterlassenschaften gefunden.«

ZWEITER TEIL
ERINNERUNGEN AN DEN TOAST MOZART

1 **Das Foto, selbstverständlich schwarzweiß,** demonstriert schon durch den weißgezackten Rand, dass es von früher kommt, von sehr viel früher, aus – für uns – unvorstellbarer, unvordenklicher Zeit. Eine Zeit, die so fremd ist, dass weder Leonie noch ich sie uns vorstellen können, obwohl wir so viel darüber gehört und gelesen und in Filmen gesehen haben. Wir beide waren noch nicht auf der Welt, und unsere Mutter kannte unseren Vater noch nicht. Auf dem Foto strahlen sechs junge Mädchen in die Kamera, unsere Mutter ist die vierte von links. Unsere Mutter und ein anderes Mädchen haben dunkle Röcke und unterschiedliche Blusen an, eine mit floralem Muster (Mutter), eine mit Streifen. Die vier anderen Mädchen tragen eine Uniform: ein dunkler Rock mit einem ebenfalls dunklen Gürtel, eine weiße Bluse und ein dunkles Halstuch mit einem Knoten, wahrscheinlich aus Leder. Die sechs stehen nebeneinander in einem Raum mit Holzbänken und Holztischen; man denkt an ein Vereinsheim oder Ähnliches. Im Hintergrund sieht man an der Wand ein Foto des Führers, leicht verschwommen, aber eindeutig identifizierbar, darunter eine Frakturschrift, die aber zu undeutlich ist, um sie entziffern zu können. Dafür steht auf der Rückseite des Fotos deutlich zu lesen: *Juni 1935. Agnes, Gerda,*

Hildegard, ich, Ursula und Anneliese. Ursula ist das zweite Mädchen, das Zivil trägt, das mit der gestreiften Bluse.

»Die Uniformen sind BDM«, sagt Leonie, »Bund Deutscher Mädel. Die Röcke sind in Farbe dunkelblau, die Gürtel auch, das Halstuch ist schwarz und der Lederknoten braun. Ich habe mich schlau gemacht. Aber Mama ist in Zivil. Sie ist einfach mit ihren Freundinnen zusammen. Die sind alle fünfzehn oder sechzehn.«

Ich erkenne unsere Mutter auf dem Foto, und Agnes scheint mir eine der Nachbarinnen und Freundinnen unserer Mutter aus der Zeit nach dem Krieg zu sein, vier Häuser weiter, die dann mit ihrem Mann weggezogen ist, ins Bergische, glaube ich. Eine von diesen dunkel Gelockten oder Dauerwelligen, wie ich sie aus meinen Roro-Träumen kannte. Dennoch wird das Foto dadurch nicht vertrauter, sondern bleibt vollkommen fremd. Aufgenommen ist es sicher irgendwo in Köln oder im Umland, aber auf mich wirkt es so, als hätte es auch in Nordkorea gemacht werden können.

Ich bin zwei Jahre nicht mehr in Leonies Wohnung in Bayenthal gewesen. Sie hat diese schon in den Neunzigerjahren gekauft, über eine edle Maklerfirma mit Sitz in Marienburg. *Auf der* Marienburg, wie die Eingeweihten und die Bewohner sagen, obwohl es sich nicht um eine Burg, sondern um einen Stadtteil handelt. Einen burgähnlichen, immerhin. Leonies kleines Penthouse liegt im sechsten Stock einer parkähnlichen Wohnanlage, die vielleicht in den Siebzigern oder Achtzigern gebaut wurde, aber bis heute keine Patina angesetzt hat, weil sie von der Hausverwaltung sehr sorgsam gewartet wird. Für Leonie bedeutete der Kauf damals einen Aufstieg im doppelten Wortsinn. Sie war sozial schon seit einigen Jahren dort angekommen, wo sie hingewollt hatte, und das fand nun endlich auch in ihrer Wohnsituation Ausdruck. Zudem hatten wir als Kinder in der Weyerstraße im Erdgeschoss gewohnt, in einem Haus, das erst nach und nach von einer Ruine wieder zu einem Wohnhaus minderer (von der Lage her) bis mittlerer (von der Substanz her) Güte wurde. Während ihres Studiums hatte meine Schwester sowohl in Studentenwohnheimen wie auch in Wohngemeinschaften rund um den Zülpicher Platz gehaust bis gewohnt, als junge Ärztin dann in einer schönen Altbauwohnung in Nippes und später in der Gladbacher Straße. Aber sie war nie über das erste Stockwerk hinausgekommen, und deshalb hat sie, als sie das Angebot des Edelmaklers sah, nicht lange gefackelt und es nie bereut. »Heute würde ich noch zehn Etagen höher ziehen«, hat sie mir einmal gesagt, »aber dazu ist es jetzt ein bisschen zu spät.«

Ich sehe, dass die Medizin aus ihren Bücherregalen fast vollständig verschwunden ist (die Bücherregale in den Wohnungen anderer Leute mit geübtem Blick abzutasten, ist eine Unart, die mir abzugewöhnen ich nicht vorhabe). Die wichtigsten Fachbücher hatten sowieso in ihrer Praxis gestanden, Luftlinie fünfhundert Meter von hier. Gerade will ich nachschauen, wofür die Medizin mit ihrem Rückzug Platz gemacht hat in Leonies Bibliothek, als sie aus einem Nebenzimmer zurückkommt und sagt: »Das mit dem Foto war nicht alles. Guck mal, was ich hier habe!«

Sie hält in beiden Händen triumphierend zwei Packen Briefe und Postkarten hoch, die kaum jünger sein können als das Foto. Als sie sie ausgebreitet hat, sehe ich an den Postkartenmotiven ebenso wie an den Briefmarken, dass diese Post aus Paris gekommen ist. Ein Eiffelturm ist sogar mit einer Lametta-Imitation verziert, Weihnachtsgrüße. Die gesamte Post, klärt mich Leonie auf, stamme aus den Jahren 1940 und 1941 und sei von einem Albert Hemmersbach. Mir sagt der Name nichts, und auch Leonie, die ja viel enger mit unserer Mutter, mit *Mama* zu tun hatte, hat nie von ihm gehört. Dennoch fand sich diese Post in dem schmalen Nachlass unserer Mutter, während von unserem Vater nichts Schriftliches geblieben ist und er nur auf ein paar uns schon bekannten Familienfotos aus den Fünfzigerjahren zu sehen ist. Ein Foto von Albert Hemmersbach, das uns bei weiterer Spurensuche eventuell geholfen hätte, gibt es allerdings nicht, leider. Die Sachlage ist dennoch einigermaßen klar. Unsere Mutter, *dat Marieche*, hatte offenbar in diesen ersten Kriegsjahren eine Liebelei oder sogar mehr mit einem Soldaten, der zu den Besatzern der französischen Hauptstadt gehörte. Aus einem Briefchen aus dem Oktober 1940, in dem er sich für die Glückwünsche zu seinem dreißigsten Geburtstag bedankt, erfährt man, dass er fast zehn Jahre älter war als sie. Aus anderen Briefen geht hervor, dass er keineswegs zum gemeinen Fußvolk gehörte, sondern den Rang eines Oberleutnants bekleidete. Vom dienstlichen Alltag ist allerdings kaum die Rede, wohl weil der unsere Mutter nicht interessierte und Details vermutlich auch nicht die Briefzensur passiert hätten. Vor allem anderen geht es in dieser Post um Konsumgüter: einen Pelzmantel und eine Pelzmütze, Seife, Kosmetika (obwohl die deutsche Frau sich nicht schminkt), Handschuhe, Seidenstrümpfe, aber auch Delikatessen in Konserven, Wein,

Liköre und einmal sechs Flaschen Champagner. Im Grunde alles, was welsche Dekadenz zu bieten hatte. Es war, als habe Albert Hemmersbach einen nicht geringen Teil seines Jahres in Paris damit verbracht, Einkaufslisten unserer Mutter abzuarbeiten. Vielleicht ging der Konsumgüterrausch aber auch ursprünglich von ihm selbst aus, denn in einem der ersten Briefe heißt es: »Du glaubst gar nicht, was es hier alles gibt. Wir haben die Franzosen zwar besiegt, aber die leben immer noch dreimal so gut wie wir. Verglichen mit denen sind wir Deutschen richtig arm, glaub mir.« Man wartet förmlich auf die Formel vom *Leben wie Gott in Frankreich*, die hat sich Albert aber verkniffen. Gut möglich jedoch, dass die erste Geschenksendung an unsere Mutter nicht auf ihren Wunsch kam, sondern ihr überhaupt erst die Möglichkeiten klarmachte, die es gab.

Der letzte erhaltene Brief ist aus dem August 1941, der nur knapp mitteilt, dass Albert innerhalb Frankreichs versetzt werde, und zwar an die Atlantikküste nach Brest, Stützpunkt des Atlantikwalls, von wo er sich sofort melden werde.

»Hat er aber nicht getan«, sagt Leonie jetzt. »Oder die restliche Post ist verlorengegangen.«

»Oder er hat ihr mitgeteilt, dass es vorbei ist«, sage ich. »Das ist allerdings nicht wahrscheinlich; ich glaube kaum, dass sie dann die Post aus Paris aufbewahrt und sogar ins Heim mitgenommen hätte. Nicht die Post, er selbst wird irgendwo recht bald im Krieg verlorengegangen sein, das ist ja nichts Außergewöhnliches.«

Leonie setzt den von ihrer Mama ererbten Blick auf, der sich in eine unbestimmte Ferne richtet. »Wenn es anders gelaufen wäre«, sagt sie, »gäbe es uns beide vielleicht heute gar nicht. Oder wir würden nicht Roloff, sondern Hemmersbach heißen. Leonie Hemmersbach«, sagt sie mehrmals probeweise. »Klingt nicht schlecht.«

Ich schiebe noch eine Weile die Briefe und Karten hin und her und lese kursorisch. Eine schöne Schrift hatte Albert Hemmersbach, energisch und doch nicht zu energisch, fließend und mühelos lesbar. Sein damaliges Alter zusammen mit seinem Rang verraten, dass er schon vor Kriegsbeginn in der Wehrmacht gewesen sein muss. Vermutlich war er eher ein überzeugter Soldat als ein überzeugter Nationalsozialist, aber er wird den Krieg und den *siegreichen Westfeldzug* bestimmt von vornherein gutgeheißen haben, weil er der Ansicht war, das stünde seinem Land nach der *Schande von Versailles* zu. Ich stelle mir vor, wie er vielleicht nie nach Brest gekommen oder gleich am ersten Tag einem Unfall oder einem Anschlag zum Opfer gefallen ist. Das alles sage ich laut, bis Leonie mich besorgt unterbricht und entschieden sagt: »Du wirst jetzt aber nicht anfangen, Nachforschungen über Albert Hemmersbach anzustellen. Es würde ja schon reichen, wenn wir wenigstens wüssten, wie sich unsere Eltern kennengelernt haben.«

Das ist wahr, darüber wissen wir so gut wie nichts. Im Karneval 1947, dem zweiten nach dem Krieg, im bitterkältesten Nachkriegswinter also, seien sie aufeinander zugestürzt, erzählten uns unsere Eltern, und im Juni desselben Jahres hätten sie geheiratet. Mehr haben sie kaum je erzählt, und der Karneval, zumindest in Köln, ist immer ein hinreichend glaubwürdiger Hintergrund. Wir mussten das glauben, Leonie und ich, denn egal, ob wir beide zusammen oder jeden einzeln befragten: Uns wurden immer dieselben spärlichen Details erzählt, wie von zwei Zeugen in einer getrennten Vernehmung, die sich vorher miteinander abgesprochen hatten. So kam es uns vor, je älter wir wurden. Andere Zeugen konnten wir nicht befragen. Unsere Großmutter mütterlicherseits haben wir als Kinder noch eben kennengelernt, sie starb im Oktober 1956; ihr Mann, der bei der Reichsbahn arbeitete, war 1944 bei einer der Bombardierungen Kölns ums Leben gekommen. Der Bruder unserer Mutter, unser unbekannter Onkel, war früh *gefallen.* Von ihm gab es nur ein paar Fotos in Uniform und mit Pferden. »Die Reiterstaffel der SA«, erklärte uns unsere Mutter, »mein Bruder war einfach verrückt nach Pferden.« Die Eltern unseres Vaters waren schon tot, als ich geboren wurde. Was machte Erich Roloff, als er im Karneval 1947 Maria Pütz aus Raderberg kennenlernte, dat Marieche? Er war schon damals bei der Post, die Post wird immer gebraucht. Wann war er aus Ostwestfalen nach Köln gekommen? Im Jahr 1939. Wo wohnte Maria Pütz in den ersten Jahren nach dem Krieg? Sie wohnte noch bei ihrer Mutter in Raderberg und arbeitete als Tippse bei den deutschen Hilfstruppen der britischen Militärverwaltung, die einzige außerhäusliche Berufstätigkeit, die sie in ihrem Leben ausübte. Was hatte Erich Roloff im Krieg gemacht? Er war bei der Post. Er war niemals woanders als bei der Post.

Vielleicht war es das, was Maria Pütz an ihm anzog. Erich Roloff strahlte schon 1947 ein Sicherheitsversprechen für die Zukunft aus, und auch aus einem solchen Grund kann man sich verlieben. Als ich mit Lotte 1979 im Theater am Rudolfplatz *Die Ehe der Maria*

Braun sah, dachte ich wieder an den Roro-Traum meiner Kindheit und an die Freundinnen meiner Mutter, von denen zwei in der Tat zusammen mit ihren Männern ein Unternehmen führten und die aussahen wie Hanna Schygulla in Fassbinders Film. Zugleich wurde mir klar, dass Maria Pütz nie hätte Maria Braun sein und die Geliebte und Erbin eines Unternehmers werden können, auch wenn sie damals die aus Paris geschickten Seidenstrümpfe und einen Pelzmantel tragen mochte. Als unser Vater starb, lang ist es her, sagte dat Marieche zu uns: »Vati hat immer gut für uns gesorgt.« Und dieser Nachruf in knappster Form war einer der liebevollsten Sätze über ihren Mann, den zumindest ich je gehört habe.

»Wir werden die wahre Geschichte unserer Eltern nicht mehr erfahren«, sage ich. »Ich hab's nicht genug gewollt, weil ich mich früh von der Familie fernhalten wollte.«
»Und ich habe es nicht wirklich gewollt, weil ich die Familie heil lassen wollte. So heil, wie sie gerade noch war. Immerhin wissen wir jetzt, dass es Albert Hemmersbach gab«, sagt Leonie. »Und dann habe ich noch eine kleine Überraschung für dich.«

2 **Die Überraschung** besteht darin, dass unsere Mutter uns tatsächlich etwas hinterlassen hat, gleich mehrere unterschiedliche Kapitalanlagen und ein Postsparbuch, auf das sie bis fast zuletzt eingezahlt hatte. Großes Geld war das nicht, und Zinsen hatte es vor allem in den letzten Jahren so gut wie gar nicht mehr gebracht, weil alle Anlagen sehr *konservativer Natur*

waren, wie der Bankster es ausdrücken und dabei im Stillen bedauern würde, dass hier leider nicht viel abzusahnen ist für ihn. Aber nach dem, was Leonie ausgerechnet hatte, waren es zusammen immer noch siebzigtausend Euro. Zu teilen durch zwei. Das letzte Testament unserer Mutter – sie hatte während der langen Zeit ihrer Witwenexistenz mehrere gemacht – stammte aus dem Jahr 2012 und setzte Leonie und mich zu gleichen Teilen als Erben ein.

»Jetzt zahlt es sich aus, dass wir so eine kleine Familie sind«, sagt Leonie. »Beinahe das Minimalformat. Wir brauchen nicht mal einen Erbschein. Damit wirst du zwar nicht reich, Bruder, aber du könntest dir schon eine bessere Mietwohnung leisten als das Loch, in dem du jetzt wohnst. Da habe ich doch während meines Studiums schon besser gewohnt. Ich meine das nicht abwertend, glaub mir.«

Das weiß ich selbstverständlich. Leonie hat mich immer gern gehabt, auch wenn es Zeiten gab, in denen wir zwar in derselben Stadt wohnten, aber uns vielleicht nur drei oder vier Mal im Jahr sahen. Sie hat sich auch immer um mich gesorgt, und war schon sehr früh meine ältere Schwester, auch wenn ich zwei Jahre älter bin als sie. Das habe ich immer gewusst, aber in seiner vollen Bedeutung erkenne ich es erst jetzt und mache etwas, was ich nur selten in meinem Leben getan habe. Ich umarme sie und drücke sie fest an mich. Dabei hielt man in unserer kleinen Familie, von der wir beide jetzt als Letzte übrig sind, immer eher auf Abstand.

Leonie will mich nach Hause fahren, aber ich ziehe es vor, an der Schönhauser Straße in die Bahn einzusteigen und noch einen Blick auf den Rhein zu werfen, bevor die 16 in die Südstadt abknickt. Viel Platz im Wagen, ein Samstagnachmittag auf Sparflamme, das Amüsement bis auf Weiteres amtlich geschlossen oder eingeschränkt. Auch am Chlodwigplatz steigt heute kaum jemand zu. Vor elf Jahren hatte ich mich gerade von einem Freund nach einem gemeinsamen Frühstück verabschiedet und war hier in die Bahn eingestiegen, als gleichsam in meinem Rücken das Stadtarchiv einstürzte. Man hatte die Stadtbahnzukunft (fünf Minuten Fahrzeitersparnis in Nord-Süd-Richtung und vice versa) bauen wollen und versenkte dafür mehr als tausend Jahre Vergangenheit (Urkunden seit 922). Zwei Tage später schaute ich mir die Trümmer an, fast wie unter Zwang, und meine Kindheit schaute zurück.

3 **Zum ersten Mal seit Monaten** sitze ich wieder in einem Zug. Die Praxis würde mir zwar auch weiterhin ein Taxi bezahlen, aber da ich den *Fear of Music*-Fahrer nicht erreichen kann (er macht zwei Wochen Urlaub), entscheide ich mich für den vertrauten IC 2435. Dienstag nach Pfingsten, nahe dreißig Grad. Mein Sturz vor zweieinhalb Wochen hatte noch bei deutlich kühleren Temperaturen stattgefunden. Der Zug ist beinahe so voll wie in *normalen* Zeiten. Ich drücke mich in eine Fensterecke ganz hinten in Wagen 5 *(beachten Sie die geänderte Wagenreihung)* und bin entschlossen, diesmal nicht über die Leverkusenfrage nachzudenken. Meine kleine Erbschaft ist zwar noch nicht da, aber seitdem Leonie von meinem Umzug gesprochen hat, denke ich an fast nichts anderes. Das Viertel zu verlassen, in dem ich wohne, wird

mir leichtfallen; ich habe mich dort nie wirklich wohlgefühlt. Obwohl es in den letzten Jahren etwas *bereinigt* wurde (aber nicht gentrifiziert), habe ich in den Jahren, die ich hier wohne, zu viel Junkie-Elend gesehen. Nichts für zarte Nerven.

Leonie und ich haben seitdem so oft miteinander telefoniert wie in früheren Zeiten das ganze Jahr nicht. Es ginge mir gegen den Strich, wenn meine große kleine Schwester auch noch die Wohnung für mich suchen würde, aber eben das tut sie. Genau genommen stört mich nicht das Suchen, denn auch ich habe begonnen zu suchen. Mich würde es nur stören, wenn sie es wäre, die findet. Aber so wird es vermutlich kommen. Wieder wird sie es sein, die *das Leben meistert*, sogar meins. Eine Bedingung habe ich gestellt (neben der annähernden Bezahlbarkeit, eine Voraussetzung, die hier wie in vielen anderen Städten nur noch schwer zu erfüllen ist). Die Wohnung muss entweder im Erdgeschoss liegen oder über einen Fahrstuhl erreichbar sein. Seit meinem Sturz gehe ich schon in meiner jetzigen Wohnung die beiden Treppen mit äußerster Konzentration hinauf und hinunter. Ich bin vollkommen davon überzeugt, dass dieser Sturz nicht der letzte sein wird, sondern dass ich mit ihm auf eine Zielgerade eingebogen bin, auf der ich noch öfter fallen werde – dann aber bitte weiterhin auf ebener Fläche.

Diese Überlegungen haben mich, von mir unbemerkt, an Leverkusen vorbeigebracht, und ich bin, während ich die Düsseldorfer Bahnhofshalle wie gewohnt Richtung Nordausgang durchquere, um mir ein Taxi nach Flingern zu suchen, noch immer etwas benommen mitten im Wechsel von Lärm, Licht und Schatten, bis ich kurz hinterm Ausgang stehen bleibe und mit einer nie zuvor gewesenen Deutlichkeit ein Nachmittag in einem kleinen Ort im Poitou vor mir aufsteigt, vor achtundzwanzig Jahren (wie mein semi-autistisches Datenhirn verlässlich abgespeichert hat), im August 1992.

Ich liege im Schatten eines Baums am Ufer eines Flusses, dessen Namen ich nicht kenne, obwohl es doch ein Flussname ist, der mich hierher geführt hat. Das Städtchen, in dem ich am frühen Nachmittag angekommen bin und in der *Hostellerie Ravaillac* das letzte noch verfügbare Zimmer bekommen habe, heißt Vivonne, und naturgemäß musste ich von der Rue Nationale 10 abbiegen und dorthin fahren, sobald ich den ersten Wegweiser gesehen hatte. Die Vivonne, der kleine Fluss im Umkreis von Combray, wenn Marcels Eltern sich sonntags für den Weg Richtung Guermantes entschieden statt für die Richtung Méséglise, die Überquerung des Flüsschens über eine Holzbrücke, die Kaulquappen, die Seerosen, mir vertraut seit beinahe sechs Jahrzehnten. Pardon, es geht nicht darum, meine literarische Bildung auszustellen. Es geht darum, dass ich die *Suche nach der verlorenen Zeit* zum ersten Mal im jugendlichen Alter von vierzehn und fünfzehn Jahren gelesen habe, und das hatte sehr viel nachhaltigere Auswirkungen, als es zum Beispiel die Beschäftigung mit Pornografie im selben Alter je hätte haben können.
Die Vivonne, so fand ich bei der ersten Begegnung mit dem Namen, ist hell, sommerlich, quecksilbrig, weiblich. Ich weiß seit langem, dass Prousts Vorbild für diesen Fluss der Loir war, männlich also, dass es eine Vivonne nicht gibt in Frankreich (und vermutlich auch nicht anderswo). Umso entzückter bin ich, dass es hier, auf dem Weg in den Südwesten und weit weg von

Illiers-Combray, einen realen Ort gibt, ein kleines Städtchen mit immerhin einer Mairie, das den Namen Vivonne trägt und sich ebenso hell und sommerlich präsentiert. Hochsommerlich heiß sogar, genau genommen drückend heiß, aber ohne Aussicht auf Regen.

Deshalb habe ich mich nach einem kurzen Gang durch den Ort unter den schattenspendenden Baum gelegt und schaue auf den Fluss, wo man paddeln oder auch Tretboot fahren kann. Das Wasser ist von Entengrütze überzogen. Nicht nur eine Holzbrücke, sondern gleich mehrere führen über das Flüsschen, das ich für mich die Vivonne nenne.* Es ist August, und Frankreich zelebriert *les vacances.* Am gegenüberliegenden Ufer gibt es ein Planschbecken für die Kleinen, die hier reichlich vertreten sind, und das Becken liegt jetzt in der prallen Sonne. Die schwitzenden Eltern sitzen auf dem Rasen und sehen zu. Es handelt sich offenkundig um einen familienfreundlichen Ort. Jeder ist mit irgendwem zusammen oder passt auf jemanden auf, nur ich, am Ufer unter einem Baum sitzend und auf die Entengrütze starrend, scheine eine singuläre Existenz zu sein, einfach nur ein Individuum. Das beschert mir meine tägliche Krise: ein verlässlicher Augenblick auf dieser Reise, dieses plötzliche, lähmende Gefühl des Verlassenseins, das einmal täglich ohne Vorwarnung aufsteigt, seitdem ich unterwegs bin.

Im nächsten Moment aber jagt auf der Trasse oberhalb des anderen Ufers eine lange, blaue, elegante Erscheinung durchs Bild, ein Blitz: beinahe lautlos vorbei an Kindern, Paddelbooten, Bäumen, erschöpften Eltern, und ist schon wieder verschwunden, doch ich habe es noch lesen können: ein TGV war es, der durch diesen

Nachmittag auf dem Lande schoss, vermutlich der von Paris nach Bordeaux, und meine einsame Angst ist sofort verschwunden und wird abgelöst durch mein tägliches Glückserlebnis. Es geht weiter, denke ich, es geht immer weiter.

Life is timeless
Europe endless
*endless endless endless**

Schließlich bin ich es ja, der aus seinem Alltagsmilieu aufgebrochen ist, um drei Wochen lang kreuz und quer durch *la douce France* zu fahren. Nicht ich bin von den anderen verlassen worden, sondern ich habe sie verlassen. Auch das stimmt nicht ganz, weil ich jeden zweiten Tag und schon seit dem ersten Abend in Luxemburg einer Kellnerin aus dem Café Central eine Karte schreibe, wie ich es ihr versprochen habe. Unser Verhältnis ist etwas unklar, bisher *haben wir nichts miteinander gehabt* und werden vermutlich auch nach meiner Rückkehr *nichts miteinander haben*, weil ich doppelt so alt bin wie sie und sie im Übrigen in ihrer badischen Heimatstadt jemanden hat, den sie liebt, mit dem es aber *nicht geht*, wie sie mir erklärt hat, weil er nie etwas sagt. Aber sie freut sich auf meine Karten, sagt sie am Abend vor meiner Abreise.

Abends, es ist noch immer sehr warm, sitze ich im Innenhof der *Hostellerie Ravaillac* und verzehre eines der beiden Menus, die angeboten werden, gute traditionelle Küche aus *la France profonde.* Alle Tische sind paarweise oder gruppenweise besetzt, Hotelgäste und vielleicht auch Leute aus dem Ort, die nicht *les vacances* genießen können. Es gibt hier sonst keine gastrono-

mischen Angebote, nur noch eine einfache Kneipe am Ortsrand.
Danach lege ich mich in meinem Zimmer auf das riesige alte Ehebett mit durchgelegener Matratze und lese: *Was den Wert des Reisens ausmacht, ist die Angst. Denn in einem gewissen Augenblick, so fern von unserer Heimat, unserer Sprache, überfällt uns eine unbestimmte Angst, und wir empfinden unwillkürlich das Verlangen, in den Schutz unserer alten Gewohnheiten zurückzukehren. Das ist das augenfälligste Ergebnis des Reisens. In diesem Moment fiebern wir und sind zugleich durchlässig. Deshalb darf man nicht sagen, man reise zu seinem Vergnügen. Es gibt kein Vergnügen des Reisens. Ich möchte eher eine Askese darin sehen.*
Als Albert Camus diese Zeilen in sein Tagebuch schrieb, Januar 1936, war er gerade zweiundzwanzig Jahre alt, und wenn man das weiß, mögen sie etwas altklug klingen. Kann man so entschieden sprechen und so klug sein, wenn man noch so jung ist? Vielleicht, wenn man in Verhältnissen aufwächst, die dazu zwingen, sehr früh erwachsen zu werden. Als ich diese Sätze lese, bin ich genau doppelt so alt wie ihr Verfasser und kann ihre Wahrheit mit einigem Recht bezeugen.
Die Askese besteht zunächst darin, dass ich meine Gewohnheiten verlassen und also jeden einzelnen Tag neu beginnen muss. Darüber nachdenken, was ich mit ihm anstelle. Mich immer, wenn ich den Ort gewechselt habe, und das tue ich oft in diesen drei Wochen, an die veränderte Topografie gewöhnen. Bei jedem Ortswechsel hoffen, eine Unterkunft zu finden, denn oft sind mir *die Anderen,* die hierher gehören, schon zuvorgekommen. In Perpignan checke ich das erste Mal in meinem Leben mit meiner Girokarte in einem

Hotel ein, *Nuit d'Hotel* heißt die Kette, tief im Gewerbegebiet, über das sich abends eine nie zuvor auf dieser Reise erlebte Stille senkt. In Sète gebe ich die Suche nach zwei Stunden auf, obwohl ich schon gleich nach dem Mittagessen damit angefangen habe. Vielleicht mag ich aber auch plötzlich den Fischgeruch nicht mehr, der über der Stadt liegt, die Strandtouristen und die penetranten Sommerbadeferien, die um mich herum gefeiert werden, die Familienväter in Flipflops, die ins Restaurant schlappen, ihre Sippe im Schlepptau. Ich gehe noch einmal durch die Stadt und fotografiere mit meiner geliehenen Polaroid die rue Paul Valéry und die *Central-Bar*, Gruß nach Köln. Die Buchläden, es gibt einige verlockende, öffnen erst wieder um vier Uhr nachmittags; da bin ich schon längst wieder auf dem Weg, quer durch die Camargue bis nach Arles.

Dort sitze ich gegen sechs Uhr abends, nachdem ich mich in meinem Hotel am Boulevard Clémenceau einer Grundreinigung unterzogen habe (so jedenfalls empfinde ich es nach der Flucht aus Sète und dem Geruch nach Fisch und Sonnenöl), draußen vor einem einfachen Café und nippe an einem Pastis. Es ist provenzalisch mild an diesem frühen Abend, außerdem beschattet mich eine Baumkrone. Bewusst habe ich mich mit dem Rücken zur Straße gesetzt, ich will nicht *dem Treiben zusehen.* Die Askese, von der ich vor zwei Wochen in Vivonne gelesen habe, scheint an einem Ziel angekommen zu sein. Kein grandioses Gefühl, schon gar keine Erleuchtung, einfach nur die Überzeugung, ich müsste mir ab sofort um mein künftiges Leben keine Gedanken mehr machen, *weil ich nämlich*

einfach hier sitzen bleiben werde vor meinem Pastis für immer. Alkoholiker kennen dieses Gefühl des Angekommenseins sehr gut, nur müssen sie immer wieder nachladen. Ich kann einfach sitzen bleiben; im gelben Krug mit der darauf prangenden *51* ist noch Wasser genug zum Auffüllen.
Dann verlässt mich das Glück nach und nach, es dünnt ein wenig aus wie der *51,* den ich jetzt noch einmal aufgieße. Ich stelle fest, dass ich, wenn ich hier sitzen bleibe, niemandem außer mir selbst davon erzählen kann, und das ist es, was die Vollkommenheit der Situation beeinträchtigt.

»Ist alles in Ordnung mit Ihnen? Brauchen Sie Hilfe?«
Ich habe keine Ahnung, wie lange ich dort kurz hinterm Nordausgang des Düsseldorfer Hauptbahnhofs gestanden und mich an meine französische Reise von damals verloren habe. Vermutlich habe ich einen Zustand der Trance erreicht, der auch für andere auffällig geworden ist. Sicher sind schon einige an mir vorbeigegangen und haben einen befremdeten Blick auf mich geworfen, leicht den Kopf geschüttelt, einen kleinen Bogen um mich gemacht. Jetzt aber hat diese junge Frau das Wort an mich gerichtet, assistiert von ihrem Freund oder Kollegen, der sinngemäß noch einmal die gleichen Fragen stellt.
»Danke«, sage ich, »alles in Ordnung. Ich war nur gerade ein bisschen … woanders. Das würde zu lange dauern, das zu erzählen, und ich brauche jetzt ein Taxi nach Flingern. Aber danke nochmal. Einen schönen Abend.« Die beiden lächeln mir noch einmal zu, erleichtert, dass sie von weiterer Fürsorge befreit sind, vielleicht auch neidisch, dass es mir gelungen war, an

einem so belebten Ort in eine so intensive Absenz zu verfallen. Dann verschwinden sie im Bahnhof.
Mein Taxi nach Flingern wird von einem mittelalten Mann maghrebinischer Herkunft gesteuert, der nur das Notwendigste spricht, auch dann noch, als unsere Fahrt durch einen Demonstrationszug verzögert wird, welcher an der vor uns liegenden Kreuzung die Straße überquert. Es ist ein kleiner, ethnisch ziemlich homogener Trupp, der da unterwegs ist, Syrer vielleicht. Jedenfalls, dem Himmel sei Dank, kein reichsbürgergestützter und reichskriegsflaggenbewaffneter Umzug für die Grundrechte. Keine spirituell bewegten Querdenker aus dem Ländle, die ihre Mission ins Rheinland tragen wollen. Die Transparente und Schilder, die einige der Teilnehmer über ihren Köpfen halten, kann ich nicht entziffern. Dafür wird mir jetzt zum ersten Mal bewusst, dass ich, obwohl ich in meinem Leben an einigen Demonstrationen und Kundgebungen teilgenommen habe, denken wir nur an den Hofgarten, nie ein Transparent oder ein Schild getragen oder eine Fahne geschwenkt habe, egal welcher Farbe. Ich hatte von Anfang an eine Abneigung gegen diese Art, sich gleichsam selbst zu plakatieren, die Litfaßsäule der eigenen Person darzustellen. Auch die Aufklebermanie ist an mir vorbeigegangen; auf dem weinroten Peugeot 205, der mich damals ohne Murren sechstausend Kilometer durch Frankreich und zurück gebracht hatte, war nichts zu lesen außer dem Nationalitätenkennzeichen. Selbst im Müngersdorfer Stadion habe ich den rot-weißen Schal, den ich mir immerhin zugestand, niemals überm Kopf geschwenkt. Gekauft hatte ich ihn mir ohnehin am Abend einer schmerzlichen Niederlage.
Und kein Palituch, niemals.

4 **Damals in Arles,** nachdem mir klar geworden war, dass ich nicht für immer vor meinem Pastis sitzen bleiben konnte, rief ich spätabends vom Hotel aus Lotte an, die sich mehr als fünfzehnhundert Kilometer nordöstlich von mir schon leicht schläfrig aus ihrer Atelierwohnung in der Grolmanstraße meldete, und erzählte ihr die gesamte Reise bis zu dem Augenblick am selben Nachmittag, als ich vor meinem Pastis sitzen bleiben wollte. Ich teilte ihr meine Begeisterung über den Gebrauch des bestimmten Artikels auf Speisekarten mit, wo es nicht einfach nur Vorspeisen, Fleisch, Geflügel, Fisch und Desserts gab, sondern *les entrées, les viandes, les volailles, les poissons* und *les desserts*, bestimmt, genau und deutlich klassifiziert: *clarté*. Das gibt's, was anderes gibt es nicht. Ich schwärmte von dem fast lautlosen TGV-Pfeil in Vivonne; übrigens haben die meisten der Badenden oder Liegenden in jenem Moment nicht einmal den Kopf gehoben. Ich erzählte ihr von dem Badestrand bei Bayonne, der tatsächlich Chambre d'Amour heißt und an dem sich die Sommergäste unermüdlich immer wieder in die Atlantikwellen warfen, die über ihnen zusammenschlugen und sie dann wieder freigaben. Ich berichtete von meinem ersten Abend in Luxemburg, an dem allerhand Jongleure und andere Gaukler ihre Kunststücke auf der Place de Clairfontaine zeigten, und vom nächsten Tag, als ich bei der Einfahrt das Ortsschild *Verdun* fotografierte und bei der Weiterfahrt den Eindruck hatte, die Bewohner des Ortes hätten sich geschlossen in ihre Häuser zurückgezogen, und ich zugleich wusste, dass ich mich täuschte, weil die Straße nur den Nordteil der Stadt berührt und weit am Zentrum vorbeiführt. Am frühen Abend, als ich in Châteauneuf-sur-Loire am

Flussufer sitze und in der Abendsonne eine Flasche Bier trinke, höre ich aus den Häusern weiter oberhalb Stimmen, Gelächter, Besteck- und Geschirrklappern, und nach einem Moment der Schwermut, weil ich nicht mit am Tisch sitzen werde, siegt das vertraute Glück des Allein- und Verborgenseins.
»Ich hätte auch an der Loire schon für immer sitzen bleiben können«, sage ich jetzt zu Lotte, und sie antwortet: »Aber dann hättest du ein bisschen wenig gesehen, oder? Frankreich ist doch nicht bloß Loire.«
Das ist das erste Mal, dass sie sich mit zwei Sätzen in meinen Monolog einhängt, und dann: »Ich beneide dich.«

Am nächsten Tag rief ich sie noch einmal an, nachdem ich in einer Galerie eine Ausstellung mit Arbeiten von Jasper Johns gesehen hatte. Ein Bild oder eine Druckgrafik, das weiß ich nicht mehr, mit dem Titel *Der Blick des Kritikers* zeigte eine Brille, in deren beiden Gläsern groß das Wort *mouth* zu lesen war. Davon erzählte ich Lotte.
»Leider gab es davon keine Postkarte«, sagte ich, »sie wäre schon unterwegs an dich.«

Ein Jahr davor hatte ich Lotte das erste Mal für vier Tage in Berlin besucht, seitdem sie mich verlassen hatte. Sie war gerade dreißig geworden und sah immer noch aus wie Marianne Faithfull, aber jetzt wie diejenige, die auf dem Cover von *Broken English* zu sehen ist, der gleiche müde Blick, die unbestimmte Trauer. Die Ähnlichkeit war verblüffend; sie hätte glatt als Double fungieren können. Sie wohnte schon seit mehreren Jahren dort in der Grolmanstraße und gestand

mir als Erstes, dass sie das *neue Berlin* noch nicht gesehen hatte. Nein, so drückte sie es nicht aus, das ist meine Übersetzung. Lotte sagte einfach: »Bin noch nicht im Osten gewesen. Keine Zeit. Ist ja auch noch nicht lange her, dass man einfach so rüberkann.«
Auch wir sahen das neue Berlin nicht gemeinsam, solange ich da war. Nur einmal fuhr ich allein an die Großbaustellen und versuchte, mir die künftige Stadt vorzustellen, aber meine Phantasie reichte nicht aus. Wir beide zusammen verließen nicht einmal Charlottenburg, aßen in den Restaurants um den Savignyplatz oder im *Borriquito* in der Wielandstraße, und Lotte sagte plötzlich: »Die kommen jetzt alle zu uns.« Sie meinte aber nicht die Ostdeutschen, wie später Herr Lehmann im Film, denn die waren ohnehin schon alle da, sondern die Kohorte der Jungen aus *Westdeutschland*, die in der vor drei Monaten frischgebackenen neuen Hauptstadt ihre leuchtende Zukunft suchten, Studentinnen, frische Schulabgänger sogar, alle mit jener Energie und jenem ruhigen, aber wachen Selbstbewusstsein ausgestattet, das ich an Lotte an unserem ersten Abend im Kurfürstenhof entdeckt hatte. Aber *wenn einer in sein dreißigstes Jahr geht, wird man nicht aufhören, ihn jung zu nennen. Er selber aber, obgleich er keine Veränderungen an sich entdecken kann, wird unsicher; ihm ist, als stünde es ihm nicht mehr zu, sich für jung auszugeben.** Ich spürte auch ihre Angst davor, dass ihr Weg als Künstlerin eigentlich ans Ziel gelangt war. Ein entsetzliches Gefühl, wenn man gerade dreißig ist, stellte ich mir vor. Und schließlich sah sie ihr vertrautes Gelände bedroht, das bis vor Kurzem zuverlässig eingegrenzt gewesen und nun eine offene Stadt geworden war. Gerade in den späten Achtzigern hatte

sie viel an der Mauer gearbeitet, und ihre *Graue Serie Moritz* (nach dem Schwerpunkt Moritzstraße in Kreuzberg) war 1987 als ein Höhepunkt ihrer Arbeit gefeiert worden. Sie fühlte sich, als habe man ihr persönlich etwas weggenommen.
»Ist das nicht blöd«, fragte sie mich an unserem letzten Abend im Borriquito, »dass ich mit dreißig nostalgisch werde? Da schäme ich mich fast.«
Ich tröstete sie; mit dreißig, sagte ich, sei es an der Zeit, die Verluste zu erkennen, die man erlitten habe, auch wenn diese in der Regel schon viel früher begännen.
»Und wann?«
»Das ist sicher individuell verschieden. Mit achtzehn, neunzehn, bei dir vielleicht mit einundzwanzig.«
»Warum gerade dann?«
»Weil du mich in dem Alter verlassen hast, wegen des Neuen Wilden.«
Zum ersten Mal an diesem Abend lächelte sie, wobei für mich nicht ersichtlich war, ob ihr Lächeln meinem ironisch vorgetragenen Satz galt oder der Erinnerung an den Beginn ihrer künstlerischen Laufbahn. Dann winkte sie zum Zahlen. Die ganzen vier Tage hatte Lotte mich freigehalten, was ihr sichtlich Freude bereitete und was ich etwas hilflos geschehen ließ. Draußen nahm sie meinen Arm und hängte sich bei mir ein, und Arm in Arm schlenderten wir wortlos über die Kantstraße wie einst im Mai durch die Kölner Südstadt auf dem Weg in meine Wohnung.

Am nächsten Morgen in der Grolmanstraße ist es nicht wie damals Vogelzwitschern aus dem Hinterhof, das mich weckt, sondern das instrumentale Titelthema von *Pat Garrett & Billy the Kid.* Als ich die Augen öffne, sehe ich Lottes Gesicht nah über meinem schweben, schön wie nie, und im nächsten Augenblick –

»Brauchen Sie eine Quittung«, fragt mich jetzt der maghrebinische Taxifahrer, und ich nicke.

5 **Oben begrüßt mich Franz Nonnenmacher** mit dem üblichen »Sie sind es, Herr Roloff« und fügt diesmal hinzu: »Etwas später als üblich.«
»Ja«, sage ich, »ich war zwischendurch noch an der Loire. Und im Poitou. Und in Arles. Und das alles nach meiner Ankunft im Hauptbahnhof.«
»Das muss ich jetzt nicht verstehen?«
»Nein, aber wenn wir mal Zeit haben, erkläre ich es Ihnen gern.« Plötzlich habe ich große Lust, Franz Nonnenmacher am Ärmel zu packen, zum Fahrstuhl zu zerren, draußen auf der Straße ein Taxi zurück ins Zentrum zu rufen und mit ihm irgendwo ein Bier zu trinken und eine Kleinigkeit zu essen. Zuerst würde ich ihm das Du anbieten, schon allein deshalb, weil ich dann in Zukunft an ihn nur mehr als *Franz* denken würde und nicht wie jetzt zwanghaft an *Franznonnenmacher*, in einem unteilbaren Wort. So, wie ich früher eine Zeitlang immer an *Franzkafka* dachte.

Es ist Frau Wobser, die mich heute Abend verstöpselt. Ich erzähle ihr von meinen Umzugsplänen, ohne jedoch auf den Hintergrund einzugehen. Frau Wobser fragt trotzdem sofort, wie es meiner Schwester geht. Sie ist über die privaten Verhältnisse wenigstens der langjährigen Kunden gut informiert. Das hat nichts mit unzulässiger Neugier zu tun und nichts mit Klatschsucht. Sie lässt sich gern anderes Leben als ihr eigenes erzählen, denke ich, weil ihr das eigene Leben nicht reicht. Das muss nicht heißen, dass sie unglücklich ist, sie möchte nur manchmal aus ihrem Rahmen heraustreten. Sie weiß also, dass Leonie Ärztin war. Ohne Leonie, folgert sie im Stillen ganz richtig, könnte ich mir einen Umzug in Köln gar nicht leisten. »Na, hoffentlich finden Sie was Schönes«, sagt sie und wechselt dann das Thema: wie schön es sei, dass man endlich wieder raus darf, noch dazu bei dem herrlichen Wetter.

Dr. Meissner schaut an diesem Abend nur kurz herein und fragt, ob alles in Ordnung ist. Ich bin etwas gekränkt, dass er so schnell wieder verschwunden ist, als arbeiteten wir nicht an einem gemeinsamen Forschungsprojekt. Im selben Moment weiß ich, dass meine Kränkung absolut lächerlich ist, aber dieses Wissen hilft mir nicht.

Barbara Hoss ist weder zu sehen noch zu hören. Sie hat heute Abend offensichtlich keinen Dienst. Plötzlich fühle ich mich von allen verlassen und sehne mich danach, an diesem langen hellen Juniabend am Rhein zu sitzen und auf die späte Dämmerung zu warten.

Als ich am nächsten Morgen erwache, steht Franz Nonnenmacher am Fußende des Bettes und schaut interessiert auf mich herab. Erst jetzt wird mir richtig bewusst, dass Franz gut eins neunzig groß ist, schlank, pechschwarzes Haar und florentinische Gesichtszüge, als stamme er direkt von den Medici ab: insgesamt eine attraktive Erscheinung. Man sieht ihm nicht an, dass er beinahe den ganzen Tag in seinem Glaskasten sitzt. Ich begreife, dass es ungewöhnlich spät sein muss und man mich eventuell sogar wecken musste, was ganz außergewöhnlich ist. Die Versuchsreihe funktioniert schließlich nur, wenn die Probanden zu ihrer eigenen Zeit aufwachen und beim anschließenden Denkschlaf allein sind. Nun aber steht Franz da und sagt:

»Es ist halb zwölf, Herr Roloff, da wollten wir Sie doch lieber wecken. Dr. Meissner kommt auch gleich. Ist alles in Ordnung? Waren Sie wieder an der Loire oder in Arles?«

Ich blinzele und *reibe mir den Schlaf aus den Augen* und denke daran, wie sehr mich als Kind diese Wendung entzückt hat, als ich sie das erste Mal hörte.

»Nein«, sage ich dann, »ich habe mich in meiner Eigenschaft als wissenschaftlicher Leiter des Europäischen Instituts für Melancholieforschung dagegen gewehrt, dass der Sitz des Instituts von Triest nach Oberhausen verlegt werden sollte. Ich habe nichts gegen Oberhausen –«

»Das freut mich«, sagt Franz, »ich bin da nämlich aufgewachsen.«

»– aber aus klimatischen, kulturellen, geografischen und kulinarischen Gründen habe ich darauf bestanden, dass das Institut in Triest bleibt, und andernfalls mit meinem Rücktritt gedroht.«

»Hat es geholfen?«, fragt Dr. Meissner, der inzwischen dazugekommen ist.

»Es war noch nicht entschieden. Es wäre vielleicht auch nicht entschieden worden, denn es fing immer wieder von vorn an.«

»Dann ist es ja gut, dass wir Sie geweckt haben.«

Später in seinem Büro kommt Dr. Meissner noch einmal auf meinen Traum zu sprechen, obwohl ihn Träume bekanntlich nicht interessieren. Zuerst habe ich aus gegebenem Anlass von meinem immer noch zunehmenden Schlafbedürfnis erzählt und davon, dass ich jetzt öfter mal zehn Stunden am Stück schlafe (mit den üblichen Sekundenwachzuständen dazwischen). Er fragt mich, wie es tagsüber aussieht und ist zufrieden, weil nach wie vor nichts auf Narkolepsie deutet. Dann erzähle ich von meinem geplanten Umzug, und er sagt: »Vielleicht wollen Sie ja sogar in eine andere Stadt ziehen. Nach Triest vielleicht?«

Er unternimmt also wieder einmal einen kleinen Ausflug aufs Gebiet der Psychoanalyse, und ich schiebe dem gleich einen Riegel vor, indem ich erzähle, dass ich einmal für ein paar Tage in Triest gewesen bin und die Stadt mich damals nachhaltig verwirrt hat. *Damals* war im Sommer 1987, und ich war mit Vivian dort.

6 Mit Vivian war ich genau sechsundvierzig Tage zusammen, vom dritten Juli bis zum siebzehnten August. Sie war Irin, wenn auch in Deutschland geboren, und ihre Eltern lebten inzwischen in der Schweiz, nachdem sie ihre Firma verkauft hatten. Da ihre Eltern beide noch nicht ganz die fünfzig erreicht hatten, mussten sie mit dieser Firma sehr gute Geschäfte gemacht haben. So hat es mir Vivian jedenfalls erzählt; was die Firma produziert hatte, darüber schwieg sie sich aus. Von allem, was Vivian mir in diesen sechseinhalb Wochen erzählt hat, ist für mich sicher nur dies: dass sie tatsächlich Vivian Lynch hieß und Irin war, und dass sie eine zwei Jahre jüngere Schwester hatte. Das entnahm ich einem angegilbten Zeitungsausschnitt aus dem Hamburger Abendblatt, der die beiden zeigte und dessen Bildlegende besagte, dass die beiden jungen Hamburgerinnen (die namentlich und mit Altersangabe genannt wurden) bei den Deutschen Bridgemeisterschaften das Jugendturnier gewonnen hatten. Bei allem anderen, was sie mir erzählt hat, angefangen von ihrer Schulzeit und einem gerade noch abgewehrten Vergewaltigungsversuch vor einer Hamburger Diskothek, über ein abgeschlossenes Studium der Wirtschaftswissenschaften (sie war zweiundzwanzig, als ich sie kennenlernte, und kellnerte in einer Kneipe im Belgischen Viertel), und die enge Bekanntschaft mit einem prominenten Spieler des 1. FC Köln, der den Verein vor einem Jahr verlassen hatte, bis hin zum Selbstmord ihres ersten Freundes kurz nach dem Abitur, war es schwierig, ihren Wahrheitsgehalt einzuschätzen. Noch während wir zusammen waren, wuchs bei mir der Verdacht, dass von all diesen Geschichten bestenfalls Bruchstücke etwas mit der Realität zu tun hatten und Vivian ein Opfer der *pseudologia phantastica* war, also eine notorische und zwanghafte Lügnerin. Später haben mir Freunde, die sie etwas besser kannten, das bestätigt.

In unseren gemeinsamen Sommerwochen hat mich mein zunehmender Verdacht aber nicht gestört, sondern eher den Reiz erhöht. Später habe ich gedacht, dass ich auch in dieser Beziehung durch meine frühe Proust-Lektüre verdorben war und Vivian mit Odette verwechselte.

Triest war im Juli die letzte Station einer zweiwöchigen Reise durchs Friaul und durch Julisch-Venetien. Ich hatte in den Wochen zuvor für den Verband, für den ich als Sprachlehrer arbeitete, eine Sonderaufgabe übernommen, weit entfernt von *Tulipan* und *Deutsch für Anfänger*, sondern mit Wissenschaftlern aus mehreren europäischen Ländern, und wurde dafür auch besonders gut bezahlt. Es war zu Zeiten einer meiner Festanstellungen, und ich bekam zusätzlich zu meinem Gehalt das, was man in höheren Kreisen eine Bonuszahlung nennt. Nach Abschluss des Jobs lud ich Vivian ein, auf die Reise mitzukommen, die ich schon vor Wochen für mich allein geplant hatte. Ich war kaum überrascht, als sie sofort ja sagte, da ich ihren Hang zu spontanen Entschlüssen bereits kannte. Also fuhren wir am nächsten Tag los – ich fuhr damals einen zehn Jahre alten Renault 16 –, durchquerten einen Tag später den Karawankentunnel und aßen abends Polenta in der Locanda alla Pace in Sauris. Zwei Tage danach waren wir achthundert Meter tiefer im glühenden Sommer angekommen und sahen von unserer Hotelterrasse auf San Daniele del Friuli herab. Der junge Kellner, der uns abends bediente – muss ich den Schinken erwähnen, den besten der Welt? –, schwärmte in fließendem Deutsch von seinen drei Jahren in Mönchengladbach und Düsseldorf. Ich sah Vivian mit Begeisterung beim Essen zu, denn trotz ihrer fast schon knabenhaften Figur zeigte sie auf der ganzen Reise erstaunlichen Appetit, der mich eine Weile darüber grübeln ließ, ob sie in ihrer Kindheit zu wenig zu essen bekommen hatte. In Spilimbergo bewunderten wir – nachgerade Spalier stehend – gemeinsam mit allen anderen Passanten eine junge Frau, die mit ihrem Beau die Hauptstraße in dem engsten und kürzesten Glitzerkleid ever seen herunterstöckelte. In Udine war Vivian nicht nur von den eleganten Geschäften entzückt, sondern überraschenderweise auch von den Fresken im Erzbischöflichen

Palast. »Da könnte man sich wirklich wünschen, es gäbe den Himmel und wir kämen hinein«, sagte sie. Zwei Tage danach lagen wir an der Adria im ehemals österreichischen k. k.-Seebad Grado zwischen jungen, alten, schönen und hässlichen Menschen am Strand, und Vivian amüsierte sich darüber, wie ich per Sonnenbrille zu verbergen suchte, dass ich den Schönen hinterhersah. Wir blieben drei Tage, und schon am ersten hatte Vivian vor dem Essen gesagt: »Ab heute nur noch Fisch.«

In Triest wurde ich stumm. Immer, wenn ich mir selbst oder Vivian etwas Bestimmtes über die Stadt sagen wollte, war es schon unwahr geworden, weil wir derweil um die nächste Ecke gebogen waren und sich eine neue Perspektive auftat. Ich hatte keine Zweifel, dass es sich als Triestiner vermutlich sehr gut leben ließ in dieser Stadt, aber ich bezweifelte, ob es das Leben war, das ich hätte führen wollen. Nicht, dass ich mich unwohl gefühlt hätte am Canale Grande und auf den prachtvollen Boulevards des Theresienviertels; so wenig, wie ich mich unwohl fühlte ein paar hundert Meter weiter am Bahnhof, an dem praktisch *der Balkan* begann und die Slowenen und Kroaten ein- und ausstiegen, um zu Verwandten über die Grenze nach Jugoslawien zu fahren, so stellte ich mir das vor. Ach, Jugoslawien.

Vivian und ich wohnten im Hotel Al Teatro und hatten den direkten Ausblick auf die Piazza dell'Unità. Am frühen Abend beobachtete ich aus dem Hotelfenster die kleinen Gruppen, die sich dort zu Plaudereien und Palavern trafen, bevor wir selbst nach einem liebeströdelndem Nachmittag wieder nach draußen gingen

und den Abend mit einem Aperitif im Caffè degli specchi begannen. Hier war Triest tatsächlich auch eine italienische Stadt.
Wir tranken beide zu viel während dieser Reise, überwiegend im Schutz der Dunkelheit. Es galt nämlich weiterhin Vivians »ab heute nur noch Fisch«, und in der beginnenden Dämmerung saßen wir draußen vor einem der zahlreichen Restaurants am Hafenbecken, suchten etwas aus – Vivian suchte aus –, und der Kellner kam dann mit der Dorade aus frischem Fang auf einem Silbertablett, damit wir sie begutachten konnten, bevor sie zubereitet wurde. Wir taten beide, als könnten wir das, und nickten. Während wir warteten und tranken, kam zuverlässig die Dunkelheit: ein schneller, präzis ausgeführter Überfall. Es war Anfang August, also Sommer zugleich mit der ersten Ahnung seines Endes. *End of the season.* Nur ein paar Wochen zurück war es abends um zehn noch beinahe taghell gewesen.
So wurde Triest für mich zur Stadt der Dunkelheit. Für Vivian nicht; Vivian lebte, das hatte ich schon begriffen, immer in der Gegenwart, selbst dann, wenn sie die wüstesten Geschichten aus ihrer Vergangenheit erfand und erzählte. Am dritten Tag fuhren wir zur offenen Klinik von Basaglia (der damals schon sieben Jahre tot war), und auf dem Weg erzählte Vivian mir in fröhlichem Ton, ihre Mutter sei zwei Jahre in der Psychiatrie gewesen, zeitweise sogar in der Geschlossenen. Das wusste sie allerdings auch nur aus Erzählungen, denn da sei sie, Vivian, erst ein Jahr alt gewesen. Dass daran kaum etwas wahr sein konnte, war mir schon deshalb sofort klar, weil Vivians jüngere Schwester dann nicht nur in der Psychiatrie geboren, sondern vorher dort auch gezeugt worden wäre.

Als wir das Gelände erreicht hatten, kam uns mit schleppendem Schritt ein bulliger Riese entgegen, blieb fünf Meter vor meinem Auto stehen und starrte uns an. Wir starrten zurück. Er war einer jener übrig gebliebenen Befreiten, die nach der Schließung aller italienischen psychiatrischen Anstalten 1980 noch immer auf ihrem alten Gelände wohnten. Für Minuten, so habe ich es in Erinnerung, änderte sich an der Situation nichts, wie ein Filmstill: wir im Panzer des Autos, *der Irre* mit herabhängenden Armen, reglos im grellen Sonnenlicht und mit einem Blick, der tiefe Trauer zeigte, als sei er von allen verlassen worden. Dann bat mich Vivian umzudrehen. Wir fuhren schweigend zurück in die Stadt.

Zwei Monate zuvor hatte ich, beim vorfreudigen Einlesen auf die Reise und ohne jeden Gedanken an eine Vivian Lynch, die mich begleiten würde, bei Basaglia irgendwo von der Angst gelesen, die überall in Triest herrsche. Drei Monate, nachdem das Gesetz zur Reform der Psychiatrie das Parlament passiert hatte, war der Psychiater an einem Hirntumor gestorben, als habe das jahrelange Drängen auf diese Reform und der schließliche Erfolg ihn erschöpft.

Heute glaube ich, dass ich wegen dieser Angst – und der Lust daran – nach Triest wollte. Und spätestens wenn es dunkel wurde, holte sie mich auch ein. Ihr Merkmal war, dass sie aus allen Richtungen kam, nicht nur von oben aus Basaglias verlassener Anstalt, nicht nur aus der Erstarrung und Leere des funktionslos gewordenen Hafens, sondern auch von der einschüchternden Ordnung des Theresienviertels ebenso wie von den eindrucksvollen und zuweilen durchaus sehr gelungenen Fassaden der Häuser aus den faschistischen Jahren und von den Nachfahren der jugoslawischen

Partisanen, die sich an der Piazza Oberdan oder um Trieste Centrale scharten. Ich begriff, dass das, was in meiner Kindheit die Trümmer meiner Geburtsstadt gewesen waren, hier unversehrt und räumlich sorgsam voneinander abgegrenzt existierte, dass es sich dabei aber um eine viel endgültigere Trümmerlandschaft handelte als die meiner Kindheit. Hier lastete in der Tat *die Arbeit aller todten Geschlechter wie ein Alp auf dem Gehirne der Lebenden.* Es war die Geschichte selbst, die stillgestellt und eingefroren war.

»Und deshalb«, sage ich zu Dr. Meissner, »ist es nur konsequent, das Europäische Institut für Melancholieforschung in Triest zu belassen und nicht nach Oberhausen zu verlegen.«

Mit Vivian übrigens wurde die Geschichte wie folgt stillgestellt und eingefroren: Am zehnten August machten wir uns auf den Rückweg. Wir ließen uns Zeit und machten Station in Tolmezzo, Golling und Dinkelsbühl, und ich bewunderte weiterhin Vivians Appetit. Sie war wesentlich ruhiger geworden, trank weniger und erzählte auch keine Geschichten mehr. Die Dunkelheit von Triest war uns, war mir nicht gefolgt. Unsere Rückreise, das weiß ich heute, war das schiere Glück, und beinahe erkannten wir es sogar. Am Donnerstag, dem dreizehnten August, lieferte ich sie in ihrem Eineinhalbzimmerverschlag am Thürmchenswall ab, und am Sonntag gingen wir bei *ihrem Italiener* fünfzig Meter weiter essen, weil ich am nächsten Tag zu einer Fortbildung im Taunus fuhr, die mich um eine weitere Woche vom Unterrichten suspendierte.

Als ich am Freitagabend von den Taunushöhen zurückkam und sie anrief, wurde mir mitgeteilt: *Diese*

Nummer ist uns nicht bekannt. Ich ging noch am selben Abend in die Kneipe, in der sie kellnerte, und der Wirt, eine massige Erscheinung mit dem einprägsamen Namen Karl Müller, der das rechte Bein etwas nachzog, sagte mir, Vivian habe sich fürs Erste abgemeldet, mehr wisse er nicht.

Zurückgemeldet hat sie sich nie.

7 **Dr. Meissner hat mir an diesem Morgen** mit elegischem Blick zugehört, was ich angesichts meiner Erzählungen als durchaus angemessen empfand. Ab und zu hat er ein paar Notizen auf seinen Block gekritzelt, und ich musste wieder an die grüne Kladde in der Schreibtischlade denken. Dann verabschieden wir uns. Als ich rausgehe, ist Franz Nonnenmachers Glaskasten von einer anderen Person besetzt, einem Mann Mitte zwanzig. Ich stutze einen Moment und bin versucht zu fragen, ob etwas passiert sei. Dann wird mir klar, dass selbst Franz nicht immer hier sitzen kann und dass er vermutlich auch nicht im *Bon Sommeil* wohnt, obwohl ich bisher unbewusst davon ausgegangen sein muss. Ich nicke also seinem Vertreter oder Kollegen nur zu und verlasse die Forschungsstätte.

Am Hauptbahnhof habe ich zum ersten Mal wieder Lust, richtig zu verreisen und nicht nur diese lächerlichen Pendelbewegungen zwischen Köln und Düsseldorf zu machen. Wenigstens einen kleinen Schritt zur Seite möchte ich mir gönnen. Vielleicht sogar Ausland. Das nächste Ausland sind die Niederlande. Mit dem ICE kann ich in zwei und einer Viertelstunde in Amsterdam sein, das ist einerseits eine richtige Reise und andererseits nicht zu weit weg. Die passende Strecke für die Gedichte, die ich diesmal im Handgepäck habe. Mein plötzlicher Entschluss ist mir die erste Klasse wert. Der Zug ist wenig ausgelastet, ich finde mühelos einen Fensterplatz. Es geht nach Westen, der Sonne entgegen. Zuerst noch Duisburg und Oberhausen (Melancholieforschung), dann schon Arnhem. Je weiter die Fahrt, desto künstlicher das Land. *Der liebe Gott hat die ganze Welt erschaffen, nur die Niederlande haben die Holländer gemacht.**

Unsere ersten Familienausflüge mit Grenzübertritt, nachdem unser Vater und Postamtmann 1960 einen Taunus 12 M gekauft hatte, führten über Aachen nach Benelux. Gern auch zum Kaffeekaufen in Holland. Meistens ging es nach Maastricht; dort kannten wir uns nach ein paar Besuchen beinahe schon aus.
Unser Vater konnte nicht Auto fahren, aber dat Marieche hatte es vor einem Jahr vorausschauend gelernt und kutschierte die Familie von Anfang an ziemlich souverän ins benachbarte, wenn auch nicht unbedingt befreundete Ausland. Heute begreife ich, dass nicht nur ihr, sondern auch meinem Vater diese Fahrten viel wert waren. Urlaub hatten sie, hatten wir bis dahin nur im eigenen Land gemacht, in der Lüneburger Heide und einmal auch im Bayerischen Wald, in Grafenau, einem Ort nahe der tschechoslowakischen Grenze. Da blieb mein Vater zu Hause, und die Restfamilie stieg gegen Abend in den Zug. Man fuhr dorthin mit Ferienzügen von *Scharnow*, mit Liegewagen. Umsteigen am nächsten Morgen in Straubing, daran erinnere ich mich noch, und während ich dies schreibe, kommt auch die Geschichte mit dem Pferdekind wieder ans Licht. In Grafenau wohnten wir auf einem Bauernhof

weit oberhalb der Stadt, der Ortsteil hieß Schlag und lag deutlich höher als der Hauptort, und ich hatte mich auf eigene Faust auf den Weg gemacht – ich war neun – und unten im Ort verlaufen. Es war drückend heiß, und ich irrte umher und begann dann laut zu weinen, zu *plärren,* bis mir der Rotz über die Lippen lief. Eine Frau nahm sich meiner an und brachte mich zu einem Heim, das von irgendwelchen Barmherzigen Schwestern geleitet wurde (in diesem Metier sind alle Schwestern barmherzig). Ich konnte mich so weit verständlich machen, dass man begriff, wo ich wohnte, und ein Junge aus dem Heim, einige Jahre älter als ich, den ich kaum verstand, begleitete mich. Er wollte nett zu mir sein und mich trösten – ich schniefte immer noch vor mich hin –, aber ich verstand einfach das Niederbayerische nicht, bis auf die Frage, ob ich ein *Pferdekind* sei, worauf ich wieder zu heulen begann. Darauf stellte der Junge seine Bemühungen ein, und wir bewältigten schweigend den ziemlich steilen Anstieg in der Nachmittagshitze. Meine Mutter wollte ihm etwas Geld geben, aber er durfte nichts annehmen und trottete wieder den Hügel hinunter. Ob ich ein *Pferdekind* sei, habe er mich gefragt, erzählte ich meiner Mutter und der Bäuerin, die dazugekommen war, und nachdem beide kurz stutzten, fingen sie gleichzeitig an zu lachen und die Bäuerin erklärte mir, der Bub habe mich lediglich ein *Ferienkind* genannt, und da habe er doch recht.

Für ein paar Jahre ist auch diese Geschichte durchaus in die Familienfolklore eingegangen, dann spielte sie keine Rolle mehr. Auf unseren grenzüberschreitenden Fahrten hatten wir den Bayerischen Wald ebenso wie die Lüneburger Heide längst hinter uns gelassen. In ihrer gesamten Jugend waren weder Maria Pütz noch Erich Roloff je ins Ausland gekommen. Weil Erich bei der Post und immer nur bei der Post gewesen war, war er nie mit der Wehrmacht auf die Grand Tour gegangen, und Maria (von deren früherer Geschichte mit Albert Hemmersbach niemand von uns etwas wusste), hatte keine Möglichkeit, ihren Geliebten in Paris zu besuchen, bevor sich dessen Spur an der Atlantikküste verlor. Nach Amsterdam oder nach Brüssel allerdings sind wir mit dem 12 M nie gekommen, so weit wollten sich Maria und Erich nicht vorwagen. Gegen Abend waren wir regelmäßig zurück in der Weyerstraße.

Jetzt aber Ankunft Amsterdam Centraal 17:28. In der Halle, in die jetzt vom Damrak her das besonders goldene Amsterdamer Sonnenlicht fällt, habe ich als Siebzehnjähriger zusammen mit einem Schulfreund übernachtet, weil wir sparen mussten. Vor wenigen Stunden noch war aus einer offenen Kneipentür *Stop! in the name of love* geschwappt, gesungen von den Supremes. Zuerst hatten wir draußen zu schlafen versucht, in Korbstühlen vor einem Café, aber da wir beide süße Jungens waren, mussten wir uns vor Nachstellungen schließlich in den Hauptbahnhof retten.
Im Gegensatz zu meinen früheren Besuchen werde ich jetzt beim Durchqueren der Halle nicht mehr flüsternd oder zischend angesprochen. Mein Alter schließt mich inzwischen vermutlich als potentiellen Käufer aus. Ich trete also unbehelligt und nur mit meiner leichten Düsseldorfer Schlaflaborübernachtungstasche über der rechten Schulter ins goldene Licht. Es ist vielleicht nicht golden, aber ich sehe es so. Immer. Langsam wandere ich den Damrak und den Rokin hoch, fühle

mich aber plötzlich zum ersten Mal seit Langem dem Blick der Anderen auf peinlichste Weise ausgesetzt. Das ist umso absurder, als mich überhaupt niemand ansieht, denn ich bin nur einer unter vielen einheimischen und touristischen Passanten, der niemanden interessiert. Ich sehe mich also mit dem Blick, mit dem die Anderen mich sehen würden, wenn sie mich überhaupt wahrnehmen würden, und die Situation wird von Minute zu Minute bedrängender für mich. Der Blick des Anderen ist in Wahrheit immer mein eigener, das weiß ich schon lange. Aber es hilft mir jetzt nicht. Ich brauche jetzt dringend einen geschlossenen Raum für mich allein, biege am Muntplein in die Nieuwe Doelenstraat ein, entere die Lobby des Hotels Doelen und frage nach einem Zimmer. Ich weiß, dass ich das Zimmer *eigentlich* nicht bezahlen kann, vertraue aber auf die Zukunft. Ich habe heute schon auf die Zukunft vertraut, als ich erster Klasse gelöst habe, und mein Vertrauen ist ungebrochen. Das Zimmer geht auf den Kanal hinaus, die Binnenamstel. Stilles Wasser. Das Fenster ist schalldicht geschlossen, auch draußen auf dem Flur nichts zu hören. Ich schaue minutenlang aufs Wasser. Wasser hat mich besänftigt und beruhigt von Kindheit an. Badewanne. Teich. See. (Angst nur vor Stauseen.) Bach. Fluss. Kanal. Strom (Rhein). Meeresbucht. Offenes Meer.
Kein Blick des Anderen mehr zu spüren. Er würde sich jetzt nicht mehr auf eine Person richten, sondern auf ein Bild: *Alter Mann am Hotelfenster,* von Edward Hopper, Rückenansicht. Hoppers Licht, dazu das von Vermeer, *Briefleserin am offenen Fenster*.
Ich stelle endlich meine Düsseldorftasche ab und lege mich für ein paar Minuten aufs Bett, flach auf den

Rücken, den Kopf etwas erhöht auf einem Kissen gelagert, wie immer, wenn ich in einem Hotelzimmer ankomme. Ich teste das Licht der Nachttischlampe und schließe dann für einen Moment die Augen.
Als ich erwache, ist über eine Stunde vergangen: kurz nach sieben. Im ersten Moment erschrecke ich, weil ich glaube, es ist morgens und ich habe den Amsterdamer Juniabend verpasst. Dann sehe ich am Licht, das durchs Kanalfenster fällt, dass dieser Abend noch vor mir liegt. Vor etwas mehr als sieben Stunden bin ich heute an einem anderen Ort von Franz Nonnenmacher geweckt worden, und schon wieder habe ich den Schlaf, hat der Schlaf mich gesucht.
Und noch nicht ganz freigelassen, denn gewohnheitsmäßig, auch pflichtschuldig hänge ich der Szene nach, die ich beim Erwachen hatte, in der Denkschlafphase, die für *unsere Forschungen* so entscheidend ist. Aus Worten ein Bild: Heidegger, der auf der sonnenbeschienenen *Lichtung des Seins* einen Ausnüchterungsspaziergang macht, immer im Kreis laufend, und dabei etwas von einem *Geviert* vor sich hin brabbelt. Dann das richtige Erwachen, unter zügellosem Gelächter, laut und lang anhaltend.
Diese Szene ähnelt denen, die mir beim Erwachen eher zu Hause als im Labor begegnen. Schon vor einiger Zeit habe ich den Unterschied zwischen den beiden Orten des Erwachens festgestellt. Bei Dr. Meissner schlafe ich gewissermaßen im Auftrag, und die Szenen, die sich als Resultat des Zwischenraums zwischen Schlaf und Wachen ergeben, sind oft viel weiter ausgreifend, wie etwa der Aachen-Komplex, den ich weiter oben geschildert habe, oder der Sommernachmittag auf der kleinen Jolle in Ostfriesland. Es ist, als sei ich

mir im Labor meiner Verantwortung als Proband bewusst, als würde ich dort anders schlafen und erwachen als zu Hause. Denn zu Hause beschränken sich die Erinnerungen oft nur auf solche – wenn auch meistens scharf umrissenen – Fragmente wie jetzt in Amsterdam. Mein Protokollbuch, das übrigens rein äußerlich Dr. Meissners geheimer Kladde nicht ganz unähnlich ist, enthält eine beachtliche Sammlung davon.

8 Ein Schaf ist so klug als wie vier Lämmer. Nur immer dieser eine Satz, ohne jeden Kontext, nichts vorher, nichts danach, bis ich wach war. Ein Rätsel bis heute, sieht man von meiner – eher abstrakten als tätigen – Liebe zu Schafen ab. Kein Gedanke, dass ich mit einer Herde auf die Weiden oder die Deiche ziehen wollte, noch dazu bei Regen und Wind. Aber es sind schöne Tiere, und zudem bewundere ich sie. Ich weiß nicht warum. Und warum *als wie* statt nur *wie*? (20.10.18)

»Er kann gar nicht überleben, der halbe Kopf ist ja weg.« Nach Jahrzehnten war der Satz wieder da: in Farbe, denn in meinen Denkschlaf reichte schon die Sonne, die durch den Vorhang schien. Es ist ziemlich genau fünfzig Jahre her, als ich ihn hörte. Ich glaube, es ist Clyde selbst, der ihn sagt und dabei gleichzeitig schützend seine Hand über den zerschossenen Kopf hält, so dass wir nicht sehen, worüber er spricht. Wer das Opfer ist, weiß ich nicht mehr. Wir kamen damals ziemlich stumm aus dem Kino. Der Overkill am Ende des Films. Warum gerade heute, keine Ahnung. (8.5.19)

Nachtegel. Nur dieses eine Wort, dabei nicht mit einer unangenehmen oder gar ekligen Vorstellung verbunden, wie es bei Blutegel der Fall gewesen wäre. Gegen Ende des Übergangsstadiums, fast schon im Wachzustand, trennt sich das Wort: nach Tegel. Nach Tegel bin ich das letzte Mal im Mai 1989 geflogen, zu einem Symposion nach Berlin an der Freien Universität. Ich habe wahrhaftig einmal an einer solchen Tagung teilgenommen und verdankte das einem ehemaligen Kommilitonen, der die akademische Laufbahn eingeschlagen hatte, aus privaten Gründen absagen musste und mir anbot, sein Ersatzmann zu sein. Rainer Roloff als hochstapelnder homo academicus. Um genau den ging es übrigens auf der Tagung, selbstreflexiv und auf überschaubarem Niveau. Außerhalb des Stundenplans hielt ich mich allein, indem ich private Verpflichtungen vorschützte. Herrliches Wetter in fast ganz Deutschland. Wie friedlich, wie still war Berlin, zumal in der Abendsonne! Wie still würde es immer bleiben, bis ans Ende aller Tage! Was für ein Refugium! Hier bleiben und sterben, das wäre es. Aber zwei Tage später dann das Taxi-nach-Tegel und der Flug zurück. (12.5.19)

Arbeit Familie Vaterland. Dazu ein saures Aufstoßen, undeutliche Schwarzweißbilder aus einem Film, den ich zunächst nicht benennen kann. Zwei Tage nach einem Gespräch im Labor mit Dr. Meissner, in dem noch einmal seine Frankreichschwärmerei durchschien. Hier gekontert durch *travail famille patrie*, die Parole, mit der das Kollaborationsregime von Vichy den Dreiklang der Französischen Revolution auslöschte – sogar auf Geldmünzen. Der widerlichste Slogan des vergan-

genen Jahrhunderts, weil er überlebt hat bis heute, durchaus nicht nur in Frankreich. Die Verherrlichung der Arbeit und »die hart arbeitenden Menschen«, die Lieblingsklientel der Populisten aller Farben. Die Familien als Keimzellen. Was keimt denn da? Und das Vaterland als der Altar, auf dem regelmäßig geopfert werden muss.
Dann nehmen meine Schwarzweißbilder Kontur an, und ich erkenne, dass sie aus dem Film *Tagebuch einer Kammerzofe* stammen, mit Jeanne Moreau.* (10.6.19)

Macht und Fett / Im Duett. Nicht nur mit einer Namensliste verbunden, sondern auch mit einer dazu passenden schemenhaften (verfließenden, schwabbligen) Bilderreihe, die immer wieder von vorn beginnt: Strauß, Kohl, Orbán, Trump, Kim Jong-un. Das anfängliche Amüsement weicht nach und nach einem unangenehmen Körpergefühl, und ich wache missgestimmt auf, wie gestern. (11.6.19)

Badearzt auf Norderney / ich hätte winters immer frei. Dieser hübsche Reim speist sich aus meinen vielfachen Kurzurlauben auf Norderney in verschiedenen Sommern. Nirgendwo sonst habe ich schönere Sonnenuntergänge gesehen, die sich über Stunden hinzogen (Das Fräulein stand am Meere / Und seufzte lang und bang / Es rührte sie so sehre / Der Sonnenuntergang…), umgeben meist von meinen rheinischen und westfälischen Landsleuten. Dazu der Abglanz früherer Mondänität. Außerdem, da Norderney die Judeninsel war und nicht braun verstunken wie Borkum, mein Beitrag zum Philosemitismus. (28.6.19)

Ich bin ein Mönch, ein Klostermann, und trage ein Buch mit grauem Umschlag bei mir mit dem Titel: Hüttenkäse aus Todtnauberg. ??? (11.7.19)

Kalauer Kitsch Kolportage. Die drei großen K, ohne die nichts mehr gelingen kann. (28.7.19)

Nietzsche umarmt das Turiner Pferd, und keiner umarmt danach Nietzsche. Stattdessen steckt man ihn in die Psychiatrie. Eine schreiende Ungerechtigkeit der Philosophiegeschichte. (4.10.19)

Von der Rasierklinge zum Büchnerpreis ist es ein langer Weg. Das versteht sich von selbst. (18.10.19)

Weißer Rauch. Habermas papam. Kein weiterer Kommentar. (14.2.20)

»*There's no such thing as society.*« Die alte Schnepfe mag keine Ruhe geben, obwohl sie schon seit sechs Jahren von uns gegangen ist, am Schluss reichlich gaga, wie ihr Kumpan Ronald Reagan. Könnte aber sein, dass sie irgendwann ganz und gar recht hat mit ihrem Satz, überall. Bald haben wir nur noch *Communitys*, und die Gesellschaft geht flöten.
Im eigenen Land hat sie damals schon genug dafür getan. Shopkeeper's daughter aus Lincolnshire. Immer mit ihrer bescheuerten Handtasche.
I ain't gonna work on Maggie's farm no more. (2.4.20)

Die Wiederbewaffnung war doch nur halb so schlimm wie die Wiedervereinigung. Auch das muss nicht weiter kommentiert werden. (23.5.20)

Und jetzt also Heidegger, der Hirte des Seins, umherirrend auf der Lichtung, verkatert und ohne jegliche Orientierung. Zum Totlachen.

9 **Ich selbst** wage mich wieder nach draußen. Es ist halb acht, der Sonnenuntergang noch mehr als zwei Stunden entfernt. Der übliche Lärmpegel dieser Stadt, wenn sie im Sommer vom täglichen Geschäft in den zu feiernden Abend übergeht. Vor allem, wenn sie erst vorgestern ihre Kneipen und Restaurants wieder geöffnet hat. Offene Kneipentüren, draußen alle Tische besetzt. Ich steuere in gelassener Trance, angstfrei vor dem Blick der Anderen, dem Nieuwmarkt zu, überquere ihn und entere, ohne zu überlegen, meine Brücke.
Es ist nicht *meine* Brücke. Jeder kann darauf stehen bleiben und auf die Gracht schauen. Es ist auch nicht immer meine Brücke gewesen, sondern es hat sich bei meinen Amsterdam-Besuchen nach und nach so ergeben. Je öfter ich hier ankam, gleich aus welchem Anlass und egal, ob mit der Bahn oder mit dem Auto, desto mehr und desto eher steuerte mich mein Kompass zum Nieuwmarkt, wo ich oft erst vor einem der Cafés einen kleinen Ankunftsschluck nahm und interessiert den vielerlei Geschäften folgte, die hier gemacht wurden, legale wie nicht ganz so legale, bis ich den Platz verließ und meine Brücke aufsuchte, dort, wo der Kromboomssloot auf den Recht Boomssloot trifft. Von dort habe ich zu allen möglichen Tages- und Nachtzeiten auf den Kanal geschaut, bis sich zuverlässig ein ähnliches Gefühl wie damals in Arles einstellte, *dass ich nämlich auf dieser Brücke stehen bleiben und auf die Häuser rechts und links der Gracht schauen werde für*

immer. In Wahrheit möchte ich gern in einem dieser Häuser eine Wohnung beziehen, weil sie so situiert sind, dass sie meiner idealen Vorstellung von der zentralen Randlage entsprechen. Einen Katzensprung hinter mir liegt der Nieuwmarkt, liegt das Zentrum, zu dem ich jederzeit Kontakt habe, selbst wenn ich ihm auf der Brücke den Rücken zukehre. Die *zentrale Randlage*, das habe ich schon vor einigen Jahrzehnten entdeckt und begriffen, entspricht nicht nur meiner Vorstellung von meinem idealen Wohnort, sondern auch von dem mir angemessenen Platz in der Welt. Mein archimedischer Punkt. Von dem aus es mir allerdings fernliegt, die Welt aus den Angeln heben zu wollen. Zumal nicht sicher ist, ob das nicht schon andere besorgt haben.
Von Westen fällt Abendlicht – goldenes Abendlicht, darauf beharre ich – auf den Kromboomssloot und seine soliden Häuser, deren Bewohner ich beneide um das, was ich mir als eine Geborgenheit für immer vorstelle. In meiner Sakkotasche gibt mein altertümliches Nokia-Handy das Signal, dass eine SMS angekommen sei, aber an meinem augenblicklichen Standort habe ich kein Interesse an Nachrichten irgendwelcher Art. Wer an seinem idealen Punkt angekommen ist und wenigstens für sich das viel beschworene *Ende der Geschichte* erreicht hat, für ein paar Augenblicke wenigstens, der möchte ungern gestört werden.

Es ist deshalb Stunden später –
ich habe in einem der Restaurants in Chinatown gegessen, ich bin auf den Spuren eines verstorbenen Freundes über den Kloveniersburgwal geschlendert und an dessen ehemaliger Wohnung vorübergegangen, habe

mich dann langsam quer durchs Zentrum westwärts zum Grachtengürtel durchgeschlagen, habe in der Herengracht ein Liebespaar beobachtet, das sich, nah am Wasser stehend, so eng umschlungen, nein umklammert hielt, dass ich Angst hatte, es werde in die Gracht stürzen, und das Ganze unmittelbar gegenüber dem Goethe-Institut, habe mich in der Leidsestraat in die Schaufensterdekoration eines edlen kleinen Geschäfts mit Wohnaccessoires versenkt und dabei erstmals seit gestern wieder für ein paar Augenblicke an meinen Umzug gedacht, habe in der langsam beginnenden westlichen Dämmerung den Bogen zurück nach Norden geschlagen, habe im Café De Jaren mit Blick aufs Wasser einen Genever getrunken, Zeitung gelesen und danach die einbrechende Dunkelheit begrüßt und bin dann nach nebenan in mein Hotel gegangen –
als ich mein Nokia aus der Tasche nehme und auf den Nachttisch lege und mir das SMS-Signal wieder einfällt und ich lese: *Wo bist du? Komm nachhaus, ich habe eine Wohnung für dich. Leonie.*
Sie hat es also doch vor mir geschafft, das war zu erwarten. Vermutlich hat sie schon seit Wochen all ihre Beziehungen aktiviert, den Marienburger Makler inklusive, während ich wie meistens eher darauf gewartet habe, dass mir eine Wohnung zufällt. Meine Zufallsergebenheit war über die Jahrzehnte ein Dauerthema zwischen Leonie und mir, wobei meine Schwester keineswegs eine extrem energische und zielstrebige Person ist, sondern einfach nur praktisch genug, nicht allein ihr eigenes, sondern bis zu einem gewissen Grad auch mein Leben zu meistern. Auf der anderen Seite hat sie bis heute nicht richtig verstanden, dass mein Zufallsvertrauen mitnichten blind und grenzenlos ist, sondern

auf der Erfahrung beruht, dass jedem nur glücklich zufällt, was im Rahmen seiner Möglichkeiten liegt. Dass ich nicht auf Wunder warte, sondern nur auf Gelegenheiten. Auch das ist eine Praxis, das Leben zu meistern. Ich ergebe mich jetzt also und schreibe ihr: *Bin in Amsterdam und komme morgen zurück. Melde mich dann. Ruf mich nicht an, ich gehe jetzt schlafen.*

Unendliches Bedauern, als ich am nächsten Vormittag gegen zehn in einem halbleeren und langsam beschleunigenden ICE aus der Stadt herausrolle. Das Gefühl, einen falschen Abzweig zu nehmen, eine Gelegenheit zu versäumen. Ich weiß nicht genau welche. Um abzutauchen, bräuchte ich als Startkapital wenigstens erst einmal meine Erbschaft, und dazu einen Plan, wie es weitergehen könnte, nachdem die verbraucht ist. Ich verstehe, dass der Rahmen der Möglichkeiten, innerhalb dessen mir etwas zufallen kann, seit Jahren schon recht eng geworden ist. Das intensive Gefühl, jetzt einfach in mein altes Leben zurückzufahren und keine andere Möglichkeit zu haben.
Leonie hat mir nicht geschrieben, in welchem Viertel sie meine Wohnung entdeckt hat. Nach Bayenthal oder Junkersdorf möchte ich jedenfalls nicht. Ich muss sie ja auch nicht nehmen, noch ist sie nicht so unausweichlich wie meine Brücke.

Protokoll heute Morgen (warum gerade hier in Amsterdam, wo es weit und breit keinen Wald gibt?): *Mein Vater, der mit mir allein an einem Sonntag im Königsforst unterwegs ist und sich plötzlich ganz bitter beklagt, dass er nicht mehr geworden ist als Postamtmann. Ich bin etwa fünfzehn, als ich das höre, Leonie und meine*

Mutter sind fünfhundert Meter hinter uns. Mein Vater schimpft auf die Nieten, die es weiter gebracht haben als er. Ich sage einfach: Ich hab dich gern, Papa.
Ganz sicher hat es so eine ähnliche Szene gegeben. Ich war aber vielleicht ein, zwei Jahre jünger, weil ich mich nicht entsinnen kann, mit fünfzehn noch Waldspaziergänge mit der Familie gemacht zu haben. Im Königsforst waren wir öfter, auch wenn mir selbst von Anfang an die Gänge am Rhein lieber waren. Wegen seiner ostwestfälischen Herkunft hatte mein Vater eine sentimentale Neigung zum Wald, die in etwa seiner Neigung zu dicken russischen Romanen entsprach. Unsere Mutter fuhr uns gern überall hin, sie hatte von Anfang an viel Freude am Autofahren. Daran, dass ich meinen Vater einmal auf einem Familienspaziergang getröstet habe, nachdem er ähnliche Klagen darüber geäußert hatte, nicht weit genug gekommen zu sein in seinem Leben, erinnere ich mich. Vielleicht sogar mit den exakten Worten *Ich hab dich gern, Papa*. Zugleich war ich wohl etwas erschrocken, denn solche Klagen waren bei ihm ganz unüblich, und ich sah in ihm als Kind und auch noch als Heranwachsender einen erfolgreichen Mann. Entsprechend hörte ich von ihm auch viel öfter den Satz: »Uns geht's doch gut.« Oder sogar: »Wir haben doch ein schönes Leben.« Und dat Marieche nickte dazu.

Ob ich eines habe, oder ob es mir wenigstens gut geht, kann ich auf dieser leisen, schnellen, schläfrigen Fahrt nicht herausfinden. Vielleicht wird Leonie es mir sagen können. Ich befinde mich in Trance, aber einer ganz anderen als vorgestern am Nordausgang des Düsseldorfer Hauptbahnhofs. Die Zen-Jünger streben ja an-

geblich nach der totalen Leere (ich müsste Andreas Willich fragen, ob das wirklich stimmt), mir scheint, ich habe diese Leere jetzt ziemlich mühelos erreicht. Leider ist es kein erhebendes, sondern ein ganz und gar schales Gefühl, als hätte ich in meinem Leben so ziemlich alles versäumt, was sich nur versäumen ließ.
Utrecht und Arnhem sind schon vorbei, jetzt also Oberhausen, wenigstens ein anschlussfähiger Name: Franz Nonnenmachers Kindheitsstadt, wie ich seit gestern weiß. Erstaunlich, woher man überall kommen kann in unserem Land, denke ich und weiß gleich: So naserümpfend denken nur Leute, die aus Berlin, aus Hamburg, München oder Köln kommen. Die Borniertheit der Metropole und die der Provinz: jederzeit auf Augenhöhe.
Doch wenigstens bin ich jetzt raus aus der Leere. Gegen Oberhausen ist im Übrigen gar nichts zu sagen, außer dass die Stadt zwar stirbt, aber die Neue Mitte, das CentrO, gedeiht. Jedenfalls war das so, als ich das erste Mal dort war und in einem kleinen Buchladen völlig verblüfft auf Natalia Ginzburgs *Winter in den Abruzzen* stieß, in einer schönen bibliophilen Ausgabe*, die ich sofort kaufen musste. In einer Shopping Mall in Oberhausen!
Duisburg – Düsseldorf – Köln-Deutz. Der Zug fährt weiter nach Frankfurt am Main, und ich könnte einfach sitzen bleiben, nachlösen, weiterfahren. Aber mein Leben hat jetzt einen Anspruch darauf, dass ich dorthin zurückkehre. Zudem habe ich das große Bedürfnis, endlich etwas anderes anzuziehen.

Zu Hause stehe ich lange am Küchenfenster und beobachte einen Zug, der auf seine Einfahrt in den

Hauptbahnhof wartet. Ein ICE kann es nicht sein, denn mühelos kann ich durch die Fensterscheiben die Schemen der Reisenden erkennen, kleine, aber nicht winzige Figuren, wie bei einer Modelleisenbahn. Bei den Regionalzügen, in denen sich die Fenster noch öffnen lassen, kann man die einzelnen Personen, die auf die Weiterfahrt warten, noch deutlicher erkennen. Manche stehen auf und schauen direkt aus dem Fenster und in mein Küchenfenster. Einige Male habe ich bei solchen Gelegenheiten gewinkt, und zweimal hat das Gegenüber zurückgewinkt: im Juni vor zwei Jahren ein Mann, ein paar Wochen später eine Frau.

Dann, nachdem ich mich umgezogen habe, rufe ich Leonie an.

10 **WHITE CUBE ist das Erste,** was ich denke, als wir das Apartment betreten. Zwei Zimmer mit Küche und Bad (nicht Nasszelle) an der Spichernstraße, gegenüber dem Stadtgarten und nicht weit von der Venloer, frisch renoviert für den Kreativen oder den Start-up-Unternehmer. Erste Etage, Fahrstuhl im Haus. Die Wohnung ist Privatbesitz eines Wuppertaler Ehepaars, und der derzeitige Bewohner, ein Fotograf, der hauptsächlich auf dem Gebiet des Food-Styling arbeitet, aber auch Inneneinrichtungen fotografiert, dieser Fotograf also *geht demnächst nach Barcelona.* Der junge Mann ist vielleicht vierzig. Leonie kennt ihn von irgendwelchen Vernissagen oder anderen Höhepunkten des kulturellen Lebens. Die Geschichte, die sie mir dazu erzählt hat, war mir zu kompliziert und ging über Ecken, und ich habe irgendwann nicht mehr zugehört.

Die Wohnung ist schon beinahe leer geräumt. Ich müsse nur, sagt der Fotograf, eine Ablöse für den tatsächlich sehr hochwertigen Teppichboden in Petrol zahlen, den er erst vor vier Monaten hat verlegen lassen. Ich sehe Leonie an, und sie nickt. Petrol gefällt mir. Aber mir ist auch klar, dass ich hier höchstens zwei Jahre wohnen könnte, wenn überhaupt, dann wäre das Geld alle. Für dieses Domizil hätte ich wohl monatlich das Drei- bis Vierfache von dem zu zahlen, was in meinem Loch hinterm Bahnhof fällig ist. Das sage ich auch, und der Fotograf und Leonie setzen gleichzeitig ein mildes Lächeln auf, was heißen soll: Überraschung! Es ist eine. Leonie wollte mir auf der Fahrt hierher den Mietpreis nicht verraten: »Schau es dir doch erstmal an.« Ich habe von vornherein mit einer vierstelligen Summe gerechnet, die eventuell auch mit einer 2 beginnen könnte, denn das sind Größenordnungen, die für Leonie und ihr Milieu im Normalbereich liegen. Jetzt erfahre ich, dass der Fotograf bisher neunhundert Euro gezahlt hat, Betriebskosten inklusive, und dass das Vermieterehepaar in Wuppertal die Miete nicht erhöhen wird. Sie kennen Köln kaum; sie waren das letzte Mal vor vier Jahren hier und haben keine Ahung, was hier herauszuholen wäre, »und selbst, wenn sie es wüssten, würden sie es nicht tun, da bin ich sicher«, teilt der Fotograf seinen Eindruck mit.
Mein Blick geht über die hohen weißen Wände, während mich Leonie und der Fotograf dabei beobachten. Ich veranschlage den Platz für Bücher, Leonie weiß das, und der Fotograf (dessen Name mir erst an dieser Stelle meines Protokolls wieder einfällt, er heißt Dietmar Bär, sieht aber ganz anders aus), der Fotograf also hofft inständig darauf, dass ich ja sage, denn er hat

die Wohnung schon gekündigt und fürchtet überflüssige Mietzahlungen nach Ablauf der Frist. Jeder würde hier jedem einen Gefallen tun, wenn ich ja sagte: Leonie mir und Herrn Bär, Herr Bär ebenfalls mir (Klassewohnung in zentraler Lage unterm Mietspiegelniveau), und ich Herrn Bär (raus aus allen Verpflichtungen). Auch Leonie würde ich einen Gefallen tun, denn wenn ich ja sage, hätte sie mir beim Leben geholfen. Ich würde mir schließlich auch selbst einen Gefallen tun, denn in der Spichernstraße kann es zwar auch laut sein, zumal dem Stadtgarten gegenüber, aber es ist ein gleichsam innerstädtischer Lärm, nicht wie auf dem Hinterhof des Hauptbahnhofs, und die regelmäßigen Erschütterungen der Wohnung würde es hier nicht geben.
Also sage ich ja.

11 **»Da haben Sie** ja richtig Glück gehabt, und das in diesen Zeiten«, sagt Frau Wobser, als sie mich drei Wochen später verstöpselt und ich ihr von der neuen Wohnung erzähle. Frau Wobser hat recht; ich habe immer Glück *in solchen Zeiten,* gewissermaßen antizyklisch. Wenn alle anderen am *Aufschwung* teilhaben, erlebe ich gewöhnlich karge Jahre, wenn aber die *Krise* eintritt, fällt mir etwas zu, womit ich kaum gerechnet hatte. Dazu kommt jetzt, dass ich meinem Vermieter eine Nachmieterin anbieten konnte, denn die Krankenschwester von St. Marien, die über mir wohnt, hat sofort nachgehakt, als ich ihr von meinem bevorstehenden Umzug erzählt habe, und eine Kollegin ins Spiel gebracht, neu in der Stadt. Sie wird am kommenden Wochenende einziehen, während meine

Habe – *überschaubar*, sagt Leonie, von den Büchern mal abgesehen – sich schon in der Spichernstraße stapelt. In den ersten Nächten habe ich noch auf die Erschütterungen des Bahnverkehrs gewartet, danach hatte mein Körper sich in der neuen Nachbarschaft eingerichtet.

Noch nie habe ich eine Wohnung so ohne Bedauern verlassen wie diese, von der elterlichen abgesehen. Dass ich hier überhaupt eingezogen bin, vor knapp vier Jahren, hatte mit einem völlig missglückten Ansatz zu tun, mein Leben zu ändern. Damals war ich plötzlich der Illusion verfallen, mein eigentlicher Platz sei auf dem Lande, und war in ein Dorf in der Voreifel gezogen, noch dazu zu Beginn des Winterhalbjahrs. Leonie war entsetzt und sagte: »Du bist in einem halben Jahr zurück, oder du gehst unter.« Sie behielt recht; fünf Monate später war ich zurück und fand zunächst keine andere Wohnung als diese.

Auch vom Viertel kann ich mich leichten Herzens trennen. Nur, dass ich den *Expatriate*, den Thatcherhasser aus Schottland seit Monaten nicht mehr gesehen habe, so dass ich mich nicht von ihm verabschieden konnte, betrübt mich. Doch vielleicht ist er, in der Hoffnung auf die baldige Unabhängigkeit seines Landes, nach Hause zurückgekehrt. Good luck.

Frau Wobser ist fertig und teilt mir mit, dass Dr. Meissner erst morgen früh wieder da sein wird und Frau Dr. Hoss, die Nachtdienst hat, heute erst gegen elf kommt. »Sie werden also an diesem Abend allein einschlafen müssen«, sagt sie scherzhaft, »aber das schaffen Sie sicher.«

Daran kann kein Zweifel bestehen, vor allem bei mei-

nem derzeitigen Schlafbedürfnis. Dennoch fühle ich mich nach dieser Mitteilung etwas einsam, verlassen. Auch draußen auf den Fluren ist es stiller als sonst um diese Tageszeit. Es ist gerade erst kurz nach sieben, und manche Schläfer, vor allem die, die nicht am Versuch teilnehmen, sondern aus anderen Gründen hier sind, kommen oft erst um diese Zeit oder noch später an, weil sie bis in den späten Nachmittag gearbeitet haben. Auch bei meiner Ankunft habe ich außer Franz niemanden gesehen. Gegen meine sonstige Gewohnheit stelle ich sogar den Fernseher an, um etwas Gesellschaft zu haben, und sehe zunächst den Rest der *Aktuellen Stunde,* danach die *Lokalzeit* (aus Düsseldorf, für mich ganz ungewohnt) und danach die Tagesschau. Von den Informationen, die man mir in dieser Stunde nahebringen will, bleibt wenig hängen, aber die schnell wechselnden Bilder lindern ein wenig das Gefühl einer beginnenden Depression. Das ist nichts Neues für mich: Fernsehen und Autofahren sind zuverlässige Antidepressiva. Von den Nachrichten behalte ich immerhin so viel, dass dem *Kommando Spezialkräfte* in Calw seitens der Verteidigungsministerin ernsthaft gedroht wird, weil es dort *rechtsextreme Vorfälle* gegeben habe, dass der belgische König in einem *mit der Regierung abgestimmten Brief* die Schuld seines furchtbaren Vorfahren Leopold Zwei an den Massenverbrechen im Kongo eingesteht (als erstes Mitglied der Dynastie), und dass der *Fleischunternehmer* Clemens Tönnies als Mitglied des Aufsichtsrats von Schalke 04 zurückgetreten ist. Vor allem die beiden Begriffe *rechtsextreme Vorfälle* und *Fleischunternehmer* prägen sich mir ein.
Ich bin versucht, nach der Tagesschau noch ein wenig zu zappen, höre aber schnell auf, weil meine depressive

Stimmung zurückzukehren scheint. Stattdessen greife ich zu einem meiner beiden mitgeführten Bücher und lasse mich vom Schüler Fritz Kocher belehren und bezaubern: *Unsere Staatsform ist die Republik. Wir dürfen machen, was wir wollen. Wir benehmen uns so ungezwungen, als es uns beliebt.*
Der Aufsatz heißt *Das Vaterland*, und Robert Walser ist selbst noch ein junger Mann, wenn auch kein Schüler mehr, als er ihn seiner Figur Fritz Kocher zuschreibt. Er benimmt sich so ungezwungen, wie es ihm beliebt. Es wird noch fast dreißig Jahre dauern, bis er in die Anstalt Herisau eingeliefert wird. Das ist es, denke ich später, kurz vor dem Einschlafen, man muss nicht depressiv werden, das führt zu nichts. Man kann immer noch verrückt werden. Was für ein Trost!

12 **In dieser Nacht** schlief ich nicht laborgerecht. Soll heißen, ich erwachte nicht wie sonst etliche Male für einige Sekunden oder auch eine Minute, ohne das selber wahrzunehmen, ich *schlief* also im landläufigen Sinne nicht wie sonst *durch*, sondern war mitten in der Nacht (nach meinem Blick auf die Uhr war es kurz nach drei) plötzlich auf eine mir schon lange nicht mehr bekannte Weise bewusst und unruhig wach, und meine zaghaften Versuche, wieder einzuschlafen, waren zwecklos, wie ich schnell erkannte. Auch Fritz Kocher, zu dessen Aufsatz über *Die Natur* ich noch einmal griff, konnte mir nicht helfen. *Es ist schwer, über die Natur zu schreiben,* beginnt er, denn sie sei *so verschwommen, so fein, so ungreifbar, so unendlich.* Wenn bei Robert Walser von der Natur die Rede ist, dann meist vom *lieben Schnee* oder der *lieben Sonne.* Ein

Pionier des *nature writing* war er nicht, der Röbi. Konkreter wird er immer dann, wenn es in die Stadt geht.

Die Natur war im Labor ohnehin draußen, auch wenn man es zuweilen anders empfand. Einer der Gründe für meine Unruhe mag nämlich gewesen sein, dass es sich nachts nicht weit genug abgekühlt hatte, wenn es sich auch um keine so genannte tropische Nacht (20° C) handelte. Ich meinte außerdem, das Geräusch von Regen zu vernehmen, es konnte aber auch starker Wind sein. Ich erinnerte mich jetzt auch, dass im Wetterbericht, der in der Tagesschau auf die Nachricht vom Fleischunternehmer Tönnies folgte, von *kräftigen Regenfällen* und *Gewittern* die Rede gewesen war. Meine Unruhe konnte aber nicht daher kommen, so wenig wie ich wirklich Regen gehört hatte, denn das Fenster war geschlossen, und alle Fenster hier sind schalldicht. Ich suchte im Nachtschränkchen nach den Tabletten, die dort für alle Fälle bereit lagen, aber Frau Wobser musste abends vergessen haben, nachzufüllen.
Es blieb mir nichts anderes übrig, als mein Zimmer zu verlassen und vorn in Franzens Glashaus, wer immer auch in dieser Nacht dort sitzen mochte, um eine passende Schlaftablette zu bitten. Trotz meines Wachzustands noch etwas unsicher auf den Beinen, trat ich auf den Flur, wandte mich nach links und hatte nach zwanzig Schritten das Entrée des Labors mit dem bekannten Büroverschlag in Sichtweite. In diesem gläsernen Käfig enthüllte mir die schwache Nachtbeleuchtung umrisshaft, aber deutlich genug die folgende Szene:
Auf dem Schoß eines großen, auf einem Stuhl sitzenden Mannes, der für mich leicht als Franz Nonnen-

macher erkennbar war, saß rittlings eine junge Frau, deren weißer Kittel weit hochgeschoben war und, sofern die Beleuchtung nicht beschönigte, einen makellosen nackten Rücken sehen ließ, bei dem ich keine Zweifel hatte, dass es sich um den von Frau Dr. Barbara Hoss handelte. Sie saß dort keineswegs ruhig, sondern vollführte, von Franz seinerseits unterstützt, rhythmische Bewegungen, deren Tempo sich steigerte. Jetzt zog der Franz der Barbara den Kittel ganz über den Kopf und ließ ihn auf den Boden fallen. Trotz meiner Sicherheitsdistanz hörte ich schwach das gemeinsame, vor allem von Barbara Hoss forcierte Stöhnen durch die Glaswand des Käfigs dringen und wartete, medial über Jahrzehnte entsprechend konditioniert, nur noch auf die Rufe *ja, fick mich, fick mich* oder ähnliche, die aber leider ausblieben. Ich fühlte mich an meinem Standort sicher und verharrte noch eine Weile, bis die Szene sich deutlich dem Crescendo näherte, und zog mich dann still in mein Zimmer zurück, weil ich es unter diesen Umständen für unangebracht hielt, um eine Schlaftablette zu bitten. Als meine eigene Erregung etwas abgeklungen war, schlief ich problemlos ein und dachte noch im Einschlafen den auch am nächsten Morgen noch nicht vergessenen Satz: *Das hätte ich dem Franz gar nicht zugetraut.*

13 Als ich erwache, kurz vor halb zehn, ist das Feld geräumt. Franz und Barbara haben ihren Nachtdienst beendet und sind vermutlich schon zu Hause, zusammen oder jede/r für sich, was ich aus mir nicht einsehbaren Gründen für wahrscheinlicher halte. Weiter reicht meine Vorstellung nicht, weil ich keine

Ahnung habe, wo der Franz und wo die Barbara wohnt. Frau Wobser könnte es wissen.
Im Übrigen beschäftigt mich die Nachtszene erst, als ich den Zwischenraum schon verlassen habe. Zuvor, im Denkschlaf selbst, war ich Jahrzehnte weit weg, so weit, dass meine Erinnerung, falls es wirklich eine ist, eigentlich der frühkindlichen Amnesie verfallen sein müsste. Als ich Dr. Meissner das sage, wiegt er – eine Geste, die überhaupt nicht zu ihm passt, weil er eher ein Wiesel ist – den Kopf bedächtig hin und her und sagt: »Es kann schon vorkommen, dass man noch einzelne Bilder jenseits der Grenze gerettet hat. Wie alt waren Sie denn?«
»Drei.«
Dr. Meissner erklärt mir, dass die so genannte infantile Amnesie eigentlich erst mit etwa sieben richtig einsetzt und ein Fünf- oder Sechsjähriger sich noch gut an Erlebnisse erinnern kann, die er als Dreijähriger oder sogar noch vorher hatte. »Erst dann setzt langsam das Vergessen ein; man weiß noch nicht, warum. Deshalb könnte sich aber trotzdem das eine oder andere Bild für Sie erhalten haben, in welchem Zustand auch immer.«
Ich erzähle ihm von Onkel Hans, der kein Onkel war, aber in der Wohnung über uns wohnte und mir gegenüber so genannt wurde. Onkel Hans war Vertreter für *Kolonialwaren* und fuhr tagsüber in seinem nagelneuen weinroten Wagen (ein Opel Olympia, sagte meine Mutter später) über Land und besuchte und belieferte Kunden. Es versteht sich, dass er unserer Familie und der auf seiner Etage gegenüber wohnenden Stenotypistin ab und zu Kaffee, Tee und Schokolade zukommen ließ, der guten Nachbarschaft wegen.

Meine Mutter tat immer so – auch diese Erinnerung ist heute Morgen wiedergekommen –, als könnte sie das nicht annehmen, bis Onkel Hans sagte: »Aber bitte, man hilft sich doch in diesen Zeiten, Frau Roloff.«
Eines Morgens hörten meine Mutter und ich – Papa, damals noch nicht Amtmann, sondern Oberinspektor, war schon im Dienst – fremde Männerstimmen im Treppenhaus und dann ein energisches Klingeln an der Tür der oberen Wohnung, die schnell geöffnet wurde. Es gab einen Wortwechsel in ernstem Ton, aber keinen Streit und kein Geschrei. Meine Mutter konnte verständlicherweise ihre Neugier nicht länger zügeln und öffnete die Tür, und wir sahen Onkel Hans zwischen zwei deutschen Polizisten (*Schutzmänner*, wie meine Eltern sie immer nannten) die schmale Treppe hinunterkommen. Ihnen folgte, und das war das eigentlich Aufregende, ein in britischer Uniform gekleideter Mann, der bei der ganzen Aktion die Regie zu führen schien.
»Und an das alles haben Sie sich heute Morgen erinnert?«, fragt Dr. Meissner.
»Natürlich nicht. Ich habe nur das Bild von Onkel Hans, der die Treppe hinunterkommt, wie immer mit Hut. Und dass die Polizisten Tschakos trugen. Den britischen Offizier habe ich vielleicht gar nicht gesehen. Alles andere, den ganzen Rahmen, hat mir meine Mutter später erzählt, auch, dass Onkel Hans ihr noch gesagt hat, sie solle sich keine Sorgen machen, es handele sich um einen Irrtum, er sei bald wieder da. Er kam aber nicht mehr wieder.«
»Und haben Sie, also Ihre Familie, später noch mehr erfahren?«
»Es hat etwas gedauert. Mein Vater meinte abends

zuerst, es könne sich um alte Geschichten aus dem Schwarzmarkt handeln, aber der Schwarzmarkt war seit Jahren passé und interessierte keinen mehr. Erst ein Jahr danach erfuhren meine Eltern aus der Zeitung, dass Onkel Hans hier unter falschem Namen gelebt hatte und dass er *früher schlimme Sachen gemacht* hatte, *weit hinten im Osten*, wie mein Vater hinzufügte, eine Formulierung, die ich merkwürdig fand und mir deshalb auch gemerkt habe. Dieses *früher* ist in meinen Kindheitsjahren dann eine immer erdrückendere Zeit gewesen, weil ich nach und nach begriff, dass es erstens noch nicht lange her war und zweitens jeder Erwachsene, den ich kannte, durchaus auch *schlimme Sachen* gemacht haben konnte.«
Dr. Meissner sieht mich lange an, den Blick ganz ungewohnt fokussiert, und fragt mich dann, was ich denn glaube, warum ich mich gerade heute an dieses Bild erinnere. Das weiß ich nicht, und ich habe auch keine Lust auf einen weiteren Ausflug in die Psychoanalyse. Es ist aber so, erzähle ich Dr. Meissner, dass mir diese frühen Jahre, die man Kindheit nennt, später immer unendlich fremd vorgekommen sind, weitgehend unverständlich, und dass das, sage ich, als er mich unterbrechen will, nichts mit einer so genannten unglücklichen Kindheit zu tun hat. »Aber jetzt«, sage ich, »fällt mir zum ersten Mal in meinem Leben auf, dass ich mich an keinen Moment in meiner Kindheit erinnern kann, in dem ich einmal ganz unbeschwert und fröhlich gelacht habe. Gab's nicht. Was sagen Sie dazu?«
Dazu sagt Dr. Meissner nichts, vielleicht auch wegen des etwas aggressiven Untertons, in dem ich die Frage gestellt habe und der mir jetzt leidtut. Er sagt stattdessen, dass die Zeit um ist und er noch ein weiteres

Gespräch vor sich hat. Einen Augenblick überlege ich, ob ich ihm von der vergangenen Nacht erzählen soll, aber dann denke ich, vielleicht weiß er es schon. Vielleicht wissen es längst alle im Labor, und ich bin der einzige tumbe Tor.

Unten in der Straßenschlucht sehe ich noch einmal an der Hausfront mit ihrem regelmäßigen Fensterraster hoch bis zum fünften Stock und versuche herauszufinden, wo ich gestern Nacht geschlafen und wo ich heute mit Dr. Meissner gesprochen habe. Eine Straßenschlucht ist es streng genommen nur, wenn man von oben nach unten sieht, hier unten stehe ich dagegen in einer Häuserschlucht. Erst drinnen, dann draußen, erst Schutz, dann Trutzburg. Seitdem ich hier Proband bin, habe ich das noch nie gemacht; ich weiß nicht, warum heute. Schließlich läuft der Versuch noch, von Abschied hat noch keiner was gesagt. Ich lege den Kopf tief in den Nacken und starre nach oben. Dr. Meissners Büro auszumachen, ist nicht schwer, bei *meinem Zimmer* kann ich dagegen nur raten. Ich trete noch einen Schritt zurück und stolpere rücklings die Bürgersteigkante hinunter, während vor mir mit *kreischenden* Bremsen* ein Volvo stoppt, dessen Fahrerin sofort aus dem Wagen springt und mich fragt, ob mir etwas passiert sei.

Passiert ist mir nichts, außer dass meine Hose verdreckt, aber diesmal nicht zerrissen ist und ich vermutlich einen leichten Schock habe. Zugleich registriere ich: *mein nächster Sturz, bestimmt nicht der letzte,* während die wenigen Passanten, die stehen geblieben sind, wieder die Frage nach dem Rettungswagen stellen und die kreidebleiche Fahrerin, die vielleicht auch unter Schock steht, mehrmals sagt: »Das war knapp, das war wirklich knapp.« Die Frage nach dem Rettungswagen verneine ich routiniert; die Fahrerin versuche ich zu trösten, indem ich sage: »Es war doch mein Fehler.« So ist es ja auch, Traumtänzer, der ich war. Ich bin ihr so dankbar, dass sie nicht schimpft, mich nicht einen Trottel nennt. Vermutlich war sie, als sie mich so nah am Rand des Trottoirs stehen sah, schon vorausschauend alarmiert, sonst wäre es weniger als wirklich knapp gewesen. Für diesen Abschied ist es aber noch nicht die Zeit, denke ich, während ich mich langsam aufrichte, mit Hilfe eines der Passanten, für diesen Abschied ist es noch etwas zu früh. Meine Zeit, dieser Gedanke hat mich, in einer morgendlichen Denkschlafphase zu Hause, vor einigen Wochen zum ersten Mal aufgesucht, meine Zeit ist erst gekommen, wenn der letzte Beatle gestorben ist.

Ein Gedanke, der mich sofort überzeugt hat und der es mir ermöglicht, zum ersten Mal auf eine *praktikable* Weise über den Zeitpunkt meines Todes nachzudenken. Da die beiden Überlebenden der *fab four* einige Jahre älter sind als ich, ist das für mich zeitlich eine nicht zu ferne Perspektive. Da aber beide offenbar noch bei altersgemäß guter Gesundheit sind, gibt es einen gewissen Spielraum, in dem ich mich vor dem Äußersten geschützt fühle.
Oder anders. Die Beatles sind lebenslang meine Zeitgenossen geblieben; niemand kann mir vorwerfen, ich hätte sie mir *kulturell angeeignet.* Sie waren meine älteren Brüder, mit denen geht man entspannt um. Unter der Sonne der größten und erfolgreichsten Band aller Zeiten ließ es sich bis heute selbst mit gebroche-

ner Erwerbsbiografie bestens leben. Da ist es nur konsequent, dass ich erst mit dem letzten der *fab four* abtreten möchte.

14 Als John Lennon vor dem New Yorker Dakota Building erschossen worden war, erfuhr ich das um kurz nach sechs aus dem Radio, WDR2. Falsch. Ich hörte einen Sprecher sinngemäß sagen, man spiele jetzt erst einmal zum Gedenken den *Song for a guy* seines Freundes Elton John. Während die Elegie gespielt wurde, wusste ich noch nicht, von wem eigentlich die Rede war und *wusste es doch,* so sagt es mir meine Erinnerung. Bis heute bin ich davon überzeugt und weiß zugleich, dass ich dieser Erinnerung nicht im Geringsten trauen kann. Vielleicht hatte ich nur eine Ahnung, auch das wäre schon sehr außergewöhnlich. Dass ich mich damals überhaupt jeden Morgen so früh vom WDR wecken ließ, lag daran, dass ich zwar erst um acht bei meinem neuen Job im Supermarkt sein musste, um Regale aufzufüllen, aber noch meinem alten Rhythmus als Feinkostfahrer folgte.
Als der *Song for a guy* verklungen war, fand ich meine Ahnung bestätigt. Der Mörder war ein Geistesgestörter, ein Irrer, der sich mit Salingers Holden Caulfield verwechselte. *Die Irren sind ja irre,* wie der promovierte Mediziner Rainald Goetz ganz richtig festgestellt hat. Mark David Chapman saß nach seiner Tat in aller Ruhe und Gestörtheit vor dem Dakota und las in Salingers Roman, während er auf seine Festnahme wartete.

Bei meiner neuen Arbeit im Lager des Supermarkts hatte ich einen jungen Kollegen, Jörg, der erschüttert

war, als ich ihm erzählte, was ich im Radio gehört hatte. Zwanzig Jahre vor der Übermittlung von Nachrichten in Echtzeit konnte man je nach den Umständen noch einen wirklichen Informationsvorsprung haben. Auch eine der Mitarbeiterinnen vorn im Markt war fassungslos und begann sogar zu weinen.
Jörg und ich arbeiteten an diesem Tag in einer Art verbissener, wortkarger Trance vor uns hin. Auch das Frühstück, das uns zustand und das wir uns in einem gewissen Rahmen aus den Beständen selbst zusammenstellen konnten, nahmen wir schweigend ein. Jörg hatte mich in den ersten Tagen sehr kollegial in die Arbeit eingewiesen und mir unter anderem beigebracht, wie man abends die Taschenkontrolle umgehen und einiges mitgehen lassen konnte. Er war ein überaus intelligenter Schulabbrecher und Gelegenheitsjobber, der keineswegs, dem gerade heraufziehenden Zeitgeist entsprechend, das Bruttosozialprodukt steigern wollte. Leider geriet er eines Abends doch in eine Taschenkontrolle und wurde entlassen.

Obwohl ich meiner Erinnerung, ich hätte *gleich gewusst*, von wem die Rede war, überhaupt nicht trauen kann, bin ich doch weit mehr davon überzeugt als bei vielen vertrauenswürdigeren Erinnerungen. Im Gegensatz zu diesen ist sie viel *biografiefähiger.*
Für die Biografie, die ich später über mich selbst bastelte, war die Ermordung John Lennons *das Ende der Adoleszenz.* Das wurde auch Zeit, denn ich war damals zweiunddreißig. Meine Pubertät hatte mit der Musik der Beatles (und mit Marcel Proust) begonnen, sie begleitete auch die Zeit danach, und nun, da die Vier nie wieder hätten zusammenkommen können (ohnehin

nur ein Phantasma, das Dennis Hopper in *Der amerikanische Freund** entwickelt), musste ich erwachsen werden. Und wenn der letzte Beatle stirbt, ist es also auch für mich Zeit abzudanken. So lässt sich eine geschlossene, eine sinnerfüllte Biografie konstruieren. Zugleich ist damit alles Wesentliche über den Wert und die Funktion von Biografien gesagt. Als bestünde das Leben aus Fortsetzungen und Anschlüssen!
Trümmer, Leute, nichts als Trümmer!

15 **Neunter August, Sonntag.** In der Nacht zuvor bin ich damit fertig geworden, meine Bücher einzuräumen. Eine tropische Nacht, zum Schlafen nicht gemacht.
In den letzten zwei Wochen ist alles angeschafft, angebracht, installiert, verdübelt, festgemacht und eingerichtet worden, was zu einer Wohnung gehört, und ich bin Leonie dankbar, dass sie mich in der ganzen Zeit nicht besucht hat, um diesen Prozess zu beaufsichtigen. Eine Wohnung für mich zu finden, hat sie sich gestattet, alles darüber hinaus wäre eine Grenzverletzung gewesen, und meine Schwester hat einen ausgeprägten Sinn für Grenzen. Mit den eingeräumten Büchern ist die Wohnung nun »fertig«. Bin ich jetzt bei mir zu Hause? Kann man das sein?

Es gehört zur Moral, nicht bei sich selber zu Hause zu sein, hat der gestrenge Adorno geschrieben, in einer Reflexion aus dem beschädigten Leben, die *Asyl für Obdachlose* hieß und sich damit auseinandersetzt, dass man *eigentlich* (!) heute nicht mehr wohnen könne. Geschrieben war das allerdings in wirklich finsteren

Zeiten, von denen wir Nachgeborenen nicht mehr als eine verschwommene Vorstellung haben können. Allerdings gibt es keinen Grund anzunehmen, nach dem Ende dieser finsteren Zeiten könne alles wieder Friede Freude Eierkuchen und die Unmöglichkeit des Wohnens aufgehoben sein, denn: *Kein Einzelner vermag etwas dagegen. Schon wenn er sich mit Möbelentwürfen und Innendekoration beschäftigt, gerät er in die Nähe des kunstgewerblichen Feinsinns von Bibliophilen, wie entschlossen er auch gegen das Kunstgewerbe im engeren Sinne angehen mag.*

Plötzlich würde ich gern wissen, wie Andreas Willich in Kreuzlingen wohnt. Schließlich hat er alle Möglichkeiten, eine Wohnung nach seinen Vorstellungen einzurichten, von Klosterzelle bis Installation. Seit dem Mai in Düsseldorf sind wir uns nicht mehr begegnet. Meine Neugier wächst so schnell, dass ich ihn sofort anrufe, um ihn zu fragen, ob ich ihn für ein, zwei Tage besuchen kann. Nach dem siebten Rufzeichen schaltet sich ein Anrufbeantworter ein, der kurz und bündig sagt: *Kreuzlingen 6725541. Ihre Nachricht bitte nach dem Piepton.*

Die Nachricht möchte ich doch lieber persönlich überbringen, von Stimme zu Stimme, Stimme zu Ohr.

Auf jeden Fall darf ich froh sein, dass ich heute nicht mehr ein- und hin- und herräumen muss. Außerdem ist Sonntag, und da hat nach nicht verifizierbaren Berichten selbst Gott Pause gemacht. An diesem Sonntag wird der bisherige Hitzerekord des Jahres in der Stadt erreicht werden; angesagt sind siebenunddreißig Grad.

Bis zum Wochenende, sagen die Männer und Frauen, die im TV das Wetter erzählen, nachdem sie sich zuvor für ihren Auftritt bildschirmgerecht angezogen haben, bis zum Wochenende ist trotz zu erwartender Niederschläge kaum Abkühlung in Sicht. Schon jetzt, am späten Vormittag, als ich das Haus verlasse, ist es watteweich warm, aber noch nicht drückend.
Im Parterre herrscht heute absolute Ruhe. Eine Unternehmensberatung residiert dort; die wenigen Mitarbeiter grüßen freundlich-sachlich, wenn man sie trifft; einer, den ich für den Chef halte, hat am Anfang einmal gefragt, ob ich vorankomme da oben. Und ob ich zwischendurch mal einen Kaffee, einen Cappuccino, einen Espresso haben wolle, aus der DeLonghi, was für mich klingt wie: *gesetzt aus der Stempel Garamond.*
Heute kommt mir auf der Treppe auch nicht der Nachbar über mir entgegen, ein Realschullehrer im Ruhestand (Auskunft des Unternehmensberaters), denn am Sonntag kann er nicht einkaufen. Ansonsten schleppt er oft große Warenmengen nach oben, obwohl er allein wohnt wie ich. Inzwischen weiß ich, dass er sich auf den Katastrophenfall vorbereitet. Einmal auf halber Treppe hat er mir erklärt, dass die Warenströme bald versiegen werden, wenn er mir auch nicht erklären konnte, welche Mächte dahinterstehen. Seitdem ist mir klar, dass mein Nachbar so still vor sich hin preppert. Ob diese Tätigkeit in ein noch größeres Wahnsystem eingebunden ist, habe ich bisher nicht herausgefunden. Etwas mysteriös finde ich, dass er nach seinen Raubzügen nie den Fahrstuhl benutzt, obwohl er doch schwer zu tragen hat. Vielleicht stehen auch hinter dem Funktionieren des Fahrstuhls dunkle Mächte. Ich möchte ihn aber auch nicht danach fragen, wenn ich

ihm das nächste Mal begegne, weil sich dann vielleicht weitere Abgründe auftun.
Im dritten Stock schließlich wohnt (Auskunft des Unternehmensberaters) die Pressechefin eines Kölner Verlages, die ich bisher noch nicht zu Gesicht bekommen habe. Solche Art Nachbarn, Meister Prepper vielleicht ausgenommen, habe ich in meinen zahlreichen bisherigen Wohnungen noch nicht gehabt.

Im Stadtgarten lagern einige wenige junge Menschen, schöne und weniger schöne, möglichst beschirmt von Baumschatten. Sie haben vermutlich beschlossen, die Wärme des späten Vormittags zu nutzen, bevor die danach aufziehende Hitze sie vertreibt. Gruppen oder Paare, keine Individuen, bis auf eine sehr schöne junge Frau, bei der ich sofort wegschaue, um nicht in die Falle von Herrn Palomar zu tappen.* Auf der anderen Seite meines Weges liegt ein mit Liebesblödigkeit beschäftigtes Paar, das mich aber nicht in Schwierigkeiten bringt, weil es nichts um sich herum wahrnimmt.
In einem großen Bogen schwenke ich auf die Spichernstraße zurück, nun ein Stück weiter nördlich, den Mediapark schon im Blick. Auch dort gibt es, in einem der neueren Bürokomplexe, ein Schlaflabor, in dem ich kurzzeitig Forschungszwecken diente. Als der Park entstand, zu einer Zeit, als ich nicht weit davon entfernt wohnte, war das noch Brachland, wie überhaupt ein Großteil des heute bebauten Geländes. Dieses Brachland habe ich damals gern aufgesucht, möglichst in der beginnenden Dämmerung. Einmal allerdings, an einem Tag im fortgeschrittenen Herbst, überraschte mich die Dunkelheit, zudem bei Neumond, und ich

geriet, obwohl ich mich weiterhin orientieren und das Gelände schnell Richtung Ring wieder verlassen konnte, in eine kurzzeitige Panik. Aus dieser Dunkelheit, einer anderen Tiefsee als dem Schlaf, baute sich plötzlich riesig die Erinnerung an einen Novembertag in einem Seitental im Großraum Liège vor mir auf.

Wie ich dorthin gekommen war? Ich war mit dem Auto – demselben Renault 16, in dem ich ein Jahr zuvor mit Vivian unterwegs gewesen war – auf dem Rückweg aus Liège, wo ich nichts zu tun gehabt hatte. In diesem Herbst arbeitete ich ganz normal als Sprachlehrer und fuhr ansonsten kreuz und quer durchs Umland, zu dem wir in Köln den Großraum Liège ohne Weiteres hinzuzählen. Dann folgte ich der Lust, die Autobahn noch einmal zu verlassen (um nicht zu früh *nach Hause* zu kommen), obwohl ich wusste, dass mir die engen Täler jenseits davon so wenig gefallen würden wie die der Eifel, des Hunsrücks, der Vogesen und aller anderen Schluchtgefängnisse, die die Natur sich ausgedacht hat. Von der Abfahrt gab nach links ein Richtungsschild einen Ort in fünf Kilometern an, dessen Namen ich vergessen habe, nach rechts endete die Abfahrt offenbar in einer Sackgasse. Geradeaus war ebenfalls ein Ort in einer Entfernung von drei Kilometern angezeigt. Den wählte ich als Etappenziel aus, Ich war erst ein paar Minuten auf der leicht ansteigenden Straße unterwegs, als diese sich mehr und mehr verengte und zu einem besseren Feldweg wurde, und ich es vorzog, an der nächsten etwas breiteren Stelle zu drehen und zügig auf die Autobahn zurückzufahren, zumal der Jahreszeit gemäß schon die Dämmerung eingesetzt hatte. Auf der rechten Straßenseite meinte ich, in zweihundert Meter Entfernung eine Art Parkbucht zu entdecken, auf die ich zufuhr. Aus dem Gestrüpp dahinter aber wuchs plötzlich eine Fabrikruine in die Höhe, deren Basaltstein (stellte ich mir vor, denn ich konnte kaum hinsehen) langsam zerbröckelte und deren zertrümmerte Fensterscheiben gähnende Löcher freigaben, und mich packte eine Panik, die ich seit Kindertagen kenne. Die Trümmer, in denen ich mit anderen spielte, waren vertrautes Terrain und hatten überhaupt nichts Unheimliches. Sie leisteten einander und uns Kindern Gesellschaft. Was aber noch vereinzelt übriggeblieben und nicht in sich zusammengefallen ist, und sei es nur das verfallene Haus am Dorfrand oder das Transformatorenhäuschen im Wald, der rostende Förderturm einer längst stillgelegten Zeche, von Wildwuchs überwuchert, die verlassene Basaglia-Klinik in Triest, all diese *lost places* ziehen mich an und verursachen mir zugleich Panikattacken bis hin zur katatonischen Starre, wie an jenem Novembertag. Minutenlang war ich weder in der Lage hinzusehen noch den Ort so schnell wie möglich zu verlassen. Ich hielt das Lenkrad fest, die Augen fast geschlossen, bis ich es endlich schaffte zu wenden und danach in viel zu hohem Tempo zur Auffahrt zurückzufahren, wo ich mich in der nun fortgeschrittenen Dämmerung in die tröstende Scheinwerferkette des abendlichen Berufsverkehrs einfädeln konnte, mit dem erleichterten Gedanken, buchstäblich *der Vernichtung entkommen zu sein.*

Das war 1988. Erst viel später ist mir klar geworden, warum mich Trümmer und Schutthaufen nach wie vor anziehen und ich vor ihnen keine Angst habe. Gern gehe ich, wenn irgendwo etwas gesprengt worden ist, am nächsten Tag hin, um das Trümmergelände zu besichtigen. Eine neue Ordnung, ganz von heute. Dagegen all diese Geschichtsruinen, die es verdienen, plattgemacht zu werden! Stattdessen werden sie zu Kulturzentren, noch schlimmer: zu Gedenkstätten! Unser kollektives Gedenken, das uns davor bewahrt, uns wirklich zu erinnern. Ein Jahr vor meinem belgischen Schreckensmoment hatte der Nürnberger Stadtrat den Bau eines Einkaufszentrums auf dem alten Reichsparteitagsgelände verhindert. Das fand ich schon damals bedauerlich.

»Ein Mann für den Denkmalschutz bist du nicht«, sagte mein Bremer Freund, als ich ihm eines Tages davon erzählte.

Das trifft es.

Heute gibt es im Mediapark kein Brachland mehr. Was nicht Stein und Glas ist, ist gepflegtes Grün. Dazu noch der künstliche See, der schon sehr früh angelegt wurde. Damals habe ich bei jedem Gang dorthin dem Fischreiher meine Aufwartung gemacht, der manchmal minutenlang regungslos dort stand, als wäre er eine Skulptur. Auch an diesem Sonntag ist er an seinem Platz, wenn es noch derselbe ist. Fischreiher können bis zu fünfundzwanzig Jahre alt werden, das käme gerade noch hin. Einen Moment lang bedaure ich es, dass wir – außerhalb des Märchens – mit den Tieren nicht sprechen können; ich hätte mir von ihm gern erzählen lassen, wie die letzten zwei Jahrzehnte für ihn waren.

Das Gelände ist an diesem Sonntag menschenleer. Niemand arbeitet, und wenn, dann verborgen hinter einer der Glasfassaden. Auf den Balkonen der Wohnungen sind große Sonnenschirme aufgespannt oder Markisen ganz ausgefahren, dahinter mag man Men-

schen vermuten. Osman hat noch geschlossen, aber bei den Coffee Fellows im Cinedom bekomme ich von einem sehr schläfrig wirkenden jungen Mann einen doppelten Espresso.
Wieder draußen, auf der menschenleeren Piazza (die Planer damals haben nach eigener Aussage an die Piazza del Campo in Siena gedacht, und meine Geburtsstadt ist schließlich selbst eine italienische Gründung), winke ich kurz nach rechts in Richtung des Schlaflabors Intersom und schlage mich dann auf kürzestem Wege, den Reiher zum Abschied grüßend, in die Spichernstraße durch.
Dort klingelt das Telefon. Als ich mich melde, sagt Andreas Willich: »Hier hat einer angerufen. Du warst das also.«

16 Irgendwo zwischen Siegburg/Bonn und Frankfurt Flughafen Fernbahnhof, gegen zehn Uhr morgens, erreiche ich den Wachzustand, wie ich ihn ähnlich zur gleichen Zeit von zu Hause kenne. Alles Vorherige, den Weg zum Hauptbahnhof, den Bahnsteig und den Zug finden und den reservierten Platz besetzen, habe ich im Modus jener durchaus zielstrebigen Absenz absolviert, die mich verlässlich schützt, wenn ich allzu früh auf die Straße muss, nach *draußen.* Jetzt kann ich den Tag langsam durchdringen lassen, zumal in einer so komfortablen Lage wie auf einem Fensterplatz im ICE. In einer so angenehmen Gestimmtheit wie dem Unterwegssein.
Auf dieser Strecke, kurz vor Mannheim, wird mir endlich etwas deutlich, was ich schon seit Jahren geahnt habe, ohne es formulieren zu können. Mir muss

vor langer Zeit, wann genau, weiß ich nicht, sowohl das Heimweh als auch das Fernweh abhanden gekommen sein, und jetzt, wo ich das zum ersten Mal richtig verstehe, kurz vor Mannheim, ist das eine enorm entlastende Erkenntnis. Heimweh habe ich schon lange nicht mehr gehabt, wonach auch. Nach den Wohnquartieren, die ich jeweils hinter mir gelassen habe?
Etwas, was man Fernweh nennen könnte, gab es früher schon: als Wunsch, woanders zu sein als da, wo ich gerade war, eine Sehnsucht nach Paris, Amsterdam, Padua, Bern etwa, nach Ostende, Norderney oder Tynset –

Meinen Sie Zürich zum Beispiel
sei eine tiefere Stadt,
wo man Wunder und Weihen
immer als Inhalt hat?

Nee, meine ich nicht mehr.*
Mein Abstecher nach Amsterdam vor ein paar Monaten folgte weder einer bestimmten Sehnsucht, noch war er Ausdruck von Fernweh. Es handelte sich einfach nur um eine kurze Zeit des Atemholens, eine hygienische Maßnahme, während sich gleichzeitig in Köln hinter meinem Rücken die Wohnungsfrage klärte.
Auch meine vorübergehenden Wünsche, in einer anderen Zeit zu leben – nicht: *gelebt zu haben* – (die Niederlande des Goldenen Zeitalters, das Frankreich der Belle Époque), sind verschwunden. *Hier und heute* ist immer ein sehr guter Aufenthaltsort, egal, ob unterwegs oder *ruhig in einem Zimmer*. Einen Moment bin ich irritiert, dass ich plötzlich an Schumanns *Rheinische Symphonie* denke, dann wird der Zusam-

menhang klar. Es ist die Wendung *hier und heute*, die WDR-Sendung (Radio), mit der ich aufgewachsen bin und die die ersten Takte der *Rheinischen* als Erkennungsmelodie nutzte. Eine Sendung, die im Radio und dann auch im TV einige Metamorphosen durchgemacht hat, aber in beiden Medien noch immer existiert, gleichsam in Treue zu den heroischen Zeiten meines Bundeslandes.

Nach dem Umsteigen in Offenburg gewinnt der neue Zug zunächst langsam, dann energischer an Höhe, und über Triberg und St. Georgen überfällt mich der Schwindel, auf Viadukten erwarte ich den Absturz. Die Katastrophe bleibt aus. Ich erinnere mich an einen Ort namens Höchenschwand, der nicht an dieser Strecke liegt, in dem wir aber einmal gewesen sind. Wir, das ist die Familie Roloff. Leonie und ich waren noch Kinder, vier und sechs. Die Fahrt dorthin war sehr kompliziert; mir fallen Namen ein wie Hinterzarten, Titisee, Schluchsee, Häusern und St. Blasien. Irgendwann hörte die Bahn auf, und es ging mit Bussen weiter, bis wir in Höchenschwand ankamen, das, wie die Eltern erzählten, ein *Luftkurort* war. Mein Vater-Postoberinspektor hatte eine Kur verschrieben bekommen. »Es war das Herz«, erklärte uns unsere Mutter Jahre danach, und *am Herzen* ist unser Vater dann auch gestorben, allerdings mehr als drei Jahrzehnte danach, nachdem er zwei Jahre zuvor noch einmal in einem Kurort gewesen war, der rund achthundert Meter tiefer lag als Höchenschwand. Damals aber war Höhenluft verordnet, und die ganze Familie brach in den Luftkurort auf. Während unser Vater seine *Anwendungen* hatte, fuhren wir drei mit Bussen die

Gegend ab. In einer Barockkirche, vielleicht in St. Blasien, vielleicht aber auch in Waldshut, sah ich zum ersten Mal eine Skulptur von Gott, der einen blauen Mantel trug, einen hellbraunen Bart und eine goldene Krone. Er saß auf einem Thron und hielt außerdem eine goldene Kugel mit einem Kreuz darauf in der einen und ein Schwert in der anderen Hand. Meine Mutter erklärte mir, dass es sich um einen Reichsapfel und ein Zepter handelte (woher wusste sie das?). Vielleicht war es auch gar nicht Gott, sondern irgendein weltlicher Herrscher, aber ich hielt ihn für Gott, zumal er an der Decke von Engelchen und Putten umschwirrt war.

17 »Hier stand vor Wochen noch ein Zaun, durch den die getrennten Liebespaare sich zu küssen versuchten«, sagte Andreas Willich, als wir in seinem Wagen die Grenze passierten. »Jetzt sind wir zur Normalität zurückgekehrt, auch wenn ich nicht weiß, was das ist, die Normalität. Müsste ich eigentlich, als Mathematiker.«
Er hatte mir am Telefon kein Gästezimmer in seiner Wohnung angeboten, und ich hätte das auch abgelehnt. Stattdessen buchte ich ein Zimmer in einem zentrumsnahen Hotel, ausdrücklich ohne Seeblick, rief nach meiner Ankunft in Kreuzlingen an und ließ mich abholen. Wegen des Yamamoto-Anzugs in Düsseldorf im Mai hatte ich einen extravaganten Wagen erwartet, einen englischen Oldtimer etwa, weitab vom Mainstream, selbst vom Mainstream der Luxusklasse. Stattdessen kam er in einer grauen französischen Oberklassenlimousine, die in ihrer solide ausgestatteten

Bescheidenheit ihrerseits Distinktion genug ausstrahlte. Mit ihr schlängelten wir uns langsam eine enge und steil ansteigende Straße hinauf, bis wir das Haus erreicht hatten.

Von Klosterzelle bis Installation, das war die Spannweite meiner Vorstellung von Andreas' Wohnung gewesen. Ich hatte nicht daran gedacht, dass beides auch zusammenfallen kann. Das Haus selbst, in mittlerer Höhenlage, dessen Seeblick nur einen schmalen hellen Streifen des Obersees preisgab, erinnerte mich auf den ersten Blick an die Miniaturausgabe eines Museumsbaus der klassischen Moderne, mit seinen gegeneinander verschobenen Würfeln, den weißen Außenfronten und großen Glasflächen. Es ähnelte keinem der Nachbarhäuser, die offensichtlich Teil eines Siedlungsbaus und einige Jahre später als Andreas' Solitär entstanden waren. Ich fragte Andreas, ob er den Namen des Architekten und den Voreigentümer kenne. »Das Haus ist von 1928, und es gehört mir nicht«, sagte er, »ich bin nur Mieter. Der Eigentümer ist ein Geschäftsmann, der an der Goldküste wohnt.« Auf meinen fragenden Blick: »Ach, ich dachte, als Soziologe wüsstest du Bescheid. Die Goldküste ist die richtige Seite vom Zürichsee. Dagegen ist das hier nicht mehr als ein amerikanischer suburb. Solide Mittelklasse.«

In der soliden Mittelklasse von Vorortamerika sieht es allerdings anders aus als bei Andreas. Das begann damit, dass wir das Haus quasi vom Dachgarten aus betraten und nach unten stiegen, wo von einer kleinen Diele vier Zimmer abgingen, vier Würfel, vier white cubes unterschiedlicher Größe und unterschiedlicher, klar erkennbarer Funktion: ein Arbeitszimmer – mit einem bei meinem Besuch vollständig leergeräumten

Schreibtisch – ein Schlafzimmer, ein Salon, so nannte ich ihn für mich, und im kleinsten Würfel eine Matte mit Sitzkissen, sonst nichts. Hinter dem Salon ein schmales Küchenrechteck, am Ende des Zen-Würfels (Dōjō) ein durch einen Vorhang abgetrennter Durchgang zum Bad. Als Andreas mich durch die Räume führte, blieb er stumm. Es gab weiter nichts zu erklären.

Was mich etwas enttäuschte, waren die Bilder an den Wänden: eine Serie verschiedenster Spielarten – sehr gute Reproduktionen – von Malewitschs Schwarzem Quadrat. Sonst nichts. Selbstverständlich war das nicht überraschend bei einem Mathematiker der Oberklasse, aber eben, weil es nicht überraschend war, enttäuschte mich die Entschlossenheit, mit der Andreas seine Identität behauptete. Nur im Schlafzimmer hingen drei gerahmte Fotos von unterschiedlich ernst blickenden Männern, die ich nicht kannte. Nicht erkannte.

»Von links nach rechts: Hilbert, Blumenthal*, Gödel«, sagte Andreas.

Im Salon ließen wir uns auf zwei sehr britischen (oder bloß englischen?) Ledersesseln nieder, zwei Privatgelehrte beim Nachmittagstee. In Düsseldorf hatte Andreas mir erzählt, dass er ab und zu nach Zürich oder Bregenz fuhr, aber ob er in Kreuzlingen irgend jemanden kannte, wusste ich nicht und wagte es auch nicht zu fragen. Ich hatte vom ersten Moment an das Gefühl, dass er hier eine sehr solitäre Existenz führte, mit der verglichen meine eigene ein Ausbund an Geselligkeit ist. Stattdessen erwähnte ich den leergeräumten Schreibtisch und fragte, ob er seine Geschichte der Mathematik für Kinder aufgegeben habe.

»Nein. Ich bin vor ein paar Tagen fertig geworden.«
»Und jetzt suchst du einen Verlag?«
»Nein, den habe ich schon seit einem Jahr. Der Lektor ist jetzt dran am Text. Hoffe ich jedenfalls. Vielleicht macht er auch gerade Urlaub, noch ist ja Sommer.«
Damit hatte ich nicht gerechnet und war einen Moment sprachlos. Dann begriff ich den Unterschied zwischen uns beiden. Andreas hatte – ob willentlich oder nicht – eine akademische Karriere gemacht und war erst später Privatgelehrter geworden, der gleichwohl immer noch wusste, wie man planmäßig an neue Projekte heranging. Ich dagegen war Privatgelehrter seit dem Diplom, wenn nicht von Geburt, und bin es bis heute geblieben.

Nach dem Tee stiegen wir zum See hinab, und auf unserem Weg am Ufer teilte ich meine kleine nächtliche Beobachtung über Barbara Hoss und Franz Nonnenmacher mit. Das schien ihn nicht wirklich zu überraschen, auch wenn er selbst die beiden nicht in Aktion gesehen hatte. Beruflich, sagte er, seien sie ohnehin die Zukunft des Labors. Dass sie nun auch erotisch ein Paar seien, könne das Ganze nur beflügeln, es sei denn, es gebe den plötzlichen erotischen Absturz.
Die Zukunft des Labors?
Ob ich nicht die Aussetzer von Meissner bemerkt hätte in der letzten Zeit?
Ich hätte hier und da Absenzen bemerkt, aber Absenzen hätte ich selbst zuweilen, sehr produktive sogar, das mache doch die Arbeit von Dr. Meissner nicht schlechter.
»Das sind mehr als Absenzen. Zumindest in den Ge-

sprächen mit mir. Einmal musste er minutenlang überlegen, um meinen Namen wiederzufinden – er hat es nicht gesagt, aber ich habe es bemerkt –, und in den letzten Sitzungen hat er öfter dasselbe zweimal, gar dreimal hintereinander gefragt. Oder gesagt.«
Ich erinnerte mich jetzt, dass mir etwas Ähnliches beim letzten Mal auch aufgefallen war.
»Und Murnau?«
»Was Murnau? Der macht seine therapeutischen Sachen mit anderen Patienten, die Schlafstörungen haben oder unter Schlafapnoe leiden, und das ist auch wichtig. An Forschung hat der kein Interesse.«
»Woher weißt du das?«
»Das sieht man, wenn man selber Forscher war«, sagte Andreas. »Er ist auch zehn Jahre älter als Meissner und sehnt sich danach, sich zur Ruhe zu setzen. Ich habe einmal auf dem Flur mit ihm ein paar Minuten gesprochen, und das war ziemlich aufschlussreich.«
Dann brachte er mich zu Fuß über die Grenze und bis zu meinem Hotel ohne Seeblick. Wir verabschiedeten uns ohne weitere Verabredung. Man sieht sich, oder man sieht sich nicht mehr.

18 **Auf einem der Viadukte** blieb der Zug stehen, und ich erwartete, dass er sich nun langsam zur Seite neigen und in die Tiefe stürzen würde. Es geschah nichts, außer dass unser Halt sich auf gut fünf Minuten ausdehnte, in denen meine Höhenangst zunehmend panische Form annahm. Ich erinnerte mich an einen Ausflug mit Sprachschülern nach Koblenz, bei dem wir unter anderem auch die Festung Ehrenbreitstein besichtigen wollten, ich weiß nicht warum. Ich hatte keine Ahnung, worauf ich mich da eingelassen hatte. Zur Festung kam man aus der Stadt nur in einer offenen Gondel, die im Kriechtempo nach oben zog. So lange sie sich über der Mosel bewegte, war das gerade noch erträglich, als sie aber ausgerechnet über einer stark befahrenen Bundesstraße anzuhalten schien – was nicht stimmte –, nahmen meine Angst vor der Tiefe und zugleich mein Drang nach ihr die höchste Form, die der katatonischen Panik an. Hoch über der Straße pendelten meine Beine im Freien, nur ein Metallriegel, dem ich nicht traute, hielt mich fest. Bei der Führung durch die Festung dachte ich die ganze Zeit daran, dass ich auch wieder hinunter musste, und ich versuchte, mir dafür eine Strategie zurechtzulegen. Was wollten wir hier oben? Das Einzige, was ich von der Führung später noch wusste, war die Tatsache, dass die Festung nach dem Zweiten Weltkrieg einige Jahre als Lager für *displaced persons* gedient hatte.

Indes fuhr der Zug auf dem Viadukt wieder an und verlor in einem sanften Verlauf nach und nach an Höhe, bis ich in der sicheren Ebene von Offenburg umstieg. Der ICE nach Köln hielt sich an die neue, pandemiebedingte Pünktlichkeit und nahm mich in sein *Bordrestaurant* auf, das, dem Virus zum Trotz, geöffnet hatte. Als die noch sehr junge Kellnerin an meinen Tisch kam, sagte ich: »Ich hätte gern einen Toast Mozart und dazu ein Fürstenberg Pilsener.« Ich sah ihre Verwirrung, die sich dann zur Angst steigerte, sie könne irgend etwas in ihrem neuen Beruf noch nicht gelernt haben. »Da muss ich erst nachfragen, ob wir so etwas haben«, sagte sie. »Ich bin noch ganz neu hier, wissen Sie. Steht das in der Karte?«

»Nein, aber vielleicht haben Sie es trotzdem. Einen Toast Mozart und ein Fürstenberg Pilsener. Fragen Sie doch mal nach, bitte.«
Nach ein paar Minuten kam ein etwa dreißigjähriger Kellner zu mir, ohne Begleitung der Kellnerin. »Ich bedaure, mein Herr, aber so etwas wie einen Toast Mozart haben wir nicht auf der Karte, hatten wir auch nicht, wenn ich mich recht erinnere. Und an Bier haben wir derzeit nur Bitburger und Erdinger an Bord.«
»Bitburger mag ich gar nicht. Ist mir viel zu herb.«
»Dann ein Erdinger? Und von der Karte vielleicht ein Zürcher Geschnetzeltes? Oder ein Rindergulasch nach ungarischer Art?«
»Bringen Sie mir einfach die Frikadellen nach Hausmacher Art«, sagte ich, »und meinetwegen das Weizenbier. Schade, dass Sie den Mozart nicht mehr haben.«
Er nickte und verschwand schnell, vermutlich, um in der »Küche« von diesem sehr merkwürdigen Gast zu erzählen, der ihm leicht gestört, dabei aber ungefährlich schien. Als er nach gut zehn Minuten mit dem Bestellten wiederkam, sagte er: »Ein Kollege von mir in der Küche kann sich noch gut an den Toast Mozart erinnern, und auch daran, dass wir damals Fürstenberg hatten. Sie müssen entschuldigen, aber das war vor meiner Zeit.«
»Lange vor Ihrer Zeit«, sagte ich. »Grüßen Sie den Kollegen von mir.«

Später im Großraumwagen, leicht weizenbierbeduselt, versuchte ich mich zu erinnern, wann ich diesen Klassiker mit dem merkwürdigen Namen (was hatte dieses Gericht mit Amadeus zu schaffen, dem man doch schon längst mit der Mozartkugel das Maul gestopft hatte?), wann ich also dieses Erzeugnis der deutschen Speisewagen-Fast-Food-Küche zum ersten Mal gegessen habe, begleitet von mehreren Fürstenberg Pilsenern. Es könnte um 1977 gewesen sein, auf einer spätherbstlichen Heimfahrt von Lübeck nach Köln, bei der ich ab kurz hinter Hamburg bis zum Kölner Hauptbahnhof auf meinem Platz im Speisewagen der DSG sitzen blieb, während draußen unentwegt dunkle kleine Bahnhöfe vorbeizogen, mit Namen, die man nicht lesen konnte. Intercity-Züge führten damals endlich auch die zweite Klasse; vorher war für Leute wie mich der D-Zug das Nonplusultra. *Ein alter Mann ist doch kein D-Zug*, beliebter Spruch aus der Kindheit.

Der Toast Mozart, an den ich jetzt etwas sehnsüchtig zurückdachte, war keineswegs eine Delikatesse. Eine solche kann und wird man in den Speisewagen, später Bordrestaurants der Deutschen Bahn nicht erwarten. Es handelte sich um ein Rumpsteak en miniature mit Champignons aus der Dose und Kräuterbutter auf Toast und war im Grunde, so dachte ich jetzt, nichts anderes als die bieder-bürgerliche Ausgabe eines Hamburgers. Wann er von den Speisekarten verschwunden ist, habe ich nicht mehr verfolgt, jedenfalls war er in den Achtzigern noch da. Vielleicht auch noch etwas länger, aber danach fiel er der deutschen Einheit zum Opfer, deren vorausgreifendes Symbol er in den Zeiten des so genannten Kalten Krieges gewesen war, denn den Toast Mozart gab es seltsamerweise auch in den Mitropaspeisewagen der Deutschen Reichsbahn. Für mich aber blieb er die Essenz der Siebziger, jenes dämmrig-schwarzweißgrauen Jahrzehnts, in das erst jetzt, auf dieser Rückfahrt im wie ein Pfeil vorwärts schießenden ICE (von einer Vollbremsung kurz vor

Mannheim abgesehen), erstmals wieder Farbtöne zurückkehrten. Vornehmlich grün und braun, zuweilen auf orangenem Grund.

Die Siebziger! In den Siebzigern waren *wir* alle auf Kreta, *ich* nicht. *Ich* fuhr allerdings einmal nach Griechenland, zur Zeit der Obristendiktatur, wie andere von *uns* auch. In den Siebzigern entdeckten *wir* die Natur, *ich* eher vorsichtig. In den Siebzigern zogen *wir* aufs Land, bauten irgendetwas an und ernährten uns nach Yin und Yang, gemäß den Regeln der Makrobiotik, *ich* nicht. In den Siebzigern suchten *wir* nicht mehr den Kampf, sondern die Wärme, *ich* auch. Deshalb wohnte ich auch ein Dreivierteljahr in einer WG am Salierring, wo es draußen sehr laut war, drinnen aber gedämpft und irgendwie auch traurig. In den Siebzigern begannen *wir* oft eine berufliche Laufbahn, *ich* nicht. Stattdessen ging ich an einem Oktoberabend mit einem Jungverdienerpaar – Bundesanstalt für Arbeit, höherer Dienst –, dessen männlichen Teil ich noch aus Studienzeiten kannte, in der beginnenden Dämmerung an der Kieler Förde spazieren. Später fielen die beiden mit weit geöffneten Portemonnaies über die Delikatessenabteilung eines Supermarkts her, ich immer in ihrem Schlepptau; danach ging es in die frisch bezogene Altbauwohnung (mit Gästezimmer), zum freudigen Genuss der neuen Lebensumstände, von dem sie mir abgaben: Gastfreundschaft, Wärme und dazu die in mir keimende Hoffnung, ich könne es vielleicht auch zu so einem kuscheligen Wohlstand bringen. In den Siebzigern wurden *wir* nämlich alle ein bisschen kuschelig, sogar *ich*.

Andere entdeckten in den Siebzigern die Kunst des

Handels, besonders des Kleinhandels, und es entstanden überall kleine Wollläden, Umzugs- oder Entrümpelungsunternehmen mit höchstens vier Mitarbeitern, Teehandlungen, in denen man erst einmal den Tee des Tages probieren konnte, bevor man sich im Sortiment umsah, jede Menge neue Kneipen, Second-Hand-Klamottenläden, Second-Hand-Plattenläden, Second-Hand-Möbelläden, *alternative* Verlage, *alternative* Buchläden, Frauenbuchläden, Esoterikläden und Läden für *Naturkost.* Manches funktionierte anfangs noch mit einer flexiblen Melange aus Tausch- und Geldwirtschaft, bevor die Geldwirtschaft zwangsläufig auch dieses Terrain übernahm.

Einen Boom erlebte in den Siebzigern auch das entweder *linke* oder *alternative* Handwerk. Die linken Druckereien und Raubdruckereien waren schon da, doch nun entstanden überall linke oder alternative Tischlereien, Autowerkstätten (all die Bullys, die repariert werden mussten!), Gärtnereien, Fahrradwerkstätten, Schneidereien, Buchbindereien, Schmuckwerkstätten. Im Grunde war das alternative Handwerk für alle, die es mit dem Landleben nicht so hatten, die städtische Alternative zur Landkommune: die Rückkehr zur Manufaktur und in den wärmenden Schlupfwinkel, dazu die Distinktion, denn das Produkt war nicht industriell, sondern in Handarbeit hergestellt: *manu factum.*

In den Siebzigern gingen jedoch auch einige von *uns* in den Untergrund, sogar in den Tod, *ich* nicht, weil ich den Weg dorthin nicht kannte. In den Siebzigern *sympathisierten wir* aber zumindest, *ich* auch, mit den *Stammheimer Helden:* Eine ehemalige Starjournalistin aus der Hamburger Medienszene. Ein Fabrikanten-

sohn. Eine Oberstudienratstochter aus Bielefeld. Ein vaterloser Bohemien aus München. Last not least: eine württembergische Pfarrerstochter, ehemals Leiterin der Bibelarbeit im Evangelischen Mädchenwerk Tuttlingen.
Zur gleichen Zeit verschanzte sich der böse Mann aus Franken, ein Sozialdemokrat, oben auf dem Wiesbadener Neroberg und warf seine Suchmaschine an: *Rasterfahndung.* Damals haben weder Freund noch Feind verstanden, wie das funktionierte. Es ging nicht darum, möglichst viele zu verdächtigen, sondern möglichst viele als unverdächtig auszusortieren, um an die Gesuchten heranzukommen.
In den Siebzigern hörten *wir* Queen, Eagles, Genesis, Yes, *ich* teilweise auch und wartete dabei doch die ganzen Jahre auf etwas Neues, das dann auch kam, gegen Ende des Jahrzehnts.
In den Siebzigern marschierten *wir* nach Brokdorf, *ich* nicht. In den Siebzigern entdeckten *wir* die Neue Mütterlichkeit und wollten Kinder, *ich* nicht.
In den Siebzigern sprachen wir über: *Bindungsangst. Häutungen. Selbstfindung. Neue Subjektivität. Die Scham ist vorbei. Mein Bauch gehört mir. Was macht das mit dir.*
In den Siebzigern entdeckten *wir*, dass die Menschen tatsächlich eine Seele haben, der es sich ausgiebig zu widmen galt. *Ich* hatte meine Seele schon etwas früher kennengelernt und konnte mit ihr so umgehen, dass sie mich nicht auffraß.
1975 versuchte ich, zwei Karten für Keith Jarretts Solokonzert in der Kölner Oper zu bekommen, am vierundzwanzigsten Januar. Da ich weder Beziehungen noch Geld hatte und da auch Leonie noch nicht so weit war, Beziehungen oder Geld zu haben, mussten wir

leider draußen bleiben und auf die LP *The Köln Concert* warten, die gegen Ende desselben Jahres herauskam, durch die (und die spätere CD) der Name meiner Geburtsstadt (ich hätte beinahe High-Maat-Stadt geschrieben) für immer mit einer musikgeschichtlichen Legende verbunden ist. Gut für die Seele ist besonders Part I, 7:13 bis 8:40 und 21:15 bis 25:14 (Schluss). Als könnte man tatsächlich nach Hause kommen.
In den Siebzigern fuhren manche von *uns* einen Volvo oder einen Saab, denn Skandinavien, insbesondere Schweden, war sehr angesagt. *Ich* nicht, weil ich den Franzosen treu blieb. Und in diesen Jahren meistens gar kein Auto hatte.
In den Siebzigern sahen *wir: Die letzte Vorstellung; Herzflimmern; Die amerikanische Nacht; Der letzte Tango in Paris; Tout va bien; Taxi Driver; Im Lauf der Zeit; Jonas, der im Jahr 2000 fünfundzwanzig Jahre alt sein wird; Sommergäste; Rheingold; Der amerikanische Freund; Der Stadtneurotiker. Ich* auch.
In den Siebzigern entdeckten *wir* hier und da die *Risse in den Mauern* und lasen Lars Gustafsson. *Ich* auch.
In den Siebzigern wollten *wir* den deutschen Wald retten, *ich* nicht, weil ich mich in den Wäldern nach wie vor ungern aufhielt.
In den Siebzigern wollten *wir* die Flüsse retten; *ich* auch, weil ich mich an ihren Ufern gern aufhielt.

Vor allem aber war es in den Siebzigern immer entweder dunkel, trüb und morastig, oder aber glühend heiß und der Asphalt aufgeweicht. Am wohlsten fühlte ich mich, wenn ich in einem Speisewagen der DSG allein am Fenster saß, einen Toast Mozart verzehrte und ein Fürstenberg Pilsener aus Donaueschingen dazu

trank, vornehmlich in der Abenddämmerung, während draußen die Waldstücke, die kleinen Siedlungen, die Uferlandschaften, die Agglomerationen, die Straßenkreuzungen, die Autobahnzubringer und die unlesbaren Stationsschilder vorbeiflogen.
Ob ich der Einzige war?

DRITTER TEIL
DIE VERLASSENE ZÜNDAPP

1 Wenn ich meine Spülmaschine ausräume und das Geschirr in exakter Ordnung wieder in Hänge- und Unterschränke zurückstelle, ist das für mich beinahe dasselbe Gefühl wie beim Einordnen neuer und Zurückstellen alter Bücher in meine Bibliothek. In beiden Fällen geht es darum, dass die Dinge an ihren richtigen Platz kommen. Erst jetzt, nach meiner Rückkehr vom Bodensee, kann ich das so formulieren, auch wenn ich schon lange eine unbestimmte Ahnung davon hatte, weil ich in beiden Fällen gleichermaßen *beschwingt* bin. Es kommt etwas in Ordnung, und auch wenn es nicht so bleibt, verschafft mir das zunächst ein Gefühl tiefer Befriedigung. Zudem glaube ich, dass diese Aktionen eine entscheidende Rolle dabei spielen, dass ich noch nicht verrückt geworden bin.

Zugleich amüsiere ich mich dabei auch ein wenig über mich selbst, sanft und ohne Häme. Schließlich amüsiere ich mich auch über all die Bewegungen, Gruppen und politischen Parteien, die bestrebt sind, eine neue Ordnung zu schaffen oder im Gegenteil eine alte, schon gestorbene wiederherzustellen, und die bei diesen Versuchen, die Welt zu retten, Pläne für fünf Jahre machen. Mehr noch: Der gute alte sowjetische Fünfjahresplan ist heute weitgehend von Zwanzig-, Dreißig- oder Fünfzigjahresplänen abgelöst. Das macht den

Unterschied zu meinen bescheidenen Bemühungen im Küchenschrank oder im Bücherregal aus. Ich plane nicht für die Zukunft, sondern räume nur meine Gegenwart auf, etwas, was jeder Erwachsene illusionslos von Zeit zu Zeit tun sollte. Illusionslos heißt: Man sollte sich dessen bewusst sein, dass es mit dem einmaligen Aufräumen nicht getan ist, sondern sich Sisyphos gefälligst als einen glücklichen Menschen vorstellen.

Auch meine Erinnerungen werden von Dr. Meissner und seinem Team in Reih und Glied gebracht, abgehört, abgetastet, aufgeschrieben, ausgewertet und irgendwann auch publiziert, mit Sicherheit in der *Somnologie*, dem Fachblatt dieses medizinischen Forschungsbereichs. Vielleicht aber auch interdisziplinär, in irgendwelchen historischen Fachblättern. Und am Ende gar in *The Lancet*?

Draußen herrscht derweil Gegenwart vor. Von meinen beiden Fenstern, die auf die Spichernstraße gehen, habe ich einen halbwegs informativen Ausblick in mein Stück Stadtgarten. Eine Etage höher, bei Meister Prepper, dürfte der noch genauer ausfallen, und den vollen Überblick hat vermutlich die Pressechefin ganz oben, der ich immer noch nicht begegnet bin. Morgen kommt sie aus dem Urlaub zurück, hat mir der Unternehmensberater verraten, der offensichtlich gut über alles im Haus Bescheid weiß, obwohl er hier gar nicht wohnt, sondern nur arbeitet. Ob er ihre Pflanzen gießt? Es ist Ende August, die Kölner Temperaturen sind schon spätsommerlich geworden, aber wie vor drei Wochen lagern am späten Nachmittag Paare und Gruppen im Gras, dazwischen die eine oder andere einsame

Leserin und der eine oder andere Schläfer sogar. Plötzlich das Gefühl einer großen Zuneigung. Alle da unten sollen beschützt sein. Mehr als wünschen kann ich von hier oben nicht.
Heute Morgen im Denkschlaf: das sehr erschreckende Bild einer Welt, die die Vergänglichkeit abgeschafft hat. Die sich automatisch reproduziert, mitsamt ihren Bewohnern, die sich selbst erneuern, wie der Axolotl, dem die verlorenen Gliedmaßen nachwachsen, die Organe sich erneuern und sogar die abgestorbenen Hirnzellen. Alles geht immer weiter, reibungslos, harmonisch und so kühl, dass ich selbst unter der Decke ein wenig fröstelte. In der Hölle lodern keine Flammen, und es ist nicht heiß. Die Hölle, das ist das ewige Leben.

2 **Das Labor hat zwei Wochen** geschlossen gehabt, Betriebsferien sozusagen. Das hat es mir überhaupt ermöglicht, Andreas in Kreuzlingen zu besuchen. Als ich jetzt oben im fünften Stock ankomme, begrüßt mich nicht Franz, sondern der junge Mann, den ich schon einmal beim Verlassen des Labors in Franzens Glaskasten gesehen hatte, an dem Morgen, als ich Dr. Meissner von Vivian erzählt hatte. Das erscheint mir jetzt unvorstellbar lange her, dabei liegt es gerade ein Vierteljahr zurück. Überhaupt stelle ich fest, dass ich zunehmend in Schwierigkeiten gerate mit den verschiedenen Zeiten meines Lebens, mit denen ich es zu tun habe. Die Zuordnungen gelingen mir nicht mehr so mühelos wie noch vor einem Jahr.
»Willkommen, Herr Roloff«, sagt der junge Mann. »Ich werde jetzt öfter an dieser Stelle sitzen und möchte

mich vorstellen. Mein Name ist Azzedine Mokhtari; ich habe gerade meine dritte ÄP abgeschlossen und unterstütze jetzt das Team hier bei der somnologischen Forschung. Ich habe mich in das Projekt schon eingearbeitet. Da sehen wir uns also jetzt öfter.« Die dritte ÄP, das weiß ich von Leonie, ist ausgeschrieben die dritte Ärztliche Prüfung und erfolgt nach dem Praktischen Jahr. Der junge Mann hätte also auch einfach nur sagen können, dass er sein Studium abgeschlossen hat und nun Arzt ist, aber vielleicht ist er noch zu sehr im Jargon seiner Studienzeit gefangen. Er muss also, denke ich, während ich ihn ebenfalls willkommen heiße, doch ein paar Jahre älter sein als die knapp fünfundzwanzig, auf die ich ihn geschätzt hatte, oder er ist ein absoluter Überflieger.
»Ihr Zimmer ist bereit wie immer«, sagt er jetzt. »Frau Wobser ist dann bald bei Ihnen.«

Von Frau Wobser erfahre ich, dass Dr. Meissner erst in einer Woche wiederkommt und das Projekt bis dahin von »Herrn Dr. Nonnenmacher und Frau Dr. Hoss« betreut wird. Schau an, denke ich, Franz und Barbara. Was denn mit Dr. Meissner sei, frage ich. Das weiß Frau Wobser nicht genau, aber sie kann sich vorstellen, dass er irgendwelchen privaten Kummer hat. Jedenfalls hat er gestern ganz kurzfristig mitgeteilt, er müsse seine Ferien um eine Woche verlängern. Sie selbst hat schöne Ferien gehabt, erzählt sie, und mit ihrem Mann unter anderem eine 4-Tage-Städtereise nach Prag gemacht. Dort sei ich doch sicher auch schon einmal gewesen? Noch nie, sage ich, aber ich hätte in meinen Ferien auch eine Reise gemacht, in die Schweiz zu jemandem, den sie sogar kenne, und er-

zähle von meinem Besuch in Kreuzlingen und auch davon, wie ich Andreas Willich (ich sage »Herrn Professor Willich«) vor über zwanzig Jahren an einer Kölner Theke kennenlernte.
»Und dann treffen Sie ihn nach so langer Zeit wieder«, sagt sie, als ich zu Ende erzählt habe. »Ich sage es ja immer, es gibt keine Zufälle.«
Das kommentiere ich lieber nicht, weil ich bei diesem Satz immer so leicht in Wut gerate, dass ich unter Umständen mein Gegenüber verletze. Ich sehe keinen Sinn darin, es mir mit Frau Wobser zu verderben. Saudämlich ist er trotzdem, der Satz.

Von den beiden kommissarischen Projektleitern sehe ich an diesem Abend niemanden, nur einmal höre ich Franzens Stimme in der Ferne, ohne zu verstehen, was er sagt. Eine Weile schaue ich mir die *Aktuelle Stunde* im WDR an, aber mein Interesse an den aktuellen Ereignissen ist schon seit Wochen sehr begrenzt. Noch bevor die *Lokalzeit* aus Düsseldorf kommt, schalte ich aus und hole das Buch aus der Tasche, das heute *Bartleby* begleitet. Der Autor heißt Rainer Wieczorek und ist Spezialist für Künstlernovellen und den Prozess der Deindustrialisierung, eine etwas merkwürdig anmutende Melange, zugegeben, die aber auf den zweiten Blick nicht mehr ganz so skurril erscheint, wenn man bedenkt, dass die architektonischen Zeugnisse verblichener Industrie im Anschluss oft genug für den kulturellen Sektor zweckentfremdet werden. So auch in Wieczoreks neuem Buch mit dem schlichten Titel *Pirmasens*. Durch Pirmasens bin ich vor rund zehn Jahren einmal durchgefahren, als ich in der Gegend war, verlockt durch den Klang des Namens. Für mich sah die

Stadt aus, als sei gerade ein Krieg zu Ende gegangen. Dabei war Pirmasens, *die Älteren unter uns erinnern sich* (auch eine der Floskeln, die mich in Rage bringen), gerade in den Jahrzehnten nach dem Zweiten Weltkrieg eine *blühende Landschaft,* die deutsche *Schuhmetropole.* Schuhe kommen aus Pirmasens, das wusste ich schon als Kind (als einer der Älteren unter uns erinnere ich mich genau). Außer Schuhen kam eigentlich nur noch der FK Pirmasens aus Pirmasens und spielte in derselben Zeit recht passablen Fußball. Ab etwa 1970 kamen immer weniger Schuhe aus Pirmasens, aber von den leeren Schuhfabriken gibt es noch etliche. In einer davon blüht in Wieczoreks Novelle die Kultur in Gestalt der Künstlerin Serena Amrein, flankiert von den Herren Danski (Spezialist für die Geschichte des modernen Jazz) und Wajaroff (Spezialist für die Wandervogelbewegung), die den Großteil der Zeit nebeneinanderstehend aus dem Fenster auf das gegenüberliegende Fitnesscenter schauen – vermutlich ebenfalls eine ehemalige Schuhfabrik – und von ihren jeweiligen Spezialgebieten erzählen, *einen Diskurs führen*, während Frau Amrein, die keine Erfindung von Wieczorek ist, sondern wirklich existiert, im Atelier nebenan arbeitet. Später geruht der Autor, auch einmal persönlich vorbeizuschauen, wobei man nicht weiß, ob er das wirklich ist.
Das Buch trägt mich schwebend durch den Abend, ohne dass ich Bartleby zu Hilfe nehmen muss.

Hier sieht es aus wie Golgatha und Gonorrhoe heißt am nächsten Morgen der erste sich bildende Satz, und nach einem Augenblick der Verwirrung muss ich lachen, bis mir wahrhaftig, nicht nur metaphorisch, die

Tränen kommen. Selbstverständlich weiß ich schon in dem Moment, in dem der Satz sich bildet, dass es *Sodom und Gomorrha* heißen muss, und ich weiß im selben Moment auch: Die Abweichung entsteht dadurch, dass Sodom und Gomorrha für mich untrennbar mit Marcel Prousts Suche nach der verlorenen Zeit verbunden ist, Band IV. Außerdem ist auch diese Formel nicht ganz passend, denn gemeint ist ja so etwas wie *bei Hempels unterm Sofa.* Aber deshalb hört mein Lachkrampf nicht auf, auch nicht, als jetzt Franz einen Blick ins Zimmer wirft. Der Ort, wo Jesus ans Kreuz genagelt wird (die »Schädelstätte«), und der Tripper: was für eine merkwürdige Verbindung. Bei Golgatha muss ich mich überhaupt wieder mühsam an meinen frühen Religionsunterricht erinnern, und mein erster und letzter Tripper ist auch schon sehr lange her. Außerdem sieht es hier keineswegs so aus wie Sodom und Gomorrha, ganz im Gegenteil. Bevor ich einschlafe in meinem Zimmer (Zimmer 3, ein anderes habe ich in diesem Labor nie betreten), räume ich auf, denn in *meinem Zimmer* hat alles seinen genauen Platz, den nur ich kenne. Die Unordnung, die ich mit meinem ersten Satz heute Morgen bezeichnet habe, mag überall sein; hier ist sie mit Sicherheit nicht.

3 **»Das ist ja nichts Ungewöhnliches,** dass man sich auch viel später noch immer wieder in diesen religiösen Rückständen und Schlingpflanzen verfängt, wenn man streng katholisch aufgewachsen ist«, sagt Franz Nonnenmacher, »das weiß ich aus eigener Erfahrung am besten. Was musste ich kämpfen, um mich zu säkularisieren.«

»Ich nicht«, kläre ich ihn auf, »ich bin überhaupt nicht religiös erzogen. Meine Mutter ging zwar dann und wann zur Messe, auch zwischen den hohen Feiertagen, aber sie war mehr rheinisch-katholisch als römisch-katholisch und hat uns Kinder zu nichts gezwungen, sobald wir alt genug waren, und das hieß für sie: sobald wir vierzehn waren. Und auch vorher blieben wir vom Schlimmsten verschont; ich war zum Beispiel nie Messdiener und finde das heute sogar etwas schade. Das wäre doch mal ein Blick hinter die Kulissen gewesen. Als ob man in der KP im Politbüro säße.«
Wir reden nicht in Franz Nonnenmachers kleinem Büro, in das ich heute zum ersten Mal einen Blick werfen konnte und das etwa die Maße seines Verschlages hat. Seines ehemaligen Verschlages, muss ich sagen, denn inzwischen habe ich erfahren, dass Franz nicht mehr dorthin zurückkehren, sondern höhere Aufgaben übernehmen wird. In Franzens Büro sollte ursprünglich die gemeinsame Auswertung meiner letzten Aufzeichnungen und der zurückliegenden Nacht erfolgen; dann aber, durch lauter andere Dinge, die dazwischenkamen – Anrufe, Mails, eine Nachfrage von Dr. Murnau, den es ja auch noch gibt und der sich um seine schlafgestörten Patienten kümmert –, hat sich der Vormittag so lange hingezogen, ohne dass wir anfangen konnten, dass Franz mir schließlich vorschlug, gemeinsam Mittag essen zu gehen, selbstverständlich auf seine Rechnung.
Also sitzen wir jetzt in einem Restaurant zwei Straßen weiter, das wie eine alte Metzgerei aussieht und auch genau so heißt, haben folgsam unsere Zettel mit Kontaktdaten ausgefüllt und warten auf das Estragon-Hühnchen mit Wirsing und Bandnudeln, ich die klei-

ne, Franz die große Portion. Als sie gebracht werden, betrachte ich den Arbeitsteil dieses Arbeitsessens als beendet und frage Franz, bevor ich den ersten Bissen probiere, warum er so abgespannt und angespannt zugleich aussieht, ein Wortspiel, das ihm ein beifälliges Lächeln entlockt.

Nach dem Urlaub und mit der verlängerten Abwesenheit von Dr. Meissner, sagt Franz, während er einen ersten zarten Bissen aus dem Hühnchen säbelt, sei eben fast doppelt so viel zu tun wie normal; das hätte ich ja selbst heute Vormittag gesehen. Wenn ein Betrieb, gleich welcher Art, vierzehn Tage ruhe, dann sei er eben nicht umgehend wieder von null auf hundert zu bringen. »Vor allem dann, wenn der Chef noch nicht wieder zurück ist. Da müssen die anderen eben alle ein bisschen mehr tun als normal«, sagt Franz und schiebt sich etwas Wirsing auf die Gabel, »Frau Wobser, Frau Dr. Hoss, der Neue, sehr anstellig übrigens, und meine Wenigkeit. Mir fehlen in diesen Tagen nur ein paar Stunden Schlaf, das ist alles. Schlechte work-sleep-balance, könnte man sagen.«

Diesmal ist es an mir, beifällig zu lächeln, und ich tue ihm den Gefallen. »Der Chef wird aber zurückkommen?«, frage ich dann.

Die Heftigkeit von Franzens Reaktion auf meine Frage hätte ich nicht erwartet: ein nicht etwa erstaunter, sondern deutlich alarmierter Blick, einen Moment lang weit aufgerissene Augen, bis er sich wieder unter Kontrolle hat.

»Warum sollte er nicht?«

Ich erzähle von meinem Besuch am Bodensee bei Andreas Willich, von meiner Höhenangst auf dem Viadukt, von meinen Erinnerungen an den Toast Mozart,

und deute erst am Schluss vorsichtig die Vermutungen an, die Andreas über Dr. Meissner geäußert hat, derweil Franz mit großem Appetit seine Portion verzehrt, als sei er heute nicht einmal zum Frühstücken gekommen. Als ich fertig bin, sagt Franz erst eine Weile nichts, gesteht mir dann, dass auch er unter Höhenangst leidet und die Tiefsee den Gipfeln vorzieht, und sagt am Ende: »Na ja, Aussetzer. Kann man so nennen. Wir wissen noch nicht genau, was es ist.«
»Wer ist wir?«
»Murnau und ich. Schließlich sind Murnau und Meissner gleichberechtigte Geschäftsführer des Labors, und auch wenn sie in ihren jeweiligen Abläufen nur sporadisch Kontakt haben, ist ihm doch schon was aufgefallen.«
»Sonst niemandem?«
»Na ja, Barbara … also Frau Hoss hat auch was gemerkt.«
Man wird verstehen, dass ich nach diesem Stolpersatz nicht an mich halten kann und dem Geständniszwang nachgebe. Also erzähle ich ihm, wie ich in einer lauen Juninacht unbeabsichtigt zum Spanner geworden bin und welche Szene ich in Franzens ehemaligem Verschlag beobachtet habe. Ich versichere ihm, dass ich mir wirklich nur eine Schlaftablette hatte holen wollen, da Frau Wobser keine bei mir deponiert hatte. Während meiner Erzählung errötet Franz nur kurz, dann folgt ein eher amüsiertes Lächeln und ein Achselzucken. Das habe schon etwas früher angefangen mit Barbara und ihm, erklärt er mir, es habe sich so ergeben. Allerdings sei die Vögelei im Glaskäfig – so drückt er sich aus – eine einmalige Sache gewesen, »da hatten wir gemeinsam Nachtdienst, es war nichts los,

wie meistens, und es ist einfach über uns gekommen. Ich kannte Barbara aber schon, bevor sie hier anfing. Ich habe mal während ihrer Studienzeit einen schlafmedizinischen Gastvortrag an der Uni gehalten, da arbeitete ich hier bereits. Sie war sehr interessiert und kam nach dem Vortrag mit einigen Fragen zu mir. Ich nehme doch an, Sie haben niemandem hier von der Nacht erzählt.«

»Geht keinen was an«, sage ich, »auch mich nicht. Ich war ja nur unfreiwillig Zeuge.«

Franz nickt. »Im Übrigen«, sagt er, »ist es sehr schön. Ich bin seit fünf Jahren geschieden und hatte in den letzten Jahren nicht so eine gute Zeit. Die Arbeit hat mir geholfen. Das Projekt zu Schlaf und Gedächtnis ist übrigens fast zur Hälfte von mir entwickelt worden. Ich glaube aber, wir müssten langsam anfangen, interdisziplinär zu arbeiten.«

Langsam begreife ich, dass meine Menschenkenntnis, auf die ich mir zuweilen etwas einbilde, in diesem Fall bisher vollständig versagt hat. Mir wird auch klar, dass Franz, den ich auf höchstens Mitte dreißig geschätzt habe, mindestens fünf bis zehn Jahre älter ist. Ein schöner Mann, fast ein bisschen *latin lover*, auch wenn er aus Oberhausen kommt. Er passt bestens zu der Weizenblonden mit den eisblauen Augen. Außerdem war meine Vorstellung vom Karriereknick, auf den ich ihn anfangs festgelegt habe, völlig absurd. So etwas kommt dabei heraus, wenn man Soziologie aus dem Bauch heraus betreibt, ohne ausreichende empirische Grundlage. Franz Nonnenmacher ist vielmehr die treibende Kraft im Labor und noch lange nicht am Ende seines Weges.

Allerdings habe ich ihn vorher auch noch nie so mit-

teilsam über sich erlebt. Er erzählt jetzt von seiner Kindheit in Oberhausen und seiner *bigotten Mutter*, von der er mit unverhohlenem Hass spricht, und von der Messdienerzeit, die mir erspart geblieben ist. Wenn ich Franz auf Mitte vierzig schätze, berichtet er also aus den Achtzigern und erzählt von einem Milieu, das ich damals schon längst untergegangen wähnte: aus einer Welt, in der man noch von *Mischehen* sprach, wenn zwei Menschen unterschiedlicher Konfession heirateten, und in der, zumindest auf dem Lande, der Pfaffe noch manchmal vorm Kinoeingang stand, um zu beobachten, welche seiner *Pfarrkinder* trotz allem in von ihm verbotene Filme gingen. Eine Welt, von der ich zwei Jahrzehnte zuvor, in *meiner* Jugend, hatte erzählen hören, die ich aber persönlich nie kennengelernt habe. Und nun erzählt mir Franz, dass es das zwanzig Jahre danach noch immer hier und da gab, und ist gerade bei dem katholischen Internat am Niederrhein angekommen, das er neun Jahre bis zum Abitur besucht hat, als er deutlich stärker errötet als vorhin beim Gespräch über die Fickszene und dann sagt: »Aber was erzähle ich das alles, ich texte Sie ja voll. Ich bitte um Verzeihung.«
Wenigstens nicht um Vergebung, denke ich und sage dann ohne Nachdenken: »Lieber Franz, das ist doch alles hochinteressant, was du da erzählst. Da musst du doch nicht um Verzeihung bitten.«
Als eingeschworener Feind des vorschnellen Duzens, der es fertiggebracht hat, mit manchen Menschen mehr als dreißig Jahre lang durchaus vertraut und freundschaftlich umzugehen, ohne je auf den Gedanken zu kommen, ihnen das Du anzubieten, finde ich mein Verhalten in dieser Situation dennoch ganz und gar

selbstverständlich. Auch Franz scheint in keiner Weise unangenehm berührt. Wir vereinbaren jetzt auch nicht förmlich, dass wir du sagen, wir tun es einfach ab diesem Augenblick und werden weiter darüber nicht sprechen. Wir bestellen uns jetzt auch keinen Schnaps, um auf die Freundschaft zu trinken.
Eine solche könnte es aber werden. Wenigstens in *meinem* Leben ist die Legende, dass man Freundschaften nur in der Jugend, der Adoleszenz und höchstens noch bis vierzig schließen kann, mehrfach widerlegt worden, und Franz könnte sich als der Beweis entpuppen, dass man selbst im Alter noch Freunde gewinnen kann, die den Namen verdienen. Vor allem dann, wenn man es nicht darauf anlegt.

4 **Zurück in der Spichernstraße,** bin ich immer noch damit beschäftigt, wie sehr mein soziologischer Blick in Bezug auf Franz versagt hat. Wie wenig ich mich darauf verlassen kann, Aufsteiger und Absteiger sauber unterscheiden zu können. Vielleicht sollte ich überhaupt aufhören, mich für einen Soziologen zu halten, den Titel des Privatgelehrten kann ich ja dennoch behalten, schließlich ist er nicht geschützt. Ich muss mir eingestehen, dass ich den Überblick über die Gesellschaft in den letzten Jahren verloren habe. Bisher dachte ich allerdings, das ginge allen so, auch den Kollegen vom Fach. Vielleicht gibt es tatsächlich keine Gesellschaft mehr, und ich bin der Letzte, der das mitbekommt? Die entsprechende Literatur der letzten Jahre habe ich kaum noch zur Kenntnis genommen, und das Wenige, was ich gelesen habe, hat mich nicht überzeugen können.

Dann klingelt es an der Wohnungstür – die einen anderen Klingelton als die Haustür hat –, ich öffne, und vor mir steht eine geschmackvoll gekleidete Mittdreißigerin der Kategorie *kostspieliges Understatement* –, von der ich sofort weiß, dass es sich um die Pressechefin des Kölner Verlages handelt, die sich vorstellen möchte und die jetzt auch sagt: »Ich hoffe, ich störe nicht, ich bin Stefanie Schuster, die Mieterin aus dem dritten Stock, und wollte mich nur kurz vorstellen.« Ich bitte sie herein und denke darüber nach, ob es nicht, wenn überhaupt, meine Sache gewesen wäre, mich bei ihr vorzustellen, aber sie macht schon höfliche oder aufrichtig gemeinte Komplimente über die Einrichtung. Als ich ihr etwas zu trinken anbieten will, winkt sie ab und sagt dann: »Ich hätte da aber noch ein Anliegen.«
Auf der Stelle setzt ein Automatismus bei mir ein und löst die Frage aus, ob diese Formulierung der Pressechefin eines renommierten Verlages würdig ist, und direkt danach ärgere ich mich über die geballte Arroganz und Misogynie dieser Frage und darüber, was das über mich selbst aussagt. Zum Glück komme ich nicht weiter mit meiner Introspektion, denn Frau Schuster rückt mit ihrem Anliegen schnell heraus. Sie hat vor ein paar Monaten einen Kater geschenkt bekommen, schon etwas älter und längst kastriert, aber sie ist beruflich so viel unterwegs, und sie fragt, ob ich ab und zu den Kater nehmen könnte, vorausgesetzt, ich hätte nicht gerade einen Katzenhass. Den hätte ich nicht, sage ich, im Gegenteil, ich hätte selbst zwei Jahre eine Katze gehabt, schon lange her, aber das sei eine schöne Zeit gewesen, leider sei das Tier eines Tages überfahren worden.
»Meiner darf auf keinen Fall auf die Straße«, sagt sie

jetzt und nimmt meine Erzählung als Einverständnis, den Kater dann und wann zu nehmen, »das überlebt er keine fünf Minuten. Er will auch gar nicht. Er ist ein bisschen neurotisch, wissen Sie, aber keine Angst, eigentlich liegt er nur den ganzen Tag in einer Ecke oder auf der Fensterbank.«
Ich frage sie, wie ihr Kater heißt, und sie gesteht mir, dass sie ihn ohne Namen geschenkt bekommen und auch selbst noch keinen Namen für ihn gefunden hat, für mich ein Indiz (schon wieder ein Schluss ohne empirische Grundlage), dass sie das Tier mittelfristig ganz los sein will.
»Wollen Sie sich ihn mal ansehen?«

Oben nur ein flüchtiger, völlig unsoziologischer Blick auf die Wohnung, ähnlich geschnitten wie meine, aber heller, und der Balkon nach hinten raus ist größer, nicht der typische Bierkastenspeicher wie bei mir. Der Kater ist rötlich gelb gestreift, die Schnauzenpartie und die Füße sind weiß. Er liegt auf der Fensterbank und starrt uns reglos aus sehr großen grünen Augen entgegen, ein Melancholiker von beeindruckender Würde. Liebe auf den ersten Blick – von meiner Seite. Ich gehe vorsichtig auf ihn zu, ohne dass er beunruhigt reagiert. Auch dann nicht, als ich beginne, ihn erst im Nacken und dann unterm Kinn zu kraulen. Neurotische Reaktionen kann ich nicht feststellen, aber vielleicht reagiert er bei Frau Schuster, die sich im Hintergrund hält und uns beobachtet, anders. Der Kater beginnt vernehmlich zu schnurren, und Frau Schuster sagt schließlich: »Ich sehe schon, er mag sie.«
Dann fragt sie, ob ich etwas trinken möchte, und ich merke plötzlich, wie lang der Tag schon war, angefan-

gen mit Golgatha und Gonorrhoe über das Mittagessen mit Franz, die Rückfahrt, die wegen einer *Störung im Betriebsablauf* fast doppelt so lange gedauert hat wie üblich, bis zu Frau Schusters Anliegen. »Wenn Sie einen Gin dahaben oder einen Genever, einen Aquavit oder einen Obstler, am liebsten aber wirklich einen Gin, am besten als Gin Tonic«, sage ich, »dann würde ich den wohl trinken.«

»Mischungsverhältnis?«, fragt Frau Schuster, und ich sage: »Für mich eins zu eins.«

»Gut. Für mich eins zu zwei. Geht schnell. Setzen Sie sich doch.«

Sie verschwindet in die Küche, und ich höre jenseits der angelehnten Tür den hellen Klang von Eis, das ins Glas fällt. Derweil hat der Kater mit einem eleganten Satz die Fensterbank verlassen, eine körperlich durchaus imposante Erscheinung, kommt leicht- und leisefüßig auf den Sessel zu, in dem ich mich niedergelassen habe, und lässt sich auf den Pfoten zu meinen Füßen nieder, aufrecht und den Blick auf mich gerichtet. Wir schauen uns eine Weile an, dann macht er den von mir erwarteten Satz auf meinen Schoß und richtet sich dort ein.

»Das ist ja was«, sagt in eher sachlichem Ton und ohne großes Erstaunen Stefanie Schuster, als sie mit einem Tablett aus der Küche kommt, auf dem zwei Tumbler mit Gin Tonic stehen, beide sogar mit einer Limettenscheibe dekoriert.

Eine gute halbe Stunde später ist es so weit. Es passiert einfach, ich habe nicht vorher darüber nachgedacht, ich muss keinen Anlauf nehmen, es auszusprechen. »Wenn Sie wollen«, sage ich, »nehme ich den Kater auch ganz. Ich habe den Eindruck, dass Sie es mit Ihrer beruflichen Belastung nicht schaffen. Ich bin zwar auch ab und zu beruflich weg, aber das hält sich in Grenzen und lässt sich regeln.«

Da bricht die Pressechefin in Tränen aus, begleitet von einem so heftigen Schluchzen, dass sie schnell nach einem Taschentuch suchen muss. Während sie mir *ihr Herz ausschüttet*, steigert sich das Schluchzen immer wieder einmal zu einem hochtönigen, fast wölfischen Jaulen, das ihre Mitteilungen fast unverständlich macht, weil der Schmerz sie verzerrt, dann wird es wieder ruhiger. Es ist ihr alles zu viel, seit Monaten schon, ach was, schon seit Jahren. Sie hat auch schon daran gedacht zu kündigen. Wie viele Stunden sie in der Woche arbeitet, darüber hat sie keinen Überblick mehr; eigentlich hört sie ja nie auf. Home Office ist eine ganz miese Kiste, weil man nicht dichtmachen, den Arbeitsplatz verlassen und nach Hause gehen kann. Feierabend gibt's nicht mehr. Gerade in der jetzigen Situation ist es so schwer geworden, die Redaktionen anzusprechen, Pressereise entfällt diesmal, aber ich soll nicht glauben, dass das Zeit spart, im Gegenteil. Zehn Anrufe oder Mails statt einem terminierten Besuch. Das Schlimmste sind aber die Autoren und Autorinnen selbst mit ihrer eitlen Empfindlichkeit, die immer glauben, dass *nie nie nie* genug für sie getan wird. Dabei tut man *alles für sie,* wirklich alles. Aber die Damen und Herren haben Ansprüche, das hört nie auf. Paar Ausnahmen vielleicht. Jetzt ist sie gerade ein paar Tage aus dem Urlaub zurück und hätte schon den nächsten nötig.

Langsam versiegt das Schluchzen, das Reden verebbt in ein paar entschuldigenden Worten. Stefanie Schuster setzt offenbar voraus, dass ich mich in ihrem Metier halbwegs auskenne, obwohl sie über mich nichts weiß, denn ich bin bisher nicht dazu gekommen, irgend etwas von mir zu erzählen und will das auch nicht. Vielleicht brauchte sie auch einen wildfremden Menschen wie mich für diesen Ausbruch, der schon lange auf seine Gelegenheit gewartet hat, vielleicht musste der Affekt im eigenen Milieu unbedingt unter Verschluss gehalten werden. Da hätte man sie vielleicht in den Arm genommen – oder eben gerade nicht. Von dieser Entscheidung bin ich suspendiert.

Der Kater in meinem Schoß ist nach und nach unruhig geworden, lässt sich jetzt auf den Teppichboden gleiten und verschwindet Richtung Fensterbank. Ich sage ihr noch einmal, dass ich ihn nehmen würde, gleich ab morgen, wenn Sie das Gefühl habe, sich nicht richtig um ihn kümmern zu können.

»Deshalb sind Sie doch kein schlechter Mensch«, sage ich und stehe auf. »Ich muss jetzt leider.«

Sie bringt mich zur Tür, noch etwas erschöpft von ihrem Ausbruch, und wir verabschieden uns vorerst in einvernehmlicher Ratlosigkeit.

Eine halbe Stunde später sitze ich im Außenbereich des Stadtgartenrestaurants, weil ich mich entschlossen habe, noch etwas weiterzutrinken. Anders kann ich die geballten Ereignisse dieses Tages, vor allem auf kommunikativer Ebene, nicht mehr sortieren und mich ihrer entledigen. Ich habe einen Platz am Rand und im Halbschatten eingenommen, es ist kurz vor sieben und der Sonnenuntergang noch eine Weile entfernt. Die Temperaturen sind in den letzten Tagen wieder gestiegen. Ich erinnere mich an die Lesung eines Schriftstellers vor Jahrzehnten, kurz bevor ich Lotte kennenlernte, der aus seinem Debüt vorlas und dann von einer Reihe von Germanistikstudenten unter Führung ihres Professors attackiert wurde, weil er in seinem Buch das Wetter so oft symbolisch und metaphorisch einsetze. Das Wetter, sagte der Debütant zu seinem Roman, den man heute autofiktional nennen würde, ein damals aber noch nicht gebräuchlicher Begriff, das Wetter sei in seinem Buch einfach das Wetter und nie Metapher, Symbol oder sonst irgendetwas, was Germanisten begeistere oder abstoße. Er habe es einfach so wiedergegeben, wie es jeweils gewesen sei. Basta.

Das mochte ihm die versammelte Germanistik nicht glauben, und vielleicht hat er auch nicht die Wahrheit gesagt. Mir hat aber seine Antwort damals sehr gut gefallen.

»Gin Tonic«, sage ich auf die Nachfrage des jungen Mannes, der ein paar Tische abgeräumt hat, bevor er auf mich zukommt und das reichlich volle Tablett mit einer Lässigkeit auf der Handinnenfläche balanciert, als sei es dort festgewachsen.

Dass ich selbst zwei Jahre eine Katze gehabt habe, exakt: einen Kater, wie ich es Frau Schuster vorhin erzählt habe, war keineswegs eine spontane Erfindung. Das war Mitte der Siebziger, als ich begann, mich meinem Studium immer ernsthafter zu widmen, abends wenig unterwegs war und viel zu Hause arbeitete. Damals wohnte ich noch in einer Einzimmerwohnung mit Küche und Bad in der Lothringer Straße, gleich unterm Dach, die im Winter zu kalt und im Sommer zu heiß war. Auch ich hatte meinen Kater geschenkt bekommen, der ähnlich gemustert war wie der von Frau Schuster und ebenfalls schon etwas älter. Daher vielleicht vorhin diese hemmungslose Zuneigung vom ersten Moment an. Im Gegensatz zu dem namenlosen Tier meiner Mitbewohnerin hatte mein Kater allerdings schon einen Namen, als ich ihn übernahm: Amadeus.

Wir beide verbrachten mehr oder weniger schweigend viele Stunden gemeinsam und ganz für uns, von der Welt draußen drang kaum etwas bis nach oben. Nur unten im Innenhof des Nachbarhauses hörte ich an den Sommertagen, vor allem in der Mittagszeit den langgezogenen Ruf einer italienischen Mamma, vielleicht aber auch schon einer Nonna, die offenkundig nach einem Jungen rief, der irgendwo herumtrödelte, nämlich

Fraaaaaa – nco! Fraaaaaa – nco!

immer zweimal. Ich habe nie herausbekommen, ob Franco dann jeweils auftauchte und weiteres Rufen unnötig war, oder ob die Mamma oder Nonna resigniert hatte. Von hier oben ließ sich kein wirklicher Blick in die Hinterhofschlucht des Nachbarhauses werfen, auch deshalb nicht, weil die Fenster ungewöhnlich hoch eingebaut waren. Meine Wohnung war nicht mehr als ein ausgebauter ehemaliger Dachboden. Die Rufe erinnerten mich aber regelmäßig daran, dass meine Stadt ursprünglich eine römische Gründung ist, was mich immer mit einem gewissen elitären Stolz erfüllt hat. Und mir ist es immer so erschienen, als würden in unserer Stadt, wenn von den Bewohnern *mit Migrationshintergrund* gesprochen wird, die Italiener gar nicht eingerechnet, sondern schlichtweg zu den Ureinwohnern gezählt.

Wenn abends das warme Licht meiner Schreibtischlampe auf ein weißes Blatt Papier fiel, das dort lag und beschrieben zu werden wartete, war Amadeus oft schneller als ich und ließ sich auf dem Bogen nieder. Dies waren meiner Erinnerung nach die einzigen Momente, in denen wir zuweilen nicht miteinander harmonierten, denn der Kater ließ sich nicht widerstandslos von seinem Platz herunterheben. Es brauchte eine Weile des Zuredens, bis er seinen Widerstand aufgab. Sonst aber war Amadeus überaus pflegeleicht und begleitete die meisten meiner Handlungen in dieser Wohnung mit zustimmenden, ja mit beinahe segnenden Blicken. In der ganzen Zeit musste ich nur zweimal mit ihm zur Tierärztin. Man hatte mir eingeschärft, dass das Tier auf keinen Fall rausdurfte, schon gar nicht auf die Straße, weil es sofort panisch reagiere und alle Orientierung verliere. Amadeus zeigte von sich aus aber auch keinerlei Drang danach, überhaupt nur die Wohnung zu verlassen, geschweige denn, sich die endlosengen Treppenstufen bis nach unten zur Haustür hinunterzuwinden. Auch ich überlegte mir meine Schritte nach draußen gut, weil ich ja nach der Rückkehr auch wieder nach oben steigen musste, und beim Einkaufen achtete ich darauf, dass ich beim Stüssgen oder wo auch immer nichts vergaß, vor allem an Samstagen, an denen damals die Geschäfte bereits um 14 Uhr schließen mussten, und der Kiosk- und Tankstellenverkauf war in jener Zeit bei Weitem noch nicht so entwickelt wie heute. Einen besonderen Kiosk gab es ganz am Anfang der Merowingerstraße, dort, wo sie gerade erst dem Chlodwigplatz entspringt, und man konnte bei der Familie Glinka guten Käse kaufen, Straßenverkauf mit manchmal langer Warteschlange, und wenn man von

der Alten bedient wurde, und man wurde fast immer von der Alten bedient, gab's bei jedem Stück, egal ob Greyerzer oder Appenzeller oder Provolone, die in einem nur schwach rheinisch gefärbten Schlesisch gestellte Frage, ob's wohl ein bisschen mehr sein dürfe? Sie hatte das Stück vorsorglich schon so geschnitten. Sag da mal noch nein.
Das alles war doch eigentlich, denke ich jetzt, als der Gin Tonic gebracht wird, in der so genannten bleiernen Zeit, in meiner Schwarzweißzeit, aber so stimmt es doch gar nicht und hat vielleicht nie gestimmt. Mit der Erinnerung an Amadeus kommt die Farbe wieder, die eben nicht schwarzweiß war, sondern rotgelb.
Mit der Farbe kommt auch die Erinnerung an einen Nachmittag mit anderen Studenten wieder, mit denen ich in der Cafeteria der Uni an einem Tisch saß und die mehrheitlich und keineswegs klammheimlich die Hinrichtung des Generalbundesanwalts bejubelten, Siegfried Buback war sein Name, von der sie vorhin erfahren hatten, wobei sich besonders eine Kommilitonin hervortat, A. S., die wenig später auch aus den universitären Zusammenhängen verschwunden war, mit unbekanntem Ziel. Dass diese Szene so lange verschüttet war, dass die Erinnerung daran über vierzig Jahre lang zuverlässig abgeschnürt war, muss daran liegen, dass ich damals in den Jubel mit eingestimmt habe, wobei der opportunistische Anteil bei mir wohl höchstens zwanzig Prozent betragen hat. Nur einer am Tisch – wir waren sechs an jenem Nachmittag – jubelte nicht mit, argumentierte aber auch nicht dagegen, sondern hielt sich zurück. Ihm war anzusehen, wie unbehaglich ihm war, weil er einerseits unsere Freude nicht teilte, andererseits aber auch seine Zugehörigkeit zur

Gruppe nicht verlieren mochte. Er blieb anstandshalber noch ein paar Minuten bei uns, sagte dann etwas von Bibliothek und entkam so der Situation, während A. S. in süffisantem Ton die Frage stellte, wer wohl der Nächste sein würde, den es erwischt. (Der hieß dann Ponto, der eigentlich entführt werden sollte, was dann tödlich eskalierte.)

Jetzt sieht der junge Mann, der wieder einmal prüfend an den Tischen entlangstreift, mein leeres Glas, sieht mich fragend an, ich hebe das Glas und nicke. Er könnte durchaus Student sein, pardon: Studierender, und zu anderen, pandemiebefreiten Zeiten ebenfalls mit anderen Studierenden an einem Caféteriatisch in der Uni sitzen und aktuelle Ereignisse besprechen. Da mag es um den Klimawandel gehen und die Frage, ob man denn nun die Grünen wählen kann oder eigene Listen aufstellen soll, oder ob man einen bestimmten Vortrag sprengen soll, weil der Vortragende schon mehrfach etwa die *Postcolonial Studies* an- oder Themen aufgegriffen hat, die ihm nicht zustehen, weil es sich dabei um einen Akt kultureller Aneignung handelt. Vielleicht haben der junge Mann und seine Kohorte aber auch für solche Fragen keine Zeit und sprechen eher darüber, in welchen Seminaren man noch fehlende *Credit Points* sammeln kann. Man darf nicht vergessen, dass ihnen allen seit gut zwei Jahrzehnten der Bologna-Prozess gemacht wird.

Die Namen Buback oder Ponto werden ihnen jedenfalls kaum etwas sagen (Ausnahmen mag es sicher geben), und von Baader und Ensslin haben sie womöglich vor allem über einige romantische Verfilmungen Kenntnis erlangt. In dem Fall sagt ihnen auch der Name Schleyer etwas, nach dem Straßen benannt wurden und in Stuttgart sogar eine große Halle, wo einmal auch ein Evangelischer Kirchentag stattgefunden hat. Wenn sie ihn nicht nur aus dem Kino kennen, sondern ein bisschen nachgeforscht haben, wird ihnen vielleicht dieses bullig-schmissige Gesicht mit den Tränensäcken Eindruck gemacht haben, das aus einer Zeit über sie gekommen ist, die für sie so weit entfernt sein muss wie für Leonie und mich die Zeit unserer Eltern. Bin ich ein *alien* für den jungen Mann, der jetzt den Nachschub bringt (unverändert souverän und freundlich übrigens), ist er einer für mich? Ich will es nicht hoffen; klar ist aber, dass wir in recht verschiedenen Räumen leben, auch wenn wir hier, im Außenbereich des Stadtgarten-Restaurants, im Augenblick einen gemeinsamen Raum teilen.

They fuck you up, your mum and dad.
They may not mean to, but they do.
They fill you with the faults they had
And add some extra, just for you.

Es war ein Freund, der inzwischen schon lange bei einer politischen Stiftung in Berlin arbeitet und deshalb Ende des letzten Jahrhunderts von Köln nach Berlin ziehen musste, welcher mich erstmals mit Philip Larkins endgültigem Gedicht über die so genannte Generationengerechtigkeit bekannt gemacht hat: die es nicht geben kann, weil jede Generation in ihre eigene mehr oder weniger beschissene Situation hineingeboren wird und damit zurechtkommen muss, oder, wie es der Mann mit dem Vollbart aus Trier formuliert hat: *Die Menschen machen ihre eigene Geschichte, aber sie machen sie nicht aus freien Stücken unter selbstgewählten,*

sondern unter unmittelbar vorhandenen, gegebenen und überlieferten Umständen. Die Tradition aller todten Geschlechter lastet wie ein Alp auf dem Gehirne der Lebenden. Was ich damals dem Dr. Meissner nicht zu Ende zitieren wollte, weil es schon so oft strapaziert worden ist, hier gehört es hin.
Deshalb hat man Mum and Dad doch irgendwie gern, auch wenn man nicht unbedingt versteht, was sie uns hinterlassen, in was für vorhandene, gegebene und überlieferte Umstände sie uns gebracht haben. Man begreift, dass sie selbst nicht unbedingt etwas dafür können. Meine Mutter war gerade vierzehn, als das Volk seinen Führer erwählte. Ich mochte Mum irgendwie, und auf jeden Fall mochte ich Dad, was ich ihm ja auch auf einem der Sonntagsspaziergänge im Königsforst gesagt habe. Damit wäre das mit der Verantwortung der Generationen füreinander für mich erledigt, wenn nicht jetzt, bei meinem zweiten, nein bei meinem dritten Gin Tonic (ich darf den von Stefanie Schuster nicht vergessen), aus der Tiefe der Jahre eine Szene wieder in mir aufsteigen würde, die ähnlich wie die in der Uni-Cafeteria über Jahrzehnte, diesmal über fast sieben Jahrzehnte in mir fest verschlossen gewesen ist.

5 Wieder der Königsforst, vielleicht 1953 oder 1954, das heißt entweder in meinem letzten Jahr vor der Schule oder im ersten Schuljahr, auf jeden Fall war es ein Sommersonntag. Leonie war nicht dabei, wahrscheinlich war sie bei unserer Großmutter. Meine Eltern und ich gingen einen dieser breiten Wege, durch die Baumkronen fiel das Sonnenlicht, wir grüßten entgegenkommende Sonntagsspaziergänger, denn im

Wald gelten auch für den Großstädter die Gepflogenheiten des Dorfes (am Fluss und am Meer nicht). Wie waren wir dorthin gekommen, ich weiß es nicht, schließlich hatte unsere Mutter damals noch keinen Führerschein. Ich selbst jedenfalls war mit meiner Zündapp unterwegs, wie alltags nicht wenige der Männer in unserer Barbarossaplatznachbarschaft: das Krad der frühen Jahre. Ich hatte das Zweitaktergeräusch im Ohr, selbst wenn es gerade nicht da war, ebenso wie ich damals den Motorenklang eines Borgward von dem eines Opel Rekord unterscheiden konnte oder mir das zumindest einbildete. Die meisten Gesänge, die ich in jener Zeit von mir gab, waren Motorengeräusche, von mir nach bestem Wissen in der richtigen Tonhöhe und Melodie nachgesungen.

Jetzt also im Königsforst die Zündapp auf Sonntagstour, vor mich hinsingend und -knatternd, immer ein Stück hinter meinen Eltern. Dann kam uns ein Ehepaar entgegen, das meinen Eltern offensichtlich bekannt war. Man blieb also stehen und unterhielt sich, und ich schloss auf, widerwillig, und blieb ebenfalls stehen. Zehn Minuten die Kinderlangeweile eines Sonntags mit Erwachsenen, dann ging es weiter. Ich lief jetzt eine ganze Strecke neben meinen Eltern her, dann blieb ich stehen, drehte mich um und lief zurück. Meine Eltern drehten sich ebenfalls um, und ich rief ihnen zu, dass ich meine Zündapp hatte stehen lassen und sie holen musste. Mein Vater: ich solle zurückkommen. Meine Mutter, soviel ich aus der Entfernung mitbekam, versuchte ihn zu besänftigen. Ich selbst schrie aus Leibeskräften, dass ich ohne meine Zündapp keinen Schritt weitergehen würde. Die Eskalationskurve, erinnere ich mich jetzt, erklomm den Gipfel im

Gebrüll meines Vaters, *ich solle die verdammte Spinnerei lassen und jetzt auf der Stelle herkommen,* und ich begann zu weinen, nicht wimmernd, sondern ebenfalls brüllend, gab klein bei, sprach aber auf diesem ganzen verdammten Waldspaziergang mit meinem Vater kein Wort mehr. Auch später kam dieser Vorfall nie mehr zur Sprache. Mein Vater hatte ein Machtwort gesprochen und seine Macht dazu genutzt, mir meine Zündapp wegzunehmen, *diese verdammte Spinnerei.*

Zum Glück ist jetzt im Stadtgarten die Schwelle zwischen Dämmerung und Dunkelheit erreicht, denn die beinahe siebzig Jahre lang versperrte Erinnerung bricht sich mit solcher Wucht Bahn, dass mir nicht nur ein paar Tränchen kommen, sondern ich fast so laut zu heulen beginne wie damals, auf jeden Fall kann ich es mit Stefanie Schusters Ausbruch vor einigen Stunden mühelos aufnehmen. Vielleicht schauen einige Leute von den Nachbartischen kurz zu mir herüber, aber ich bin für sie kaum mehr als eine verschwommene Gestalt im Dunkeln, und da ich heule und schluchze, aber nicht schimpfe und aufspringe, geht offensichtlich von mir auch keine Gefahr aus.
Nur der junge Kellner macht gerade seine Runde; ich hebe mein Glas, er kommt an meinen Tisch und fragt in einer Mischung aus Dienstfertigkeit und Fürsorge: »Noch mal trinken?«

6 Warum halten wir keinen Winterschlaf, Bartleby? Der Kater thront auf der Fensterbank zur Spichernstraße hin, alle vier Pfoten unterm Körper verknäult, und schaut nach – drinnen. Mir war das schon in den ersten Tagen aufgefallen, nachdem er hier eingezogen war: Seine Blickrichtung geht fast immer in die Innenräume. Er legt sich zwar auch auf meinen Bierkastenbalkon, wenn die Tür offen ist, springt aber nicht auf die Brüstung, um in den Hinterhof zu schauen. Falls ihm je die sprichwörtliche Neugier der Katzengattung eigen gewesen ist, muss er sie entweder durch äußere Einflüsse oder durch innere Entwicklung nach und nach verloren haben. Ich darf nicht vergessen, dass das Tier schon etwas älter ist, etwa zehn Jahre, hat mir Frau Schuster gesagt, die es auch nicht exakt weiß und seine Vorgeschichte nicht detailliert kennt. Dieser Kater jagt nicht; allenfalls meditiert er, aber es mag sein, dass er auch schon sein Satori gehabt hat und jetzt einfach nur noch da ist, eine Kunst, die für die menschliche Gattung selbstverständlich unerreichbar ist. Auf meine Frage, warum *wir* – die menschliche Gattung – keinen Winterschlaf halten, reagiert er mit einem stoischen Blinzeln, einer höflichen Geste, die es sich verbietet, mir mitzuteilen, dass ich die falschen Fragen stelle. Insofern hätte ich ihn auch Wittgenstein nennen können.

Mein Traum vom Winterschlaf ist nicht neu. Er trat das erste Mal nach den dunklen Abenden von Triest und mit Vivians Verschwinden auf. Seitdem stellt sich der Wunsch danach regelmäßig spätestens Ende September oder Mitte Oktober ein, wenn die blaue Stunde täglich früher kommt, und er wird immer stärker, zumal der Sommer die einzige Jahreszeit ist, die ich noch ertrage. Man stellt willkürlich zweimal im Jahr Uhren um mit dem Ziel, aus uns herauszuholen, was herauszuholen ist, ein Ziel, das übrigens längst verfehlt wurde. Sinnvoller wäre es, das aktive Jahr am 1. Mai beginnen und am 15. Oktober enden zu lassen, meinetwegen auch einen Tag später. In der restlichen Zeit würde die Schlafdauer etwa zwanzig Stunden betragen, wie bei männlichen Löwen (mit denen Bartleby schon wegen seiner Fellfärbung eine gewisse Ähnlichkeit hat), und die wenigen Stunden des täglichen Wachseins dienten der Nahrungsaufnahme, dem Nachdenken, der Lektüre von Reiseberichten, um den eigenen Mobilitätsmangel auszugleichen, dem Musikhören oder, wenn jemand einen See oder einen Fluss in der Nähe hat, dem Sichtreibenlassen auf einem Floß oder in einem Boot. Niemand bräuchte in Hyperaktivität zu verfallen, um seine Existenzberechtigung nachzuweisen: Diese verstünde sich von selbst.

Für diese schöne Welt – die eine befriedete wäre – gibt es naturgemäß nicht die geringste Chance, weil der Mensch – *der Mensch!** – das hyperaktive Tier par excellence ist. Auch die Schlafforscher, die wegen ihres Forschungsgegenstands doch eigentlich meine Partei ergreifen und den Winterschlaf propagieren müssten, machen da keine Ausnahme. Bei Dr. Meissner bin ich mir nicht ganz sicher; obwohl er mir recht viel über sich erzählt hat, weiß ich im Grunde sehr wenig über ihn. Von Franz dagegen weiß ich inzwischen, dass ihn die Neugier des Forschers und dazu beruflicher Ehrgeiz antreiben, und von Barbara Hoss vermute ich dasselbe.

Draußen ist der letzte helle Streifen vom Himmel verschwunden, die Dämmerung hat ihre Arbeit vollendet. Es ist Samstag, der dritte Oktober, und über dreißig Jahre Einheit senkt sich nun sanft die Dunkelheit.

7 **Bei meinem nächsten Laborbesuch** vier Tage später merke ich schon nach zehn Minuten, dass wir jetzt – gewollt oder ungewollt – ein geheimes Dreieck bilden: Franz Nonnenmacher, Barbara Hoss und ich. Der Franz, der mich bei meiner Ankunft – ich will gerade in »mein Zimmer« – mit einem freundlichen Nicken begrüßt, hat seiner Geliebten mit Sicherheit von unserem Gespräch beim Mittagessen in der Alten Metzgerei erzählt. Gelegenheit dazu gab es reichlich, denn das ist schon gute drei Wochen her, und seitdem bin ich nicht mehr hier gewesen. Im selben Moment kommt Barbara Hoss aus dem Glasverschlag, in dem sie etwas mit *dem Neuen* zu besprechen hatte, direkt auf mich zu und sagt: »Ich bin bald bei Ihnen, Frau Wobser hat heute frei.«

Die Bettwäsche ist heute sandgelb, militärische Tarnfarbe für Einsätze in Afrika. Ich packe meine Tasche aus und räume alles an seinen Platz. Da ich längst nicht mehr darüber nachdenken muss, wo *alles seinen Platz* hat, taucht in meiner Kurzzeiterinnerung noch einmal eine Szene aus dem Zug auf, ein paar Minuten nach der Abfahrt aus Köln. Der Buffetwagen kam durch, und der Zeitung lesende Mann (Qualitätsjournalismus!) auf der anderen Seite des Ganges hob die Hand, zeigte auf den Wagen und sagte zu dem jungen Mann vom Service: »Ich hätte gern …« und brach dann ab. Nach einer kurzen Irritation machte der junge Mann aus Mannheim oder Heidelberg oder sonstwo (mit Hintergrund!) ein paar Vorschläge: »Ein Sandwich? Schokolade? Kekse?« Fragen, die den etwa Sechzigjährigen offenbar immer mehr in Verlegenheit brachten und eine leichte Röte in sein Gesicht trieben, bis er heftig mit dem Finger auf die beiden großen Kannen zeigte und der Mannheim-Heidelberger fragte: »Tee? Kaffee?«

Ich sah dann die Erleichterung des Älteren und den Ansatz zu einem Lächeln, nur das Erröten war noch nicht abgeschlossen. »Einen Kaffee, natürlich. Manchmal fallen einem doch die einfachsten Wörter nicht ein. Geben Sie mir noch eine Tafel Schokolade dazu ... von der da, Vollmilch.«

Vollmilch sagte er mit einer Entschlossenheit, die seine Freude darüber anzeigte, gleich das richtige Wort gefunden zu haben. Als das Geschäft abgeschlossen und der junge Mann weitergezogen war, suchte er meinen Blick und wiederholte: »Manchmal fallen einem doch wirklich die einfachsten Wörter nicht ein.«

Ich versicherte ihm, dass es mir gelegentlich ganz genau so ginge und dass das kein Grund sei, sich Sorgen zu machen.

»Glaube ich auch«, sagte er, »aber peinlich ist es schon. Nicht peinlich, aber lächerlich. Na ja, ich habe anstrengende Tage hinter mir und komme heute aus Stuttgart. Bin froh, wenn ich wieder zu Hause bin.«

»Und wo ist das?«, fragte ich, weil die Höflichkeit es gebietet, in einer solchen Situation diese Frage zu stellen.

»Oldenburg. Ich bin da an der Uni. Kennen Sie Oldenburg?«

»Leider bisher nicht«, antwortete ich, weiter der Spur der Höflichkeit folgend.

»Eine Stadt, die oft unterschätzt wird«, sagte er. »Ging mir auch so, als ich vor gut zwanzig Jahren an die Uni dort kam. Ich werde jedenfalls dort bleiben, wenn ich in zwei Jahren emeritiert bin.«

»Darf ich fragen, in welchem Fachbereich Sie forschen und lehren?«

»Hauptsächlich Forschung. Ich arbeite in der Audiologie. Hörforschung. Oldenburg ist auf dem Gebiet auch international ein Begriff. Die Ironie dabei ist, dass sich mein eigenes Gehör in den letzten Jahren stark verschlechtert hat.«

»Aber Sie wissen doch sicher die Mittel dagegen.«

»Na ja, die Forscher finden viel heraus, aber wissen manchmal nicht, was Sie damit anfangen sollen. Das ist das Wesen der Forschung. So ganz stimmt das allerdings nicht. Ich habe schon meine Mittel im Ohr, die sieht man gar nicht. Aber ich sehe, dass Sie bald aussteigen müssen? Schade.«

»Ja. Ich muss in Düsseldorf raus.«

»Wohnen Sie dort?«

»Nein, ich wohne in Köln, aber ich habe öfter in Düsseldorf zu tun«, sagte ich, und stumm nach außen, aber deutlich hörbar in meinem Innern erklang das Lied, das die Fans der Düsseldorfer EG bei den Eishockeyduellen gegen die Kölner Haie gern auf den Rängen sangen:

Ihr seid Kölner,
asoziale Kölner,
schlafen unter Brücken
oder in der Baaaaahn-Hofsmission …

»Ich bin gewissermaßen auch in der Forschung tätig«, sagte ich und stand auf, »allerdings mehr als Objekt. Ich bin Proband in einer Langzeituntersuchung, die in einem Düsseldorfer Schlaflabor durchgeführt wird. Ansonsten bin ich Privatgelehrter.« Ich weiß nicht, warum ich so mitteilsam war, woher dieser plötzliche Geständniszwang kam, auch dieser überraschende

Hang zur Kommunikation, doch ich bedauerte es wahrhaftig, nicht weitererzählen zu können. Der Zug hatte jetzt aber schon den Düsseldorfer Hauptbahnhof erreicht und kam auf Gleis 17 mit einem langgezogenen Quietschlaut zum Stillstand, und ich musste mich auf den Weg machen.

Der Hörforscher nickte mir freundlich zu und wünschte mir alles Gute, ich ihm auch, dann wandte er sich wieder seinem Kaffee und seiner Vollmilchschokolade zu, während ich begann, mir Sorgen zu machen, ob mit Bartleby alles gutgehen würde. Es war das erste Mal, dass ich ihn über Nacht allein ließ. Stefanie Schuster – die zum Glück bisher nicht gefragt hatte »Wollen wir nicht du sagen?« – hatte mir zwar versprochen, sich um ihn zu kümmern, ihm sein Fressen zu geben, und ich hatte da keine Bedenken, doch mich beunruhigte ernsthaft der Gedanke, der Kater könne sich verlassen, ja verraten fühlen. Ich hatte in den wenigen Wochen schon herausgefunden, dass Bartleby nicht völlig selbstgenügsam war, sondern in all seiner scheinbaren Seelenruhe die Anwesenheit eines Anderen brauchte. Außerdem sprang er zuweilen wie einst Amadeus abends auf meinen Schreibtisch, legte sich unter den Lichtkegel der Lampe und ließ sich kraulen. Inzwischen gab ich nicht mehr viel auf Stefanie Schusters Vermutung, der Kater sei »ein bisschen neurotisch«. Er schien mir, für einen Kater seines Alters, ziemlich normal.

Dennoch hatte ich ihn heute eher verlassen, als es nötig gewesen wäre, und war deshalb deutlich zu früh in Düsseldorf. Bevor ich mich auf den Weg zum Labor machte, wollte ich gern noch eine kleine Runde um den Hauptbahnhof machen, verließ diesen aber gar nicht erst, sondern blieb, als ich die Treppe hinunterkam, gleich im Restaurant zum Schiffchen hängen, wo ich, ökologische wie auch Tierwohl-Bedenken souverän ignorierend, gebratene Kalbsleberscheiben mit Kaiserschoten und Kartoffelstampf verzehrte, begleitet von zwei, nein, ich glaube drei Alt. Das Restaurant, der Ableger eines Düsseldorfer Brauhauses in der Altstadt, ist bestens dazu geeignet, die Aufmerksamkeit des Gastes von den in der Bahnhofspassage vorbeiziehenden Menschenströmen abzuziehen und sich aufs Wesentliche zu konzentrieren, soll heißen, die Zeit so weit wie möglich stillzustellen. Seit meinen Anfangszeiten als Proband bei Dr. Meissner habe ich hier schon mehrfach meine Ankunft im Labor bewusst verzögert, und einmal hätte ich es beinahe vergessen, mich auf den Weg dorthin zu machen. Erst vor Kurzem habe ich die offizielle Adresse dieser Bahnhofspassage mit ihren Supermärkten, Drogeriemärkten, Bäckereien, Handyshops und Restaurants registriert. Alle diese Läden sind, obwohl *im* Hauptbahnhof, *auf* dem Konrad-Adenauer-Platz gelegen, der sich vom gleichnamigen Bahnhofsvorplatz auf der Innenstadtseite wie ein Wurmfortsatz ins Bahnhofsinnere verlängert. Diese Art der Huldigung erschien mir, als ich sie erstmals verstand, umso schrulliger, als der erste deutsche Bundeskanzler natürlich ganz unbestritten uns Kölnern gehört. In diesem Punkt bin selbst ich lokalpatriotisch. In meiner Kindheit und noch während der Zeit auf dem Gymnasium sah ich sein Häuptlingsgesicht jeden Tag irgendwo in Zeitungen, auf Plakaten oder im Fernsehen. Mein Vater wählte ihn nicht, meine Mutter vielleicht schon, das wusste ich nicht genau. Wenige Tage nach seinem Tod, in meinem letzten Schuljahr, mussten sich die versammelten Oberstufenklassen in der Aula zu einer Trauerfeier einfinden, auf der der Stellvertreter des Schulleiters – der Schulleiter selbst war in diesen Wochen wegen seines Alkoholismus in einer Klinik auf Entzug, was offiziell als Kur deklariert wurde – eine gefühlvolle Rede hielt. Ich fand es furchtbar, die meisten meiner Mitschüler auch. Wir mochten damals vor allem Bob Dylan, einige von uns auch Ernst Bloch, auch schon ein alter Mann, aber diesen Greis Adenauer mochten wir nicht.

Meine Sympathie für ihn begann erst zwei Jahrzehnte später im Aachener Stadtarchiv, während meiner Entdeckung Westeuropas als Wille und Vorstellung, und erreichte ihren Höhepunkt, als ich las, der nationalistische SPD-Chef Kurt Schumacher habe ihn in einer Bundestagsdebatte als *Bundeskanzler der Alliierten* bezeichnet. *Ja, was denn sonst, verdammt noch mal? Zum Glück!* – murmelte oder rief ich halblaut im Schiffchen im Düsseldorfer Hauptbahnhof, nachdem ich mein letztes Alt ausgetrunken hatte. So halblaut immerhin, dass vom Nebentisch ein kurzer Blick auf mich fiel, auf den Alten im Selbstgespräch. Dann verließ ich leicht federnd den überdachten Teil des Konrad-Adenauer-Platzes auf der anderen Bahnhofsseite, wo er sich bruchlos in den Bertha-von-Suttner-Platz verwandelt, und nahm wie immer ein Taxi nach Flingern, schweigend diesmal und weiterhin schwebend in diesen Kindheitsjahren, in denen der Bundeskanzler der Alliierten regierte und ich meine Zündapp im Königsforst allein lassen musste.

Inzwischen habe ich in meinem Zimmer alle Sachen an ihren Platz gebracht und singe gerade leise vor mich hin:

Katzenklo, Katzenklo,
ja, das macht die Katze froh,
Katzenklo, Katzenklo,
macht die Katze froh,

als Barbara Hoss anklopft und dann ins Zimmer kommt. Dass Franz ihr von unserem gemeinsamen Mittagessen erzählt hat, steht für mich außer Frage, wie viel davon, weiß ich allerdings nicht. Ich gehe davon aus, dass er meinen unfreiwilligen Voyeurismus in einer Juninacht ausgelassen hat, schon, um Barbara zu schützen und sie nicht mir gegenüber befangen zu machen. Dagegen nehme ich an, dass sie weiß: wir haben auch über Dr. Meissners so genannte Aussetzer gesprochen. Es mag mit der Art und Weise zusammenhängen, mit der sie mich vorhin angesprochen hat, als sie aus Azzedine Mokhtaris Verschlag kam: die übliche professionelle Ansprache, aber zugleich ein kaum wahrnehmbares Signal, dass sie mich ab jetzt als einen *Eingeweihten* betrachtet.
Davon lässt sie sich jetzt jedoch nichts anmerken. Sie verstöpselt mich in gewohnter Weise und fragt, wie ich den Sommer verbracht habe. Ich erzähle ihr unter anderem von meinem Besuch bei Andreas Willich, und an der Art, wie sie zuhört und nickt, erkenne ich, dass sie davon weiß. Schön sei es dort unten am Bodensee, sage ich, und sie stimmt mir zu, betont aber gleich danach, dass es am Kaiserstuhl, wo sie herkomme, noch schöner sei und sie die Laborferien dazu genutzt habe, dort ihre Eltern zu besuchen. »Mein Vater ist Architekt«, sagt sie, »und er ist jetzt völlig überlastet, weil die Leute nicht reisen dürfen und viele von ihnen stattdessen ihre Häuser umbauen oder neue

bauen lassen. Er arbeitet von frühmorgens bis abends um zehn.«

»Na also, das Geschäft läuft.«

»Schon, aber als ich da war, hatte er an einem Abend einen kleinen Zusammenbruch, und wir sind sogar in die Notaufnahme ins Krankenhaus gefahren. Er hat sich schnell erholt, aber Sorgen mache ich mir trotzdem. Er ist jetzt zweiundfünfzig und war nie sehr robust.«

Mich berührt die deutlich spürbare Zuneigung, mit der sie von ihrem Vater spricht, die plötzliche Wärme in ihrer Stimme, und ich bezweifle, dass ich je so von meinen Eltern hätte sprechen können. Zugleich bin ich zufrieden, dass das Dossier, das ich vor einigen Monaten über Barbara Hoss in meinem Kopf entworfen habe, nicht so völlig danebenlag, was ihre soziale Herkunft betrifft. Als ich den dämlichen Trostspruch vorbringe, zweiundfünfzig sei nicht alt, sagt Barbara Hoss: »Dr. Meissners Vater ist auch früh gestorben. Der war siebenundfünfzig.«

Ich sage ihr nicht, dass ich das schon wusste, sondern frage: »Ist Dr. Meissner denn zurück? Bei meinem letzten Besuch im September war er nicht da, und heute sehe ich ihn auch nicht.«

»Dr. Meissner hat heute keinen Nachtdienst und ist schon zu Hause, aber morgen früh ist er zur gewohnten Zeit da.«

Dann verlässt sie das Zimmer und wünscht mir einen guten Schlaf. Nein. Sie sagt: »Seien Sie ein guter Schläfer, Herr Roloff, wie immer.«

Das bin ich nicht gleich, nicht auf Befehl, versteht sich; es ist dafür auch noch zu früh. In der mitgeführten

Zeitung von heute (Qualitätsjournalismus!) stoße ich im Wirtschaftsteil auf die Anzeige einer IT-Firma, die sich an Firmenkunden richtet und in der es unter anderem heißt: *Wir finden auch für Sie die richtige Lösung.* Ich bin selbst erstaunt, wie heftig ich diesen Satz als persönlichen Angriff auf mich empfinde, wie erschrocken ich bin, und beginne darüber nachzugrübeln, ob für mich überhaupt eine Lösung gefunden werden muss. Ob man mich nicht einfach mir selbst überlassen kann. Ich erinnere mich an eine andere Anzeige, in der sogar die Rede davon war, für *alles* eine Lösung finden zu können. Damals habe ich das nur belächelt. Werbeversprechen müssen selbstverständlich absolut sein und das Misslingen von vornherein ausschließen. Was aber, denke ich jetzt, wenn es sich hier gar nicht um ein Versprechen, sondern um eine Drohung handelt?
»Meine Mannschaft hat immer die richtigen Lösungen gefunden«, sagen Bundesligatrainer heute gern, wenn ihre Mannschaft gewonnen hat. Immer eine Lösung zu finden, ist zweifellos den Siegern vorbehalten. Und wahrhaft *immer und für alles* eine Lösung zu finden, so wird mir jetzt schockartig klar, kann in der Konsequenz nur auf die eine große Lösung hinauslaufen, die Endlösung.

Zu meinem Glück schiebt sich zwischen mich und die beginnende Depression die Melancholie und rettet mich. Das ist nicht etwa ein besonders schlaues Paradox, das ich meinem imaginären Europäischen Institut für Melancholieforschung in Triest verdanke, sondern ein Faktum, dass ich von einem keineswegs imaginären Melancholieforscher aus Ungarn* bestätigt bekommen

habe, der in einem Interview gesagt hat, der Melancholiker sei heute im Grunde eine anachronistische Figur, weil er mit der Unlösbarkeit von vielen Dingen zufrieden sei. Ich würde sogar hinzufügen, dass ich selber diese Unlösbarkeit zuweilen als beglückend, zumindest aber als Existenzbedingung für mich empfinde, denn in einer Welt, in der für alles Lösungen gefunden werden, könnte ich nicht überleben.
Da diese neue Welt zum Glück noch nicht erschaffen war, schlief ich zwei Stunden später beruhigt ein.

Im Dämmer nach dem Erwachen am folgenden Tag aber zogen Bilder an mir vorbei, die ich seit sehr langer Zeit verbannt, vermutlich aber nie wahrhaft vergessen hatte, und mir wurde schnell klar, dass sie eng mit dem Grübeln über Lösungen und Endlösungen zusammenhingen.
Hatten wir damals eigentlich kurze Hosen an? Wir waren immerhin erst zwölf, andererseits gingen wir schon zwei Jahre aufs Gymnasium. Zu den kurzen Hosen hätte dennoch gepasst, dass wir in Zweierreihen gingen, nachdem wir die Straßenbahn verlassen hatten, und vorn gab der Klassenlehrer die Kommandos. Schließlich waren wir noch Kinder.
Unser Marsch aufs Kino, die *Camera* am Hohenzollernring, erfolgte während der Unterrichtszeit und war offensichtlich *von oben* angeordnet, denn auch andere Jahrgänge wurden vorher und nachher noch in diesen Film geführt. Der Film hieß *Mein Kampf* und war eine Dokumentation des deutsch-schwedischen Regisseurs Erwin Leiser. Deutsch-schwedisch deshalb, weil Leiser und seine Eltern nicht mehr deutsch sein durften und nach Schweden flohen.

Der Dokufilm zeigte den Aufstieg der Nazis in der Weimarer Zeit, die *Machtergreifung** und den Weg bis zum Ende und arbeitete vor allem mit Archivmaterial. Er war nach dem Ratschluss der *Freiwilligen Selbstkontrolle* – was für ein Wortmonstrum! – freigegeben ab 12 Jahren, *empfohlen* aber erst ab vierzehn. Dennoch kommandierte man auch uns irgendwann im Jahr 1960 – der 1. FC Köln hatte gerade seine erste Deutsche Meisterschaft verpasst – im Klassenverband ins Kino und zeigte uns die Bilder von aufgestapelten Leichen oder gerade noch lebenden Skeletten in Auschwitz, Treblinka, Bergen-Belsen und anderswo. Wir waren noch Kinder, und diese von oben angeordnete seltsame Form unserer politischen Aufklärung wurde gehorsam ausgeführt von Lehrern, die vor fünfzehn Jahren teilweise selbst noch für Führer, Volk und Vaterland gekämpft oder sich in der Hitlerjugend darauf vorbereitet hatten. Oder einfach bis zum Schluss an den Endsieg geglaubt hatten.
Immerhin wusste ich nun oder bildete mir ein zu wissen, was für *schlimme Sachen* Onkel Hans gemacht hatte, jener Vertreter für Kolonialwaren, der damals in der Weyerstraße eine Zeitlang über uns gewohnt hatte, und warum er später von den Engländern abgeholt worden war.

8 Als ich in Dr. Meissners Büro komme, schaut er mich einen Augenblick lang angestrengt an, dann weicht die Anstrengung einem Lächeln.
»Guten Morgen, Herr Roloff«, sagt er, »ihre Daten zeigen mir wieder einen guten Nachtschlaf an. Können Sie sich an eine ihrer Wachphasen erinnern?«

»Nein.«
»Also alles im Normalbereich. Aber aus den Aufzeichnungen von … von unserem neuen Mitarbeiter werde ich nicht ganz schlau.«
Zwar hatte Azzedine Mokhtari meine Nachrichten aus dem Zwischenraum eifrig protokolliert – Franz war anderweitig unterwegs und Frau Hoss hatte nach dem Nachtdienst frei –, aber diese Nachrichten bezogen sich auf einen für ihn nachgerade vorgeschichtlichen Zeitraum, der vermutlich in keiner Weise in sein Leben hineinragte, allerhöchstens als blasses Schulwissen. Selbst Dr. Meissner war 1960 erst minus acht, durch seine Eltern aber sicher noch auf die eine oder andere Art mit dieser zurückliegenden Vorgeschichte verbunden.
Ich muss also die Chiffren, die der junge Mitarbeiter notiert hatte, teilweise übersetzen und referiere der Einfachheit halber alles von heute Morgen noch einmal. Als ich fertig bin, fragt mich Dr. Meissner: »Und haben Sie denn später mal andere kennengelernt, die ähnliche Erfahrungen hatten?«
Ich erkläre ihm, dass das der Fall war, aber leider viel zu spät, im Grunde zu einer Zeit, als diese anderen in den Ruhestand eingetreten waren, in den einzutreten ich wegen meiner gebrochenen Erwerbsbiografie nie die Chance gehabt habe. Nicht in der Kindheit, aber dann in unserer Jugend, so habe ich nach und nach erfahren, fühlten einige meiner Altersgenossen sich ebenso wie ich als die erste Nachkriegsbrut eines Verbrechervolkes, gezeugt von Eltern, die auch später entschlossen die Augen zumachten vor den Bildern der Untaten, an denen sie mittelbar oder unmittelbar beteiligt waren. Und diese Brut sind wir in unseren

Köpfen bis heute geblieben, denn bei der grauenhaften Wortbildung *Wiedergutmachung* etwa kommt uns immer noch das Kotzen. Das trifft sicher nicht auf alle zu, viele mochten später sogar auf die *Versöhnung* hoffen. Mir ist nicht klar, warum die Nachfahren der Menschen, die unsere Eltern europa- und weltweit aufgespürt, eingesammelt und in die Vernichtungslager verbracht haben, das Bedürfnis verspüren sollten, sich mit uns zu versöhnen. Das wäre ja, als hätten sich beide *gegenseitig* etwas angetan. Sie verstehen: irgend etwas muss doch falsch sein an den Juden, dass man sie so gern ausrotten möchte, da haben sie doch auch ein bisschen Mitschuld. Aber Schwamm drüber und jetzt mal Versöhnung. Noch später, etwa zur Zeit des Sommermärchens, haben nicht wenige meiner Altersgenossen den *gesunden Patriotismus* entdeckt. (Kommt heute immer noch gut.) Wir nicht, wir sind unser Leben lang Antidoitsche geblieben, was zuweilen etwas anstrengend war. Kein schönes Erbe. *They fuck you up, your mum and dad. They may not mean to, but they do.*

Während ich das erzähle, bemerke ich, dass Dr. Meissners flinker, hin- und herhuschender Blick, mit dem ich ihn kennengelernt habe, nach und nach zur Ruhe kommt und er konsequent an mir vorbei in den Raum schaut. Ich erinnere mich auch, dass es das in den letzten zwei, drei Monaten schon öfter gegeben hat: dass er mir – und vermutlich auch anderen Probanden – während dieser Gespräche plötzlich seine Präsenz entzog. Auch Notizen macht er sich immer seltener.

Jetzt dauert es beinahe drei Minuten, bis er sich nach dem Ende meiner Ausführungen wieder halb mir zuwendet – er sieht mich weiterhin nicht direkt an – und zu sprechen beginnt.

»Als ich dreizehn war – für meine Generation zählte das nicht mehr zur Kindheit –, hatten wir einen Geschichtslehrer. Nein, falsch, es war ein Religionslehrer, glaube ich. Natürlich hatten wir beides, einen Religionslehrer und einen Geschichtslehrer, aber ich glaube, es war der Religionslehrer, den ich meine. Ganz sicher. In einer Stunde ... in einer Vertretungsstunde, der Geschichtslehrer hatte sich krank gemeldet, deshalb habe ich eben die beiden vertauscht. In dieser Stunde musste der Religionslehrer improvisieren, und er kam auf die Zonengrenze zu sprechen, die lag ja nahe, im wahrsten Wortsinn. Ich weiß nicht mehr, ob wir damals Zonengrenze gesagt haben. Meine Eltern haben sie so genannt, glaube ich. Ich habe wohl nur noch Grenze gesagt. Dass es die Grenze gab, sagte damals der Geschichtslehrer, sei die gerechte Strafe für alles, was die Deutschen vorher getan hätten, und deshalb müsse sie für immer bestehen bleiben.«

»Der Religionslehrer«, sage ich.

»Bitte?«

»Der Religionslehrer hat das sicher gesagt, in dieser Vertretungsstunde, nicht der Geschichtslehrer.«

»Sicher. Der Religionslehrer, ja. Er war übrigens sehr groß und hatte pechschwarzes Haar, das immer nach hinten gekämmt war, und hatte irgendwie einen fanatischen Blick ... einen stechenden Blick, so heißt das doch.«

»Klingt fast nach dem Klischee eines Jesuitenpaters«, sage ich.

»Vielleicht war's einer. Könnte sein. Er war aber nach einem Jahr wieder weg. Jedenfalls ... jedenfalls erinnere ich mich gut an die Stunde. Wir mussten irgendwann die Jalousien runterlassen – die waren ganz neu –, weil

die Sonne draußen einen Teil von uns blendete. Ich weiß gar nicht, warum ich Ihnen das alles erzählt habe.«
»Wegen der Antideutschen.«
»Der Antideutschen?«
»Ja. Der Religionslehrer … dieser Jesuitenpater, oder was immer er war, war doch ein Antideutscher, und ich habe Ihnen doch vorhin was über uns Antideutsche erzählt.«
Dr. Meissner nickt und schaut auf seine Uhr, die mir schon einmal bei einem der früheren Gespräche aufgefallen ist, als er sie von Hand aufzog, ein wertvolles Stück mit einem sehr klaren und einfachen Zifferblatt, für das er irgendwann viel Geld bezahlt haben muss. Oder es handelt sich um ein Erbstück. Denn er selbst ist aufgewachsen in der Quarzperiode, womöglich sogar mit digitaler Zeitanzeige.
»Ja«, sagt er jetzt, etwas abrupt, »es ist Zeit. Gleich kommt der Nächste. Lassen Sie es sich gutgehen.« Und sieht wieder an mir vorbei in die Tiefe des Raumes.
Über dieses plötzliche Gesprächsende, das schon beinahe einem Rausschmiss ähnelt, bin ich etwas irritiert. Draußen bleibe ich einen Augenblick auf dem Gang stehen und versuche, den Ablauf zu rekonstruieren. Dann kommt Franz aus seinem Büro auf mich zu und fragt mich, ob etwas vorgefallen sei.
»Vorgefallen ist nichts, aber komisch war es schon. Er hat ganz plötzlich das Gespräch beendet, und vorher war es irgendwie … inkohärent.«
»Ja«, sagt Franz, «mit der Kohärenz hapert es in der letzten Zeit bei ihm. Mit der Präsenz auch. Vielleicht können wir das in einer Stunde beim Mittagessen besprechen?«
»Nein. Ich habe jetzt eine Katze, genauer gesagt, einen

Kater, und der war das erste Mal über Nacht ohne mich. Ich muss nach Hause, so schnell wie möglich.«

9 **Oal schatt daun again,** seit dem zweiten November, bei uns praktisch schon einen Tag früher, wegen Allerheiligen. Der Blick auf den Stadtgarten aus meinem Fenster ist trist geworden, nachdem der halbe November noch mit Frühjahrstemperaturen geprunkt hat. Jetzt aber, einen Monat danach: endgültig *end of the season*, ausreichend kalt und trübe für die große Trauer, die Bartleby – dessen bin ich mir in meinem unzulässigen Anthropomorphismus völlig sicher – mit mir teilt.

»Es war eine ungeheure Seinsungerechtigkeit«, schreibt GSt in einem Qualitätsblatt, »dass die königliche Zauberin so vieler Unvergesslichkeiten gegen Ende ihres Lebens, niedergedrückt von einer erbärmlichen Auslöschungs- und Vergessenskrankheit, nicht einmal mehr wusste, wer sie war; eine wahrhaft große Schauspielerin.«

Jutta Lampe ist gestorben, die ich nie auf der Bühne gesehen habe, wohl aber 1976 im Bochumer Kino im Uni-Center (warum war ich damals in Bochum?), in dem Film *Sommergäste*, wobei ich mich sofort in sie verliebte, eine Verliebtheit, die bis zum heutigen Tag angehalten hat und niemals gefährdet war. Und auch wenn ich kaum nachprüfen kann, was GSt in seinem Nachruf schreibt, bin ich sicher, dass jeder Satz darin stimmt, auch der, sie habe in all ihren Rollen *nie die Oberfläche ihrer Figuren zerreißen lassen* und *unvorstellbar* sei, dass sie je *ihr Herz oder gar andere Innereien ausgegraben und sie wie auf einem Tablett in Schrei- oder*

Wut- oder Rasereiform präsentiert hätte. Was im Theater heute gang und gäbe ist, denn wer schreit, braucht sich um Nuancen nicht zu bemühen.
Wer im Kino sitzt, kann schlecht niederknien, denn er würde nur die Rückenlehne des Vordersitzes anbeten. Ansonsten wäre ich damals in Bochum spätestens beim ersten Gespräch, als Marja Lwowna den verzweifelten und angeekelten Wlas zu trösten versucht, auf die Knie gefallen. Noch einmal bei der sehr kurzen Szene, als sie Wlas mit einem Tuch die Farbe und Schminke aus den Augenwinkeln reibt, die Clownsmaske, eher mit einer schon verliebten als mütterlichen Geste. Noch einmal, als sie später ihre Gefühlsverwirrung Warwara gesteht, gespielt von Edith Clever. Ich wäre niedergekniet, wie Wlas es später im Wald tatsächlich tut.

Während Bartleby die Vorderbeine einzieht und an mir vorbei in die Tiefe des Raumes starrt wie im letzten Gespräch Dr. Meissner, fällt mir auf, dass auch diese Erinnerung den angeblich bei mir nur schattenhaft präsenten Siebzigerjahren entstammt, die Tatsache eingeschlossen, in welchem Kino ich den Film gesehen habe. Dass dieses Jahrzehnt immer entweder dunkel, trübe und morastig gewesen sei oder aber glühend heiß, wie ich es noch im August im ICE von Offenburg nach Köln entworfen habe, lässt sich immer weniger vor mir selbst aufrechterhalten. Bis jetzt war die Zeit zwischen dem Herbst 1972 – meine Rückkehr aus Griechenland – und dem Sommer 1979 – der Abend, als ich Lotte im Kurfürstenhof kennenlernte – nicht einfach nur schwarzweiß gewesen (auch die Hitzetage sah ich in schwarzweiß), sondern war mir erschienen wie das Negativ einer alten Fotografie. Vielleicht, den-

ke ich jetzt, ist es an der Zeit, in die Dunkelkammer zu gehen und Abzüge zu machen.
Vorerst öffne ich aber nur die beiden Fensterflügel, was Bartleby zu einem gewaltigen Satz auf den Fußboden und zur Flucht ins andere Zimmer veranlasst, und rufe in die so dunkle wie menschenleere Spichernstraße hinaus: *Die Siebziger waren nicht nur der Toast Mozart! Lasst euch nicht täuschen!*
Dann schließe ich schnell wieder das Fenster, hoffe, dass nicht doch ein Unsichtbarer meinen Ruf gehört hat, und erinnere mich an den tröstlichen Gedanken aus dem Sommer, dass man immer noch verrückt werden kann. Ich gehe in die Küche, mache mich an Bartlebys Fressnapf zu schaffen und höre auf dem Parkett seine Samtpfoten sich nähern.

Seit dem merkwürdigen Gespräch Anfang Oktober habe ich Dr. Meissner nicht mehr gesehen, obwohl ich danach noch zweimal in Düsseldorf war. Beim ersten Mal sagte mir Frau Wobser, er sei gesundheitlich angegriffen und nicht mehr jeden Tag im Labor; mit dem Virus habe das aber nichts zu tun. Das war Mitte November. Beim zweiten Mal, am letzten Novembertag, erzählte mir Franz Genaueres, während wir in seinem Büro die Bilanz meines heutigen Aufwachens zogen. Eine seltsam beunruhigende Situation war das am Morgen im Übergangsraum zwischen Schlaf und Wachen gewesen, und sie hatte mich viel Kraft gekostet. Während meine Passagen in den Tag hinein sonst eher sanft sind und anstrengungslos, hatte ich heute das Gefühl, eine gewaltige Arbeit leisten zu müssen. Zunächst kamen die beiden Tage in Arles an die Oberfläche, was nichts Ungewöhnliches für mich ist, sondern immer wieder mal geschieht, beim Aufwachen oder in Tagträumen: die Stunde(n) vor dem Pastis, danach das Telefongespräch mit dem Bericht über alles, was davor lag, der Abend in Luxemburg, die Flasche Bier am Flussufer in Châteauneuf-sur-Loire, der TGV in Vivonne, das Gewerbegebiet von Perpignan, der Fisch- und Sonnenölgeruch in Sète. Das ist nichts Neues, nur dass mir an diesem Morgen der Name der Gesprächspartnerin am Telefon partout nicht einfallen wollte, *obwohl ich ihr Gesicht deutlich vor mir sah.* Ich wusste, dass diese Frau kein Hirngespinst meinerseits war und dass ich sie einmal sehr gut gekannt hatte, ich wusste sogar, dass sie eine verblüffende Ähnlichkeit mit Marianne Faithfull hatte, aber ihr Name blieb nach wie vor weg. Als störende Interferenz kam hinzu, dass ich mich plötzlich sehr genau an den Namen der Frau erinnerte, die knapp vier Wochen lang durch mein Leben gehuscht und mit der ich in Triest gewesen war: Vivian, die zwanghafte Lügnerin, jeder Zweifel ausgeschlossen. Je deutlicher aber ihr Name für mich wurde, desto fester schien der Weg zu dem Namen der anderen versperrt. Bis das Schloss unversehens aufsprang, weil sich mein Besuch bei ihr in Berlin plötzlich meldete, und ich wieder wusste, dass sie Lotte heißt, Lotte, die knapp zwei Jahre meine Geliebte war und meine Freundin geblieben ist, wie konnte ich ihren Namen vergessen.

»Immerhin«, sagte ich zu Franz, »habe ich ihn wiedergewonnen.«
»Immerhin«, sagte Franz, »weiß ich jetzt endlich, was du gemeint hast, als du mir im Sommer erzählt hast, du hättest nach deiner Ankunft im Hauptbahnhof

noch einen Umweg gemacht über die Loire, das Poitou und Arles – oder so ähnlich.«

»Daran erinnerst du dich?«

»Ich habe ein Gedächtnis wie ein Elefant«, sagte Franz, vermutlich ohne zu wissen, dass er wörtlich Max aus Alain Tanners Film *Jonas, der im Jahre 2000 25 Jahre alt sein wird* zitiert. »Ich will nicht behaupten, dass ich niemals etwas vergesse, aber es ist selten. Ich hoffe, das bleibt nicht für immer so.«

Ich erzählte ihm, dass mir Dr. Meissner bei unserem allerersten Gespräch gesagt hatte, kein Mensch könne das aushalten, nie etwas zu vergessen, weil das unweigerlich zum schnellen Tod führen würde.

»Recht hat er«, sagte Franz, »deshalb hat er sich vielleicht für einen anderen Weg entschieden.«

Seitdem weiß ich etwas genauer, was seit dem Sommer geschehen ist. Begonnen hat es damit, dass Dr. Meissner in einem Gespräch mit Barbara Hoss nur unter großen Schwierigkeiten und nach ängstlichem, beinahe schon verzweifeltem Suchen das Wort *Tiefschlaf* wiederfand. Das war noch vor den Sommerferien. Da es sich um ein berufliches Gespräch handelte und Frau Hoss (die ich immer noch so nenne und keineswegs duze) den Kontext kannte, in den das gesuchte Wort gehörte, konnte sie ihm mit dem Kürzel NREM 3 + 4 helfen, das ihn in der Tat erlöste und das Wort wiederfinden ließ. Barbara habe ihm das damals gleich erzählt, sagte Franz; beide hätten aber, da es sich gerade um einen sehr gebräuchlichen Alltagsbegriff handelt, für den es aber eine Fachbezeichnung gibt, das Ganze zunächst als *deformation professionelle* abgetan.

Kurz danach, ebenfalls noch vor den Sommerferien,

hatte Dr. Meissner in einem Probandengespräch mit dem jüngsten Teilnehmer am Versuch offensichtlich Schwierigkeiten gehabt, sich an dessen Namen zu erinnern, bestimmt fünf Minuten lang, wie der jüngste Proband berichtete. Erst dann war er auf die rettende Idee gekommen, einfach auf den Protokollbogen zu sehen, auf dem der Name deutlich lesbar stand, und dann habe er, so der Proband, ihm vor lauter Erleichterung diesen Namen *einmal laut ins Gesicht geschrien.*

Die Namensschwierigkeiten haben sich dann nach den Sommerferien wiederholt, wenn es ihm meistens auch gelang, sie zu überspielen, so dass die Probanden selbst vielleicht davon gar nichts bemerkt haben.

»Stimmt nicht ganz«, unterbrach ich Franz an dieser Stelle und berichtete von dem, was mir Andreas bei meinem Besuch in Kreuzlingen erzählt hatte. Und auch, dass Dr. Meissner manchmal dieselben Fragen zwei- oder dreimal hintereinander gestellt haben sollte, auch wenn ich selbst das noch nicht erlebt hatte.

Dann rief, kaum war der Laborbetrieb wieder aufgenommen, Frau Meissner an. Ihr Mann hatte bei Besorgungen, die er in Bilk gemacht hatte, sein Auto nicht wiedergefunden und bei der Suche danach am Ende kurzzeitig die Orientierung verloren. Immerhin hatte er noch so viel Übersicht behalten, ein Taxi zu nehmen und sich nach Hause fahren zu lassen, wo er verstört und ängstlich ankam. Deshalb war er erst eine Woche nach Wiederaufnahme der Arbeit ins Labor zurückgekommen.

»Seitdem sind wir in stetigem Kontakt mit Frau Meissner«, sagte Franz.

Ich erzählte ihm, was Frau Wobser zu Dr. Meissners

Frau gesagt hatte, dass sie *natürlich viel jünger* sei als er und *so ein richtiges Model.*

»Frau Meissner ist eine hochintelligente Frau, die schon seit Jahren als freie Sachbuchlektorin arbeitet. Und sie liebt ihren Mann, das weiß ich genau«, sagte Franz leicht erzürnt.

»Woher?«

»Ich war mehrfach bei den Meissners eingeladen. Ich habe es gesehen.«

Dann beruhigte er sich und erzählte mir von der Szene Anfang November, als Dr. Meissner, aus einem der Zimmer kommend, sich zuerst etwas irritiert, dann zunehmend panisch umsah und offensichtlich sein Büro ganz am Ende des Ganges nicht mehr fand. Zeuginnen waren Frau Wobser und Barbara Hoss.

»Immerhin fand ich es klasse, wie er das gelöst hat. Er hatte eine Akte bei sich. Die gab er Frau Wobser in die Hand und bat sie, sie schon mal auf seinen Schreibtisch zu legen, er käme gleich nach. Dann folgten seine Blicke ihrer Spur, er wechselte noch ein paar Worte mit Barbara und schlenderte dann, als Frau Wobser wieder aus seinem Büro kam, lässig darauf zu. Babara hat sich köstlich amüsiert und ich auch, als sie es mir erzählte. Clevere Strategie. Aber wirklich komisch ist das alles nicht, das ist klar.«

»Eure Diagnose?«

»Ich mag nichts sagen. Wir mögen nichts sagen. Jedem fällt was auf, auch Frau Wobser, am wenigsten vielleicht noch dem Jungen. In der letzten Woche war er – also Meissner, meine ich – die ganze Zeit präsent und hat konzentriert gearbeitet, als sei nichts gewesen. Für ihn selbst ist vielleicht auch nichts gewesen. Weil er's vergessen hat.«

10 »So kann das laufen«, sagt Leonie, als sie mich kurz vor Weihnachten zum ersten Mal seit den Umzugstagen wieder in meiner Wohnung besucht. »Zeitweise kehren die ... die Patienten zurück und sind völlig klar. Das kann man nicht vorhersehen, ebenso wenig, wie man vorhersehen kann, wann sie wieder ins Halbdunkel abkippen.«

»Was für Patienten?«

»Ach komm, Bruder, du weißt genau, wovon ich spreche. Wir müssen doch nicht um den heißen Brei herumreden.«

»Tue ich aber gern. Ich habe zum Beispiel bisher immer nur *das Virus* gesagt, aber es noch nie beim Namen genannt.«

»Klingt ein bisschen nach Magie«, sagt Leonie. »Ich bezweifle aber, dass die hilft. Jedenfalls ist es bei der Krankheit eures Chefs – ich sag' jetzt auch nicht den Namen –, bei dieser Krankheit müsst ihr auch darauf achten, ob er sich in die sanfte oder in die aggressive Richtung entwickelt. Ich wünsche euch natürlich das Erste. Wenn er dämmert, lässt sich das handhaben, aber wenn er schreit und zur Attacke übergeht, dann müsst ihr euch rechtzeitig überlegen, was ihr tut.«

Ich mache meine Schwester darauf aufmerksam, dass ich kein Mitarbeiter des Labors bin, sondern nur Proband, und dass sie nicht immer von *ihr* und *euch* reden soll.

»Mir kommt das aber anders vor. Als ob du da mit drinhängst.«

Ich kann das nicht glaubhaft bestreiten, dazu ist Leonie viel zu klug. Zum Glück komme ich um eine Fortsetzung des Gesprächs herum, weil Bartleby zum Sprung angesetzt hat und jetzt im Schoß meiner Schwester landet, die ihn routiniert im Nacken zu kraulen beginnt. Ich fange an, das Loblied des Katers zu singen und muss nichts erzählen vom vergangenen Donnerstag, als ich im Labor war, zum letzten Mal in diesem Jahr.

Es begann damit, dass ich die Karte wiederfand. Ich meine die Karte, die mir im Mai während der Eisheiligen der Taxifahrer gegeben hat, bei dem ich *Life During Wartime* und zehn andere Kostbarkeiten gehört hatte. Einmal hatte ich es versucht, da war er im Urlaub, dann war ich wieder in den Zugverkehr gewechselt. In der vorweihnachtlichen Dunkelheit und Kälte steht es mir frei, das hat mir Franz vor Kurzem eindeutig versichert, wieder das Taxi zu nehmen.

Also rief ich das Unternehmen an, bestellte eine Fahrt nach Düsseldorf für den nächsten Tag und fragte, ob ich den Fahrer Armin Meyer haben könnte. Einen Moment fürchtete ich, dass er dort nicht mehr arbeitete und wieder ins Musikgeschäft zurückgegangen war. Allerdings wäre das ein denkbar ungünstiger Zeitpunkt gewesen, und die ganze Idee war ohnehin absurd. Selbstverständlich konnte ich Armin Meyer als Fahrer haben.

Der holte mich am nächsten Tag ab, als schon die Dunkelheit gesiegt hatte, und ich fragte ihn, ob er sich an mich erinnern könne.

»Sicher. Damals haben Sie aber noch woanders gewohnt. Sie sind der Talking-Heads-Freak. Heute habe ich aber was anderes. Sie müssen nach hinten, das gilt immer noch, oder schon wieder.«

Nachdem wir uns in die A57 eingefädelt hatten, bekam ich schon beim dritten Titel, Ian Durys *Sweet Gene Vincent*, eine Ahnung, die aber erst zu einer konkreten

Erinnerung wurde, als Bowies *Always Crashing In The Same Car* und *Radioactivity* von Kraftwerk folgten. Zweimal versuchte ich vergeblich, Armin Meyer das Victory-Zeichen genau im Rückspiegel zu platzieren, beim dritten Mal gelingt es mir. Er stellt etwas leiser, und ich sage: »Den Film habe ich auch gesehen, 1980 im Kino im Uni-Center, weiß ich noch haargenau. An einem Sonntag, eine Spätvorstellung. Ich saß in der dritten Reihe. Waren kaum Leute da, Sommerferien.«
»Vielleicht waren wir in derselben Vorstellung«, sagte Armin Meyer, während die Musik weiterlief und bei Wreckless Eric angekommen war, *Whole Wide World*. »Ich saß in der vorletzten Reihe.«
Was er mühsam – man merkte das an ein paar Unebenheiten, zweimal zu langen Pausen zwischen den Liedern –, was er also mühsam zusammengeschnitten hatte auf einer CD und in der richtigen Reihenfolge, war der Soundtrack zu dem Film *Radio on* von Christopher Petit, ein road movie in einem schmuddligen Herbst/Winter zwischen London und Bristol, schwarzweiß, mit deutschen Anteilen, weil Wim Wenders Co-Produzent war. Der Film erzählt von einem Discjockey namens Robert, der mit dem Auto von London nach Bristol fährt, um herauszubekommen, was es mit dem Tod seines Bruders in der *Badewanne* auf sich hat. (In dem Moment, wo ich dies schreibe, fällt mir die Parallele zu meiner allerersten Erinnerung im Labor auf, der Barschelgeschichte.) Robert findet *keine Lösung*, vielleicht war es schon damals das, was mich an dem Film so verzauberte. Als im Kino die Lichter wieder angingen und die Besucher – lauter Einzelgänger bis auf ein Paar – langsam aufstanden und ins Foyer und nach draußen trotteten, sah ich lauter glück-

liche Gesichter. Vielleicht ist das nicht wahr, aber damals war es für mich wahr. Woran das gelegen haben könnte, hat mir Jahrzehnte später ein Internetportal erklärt: *Der schönstmögliche Film über das schreckliche Leben in England am Ende der beschissenen 1970er Jahre*, las ich da.
»Fahren Sie nicht zu schnell«, sagte ich durch die Trennscheibe nach vorn, »damit wir es noch bis zu Ende anhören können.«

Caught in the frozen years,
caught in the frozen years,

sangen The Rumour viermal hintereinander.

»Keine Angst, bis Düsseldorf ist es noch ein Stück, da können wir beinahe noch mal von vorn anfangen«, sagte Armin Meyer, drückte auf *Pause* und wurde plötzlich mitteilsam. »Wenn ich Sie abgesetzt habe, mache ich noch einen kleinen Abstecher zum Ratinger Hof, oder was daraus geworden ist. Da haben wir nämlich einmal gespielt, ein einziges Mal. Das war das Beste, was wir hatten.«
»Sehnsucht?«
»Sehnsucht ist Quatsch. Ich bin sechzig und fahre seit über dreißig Jahren Taxi. Der beste Beruf der Welt. Die meisten Leute glauben, Taxifahrer sind Leute, die eigentlich was anderes sein möchten, aber es nicht geschafft haben. Kann schon sein; zu denen gehöre ich aber nicht.«
Während ich noch erstaunt und erfreut war, einen Taxifahrer gefunden zu haben, der seinen Beruf für den besten der Welt hielt, fügte er hinzu: »Wissen Sie, was das Geilste ist? Solange ich unterwegs bin, brauche ich

mir über mein Leben und die Richtung keine Gedanken zu machen. Das bestimmt allein der Fahrgast.«
Als wir in Düsseldorf unter den suchtbildenden Klängen von *Ohm Sweet Ohm* einfuhren, wünschte ich mir, einfach immer weiterzufahren. Das Wünschen half aber nicht, weil es nicht stark genug war, oder, wie mein Fahrer gesagt hätte: Sehnsucht ist Quatsch. Trotzdem, wenn ich etwas *gesagt* und mir nicht nur gewünscht hätte: Armin Meyer hätte mich überallhin gefahren.

Ohm Sweet Ohm summte weiter in meinem Kopf, als ich mit dem Lift in die fünfte Etage schwebte, und sicher hatte ich eine verklärte Miene, als Azzedine Mokhtari mir öffnete und mich direkt am Eingang empfing. Das Bild, das sich mir dann darbot, glich einem *Film Still.* In Azzedines gläsernem Verschlag saß Dr. Meissner in völlig entspannter Haltung und mit einem entrückten Gesichtsausdruck, während sein Kompagnon Dr. Murnau sich seitlich über ihn beugte und ihn offenbar aus seiner Entrückung zurück in die Wirklichkeit des Labors zu holen suchte. In einigem Abstand standen Franz und Barbara Hand in Hand und beobachteten diese Bemühung, der kein Erfolg beschieden zu sein schien, während Frau Wobser einen sehr jungen Mann, offenbar den Jüngsten aus unserem Versuch, in sein Zimmer begleitete.
Als Hinzugekommener war ich nicht Teil des Bildes und hatte zunächst als Interpretationsansatz nur die Einschätzung, dass Dr. Meissner das Zentrum war. Ich blieb an der Tür stehen und wartete auf Veränderungen, die sich aber nicht anbahnten, abgesehen davon, dass Frau Wobser irgendwann zurückkehrte und sich

an den Glaskäfig stellte, in weit geringerem Abstand als Franz und Barbara. Dr. Murnau redete weiter leise auf seinen Kollegen ein, ohne dass dieser sich aus seiner Trance löste. Nur die Andeutung eines Lächelns machte sich ganz langsam bei ihm bemerkbar, und dann läutete es an der Praxistür. Ich trat einen Schritt beiseite, und Azzedine Mokhtari öffnete die Tür mit solcher Verve, als hätte er und hätten alle im Bild auf dieses Läuten gewartet. So war es offensichtlich, denn das Foyer betrat eine elegante und sofort die Szene beherrschende Frau Mitte dreißig, die niemand andere sein konnte als Frau Meissner, ging ohne Umschweife auf den Glasverschlag zu, in dem Dr. Murnau ihr bereitwillig Platz machte, während das Lächeln ihres Mannes zu einem Strahlen wurde, er aus seiner Trance erwachte und sagte: »Na, da bist du ja!« Frau Meissner erwähnte einen Unfallstau gleich hinter der Oberkasseler Brücke, der sie aufgehalten habe, beugte sich dann zu ihrem Mann herunter, küsste ihn auf die Stirn und sagte: »Komm nach Hause, Moritz!«
Auch in uns, das Publikum, kam langsam Bewegung, und Franz warf mir einen Blick zu, der besagen sollte: *Habe ich doch gesagt, sie liebt ihren Mann.*
So löste sich das Standfoto langsam auf, und der Film ging weiter. Dr. Meissner erhob sich aus dem Sessel, verließ am Arm seiner Frau den Verschlag, nickte in die Runde und sagte zu Franz: »Auf meinem Schreibtisch liegen noch die Unterlagen zu A7.« Er schien in diesem Moment einerseits vollkommen präsent. Wie ich von Franz später erfuhr, waren alle Probanden durch eine aus einem Buchstaben und einer oder zwei Ziffern bestehenden Chiffre anonymisiert, und Dr. Meissner hielt sich jetzt also auch in dieser vertrauten

Runde an die minimalen Standards des Datenschutzes. Andererseits wirkte er weiter merkwürdig abwesend, genauer, er machte auf mich und andere den Eindruck, als wolle er sich endgültig vom Labor verabschieden. Arm in Arm gingen die Meissners die wenigen Schritte zur Eingangstür, die Azzedine Mokhtari jetzt aufriss wie ein Page im Grand Hotel, und als sich die Tür hinter ihnen wieder schloss, kullerten Tränen so groß wie Perlen über Frau Wobsers Wangen.*

Eine Stunde danach kannte ich die ganze Geschichte, erzählt von Barbara Hoss. Dr. Meissner hatte, wie schon in den Tagen zuvor, seit dem Morgen sehr konzentriert gearbeitet, hatte mit Probanden gesprochen, Protokolle gespeichert, war frühere noch einmal durchgegangen und hatte eine Konferenz mit Franz, Barbara und Azzedine kurz vor Mittag abgehalten, in der es um das Vorgehen im kommenden Jahr ging. Dann war er eine halbe Stunde draußen gewesen, hatte vielleicht irgendwo einen Kaffee Togo und einen Wrap geholt und beides lustwandelnd getrunken und verzehrt; auch früher schon hatte niemand gewusst, wie Dr. Meissner seine Pausen außerhalb des Hauses verbrachte, dafür war er der Chef. Nach seiner Rückkehr hatte er weiter den Nachmittag konzentriert und zumeist allein gearbeitet und dann noch zusammen mit Dr. Murnau ein persönliches Gespräch – Chefsache! – mit zwei *Reinigungskräften* geführt, die im Labor anfangen sollten, denn der vorher tätigen Firma hatten die beiden Chefs vor Kurzem den Vertrag gekündigt. Diese neuen *Reinigungskräfte*, erzählte mir Barbara beim Verstöpseln, hätten sich zusammen mit drei anderen selbständig gemacht und seien alle aus Bosnien.

(Wobei ich gleich umschaltete und mir ausrechnete, dass sie etwa in Barbaras Geburtsjahr den postjugoslawischen Erbfolgekriegen entflohen und in Deutschland angekommen sein mussten.)
Nach diesem Gespräch ging Dr. Meissner noch einmal in sein Büro, kam aber nach fünf Minuten wieder heraus, schlenderte auf Azzedine Mokhtaris Glaskasten zu und bat den jungen Mann freundlich, ihm sein Reich für kurze Zeit zu überlassen. Selbstverständlich machte dieser ihm Platz, vielleicht sogar froh, eine Pause einlegen zu können, und Dr. Meissner machte es sich auf Azzedines Bürosessel bequem. Dort versank er nach und nach in den entspannten und entrückten Zustand, in dem ich ihn bei meiner Ankunft gesehen hatte. Alle Bemühungen, ihn daraus zurückzuholen, blieben erfolglos, bis Franz und Dr. Murnau gemeinsam entschieden, Frau Meissner anzurufen.
»Alles danach haben Sie ja selbst gesehen«, beendete Barbara Hoss in perfektem Gleichtakt ihren Bericht und das Verstöpseln. »Ich glaube, Franz will Sie morgen sprechen, nicht nur wegen der Protokolle aus der letzten Zeit, sondern noch wegen einer anderen Sache. Soll ich Ihnen noch eine zweite Schlaftablette hierlassen? War ja kein Abend wie jeder andere.«
»Geht schon«, antwortete ich. »Für alle Fälle habe ich mein Melatoninspray dabei.«

Am nächsten Morgen im Übergangsraum der Satz: *Ich kann Ihnen allerdings eine Umschulung zum Lokomotivführer vorschlagen.* Ich wusste sofort, dass es sich hier nicht um eine Verschiebung handelte, musste aber dem Satz noch eine Weile nachhören – eine freundliche männliche Stimme –, um mich zu erinnern.

Vor zwölf Jahren war meine Lage wieder einmal prekär genug geworden, um mit Aussicht auf Erfolg einen Antrag auf *Grundsicherung* zu stellen, wie der Euphemismus offiziell lautet. Da ich damals noch nicht im Rentenalter war, musste ich allerdings formal dem Arbeitsmarkt zur Verfügung stehen. Während im *Jobcenter* der *Agentur für Arbeit* (beides Namen aus der Duodezfürstenzeit der heutigen Starlobbyisten und Vortragsreisenden Schröder & Fischer) der Sachbearbeiter mir eher zähneknirschend mitteilte, dass mein Antrag vermutlich Erfolg haben würde, war ich drei Wochen später bei einem freundlichen Mann Anfang vierzig, um über meine Arbeitssuche zu berichten. Mein Gegenüber sprach klar aus, dass er davon ausgehe, ich würde ohnehin aus dem Bezug der Grundsicherung bald wieder verschwinden und er werde mich in der Zwischenzeit in Ruhe lassen. Ein Privatgelehrter sei ohnehin schwer zu vermitteln, und der Markt für Deutsch als Fremdsprache sei derzeit gesättigt, außerdem sei ich ja aus der Praxis des Unterrichtens schon lange raus. Ich stimmte ihm zu und sagte: »Außerdem ist ein abhängig beschäftigter Privatgelehrter kein Privatgelehrter mehr.« Der freundliche Mann lachte anerkennend und sagte dann: »Ich kann Ihnen allerdings eine Umschulung zum Lokomotivführer anbieten.« Vorhin im Zwischenraum hatte ich noch *vorschlagen* gehört, aber nun wusste ich wieder sehr genau, dass er damals *anbieten* gesagt hatte, der Herr Magnussen: denn in diesem Moment erinnerte ich mich auch an seinen Namen.

Es war in dem Gespräch nicht herauszufinden, ob dieses Angebot nur ein Scherz oder zumindest halb ernst gemeint war. Auf meinen Einwand, dafür sei ich doch wohl zu alt, klärte Herr Magnussen mich auf, es gebe da keine Altersbeschränkung, so angespannt sei die Lage bei den Bahngesellschaften und werde in Zukunft nicht besser werden. Es komme vor allem auf die physischen und psychischen Voraussetzungen beim Umschüler an, und ich würde schon während der Umschulungszeit eine Vergütung bekommen, gegen die der Hartz-IV-Murks, so drückte sich Herr Magnussen wörtlich aus, *ein Dreck* sei. Das Problem sei nicht das Alter.

»Sondern?«

»Sie sind einfach überqualifiziert, und das noch in der falschen Ecke. Wenn Sie Elektrotechnik oder Ingenieurwesen studiert hätten, ließe sich vielleicht was machen. Aber so …«

Warum dieses Gespräch, an das ich später nie mehr gedacht hatte, mir an diesem Tag wieder einfiel und sich mir sogar als sehr kostbarer Moment meines Lebens darstellte, wusste ich nicht. Vielleicht war es die Vorstellung, ganz vorn im ICE oder wenigstens IC pfeilschnell durchs Land zu jagen und hinter mir das Bordrestaurant oder Bordbistro zu wissen, zwar ohne den für immer verlorenen Toast Mozart, aber aktuell etwa mit der Rinderroulade Flämische Art.

Was essen Lokomotivführer auf langer Fahrt? Und wann?

»Eigentlich ist das ja einfach«, sagte Franz eine gute Stunde später, »Lokführer wollen doch die meisten Jungen mal werden, oder wollten es jedenfalls früher.«

»Ich aber nie als Kind. Müllabfuhr, Fischer, Flussschiffer ja, aber nie Lokführer. Das kam erst heute Morgen in der Erinnerung an das Gespräch von damals. Plötz-

lich hatte ich die Sehnsucht, einmal jemand zu sein, in dessen Obhut und Schutz Hunderte von Fahrgästen vertrauensvoll ihren Zielen entgegenstreben.«
»Oder auch aus verkorksten Lagen abhauen«, ergänzte Franz. »Gut. Ich hätte dir heute auch etwas vorzuschlagen. Etwas anzubieten.«
Als er damit fertig war, sagte ich: »Darüber müsste ich schon ein paar Tage nachdenken. Und mich mit meiner Schwester besprechen.«

»Das klingt doch gut, und wenn du dich dazu physisch und mental in der Lage fühlst, würde ich das machen an deiner Stelle«, sagt Leonie jetzt an diesem vorweihnachtlichen Nachmittag, an dem draußen schon seit einer Stunde die Dunkelheit alles verschluckt. »Denk einfach mal dran, dass du aus deiner ewig prekären Lage rauskämst und, das aber nur nebenbei, auch mich nicht mehr anpumpen müsstest, wenn wieder mal Not am Mann ist.«
Der Vorschlag, den Franz mir gemacht hat und der vorher mit den anderen Mitarbeitern, ausgenommen Frau Wobser, abgesprochen wurde, besteht kurz und knapp im Angebot zur Mitarbeit. Es werde nicht mehr lange dauern, bis Dr. Meissner vor seiner Krankheit kapitulieren müsse, eher Wochen als Monate, und das sei nicht nur bedauerlich, sondern schmerzhaft. Seine Nachfolge werde er, Franz, selbst antreten – hier konnte er den Anflug eines zufriedenen Lächelns nicht ganz unterdrücken – und Azzedine Mokhtari stärker in das eigentliche Projekt einbeziehen. Ich aber könne, gern überwiegend von zu Hause aus, am Projekt mitarbeiten und mich besonders dessen Mängeln annehmen, die ihm, Franz, und den anderen wohl bewusst seien:

die viel zu kleine Zahl der Probanden, deren relative soziale Homogenität, so dass an beiden Enden ganze Schichten fehlten, die schwammigen Formulierungen darüber, was überhaupt als kollektives Gedächtnis gelten könne und wie es sich bilde, was überhaupt das Ziel des ganzen Projekts sei undsoweiter undsoweiter, kurz, ich solle, gerade mit meiner *soziologischen Vorbildung,* wie Franz sich ausdrückte, in Zusammenarbeit mit dem Labor ein Modell für ein wesentlich umfassenderes Forschungsprojekt entwickeln, das dann auch nur in Zusammenarbeit mit anderen Institutionen umgesetzt werden könne. Diese Vorplanung allein, das könne ich mir denken, sei keine Angelegenheit für ein paar Monate, sondern für wenigstens zwei Jahre.

»Du sollst also die Seite wechseln«, sagt Leonie jetzt, »du steigst auf.«

»Wenn ich zusage, werde ich darauf bestehen, weiter Proband zu bleiben und auf beiden Seiten zu agieren. Teilnehmende Beobachtung. Eigentlich mache ich das schon immer, wenigstens seit den Tagen vom Kurfürstenhof.«

11 Stefanie Schuster hat sich entschieden, die Pressearbeit aufzugeben. Ob es eine besondere Bewandtnis damit hat, dass sie mir das ausgerechnet am Tag der Wintersonnenwende mitteilt, weiß ich nicht. Jedenfalls wird sie im März ausziehen und dem Lockruf einer ehemaligen Schulfreundin folgen, die zusammen mit sieben anderen Frauen und Männern seit drei Jahren einen Biohof in Sachsen-Anhalt bewirtschaftet. Ich hätte beinahe gesagt, warum denn gleich Sachsen-Anhalt, versuchen Sie es doch erst mal mit Ostwestfalen oder Niedersachsen, da gibt es so etwas auch. Sogar schon im Ruhrgebiet, zum Beispiel in Oer-Erkenschwick. Das weiß ich, weil ich dort auf der Durchreise mal Gemüse im Hofladen gekauft habe. Aber ich hätte gar nichts sagen können, weil sie mir gleich weiter erzählt, dass es sich keineswegs um Spinner handele, der Hof wirtschafte sehr erfolgreich. Das alles zwischen Tür und Angel, und als ich ihr anbiete, hereinzukommen, sagt sie: »Ich hole nur mal eben Gin von oben«, während unten die Haustür geöffnet wird und Meister Prepper hereinkommt, den ich an seiner ganz eigenen Art des Schnaufens erkenne.

Diesmal trinkt sie etwa doppelt so schnell wie ich. Erleichterungstrinken: Ganz offensichtlich ist ihr der berühmte Stein vom Herzen gefallen. Endlich hat sie eine Entscheidung getroffen, und die Freude darüber will sie mit mir teilen. Ich beschränke mich aufs teilnehmende Zuhören, frage nicht, ob sie je in der Landwirtschaft gearbeitet hat, Bio oder Nichtbio, oder ob sie von zu Hause einen entsprechenden Hintergrund hat. Soviel ich weiß, ist sie in Hamburg aufgewachsen, aber dort gibt es ja auch viel Grün. Je mehr sie trinkt, desto bedeutender erscheint ihr ihre *Entscheidung* – das Wort benutzt sie wenigstens zehn Mal – als die wichtigste, die sie bisher in ihrem Leben getroffen hat.
Dann bedankt sie sich noch einmal, dass ich ihr Bartleby abgenommen habe und mich so liebevoll um ihn kümmere. Auf dem Biohof gebe es natürlich auch eine Katze und einen Hund dazu, vielleicht sogar mehrere Katzen und Hunde, aber das seien ganz andere Bedingungen als hier. Bartleby ist bei der Nennung seines Namens von der Fensterbank gesprungen, streckt sich

einmal und geht auf die Küche zu. Ich müsse ihn jetzt füttern, sage ich zu ihr, und dann müsse ich mich weiter einer Studie für ein größeres Forschungsobjekt widmen, an dem ich mitarbeitete. Stefanie Schuster weiß nur, dass ich was mit Soziologie zu tun habe, womit ich mir aber konkret die Zeit vertreibe, davon hat sie keine Ahnung, weil sie mich nie gefragt hat. Ich lege meine Trumpfkarte auf den Tisch und sage: »Es handelt sich um neuere Forschungen zum kollektiven Gedächtnis«, wobei ich mich sehr beherrschen muss, um keinen Lachkrampf zu bekommen, aber der Trumpf wirkt, und in einer Mischung aus Ehrfurcht und fortgeschrittener Trunkenheit lässt sie sich zur Wohnungstür bringen, ohne mir beim Abschied um den Hals zu fallen oder mich zu duzen.

Am nächsten Morgen im Übergangsraum die skurrile Wortverbindung: *Lastenausgleich Wunscherfüllung erbeten.* Ich habe das deutliche Gefühl, dass mir in einer noch früheren Phase, bevor ich den Übergangsraum wirklich betrat, der Sinn davon ganz deutlich war, aber das war ein Stadium *vor* der Bildung der Wortkette. Jetzt muss ich den verlorenen Faden wiederfinden, auch weil ich spüre, dass sie etwas sehr Wichtiges bezeichnet. Was war gestern Abend noch mal? Richtig, Stefanie Schuster war eine Weile bei mir, um mir eine für sie lebenswichtige Entscheidung mitzuteilen und mit mir etliche Gin Tonic zu trinken, wobei sie mir am Ende um wenigstens drei Gläser voraus war. Sie hat sich entschieden, die Last der Pressearbeit abzuwerfen, aber ich glaube nicht, dass das Wort Lastenausgleich, das mir aus meiner Tätigkeit als Sprachlehrer für Spätaussiedler vertraut ist, mit Stefanies neuem Glück etwas zu tun hat. Danach fällt mir die Taxifahrt mit Armin Meyer Anfang des Monats ein, als ich bei *Ohm Sweet Ohm* am liebsten immer weitergefahren wäre, das Wünschen aber nicht geholfen hatte, weil es nicht stark genug gewesen war. Das ist schon näher dran, das weiß ich sofort. Und dann, inzwischen habe ich schon fast das Ende der Aufwachphase erreicht, erinnere ich mich an einen lange vergessenen Satz, den ich einmal in weißen Lettern auf der knallroten rückwärtigen Umschlagseite eines schmalen Buches gelesen habe, das Lockrufzitat gewissermaßen: *In solch gedämpften Komfort muss das Glück natürlich einbrechen wie eine Katastrophe.* Das Buch selbst war übrigens von demselben Autor, dessen Lesung aus seinem Debüt ich damals besucht hatte und der den anwesenden Germanisten gesagt hatte, das Wetter sei bei ihm einfach nur das Wetter und keine Metapher.

Ich bin jetzt ganz wach, und die Entschlüsselung der anfangs so skurrilen Wortverbindung ist plötzlich ein Kinderspiel. Fürs kollektive Gedächtnis gibt sie nichts her, aber das trifft vermutlich auf die Mehrheit der Probandenprotokolle und auch auf unseren ganzen Versuch zu. Für mich aber ist sie eine Offenbarung.

Um es kurz zu machen: Immer, wenn das Wünschen geholfen hat in meinem Leben, immer, wenn Wünsche, sogar heftige Wünsche in Erfüllung gingen, stellte sich die Angst ein. Als ob eine kaum zu tragende Last auf mir lag, den erfüllten Zustand zu erhalten, und als wüsste ich von Anfang an, dass die Erfüllung bedroht und auf Dauer nicht aufrechtzuerhalten war. Und wenn dann alles zusammengebrochen, wenn wieder etwas gescheitert war, war ich zwar niedergeschlagen und litt oft sehr, atmete aber gleichzeitig auf und war froh,

zurückkehren zu können in den gedämpften Komfort meines vorherigen Lebens.
Dieses Protokoll ist aber ein richtig schönes Geschenk für den Franz, denke ich, als ich es abgeschlossen habe.

12 **Das schöne Geschenk** hat Franz damals angenommen, ein guter Start ins neue Jahr. Es war einer der letzten Besuche im Labor, bei denen Dr. Meissner noch anwesend war, und nicht nur anwesend, sondern auch präsent. Es schien so, als habe ihm die diesmal wirkliche, weil erzwungene *Ruhe zwischen den Jahren,* die ansonsten eine Zeit gesteigerter Nervosität ist, gutgetan. Vier Wochen später, so erzählte es mir Franz danach, versammelte er alle Mitarbeiter um sich und erklärte das Projekt in dieser Form für abgeschlossen, nichts weiter als ein Probelauf, ein Modell für umfangreichere Untersuchungen im Zusammenhang mit weiteren Partnern, mit denen er schon verhandele. Das klang fast wie eine Doublette von dem, was Franz mir drei Monate zuvor von sich aus für die Zukunft mit dem Angebot für meine Mitarbeit skizziert hatte.

Den siebten März, ein Sonntag, ging Dr. Meissner mittags unweit seiner Wohnung am Rhein spazieren. Es war sonniges, kaltes, trockenes Wetter. Am Weg lag ihm nichts, und er spürte nicht die Distanz, die er zurücklegte, bis er endlich stehen blieb und sich in den Anblick des gegenüberliegenden Rheinufers auf Höhe der Tonhalle und des Joseph-Beuys-Ufers vertiefte. Als er aus dieser Versenkung wieder aufstieg und sich an seinem Standort zu orientieren versuchte, gelang ihm das nicht mehr, und er musste Passanten fragen, wie er

nach Hause kommen könne, ohne angeben zu können, wo er zu Hause war.
So etwa kann man sich das vorstellen; verbürgt sind allein die Passanten, die Dr. Meissner befragte und die ihn kannten: ein Ehepaar aus der Nachbarschaft, das ihn nach Hause brachte, wo seine Frau mit einer Lektoratsarbeit beschäftigt war.
Vier Wochen später löste sie gemeinsam mit Dr. Murnau, Franz Nonnenmacher und Barbara Hoss das Büro ihres Mannes auf, eine Arbeit, die schnell erledigt war, weil Dr. Meissners Büro vor allem durch seine Größe und Aufgeräumtheit imponierte und Frau Meissner natürlich weder den riesigen Schreibtisch noch die Regale mitnehmen wollte, nur deren Inhalt. Schließlich entdeckten Franz und Barbara in der Schreibtischlade oben rechts das Grüne Buch, von dessen Existenz bisher offenbar nur ich gewusst hatte, was mich etwas überraschte. Sie baten Frau Meissner, es noch behalten zu dürfen, da es sich um wichtige Notizen zum Projekt handeln könne, und gestern haben wir es gemeinsam studiert, Barbara Hoss, Franz Nonnenmacher und ich.

Es ist hier nichts ausgelassen, nur ein paar Flüchtigkeitsfehler sind stillschweigend korrigiert (*Aufstiegs* statt *Aufsteigs, Leichtigkeit* statt *Lictigkeit, wiederkehren* statt *widerkehrn*). Das Wort *Regierungshanteln* wurde von uns ebenso wenig als Verschreiber gewertet wie etwa *Haide* oder *Sündthese*. Die *kursiv* wiedergegebenen Wörter und Sätze sind in der Handschrift <u>unterstrichen</u>. Wir konnten kein System ausmachen, nach dem Dr. Meissner einzelne Notizen mit Datum versah, die Mehrzahl jedoch nicht. Für jede neue Notiz (hier durch Leerzeile gekennzeichnet) wurde eine neue Seite begonnen. Das Grüne Buch wurde mit dem Pelikan Souverän M 800 geschrieben, der in der Schreibtischlade im Futteral danebenlag und den Dr. Meissner für nichts anderes benutzte.

VIERTER TEIL
DAS GRÜNE BUCH

0 **Längst gescheitert,** aber keiner merckx außer mir. *Wieder versuchen. Wieder scheitern. Besser scheitern.* Ein sinnloses Unterfangen, based on a stupid idea. Rettet die Zwischenräume? Hebt die Schätze der Tiefsee? Ist da etwas zu bergen, außer Mikroplastik vielleicht? (10.10.19)

Was dabei herauskommt: Rumpelkammer Lumpensammler Trödel Ramsch und Kramladen. Trümmer der Erinnerung. Immerhin kein Museum! Gut so.

Pure row love mit seiner ideé fixe de l'Europe de l'ouest. Das Licht Vermeers. Aufbruch in die neue Zeit. Der Blick des Geographen. Sehr sympathischer Enthusiasmus, Erinnerung mit Goldrand, natürlich vollkommen sinnleer, wie mein Projekt. (19.3.2020)

Die Loire vor vierunddreißig Jahren und die *fornication* am Flussufer in Amboise. Ein herrlich altertümliches Wort. Die Unzucht. Vielleicht sogar in diesem Fall mit Abhängigen (nach deutschem Recht)? Achtzehn bin ich erst zwei Monate später geworden, und Yvette, *mon enseignante* im Kurs in Tours (und darüber hinaus), war siebenundzwanzig – elle disait –, und ich war ihr in gewisser Weise zur Ausbildung in der französischen Sprache anvertraut. *Ma maîtresse.* Deutsches Recht gilt jedoch nicht am Ufer der Loire.

R. ist Beamtensohn wie ich, wenn auch aus einer niederen Besoldungsklasse. Das Gefühl des Eingebettetseins, die Gewissheit, auf der sicheren Seite zu sein, die einem die Väter vermitteln. Während meiner Studienzeit in Marburg hatte ich einmal plötzlich den brennenden Wunsch, auch ein solcher Beamter zu werden, wie mein Vater einer gewesen ist. Abends dann schreiben, malen, vielleicht sogar fischen oder ein kritischer Kritiker sein? Aber es war schon zu spät, weil ich anfangs gerade nicht ein solcher hatte werden wollen, wie mein Vater einer war – der abends und an Wochenenden nicht schrieb, malte oder fischte, sondern Bücher über die Geschichte der Eisenbahn las. Und Filme darüber sah, wenn im Fernsehen welche gezeigt wurden. Ein weites Feld, tendenziell unendlich und voller Untiefen.

Das Loch unterm Bahndamm, durch das wir als Kinder auf die andere Seite kriechen konnten.

Giacometti hat vier Jahrzehnte seines Lebens nicht mehr bei Dunkelheit schlafen können, nachdem er Zeuge eines plötzlichen Todes geworden war, der ihm alle Illusionen über die Feierlichkeit und Würde des Sterbens raubte. Offenbar hielt auch er den Tod für Schlafes Bruder. Vielleicht auch nur für den Bruder der Dunkelheit. Wenn er schlief, blieb das Licht brennen, obwohl er das nach eigener Aussage für *infantil* hielt, denn die Bedrohung sei *in der Dunkelheit nicht größer als in der Sonne.* G. war fast sein ganzes Leben von der

Drohung des Todes und der fragilen Existenz der Menschen besessen und wunderte sich, dass die meisten Menschen sich aufrecht halten können und nicht einfach umfallen. Daher die Fragilität seiner Figuren, besonders der männlichen, die meist vornübergebeugt gehen.

Wieder Krümel vom zweiten Frühstück auf meiner Schreibtischplatte. Auf dem Fußboden vielleicht auch. Krümel überall, die Welt ist voll davon, die Krümel werden die menschliche Gattung mit Leichtigkeit überleben.

Frau P. aus Leipzig, unsere Älteste, die *im letzten Moment,* wie sie immer betont, in den Westen *rübergemacht* hat. Damals war sie *noch jung*, erzählt sie, einundzwanzig und ungebunden, sonst hätte sie das gar nicht geschafft, und der *Zufall*, auf den sie ihr Leben lang gesetzt hat, wollte es, dass sie im August 1961 gerade in der Hauptstadt war. Also nicht lange überlegen und nur mit *Handtasche* nach Marienfelde. Das sind die Eckpunkte ihrer Erzählung, letzter Moment rübergemacht, noch jung, Zufall, Handtasche. In der DDR hatte sie begonnen, Anglistik in Halle zu studieren, ohne Schwierigkeiten, was den Studienplatz betraf, weil ihre Eltern von höherer Stelle eindeutig der Arbeiterklasse zugerechnet wurden. Ein Arbeiterkind, das die Segnungen des Sozialismus empfangen durfte.
Erstaunlich nicht nur, wie schnell und gut sie sich *bei uns* im Westen zurechtfand – Dolmetscherausbildung und dann einige Jahre im Hauptquartier der Britischen Rheinarmee in MG-Rheindahlen, später Aufstieg bis in ein Vorzimmer bei Rheinmetall hier in D –, noch

erstaunlicher, wie wenig ihr das am Ende zu bedeuten scheint. Ihr Material aus den morgendlichen Übergangsphasen ist fast ausschließlich auf die Flucht und das Jahrzehnt danach beschränkt, ihre heroische Epoche, die Zeit des Aufstiegs, schon in den Siebzigern nur noch einzelne Ereignisse, die eine Rolle spielen und mehrfach wiederkehren, allen voran der Rücktritt von Willy Brandt: Da war ich selber gerade fünfeinhalb. Muss beinahe traumatisch gewesen sein für sie, merkwürdig für eine Chefsekretärin in einem der größten deutschen Rüstungsbetriebe. Der zweite Leuchtturm in ihren Erinnerungen: der Haidebrand 1975, das Große Feuer, das auch mich als Siebenjährigen vorm Fernseher faszinierte. Frau P. saß damals weit weg vom Großen Feuer, sie hat dort niemanden verloren, der ihr nahestand, sie kannte überhaupt niemanden in der Haide, sie wollte dort niemanden kennen, so nah an der Zonengrenze, aber jeden Abend versetzten sie die Bilder aus dem Bildschirmrechteck in eine Art Schockstarre, auf die sie, nach ihren eigenen Worten, *nur ungern verzichtete.* Vielleicht hat sie insgeheim gehofft, das Feuer würde nach Osten getrieben und *rübermachen.*

Von den vielen Reisen, die sie später gemacht und die sie in unserem Erstgespräch erwähnt hat, unter anderem nach Israel, Südafrika, Kalifornien, ist, wieder nach ihren eigenen Worten, *nichts Erinnernswertes hängengeblieben.* Noch einmal nach Leipzig zu fahren, hat sie sich auch nach dem Verschwinden der Grenze nicht getraut, *ich dachte immer noch, die könnten mich auf der Fahrt festnehmen.*

Schon in den späten Achtzigern hat sie sich eine kleine Wohnung in Oberkassel mit Blick auf den Rhein gekauft. Dort sitzt sie oft auf dem blumenbekränzten

Balkon der Parterrewohnung und schaut hinaus, *denn alle Flüsse beruhigen mich.* Dass Marianne und ich nur zehn Häuser entfernt wohnen, gleich am Anfang vom Kaiser-Wilhelm-Ring, weiß sie, glaube ich, bis heute nicht.

Das Regierungshanteln ist absolut unzulänglich! (3.5.20)

Natürlich ist die Zahl der Probanden viel zu klein, um zu validen Ergebnissen zu kommen. Das muss mir Franz nicht extra sagen. Unser ganzes Experiment sollte nur ein Probelauf sein, ein Modell für Größeres im Verbund mit anderen Laboren, für das wir erstmal die Mittel einwerben müssten. (3.6.20)

À propos Modell. Wie gern ich mit der Modelleisenbahn gespielt habe, damals, in unserer Eisenbahnerfamilie in der Eisenbahnerstadt. Schöner, als an den *richtigen* Gleisen zu stehen. Wie gern ich die Häuser in die Landschaften gepflanzt habe, durch die der Zug fuhr. Wie leicht ich wechseln konnte zwischen dem Blickwinkel der Zugreisenden und dem der Leute, die in den Häusern wohnten. Immer hin und her, und ich konnte mich nicht entscheiden. (4.6.20)

Frau P. ist die Einzige, deren kollektives Gedächtnis zweigeteilt ist, zwanzig Jahre Ost, sechzig Jahre West. Ich habe lange überlegt, ob wir sie zum Projekt überhaupt zulassen können, aber sie ist doch durch ihre Laufbahn eine *richtige Westdeutsche* geworden. Versteht sich, dass unsere brothers and sisters in der Zone ganz andere Phantasmen gepflegt haben. Und weiter pflegen. Christus war vierzig Tage in der Wüste und danach nicht mehr derselbe, wie sollten da vierzig Jahre keine Spuren hinterlassen bei den Menschen in Ostelbien?

Es fehlen jegliche Probanden unterhalb dessen, was heute unter der Flagge *Mitte* segelt. Wie sollen auch *die da unten* auf die entsprechenden Anzeigen stoßen? Man hätte sie gezielt anwerben müssen, aber wie macht man das. Amateure sind wir. Gerade ihnen hätte man ein Bett anbieten müssen.

Die Mitte! Le milieu du monde. L'origine du monde. Le Monde diplomatique. Terzio Mondo. Die Mitte, das unbekannte Tier.

2011 beim Kongress in Frankfurt, kalter Februar. Unterbringung im *25hours* an der Hanauer Landstraße. Am Abreisetag früh aufgewacht, im *Morgengrauen.* Der erste Blick aus dem Fenster am Morgen. Sicht auf die Riesenbaustelle der EZB in spe. Im Milchgrau des beginnenden Tages öffnen sich kurz nacheinander die Türen der übers Gelände verteilten Bauwagen, und nach und nach krabbeln Männer nach draußen, strecken ihre Glieder in der kalten Luft, Zigaretten werden herumgereicht, kurze Gespräche, Frösteln. Ihre Müdigkeit steigt bis zu meinem Fenster hoch. Das sind sie also, die Wanderarbeiter mit den endlosen Arbeitstagen und der Entlohnung gegen null, aus Osteuropa und anderswo, Arbeitssklaven, die der EZetBe ihr dekonstruktivistisches Turmgebilde hochziehen, von dem aus die Eurobänker den perspektivischen Blick über Glanz und Elend gewinnen sollen. Von dort aus werden sie aus weit größerer Höhe auf die winzigen Figuren hinabschauen als ich jetzt aus meinem Hotelfenster im vierten Stock. Ich versuche, den Arbeitern zuzuwinken, aber mein Hotel ist eine andere Welt, der künftigen EZetBe näher als der Erde, und sie wenden sich, ohne aufzusehen, ihrer täglichen Fronarbeit zu.

Prekarier aller Länder, vereinigt euch! Würde ich gern rufen, wage es aber nicht, da ich selbst keiner bin. Und keinen kenne, denn in Oberkassel gibt's keine, und in Bebra gab's nur Eisenbahner. Unter denen vielleicht auch noch *Proletarier*, ma tempi passati. Über Bebra hat vermutlich nie die *bandiera rossa* geweht. Waren alles *kreuzbrave Leut'*, wie ihre Kumpels unter Tage hierzulande.
Und was würde passieren, wenn die Prekarier aller Länder sich vereinigten? Fast nichts, fürchte ich. Der Frankfurter Turm würde nicht einmal leicht zittern.

Rainer R. hat es beneidenswert einfach, glaube ich. Er erklärt sich die Welt durch Literatur, Literatur durch Soziologie und bastelt daraus eine Sündthese, die es ihm erlaubt, zurechtzukommen. (Müsste ihn fragen, ob er mir darin zustimmen würde.)

C4, der jüngste unserer Probanden, gerade sexundzwanzig geworden, Sohn eines Produktmanagers bei einem niederrheinischen Spezialisten für Tiefkühlkost. Auf welche Zeiträume, welche sich überlagernden Erinnerungsschichten kann man zurückblicken, wenn man so jung ist? Als ich sexundzwanzig war, habe ich mir die Frage natürlich nicht gestellt und war außerdem überzeugt, schon ein kompaktes Bündel Vergangenheit aufweisen zu können. Was auch nicht ganz falsch war: Damals war ich schon in Bonn. C4 kann ebenso schon einen Klumpen Vergangenheit haben, aber ich kanns nicht mehr wirklich herausbekommen, weil ich über seine Lebenswelt nur abstrakt etwas wissen kann, auch in Ermangelung eigener Kinder. Wie stellen sich der Werdegang und die Lebenswelt eines jungen Mannes dar, der 1994 geboren wurde? Wen könnte ich fragen, der nicht dieser Generation angehört, ihr aber näher ist als ich? Dass er in Münster Medizin studiert, sagt nicht viel. Kann sein, dass er unser Projekt nur als eine Art Praktikum für sich betrachtet. Seine markanteste Erinnerung aus dem kollektiven Bereich ist die Katastrophe von Duisburg 2010, denn er war dabei und ist davongekommen.

Froher Laich-Mann für alle, et demain on fait le pont. Atempause für den *staff*. (11.6.2020)

Keine Atempause, Geschichte wird gemacht, es geht voran. Die Musik, mit der *ich* aufgewachsen bin. *Monotonie in der Südsee / Melatonin bei dreißig Grad. – Jetzt wird wieder in die Hände gespuckt, wir steigern das Bruttosozialprodukt.* Ich war erst vierzehn, fünfzehn, aber ich glaube, ich habe alles schon damals so ironisch verstanden, wie es gemeint war. Spaß & Eiszeit, minus neunzig Grad. (Ideal hatte es offenbar mit den extremen Temperaturen.)

Ü40, vierundvierzig Jahre, Historiker. Will eine *Geschichte der Bundesrepublik Deutschland von 1990 bis zur Gegenwart* schreiben. Ich frage ihn, warum, und er antwortet, das sei sein Beruf. Ich wundere mich im

Stillen, wie er trotz dieses Vorhabens so gut schlafen kann. *Geschichte,* las ich vor Kurzem, *ist das Produkt einer Kaste, die aus dem Hervorkramen und Erfinden von Vergangenheit ihren Spezialberuf macht. Im Alltag der anderen Menschen spielt sie normalerweise keine Rolle.** Diese Sätze stammen aus dem Jahr 1997. Sie werden von Jahr zu Jahr wahrer. Das liegt natürlich nicht nur an der Kaste der Historiker, sondern auch an den anderen Menschen und der permanenten Jetztzeit, der sie nicht entkommen können.

Das Verhältnis von Ü40s Kollektiverinnerungen zum individuellen Gedächtnis ist nicht anders als das der anderen Probanden. Er erinnert sich nicht »wie ein Historiker«, weil es diese spezifische Art des Erinnerns gar nicht gibt, jedenfalls nicht unter den Bedingungen unseres Versuchs. Beim Schreiben mag das anders sein. Geschichte wird gemacht, indem sie geschrieben wird. Meistens geht's aber nicht voran, sondern rückwärts. Geschichte = ein Theaterfundus, aus dem man sich die passenden Requisiten für die eigenen Zwecke holen kann. Geschichte = biegsam wie Bambus oder Schilf.

Aber für Ü40 gibt es, wie für die meisten seiner Zunft (sonst könnten sie nicht arbeiten), Anfänge und Enden, natürlich auch Übergänge. Es gibt Zeitabschnitte – *Ära, Epoche* –, kleinere und größere, nach denen man diese immer weiter wachsenden Schuttberge an Vergangenheit ordnen kann, um sie sich notdürftig vom Leibe zu halten. Ü40s Jugendjahre sind die Neunziger, daher vermutlich auch der Zeitrahmen seines geplanten Buches. Er hat damals bestimmt daran geglaubt, dass nach 9/11 *nichts mehr so sein wird wie früher*, während sich heute außerhalb der Staaten kaum noch jemand mit Gänsehaut daran erinnert.

Die *Ära* und ihre *Aura*, ein gefundenes Fressen für alle, die was daraus zu machen verstehen. Nach demselben Prinzip funktioniert wohl auch unser Versuch.

Ich vergesse immer häufiger, wie das andere Hormon heißt, der Antipode von Melatonin. So einfach eigentlich: Cortisol, eine Silbe weniger. Aber ich mag's nicht. Ich mag's immer weniger.

Gänsehout. Gänsevleisch. »Gänsevleisch ma'n Gofferraum uffmachen?«

1991. An der Supermarktkasse geht es nur langsam voran. Plötzlich ruft einer: »Geht's ma örchendwann weider? Iss ja wie frieer inner DäDäÄRR hier!« Dreht sich der Wessi-Türke vor ihm um und sagt: »Wir euch nix gerufen!«

Ruinen sind für die Ewigkeit, Bauwerke nicht. »Ewigkeit« ist allerdings selbst eine Ruine: Gedenkstätte für alles, was danebengegangen ist.

A. Willich, B. willichnich.

Rainer R. war in den Ferien zu Besuch bei A. Willich am Bodensee. Es gefällt mir nicht, wenn meine Probanden *fraternisieren*. Das sollen sie lassen. (11.9.2020)

Lethe Lethe Hirnmachete
forget forgot forgotten

Wie ging Rumbalotte?

Railway and the bladdlänz. Papa was a little scheild that time. Er hatte Glück, nie hat ihm The Fuehrer mit seinen Zitterhänden durchs Haar gestrichen. PapasPapa war auch ein Fuehrer, im kleinen Maas-Stab beim Arbeitsdienst. Von der Maas bis an die Memel. Mein *Opa Arbeitsdienst*: futsch, als ich vier war. Bei uns gehen alle früh futsch. Oder *von hinnen*, wenn's beliebt. Wird bei mir auch nicht anders sein.

Jetzt erinnere ich mich, wie Rumbalotte ging. Stehen zwei Männer, der eine davon ein Matrose, beim Pinkeln nebeneinander in einer Kneipentoilette (nicht mit Pissbecken, nur mit Pissrinne). Der Matrose hat eine Buchstabentätowierung auf dem Schwanz: *Rumbalotte.* »Was soll das denn heißen?«, fragt sein Nebenmann. »Na ja«, sagt der Matrose, »im Augenblick ist er ja schlapp, und ich kriege ihn jetzt auch nicht steif. Wenn er ganz ausgefahren ist, kann man's aber gut lesen: *Ruhm und Ehre der siegreichen baltischen Flotte!*«

Les dernières vacances mit den Eltern, natürlich nicht in Frankreich, sondern in Franken, mein Vater hatte plötzlich das Wandern entdeckt. Da hätten wir auch zu Hause bleiben können, rund um Bebra gibt es Wonderland genug. Zum Urlaub gehört aber immer eine Reise, sei sie auch kurz, und so landeten wir in Franken, dem gemütlichen brownen Herzen des Reiches. Altdoitsche Ferien. Reichliches Essen. Vorweg ein kleiner Furz aus der Küche. A Mös göll.

wehweh.waldi-sued.de

Kommt ein Mann mit Blindenschleife (3 schwarze Punkte auf BVB-Gelb) und in Begleitung eines Hundes in die Schlemmerabteilung des KaDeWe. Großes Mitleid im zahlreich anwesenden Edelfresspublikum (es ist kurz vor Weihnachten). Der arme Mann ist blind, guck mal, da haben wir es doch besser. Dann packt der Blinde seinen Hund am Schwanz, hebt das Tier in die Höhe und lässt es über sich kreisen. Die Stimmung schlägt sofort um, der entschlossene Vernichtungswille des radikalen Tierschutzes schlägt unter anderem *Kastrieren* vor. Der Mann setzt seinen treuen Begleiter wieder auf dem Boden ab und sagt: »Aber ich bitte Sie, meine Damen und Herren, man wird sich ja wohl mal umschauen dürfen.«

Wieder die Broadcrewmen vom zweiten Frühstück. Hoffentlich kommt bald die bosnische Kru und wischt auf.

Steht ein Dalmatiner an der Supermarktkasse. Fragt die Kassiererin: »Sammeln Sie Punkte?«

Sur la rive de la Loire, (nix: sous les toits de Paris), rücklings im Gras, über uns lözjäl blö-clär. Engfäng szöl! Nachdem der Ausfluch nach Amboise – lebensnaher Unterricht! – sich nach und nach aufgelöst hat. Alle verkrümelt. Keine Blicke zwischen uns zuvor, pas des signes, und doch wusste ich, wusste Yvette, wussten wir. Ich nun aber starr und atemlos wartend, stumm bettelnd, denn ich weiß nicht, wie anfangen. Ich bin siebzehn (encore) und presque virginal, apart from Knutschereien, Fummeleien, Wühlereien, Grabschereien, petit petting, vous comprenez?

Jetzt nicht mehr rücklings, sondern Yvette knielings über mir, lächelnd, wie Mama ihren heranreifenden Sprössling anlächelt, die Bluse langsam öffnend. Herzflimmern. Lamamang-ella-puteng. Keine Scham? Die Passanten? Keine Passanten bisher. Ortskorrektur. Wir liegen nicht direkt am Ufer, sondern am Rande eines ufernahen kleinen Wäldchens, nicht auf dem Festland, sondern auf der Ile d'or, ein gutes Stück östlich der Brücke, doch allemal ungeschützt genug, nicht weit vom Weg, und die Insel ist bewohnt.
Was muss ich jetzt tun? Nichts. *Laisse-moi faire,* sagt la maîtresse. Ellmambrass. Ellmedessabij. Ellmekaräss. Ellkarässmabit. Ellzüsslabit, and I start to moan with pleasure. Vorsicht! Noch nicht! Dann lässt sie ab, elle lâche sa prise, zwei Herzschläge nur, und dann erneut rittlings, la jupe über die Schenkel gezogen. Sie verspeist die Beute, la prise c'est moi! *Bäsmoa bäsmoa,* das habe ich vor einem Jahr schon im Kino gehört, in Kassel, ohne deutsche Untertitel. Ging da jemand auf dem Weg vorbei, Distanz fünfzig Meter? *Une passante*? Ich sah nur Yvette über mir. Und ihr schien es egal zu sein. *Salope!*

Hey, Mrs. Robinson.

Aber das Zauberwort nach meiner geglückten, ja glückseligen Defloration in Ufernähe war nicht das baisemoi, sondern das laisse-moi faire. Auch später habe ich mich daran gehalten.
Ein zweites Mal mit Yvette hat es nicht gegeben, obwohl der Sprachkurs noch fünf Tage dauerte. Die üblichen trois bises zum Abschied. Zum wirklichen *Adieu,* ein für alle Male! Keine Adressen. Nur so funktioniert Erinne-

rung mit Goldrand. *Dich hätte ich geliebt, und du hast es gewusst.**

Kevelaer an einem späten Sommerabend, die meisten Wallfahrer sind mit ihren Trophäen und Devotionalien schon wieder nach Hause gefahren, die Straßen leer. Vor einer Kneipe liegt fast reglos ein Mann. Ein später Passant – ein verirrter Wallfahrer? – fasst ihn vorsichtig an der Schulter und fragt: »Guter Mann, was ist mit Ihnen? Soll ich jemanden benachrichtigen, Ihre Frau vielleicht?« *Keine Reaktion.* »Soll ich die Polizei rufen?« *Keine Reaktion.* »Soll ich einen Rettungswagen rufen?« *Keine Reaktion.* »Soll ich einen Priester rufen, damit er Ihnen die letzte Ölung gibt?« Da schießt die Schnapsleiche mit einem Ruck hoch in die Sitzposition und ruft: »Um Gottes willen, jetzt bloß nichts Fettes!«

Das Ausschlaggebende, als Marianne und ich zusammenkamen, war für mich möglicherweise ihr Vorname. *La Marianne! Die Freiheit führt das Volk*, mit entblößten Brüsten (und an die Macht kommt der *Bürgerkönig* Louis Philippe, *la poire*, der 150 Jahre danach einen würdigen Nachfolger in der alten Bunzreplik findet).
Andererseits: Angesichts ihrer Schönheit konnte meine künftige Frau gar nicht anders heißen als Marianne.

Heute holte ich in meiner Mittagspause zwei Ecken weiter Falafel und machte meine Runde. Meine Mitarbeiter, auch wenn sie es mir nicht zeigen wollen, wüssten zu gern, wie ich meine Pausen verbringe. Sie haben womöglich die krudesten Vermutungen, vom schnellen Bordellbesuch über geheime Besprechungen

mit dubiosen Geschäftspartnern bis zum Abonnementsessen in einem entlegenen Lokal, das sie noch nicht herausgefunden haben. Wie soll aber, nebenher gefragt, das Letztere in pan-dämonischen Zeiten funktionieren (außer illegal und strafbewehrt). Vielleicht ist schon mal jemand von ihnen als Beschatter hinter mir hergeschlichen? Möglicherweise sind das auch nur Phantasien von mir. Sie haben Mutmaßungen über mich, und ich habe welche über sie.
*Im Grunde sind das lauter Gemeinheiten.**

Bei der heutigen Runde jedenfalls, ich hatte schon aufgegessen und die Reste plus Verpackung brav im Abfalleimer verstaut, kam ich auf dem *Heimweg* (Heimat Labor!) an einem Supermarkt vorbei, vor dem ein mit einer Schusswaffe ausgestatteter Security-Mann stand. Ich fragte ihn nach seiner Aufgabe. »Ich soll nur aufpassen, dass nicht zu viele auf einmal reingehen.« Ob er denn schon mal einen widerspenstigen Kunden erschossen habe? Er: »Nein, bisher nicht. Kommt vielleicht noch.« Und lächelt freundlich dazu.

Birne (nicht *la poire*, sondern sein Wiedergänger in den Achtzigern) stopfte in Nachtsitzungen pure Butter in sich hinein, um neue Energie zu tanken. Bio!

Kommt ein Mann in ein Lokal und bestellt einen Kaffee. Als der gebracht wird, sagt er: »Ich hab's mir anders überlegt, bringen Sie mir lieber einen Cognac.« Der Kellner nimmt den Kaffee wieder mit und bringt einen Cognac. Der Gast trinkt diesen in aller Ruhe aus und geht zur Tür, um das Lokal zu verlassen. »Mein Herr«, ruft der Kellner, »Sie müssen noch Ihren Cognac bezahlen!« »Dafür habe ich Ihnen doch den Kaffee gegeben!« »Aber den haben Sie doch auch nicht bezahlt!« »Den habe ich doch auch gar nicht getrunken!« Als ich den Witz auf dem Frankfurter Kongress einem Kollegen erzähle, lacht der und sagt dann: »War bestimmt ein Jude, der Gast.«

Stolpersteine bringen niemanden aus dem Tritt.

Man hat in Weimar ein Dokument gefunden, einen Bogen Papier mit einer handschriftlichen Notiz, die eindeutig von Eckermann stammt und in der es, leider nicht datiert, heißt: »G. heute wieder in großer Form, unter anderem wegen der Ereignisse in Paris. Er ist nach wie vor in der Lage, zu allem seinen Senf dazuzugeben. Ich weiß nicht, welcher Teufel mich geritten hat, aber plötzlich platzte es aus mir heraus: *Goethe, halt doch mal für fünf Minuten die Klappe!* Ich hätte gleich danach in den Boden versinken können, aber der Geheime Rat war an diesem Tag bester Laune und überhörte meinen Ausruf.«
Die Echtheit des Dokuments wurde voreilig von einem Jungfeuilletonisten bezweifelt, weil der Ausdruck *seinen Senf dazugeben* damals noch nicht geläufig gewesen sei. Ein gefundenes Fressen für die Sprachhistoriker, die gleich am nächsten Tag über ihn herfielen und aufklärten, die Redewendung stamme bereits aus dem 17. Jahrhundert.
Chapeau, Eckermann! (10.2.2021)

Lömo schüssd! Lömo schüssd!

1 »O welch ein edler Geist ist hier zerstört / Des Hofmanns Auge, des Gelehrten Zunge«, deklamierte Barbara Hoss, als wir zu Ende gelesen hatten. Franz und ich waren beide perplex, zumal Barbara ihren Monolog fließend bis zum Ende fortführte: »Weh mir, wehe! / Dass ich sah, was ich sah, und sehe, was ich sehe.

Ich habe in der Theatergruppe meiner Schule mitgearbeitet, und im vorletzten Jahr vor dem Abi im *Hamlet* die Ophelia gespielt«, erklärte sie uns dann mit einem Lächeln, das weder süffisant noch triumphierend war, sondern offensichtlich die Erinnerung an eine schöne Zeit ihres Lebens spiegelte. Und mir zugleich zeigte, dass ich auch bei meinem teilweise stimmigen Dossier über sie zu kurz gegriffen habe, denn Neigungen zu den Künsten, zum Theater, zur Literatur hatte ich mehr oder weniger ausgeschlossen und doch eher auf Squash getippt. Aber nach diesem Auftritt hatte ich keinen Zweifel, dass sie eine großartige Ophelia gewesen ist.

Zweifel hatte ich dagegen, ob bei Dr. Meissner wirklich ein edler Geist zerstört war, oder ob er sich hier nicht gerade manifestierte, ob er also wie Hamlet den Wahnsinn nur mit Methode spielte. Ich behielt diese Zweifel aber zunächst für mich. Auch Franz sprach von einer Tragödie, während ich für mich die Möglichkeit nicht ausschloss, dass es sich in Wahrheit um eine Komödie handelte. Die vereinzelten Dscheuss-Schmidtschen Passagen, die gegen Ende zunahmen, zeugten für mich weniger von Geistesverwirrung als vielmehr von einer erheblichen literarischen Kunstanstrengung, wobei das eine das andere sicher nicht ausschließt.

Franz fragte mich, ob ich mich durch Dr. Meissners Notiz zu meiner Art und Weise, mit der Welt zurechtzukommen, gut getroffen fühlte.
»Besser hat es noch keiner auf den Punkt gebracht. Und genauso, dass meine Schwärmerei für Europas Westen und den Aufbruch in die neue Zeit eine *Erinnerung mit Goldrand* ist. Ich hatte eine Zeitlang geglaubt, er schreibt da einen Roman in seine Kladde, aber darüber ist er längst hinaus. Der ist uns über.«
»Was ist das mit Eckermann?«, fragte Franz: etwas unsicher, ob er sich gleich blamieren würde. »Das stimmt doch nicht, oder? Hätte man doch gehört oder gelesen, auch wenn ich Feuilleton nicht regelmäßig lese.«
Ich kann ihn beruhigen. »Ist komplett erfunden, plus dem dazugehörigen Aufruhr im Feuilleton. Das hat er schön hingekriegt, wie das Meiste in diesem Buch.«
Dass die Probanden nicht *fraternisieren* sollten, fand ich besonders hübsch. Es erinnerte mich an den *Leitfaden für britische Soldaten 1944 in Deutschland*, den ich vor ein paar Jahren gelesen hatte. Eigentlich ein Akt der Fürsorge seitens des Foreign Office, um die eigenen Soldaten vor einem *merkwürdigen Volk in einem merkwürdigen, feindlichen Land* zu warnen. *Aliens* eben, wie Mum and Dad für Leonie und mich. Als würde ich unsere Eltern durch den britischen Blick von damals zum ersten Mal klar sehen können! Es gab auch einige Folklore in dem Brevier (Mettwurst! Leberwurst! Rotkohl! Schweinekotelett!), meist aber hilfreiche Hinweise für die Tommies, die in diesem merkwürdigen Land agieren mussten, statt zu Hause beim Aufräumen zu helfen. Wer deutschen Zivilisten Befehle erteilen müsse, solle dies in strengem militärischen Ton tun, denn »der deutsche Zivilist ist daran gewöhnt und erwartet nichts

anderes«. Außerdem: nichts mit deutschen Mädchen anfangen, Achtung Tripper. Eheschließungen mit ihnen sind ohnehin verboten, denn Deutschland wird noch für einige Zeit *not be a pleasant place to live in, and German girls know that, if they marry British husbands, they will become British with all the advantages of belonging to a victor nation instead of to a vanquished one.* Und irgendwo mittendrin die Formel, in der ich mein Land einwandfrei wiedererkannte: *diese Mischung aus Sentimentalität und Gefühlskälte. Sentimentality and callousness.* That's it. Das macht uns bis heute keiner nach: Klavier spielen und massenmorden.

Es war Barbara Hoss, die mich aus meiner Absenz zurückholte. indem sie nah an meinem Gesicht eine Wischbewegung machte, als hätte sie ein Smartphone oder ein Tablet vor sich. »Wo waren *Sie* denn eben?« Ich versuchte, den beiden zu erklären, dass ich eben dabei gewesen war, in die Trümmerberge meiner Kindheit hineinzukriechen, zurück zu den britischen Militärfahrzeugen, wo hinten auf der Ladefläche die einfachen Soldaten auf zwei Bänken einander gegenübersaßen, und zurück zu der Frage, warum es mir nicht gelungen war, meine Eltern kennenzulernen.
»Dafür hatten wir die Gelegenheit, Dr. Meissner etwas besser kennenzulernen«, sagte Franz. Er spricht übrigens nie einfach von Meissner, vergisst nie den Doktortitel seines ehemaligen Chefs. »Aber das Entscheidende wissen wir trotzdem nicht: Ist er nun gaga oder tut er nur so?«
»Vielleicht beides. Besonders kluge Menschen können das wohl, verrückt werden und doch nicht verrückt sein.«

»Ich finde es ziemlich respektlos, wie flapsig ihr über ihn redet«, sagte Barbara Hoss.
»Aber ihm würde das gefallen. Da bin ich mir sicher.«
»Wir reden doch gar nicht flapsig«, ergänzte Franz. »Entschuldige das Wort gaga. Verrückt trifft es natürlich viel besser, hat viel mehr Tiefe. Also mag sein, er ist verrückt geworden, aber er ist nicht irre. Das sind doch nicht die Notizen eines Irren.«
Barbara Hoss gab zu bedenken, dass er sich immerhin in seiner unmittelbaren Wohnumgebung verlaufen hatte und auch zeitweise hier im Labor orientierungslos gewesen war, und dass sich das so verschlimmert hatte, dass er seine Arbeit aufgeben musste. Ein Fall von Persönlichkeitsdissoziation, ein bisschen kenne sie sich da aus dem Studium noch aus. Franz und ich hielten dagegen (womöglich Geschlächter-Kampf?), dass er seine Arbeit vielleicht aufgeben *wollte*, weil er an sein Projekt nicht mehr glaubte (was aus einigen der Notizen deutlich hervorginge). Und wenn noch an das Projekt selbst, dann nicht mehr an seinen Gegenstand: das kollektive Gedächtnis. Oder noch schlimmer: an die Geschichte.
»Und so ein bisschen Orientierungslosigkeit zwischendurch«, sagte Franz und lächelte, »die hat doch jeder. Unser Freund Rainer hier nennt das seine Absenzen, wie wir aus einigen seiner Protokolle wissen.«
»À propos«, sagte Freund Rainer, »ich komme zwar reichlich vor in diesen Aufzeichnungen, aber nie mit Code. Seid so nett und verratet mir mal, welchen Code ich hatte.«
»Und welchen du noch immer hast, denn der Versuch ist noch nicht abgeschlossen. Du bist A57, das ist doch klar. Wegen deiner Anfahrtsstrecke mit dem Auto oder dem Taxi.«

»Das ist hübsch, darauf muss man kommen. Das gefällt mir.«

»Er hat sich bei allen Codes was gedacht«, sagte Franz. »Ü40 dürfte klar sein. Frau P. ist A61, diesmal keine Autobahn, sondern einfach der August 61. Besonders innovativ war er bei diesen Sachen nicht. C4 hat was mit Geburtstag und -monat zu tun, da muss man nur in den Unterlagen nachschauen. Ist sicher der 3. April. Und der Code von deinem Mathematikerfreund –«

»Das will ich alles gar nicht wissen. Das sind Interna des Labors, und wenn ihr so damit umgeht …«

»Aber du bist doch jetzt unser Mitarbeiter.«

»Ich habe noch nicht ja gesagt. Ich brauche noch etwas Bedenkzeit. Ich muss jetzt auch nach Hause, der Kater wartet.«

»Ach ja. Wie geht's denn eigentlich Barnaby?«

»Nicht Barnaby, sondern Bartleby«, korrigierte ich. »So verhält er sich auch.«

2 **Auf dem Kölner Hauptbahnhof** renne ich mit gesenktem Kopf direkt in einen alten Bekannten. Falsch. Ich renne in eine Person hinein, die ich immer kennenlernen wollte, zweimal aber knapp verpasst habe. »Use your eyes!«, ruft der alte Bekannte, und zwar so, dass ich ihn sofort am Akzent erkenne. Er selbst braucht einen Augenblick, um mich einzuordnen, erinnert sich dann aber wahrhaftig an unsere Supermarktbegegnungen, stellt seinen kleinen Koffer ab, öffnet sein Sakko und lässt mir mit einer Lächelgrimasse noch einmal schwarz auf rot das *Still Hate Thatcher* entgegenleuchten. Er muss den Zug zum Düsseldorfer Flughafen erwischen, sagt er, denn es geht *back home to*

Scotland, finally, to Edinburgh, und er hofft, irgendwann die Unabhängigkeit seines Landes erleben zu dürfen. *Too bad we never got to know each other, mate, but I'm off now.* Und schnappt sich den kleinen Koffer und stürzt zwei Gleise weiter die Treppe hoch. Ein Vorübergehender auch er, und ich bleibe mit dem flüchtig aufflackernden Gefühl zurück, verlassen worden zu sein.

3 **Der kälteste Mai** seit fünfundzwanzig Jahren – meiner diesmal sehr gesicherten Erinnerung nach – ist wie damals mit ein paar ersten Sommertagen zu Ende gegangen, und am ersten Juni, dem meteorologischen Sommerbeginn (wie Sven Ploeger gern erklärt, bevor er sich gestenstark der Isobarenkarte zuwendet), hat sich das fortgesetzt. Vor ein paar Tagen erst habe ich Franz meine Zusage gegeben, künftig als *soziologischer Mitarbeiter* auf der Basis eines Honorarvertrags an der weiteren Auswertung des eigentlich gescheiterten Versuchs teilzunehmen, unter der Bedingung, zugleich weiter Proband bleiben zu können. Es geht mir dabei vor allem um das Zimmer und die schöne Bettwäsche. Das habe ich ihm nicht gesagt, aber möglicherweise ahnt er es.

Gestern am späten Mittag, ich will gerade Leonie anrufen und ihr zum Geburtstag gratulieren, klingelt es, und vor der Tür steht Lotte in Jeans und weißer Bluse, wobei eine dunkle Basttasche das Ensemble vervollständigt. »Unten an der Haustür ist gerade ein älterer Mann rausgegangen und hat mir die Tür aufgehalten, deshalb überfalle ich dich gleich hier«, sagt sie.

»Das war wahrscheinlich Meister Prepper. Komm rein.«

Es überrascht mich nicht sonderlich, dass sie hier so plötzlich auftaucht. Was mich dagegen überrascht: Sie sieht immer noch so aus wie Marianne Faithfull auf dem Cover von *Broken English*, das heißt, wie vor dreißig Jahren. Jedenfalls ist das mein erster Eindruck, später sehe ich, dass sie durchaus gealtert ist, aber offenbar zu jenen Frauen gehört, deren frühere Schönheit auch noch die Gesichtszüge, ich hätte beinahe geschrieben das Antlitz, der Sechzig- oder gar Siebzigjährigen erleuchtet. Auf dem Wochenmarkt, auf dem ich manchmal einkaufe, gibt es eine Gemüsehändlerin, die bestimmt siebzig ist und ihre Schönheit, selbst wenn sie es wollte, nicht verstecken könnte.
Auch Bartleby scheint von Lotte beeindruckt zu sein und streicht ihr drei-, viermal um die Beine, bevor er auf der Fensterbank zur Straße Platz nimmt und uns weiter im Visier behält.
Sie müsse mal raus aus Berlin, erzählt Lotte, nachdem ich uns beiden einen Milchkaffee gemacht habe, sie müsse vielleicht ganz raus. »Meinen Kiez verlasse ich sowieso kaum noch, ein Radius um den Savignyplatz von fünfhundert Metern. Oder meinetwegen tausend. Schöne Wohnung hast du. Wie machst du das?«
Vor drei Jahren haben wir das letzte Mal telefoniert, kurz bevor ich in Düsseldorf als Schläfer anfing. Von meiner Karriere als Versuchsschläfer hatte ich ihr schon früher erzählt, von Düsseldorf und den Besonderheiten des dortigen Versuchs wusste sie aber noch nichts, ebenso wenig wie von meiner kleinen Erbschaft.
»Mein Radius ist auch nicht viel größer«, sage ich, als ich zu Ende erzählt habe, »einmal Köln–Düsseldorf und zurück. Und du suchst jetzt eine Wohnung in Köln?«

»Ich bin hier, um meine Mutter zu Grabe zu tragen. Übermorgen elf Uhr. Da dachte ich, ich schaue auch mal bei dir vorbei.«
»Deine Mutter? Die mit dem Hermès-Tuch?«
»Genau die. Ich hatte nur diese Mutter. Sie ist am Freitag gestorben. Mit vierundachtzig. Ich finde, das geht, wenn man bedenkt, wann du endlich zu deiner Erbschaft gekommen bist.«
»Und die Beerdigung ist hier?«
»Melaten. Meine Mutter ist vor etlichen Jahren nach Köln gezogen.«
»Und dein Vater?«
»Seit fünfundzwanzig Jahren tot.«

Eine Stunde danach gehen wir untergehakt durch den Stadtgarten. Wie zwei Leute, die sich an ihre toten Eltern erinnert haben und nun so langsam an ihren eigenen Tod denken. Der Stadtgarten und vor allem das Restaurant ist damals nicht ihr Revier gewesen, sie war schon beinahe weg, als es eröffnete. Sie möchte eigentlich gern noch einmal in die Südstadt, sie möchte den Kurfürstenhof wiedersehen. Es kostet mich einige Mühe, sie von diesem nostalgischen Desaster abzubringen. Sie möchte, sagt/zitiert sie, etwas von der Zeit retten, in der man nie mehr sein wird.* Ich erkläre ihr, dass sie nur noch den Ort vorfinden wird, von der Zeit aber nicht mehr das kleinste Staubkorn. Ashes to ashes, dust to dust.
»Tu dir das nicht an«, sage ich. »Am Kurfürstenhof ist heute nichts mehr wiederzuerkennen. So macht man das auch nicht, etwas von der Zeit retten.«
»Sondern wie?«
Ich zucke mit den Achseln. »Weiß ich nicht. Vielleicht

durch den Blödsinn, den wir da im Labor veranstalten.«
»Warum ist das Blödsinn?«
»Weil wir eventuell einem Phantom hinterherjagen, dem kollektiven Gedächtnis.«
»Aber das haben wir doch bei uns reichlich«, sagt Lotte, »das kollektive Gedenken.«
»Das stimmt. Nirgendwo werden so schöne Gedenkstätten gebaut wie bei uns, ein prima Betätigungsfeld für manche Künstler, und unsere Gedenktage ziehen wir gnadenlos durch. Das machen wir, damit wir uns gut fühlen und uns nicht erinnern müssen.«
»Verstehe ich nicht ganz.«
»Dat Marieche, also meine Mutter, musste sich später zum Beispiel nicht an die Ex-Schulfreundin erinnern, die eines Tages zusammen mit ihren Eltern abgeholt wurde. Ich weiß gar nicht, ob es diesen Fall gab, denn meine Mutter behielt ihre Erinnerungen ohnehin lieber für sich. Aber das wäre ein Beispiel. Wir haben statt der Erinnerung aber eine Erinnerungs*kultur*, und darin macht uns keiner auf der Welt was vor. Da können sie alle von uns lernen.«
Lotte sagt nur in einem ganz ruhigen Ton: »Du bist so wütend.«
»Kann sein. Aber schau, ich bin nur wütend, unser Chef ist darüber sogar verrückt geworden. Jetzt sage ich schon *unser Chef*, obwohl ich doch erst seit ein paar Tagen zur Firma gehöre. Komm, lass uns hier reingehen. Jetzt darf man wieder.« Mit diesen Worten schaffe ich es, sie ins Stadtgartenrestaurant zu lotsen, draußen, an den gleichen Tisch sogar, an dem ich im letzten August das mit Stefanie Schuster zu Hause begonnene Gin-Tonic-Gelage allein fortgesetzt habe und aus der

Tiefe der Jahre nacheinander die Erinnerungen aufstiegen an Amadeus und die italienische Mamma oder Nonna, die nach Franco rief, an den Käsestand und die alte Frau Glinka, an den Nachmittag in der Uni-Cafeteria nach der Hinrichtung von Buback und schließlich an die Zündapp, die ich wegen des Zornausbruchs meines Vaters im Königsforst zurücklassen musste, eine Erinnerung, die mich in der beginnenden Abenddämmerung dann dazu gebracht hat, den Tränenausbruch von 1953 noch einmal zu wiederholen und die Aufmerksamkeit an den Nebentischen kurz auf mich zu ziehen. *Erinnern, Wiederholen, Durcharbeiten,* als hätte er womöglich doch recht, der Sigmund Freud aus dem Habsburgerreich.

»Dein erster großer Trennungsschmerz«, sagt Lotte. »Hast du mir nie von erzählt.«

»Habe ich auch fast siebzig Jahre nichts mehr von gewusst.«

Diesmal kein Gin Tonic, sondern Milchkaffee. Der Kellner ist erwartungsgemäß nicht der vom letzten August, aber dieselbe Altersklasse. Er sagt *die Dame* und *der Herr*, als er unsere Milchkaffeeschalen bringt, wie immer mit für meinen Geschmack zu stark aufgeschäumter Milch. Mir wäre es am liebsten, man würde den Kaffee und die heiße Milch getrennt bringen und der Gast könnte nach eigenem Belieben mischen. Aber das ist nicht sein Job, und dass er uns aus dem Duzbereich ausgrenzt, trägt ihm bei uns beiden Pluspunkte ein.

Ich frage Lotte nach ihrer Arbeit und erfahre quasi nebenbei, dass sie seit drei Jahren an nichts mehr gearbeitet hat, sie spricht sogar, und das mit einem Lächeln, das nicht ironisch ist, von *Ruhestand.* »Den kann ich mir auch leisten«, sagt sie, »und wenn es mir zu ruhig wird, kann ich wieder anfangen. Ich hatte es einfach satt, große Flächen monochrom oder pseudomonochrom einzufärben. Mein Markenzeichen immer wieder neu zu präsentieren. Vor anderthalb Jahren hat mir ein Berliner Regisseur eine Rolle in seinem nächsten Film angetragen, und ich habe angenommen. Aber aus bekannten Gründen hat sich das alles verzögert, wenn nicht sogar zerschlagen.«

»Was war das für eine Rolle?«

»Die geheimnisvolle schöne Alte, die aus der Tiefe kommt. So etwas wie Undine mit sechzig. Hätte schon gepasst. Aber ich halte es vorläufig auch so aus.« Ein Augenblick Pause, dann: »Aber du – ein Privatgelehrter mit Vertrag, geht das denn?«

»Mit Honorarvertrag«, sage ich. »Das ist der Unterschied ums Ganze. Ich kann mich jederzeit verabschieden, zumal ich für niemanden sorgen muss außer für Bartleby und mich selbst. Kann jederzeit sagen: *Ich möchte lieber nicht.*«

»Aber das war doch schon immer deine Maxime. Schon damals, als wir uns kennenlernten. Ein strahlender Held warst du nicht.«

»Es seufzt der positive Held / weil ihm der Weg so bitter fällt.«

»Was ist das jetzt?«

Ich erkläre ihr so knapp und genau wie möglich den Bitterfelder Weg, damals in der DoidschenDemgradischenReplik: de.wikipedia.org/wiki/Bitterfelder_Weg. Der Kellner kommt an unserem Tisch vorbei und fragt, ob *hier noch alles in Ordnung* ist, und ich antworte wahrhaftig: *Alles gut,* was Lotte zu einer heftigen, idiosynkratischen Reaktion bewegt, nämlich: *Alles gut* sei *die beschissenste Modeformel der letzten Jahrzehnte, der an Schwachsinn und Verlogenheit nichts gleichkomme*, das alles mit so erhobener Stimme, dass der Kellner noch einmal zurückkehrt und fragt, ob wir doch noch einen Wunsch hätten, und Lotte antwortet: *Alles gut.*

Wir müssen beide lachen, und dann fällt mir ein, dass ich immer noch nicht Leonie angerufen habe. Ich erkläre das Lotte, die Leonie nur aus meinen Erzählungen kennt, und sie steht auf und geht ins Lokal, um *the Ladies' cloakroom* aufzusuchen oder wenigstens so zu tun, damit ich ungestört telefonieren kann.

Leonie meldet sich, und man hört im Hintergrund leise Gespräche. Sie lädt nie ein zu ihrem Geburtstag, aber ein paar von ihren vielen Bekannten kommen immer einfach vorbei. Ich gratuliere ihr und frage dann: »Wen hast du bei dir?«

»Sind nur vier Leute, und du kennst nur den Chirurgen, der dich damals erstuntersucht hat. Und du?«

»Unsere Verbindung ist schlecht.«

»Würde ich so nicht sagen. Wir sind einander doch immer verbunden gewesen, und zuletzt hat das sogar zugenommen. Aber ruf ruhig nochmal an, großer Bruder, vielleicht klappt's dann besser.«

Das tue ich, und die Verbindung ist diesmal in der Tat sehr viel besser. Ich erzähle ihr, dass mich überraschend Lotte besucht hat und ich mit ihr im Stadtgarten bin.

»Mit deiner Jugendliebe?«

»Stimmt nicht. Ich war damals schon einunddreißig, und sie war im ersten Moment empört, als sie es erfahren hat.«

»Und was macht sie hier? Sie wohnt doch seit Ewigkeiten in Berlin, oder?«

»Sie trägt übermorgen ihre Mutter zu Grabe.«
»Na, das haben wir ja schon hinter uns. Komm nachher ruhig vorbei, darf auch spät sein.«
»Ich denke, Bartleby wartet auf mich. Aber in den nächsten Tagen. Gruß an den Chirurgen.«
Als Lotte zurückkommt, sagt sie nur: »Ich möchte jetzt nach Hause in mein Hotel. Ruf mir ein Taxi, du kennst dich sicher aus.« Nichts mehr von der geheimnisvollen schönen Alten, nur noch Müdigkeit und vielleicht Trauer darüber, dass von der Zeit, in der sie nie wieder sein wird, erkennbar nichts zu retten ist. Jedenfalls nicht an diesem Tag. Als das Taxi kommt, sehr schnell vom Halt Brüsseler Platz, nehmen wir uns flüchtig in den Arm, *deux bises* (nicht trois), und es ist, als würden wir uns nach vierzig Jahren ein zweites Mal trennen.

FÜNFTER TEIL
TRÄNENSÄCKE UND FREIER FALL

1 **Alle machen weiter,** alles macht weiter. »Weiter, weiter, immer weiter.« (O. Kahn)

Die Autoindustrie macht weiter, die Architekten machen weiter, die Antisemiten machen weiter, die Arschlöcher für Deutschland machen weiter, die Algorithmen machen weiter, der Axolotl macht weiter.

Die Ärzte machen weiter, die Ästhetik macht weiter, die Änderungsschneidereien machen weiter, die Aerosole machen weiter, der Ätna macht weiter, die Ära macht weiter.

Das Baugewerbe macht weiter, die Burschenschaften machen weiter, die Blicke machen weiter, das Bruttosozialprodukt macht weiter, die Borussen machen weiter, der Ballermann macht weiter.

Die Communitys machen weiter, die Chirurgie macht weiter, die Charaktermasken machen weiter, die Creative-Writing-Kurse machen weiter, die Camargue macht weiter, die Currywurst macht weiter.

Die Debatten machen weiter, die Dichter machen weiter, die Depressionen machen weiter, die Demagogen machen weiter, der Dschihad macht weiter, Dresden macht weiter sogar.

Die Eigenheime machen weiter, die Einbrecher machen weiter, die Ernährungsberater machen weiter, die Elternvertreter machen weiter, Essen auf Rädern macht weiter, die Experten machen weiter.

Die Finanzdienstleister machen weiter, die Fünfjahrespläne machen weiter, Facebook macht weiter, der Feminismus macht weiter, das Feuilleton macht weiter, die Führungskräfte machen weiter.
Die Geheimdienste machen weiter, die Gesundheitsämter machen weiter, die Gartencenter machen weiter, die Gutachter machen weiter, der Geschlechtsverkehr macht weiter, das Geld macht weiter sogar.
Die Helden machen weiter, die Hutbürger machen weiter, die Heimat macht weiter, die Hipster machen weiter, die Hooligans machen weiter, Hollywood macht weiter.
Die Influencer machen weiter, die Intelligenzija macht weiter, die Identitäten machen weiter, die Inquisition macht weiter, die Irrenhäuser machen weiter, Italien macht weiter.
Die Journalisten machen weiter, die Jäger machen weiter, die Jüdischen Gemeinden machen weiter, die Justiz macht weiter, die Joggingfreaks machen weiter, die Jurys machen weiter.
Die Kulturwissenschaften machen weiter, die Kollateralschäden machen weiter, die Kinderfickerkirchen machen weiter, die Korruption macht weiter, die Kunsthistoriker machen weiter, der Kieselstein macht weiter zum Glück.
Die Lobbyisten machen weiter, die Leiharbeit macht weiter, die Laberköpfe machen weiter, die Logopäden machen weiter, die Literaturwissenschaft macht weiter, die Landwirtschaft macht weiter sogar.
Die Mode macht weiter, die Metro macht weiter, die Mutterliebe macht weiter, die Meteorologie macht weiter, die Moscheen machen weiter, die-Menschen-draußen-im-Lande machen weiter sogar.

Netflix macht weiter, die Nazis machen weiter, die Natur macht weiter, die Nachhaltigkeit macht weiter, die Nutztiere machen weiter, Norderney macht weiter sogar.
Die Ostzone macht weiter, die Orthodoxie macht weiter, die Obergrenze macht weiter, der Obstbau macht weiter, Ostern macht weiter, die Obdachlosen machen weiter sogar.
Die Ökologie macht weiter, die Ölförderung macht weiter, Österreich macht weiter, die Östrogene machen weiter, die Ödnis macht weiter, die Öffentlichkeit macht weiter vielleicht.
Die Pornografie macht weiter, die Polizei macht weiter, die Personenschützer machen weiter, die Punks machen weiter, die Prekarier machen weiter, die Philosophie macht weiter sogar.
Die Querdenker machen weiter, die Quarantäne macht weiter, die Quacksalber machen weiter, die Quoten machen weiter, die Quantenphysik macht weiter, die Quarks machen weiter.
Die Reiseveranstalter machen weiter, die Religionen machen weiter, die Rechtsterroristen machen weiter, die Ressentiments machen weiter, die Reporter machen weiter, die Recherchenetzwerke machen weiter.
Die Subventionen machen weiter, die Sozialdemokraten machen weiter, die Soziologen machen weiter, die Satanisten machen weiter, die Smartphones machen weiter, die Selbstoptimierer machen weiter.
Die Schlachthöfe machen weiter, die Schlaflabore machen weiter, die Schweiz macht weiter, die Schwellenländer machen weiter, die Schwarzarbeiter machen weiter, die Schäferhunde machen weiter.
Die Städte machen weiter, der Staatsschutz macht

weiter, die Strafverfahren machen weiter, die Stiftungen machen weiter, die Statuten machen weiter, die Stare machen weiter sogar.
Tübingen macht weiter, Testosteron macht weiter, die Theorien machen weiter, die Tierversuche machen weiter, die Taliban machen weiter, die Therapeuten machen weiter.
Die Untersuchungsausschüsse machen weiter, die Unternehmensberatungen machen weiter, die Untergrundbewegungen machen weiter, die Urologen machen weiter, die Ustascha macht weiter, die Ursprungsmythen machen weiter.
Der Überfluss macht weiter, die Überschwemmungen machen weiter, die Überschüsse machen weiter, die Überweisungen machen weiter, die Übersetzer machen weiter, die Überzeugungen machen weiter sogar.
Die Volkstribunen machen weiter, die Völkischen machen weiter, die Vollpfosten machen weiter, die Verkehrsminister machen weiter, die V-Leute machen weiter, die Verlage machen weiter.
Die Wirtschaftsethik macht weiter, der Wald macht weiter, die Wilderer machen weiter, die Wertkonservativen machen weiter, die Warlords machen weiter, der Wahn macht weiter.
Xerox macht weiter, das Xylophon macht weiter, die Xenophobie macht weiter, die Xenobiotika machen weiter, Xavier Naidoo macht weiter, Xanten macht weiter seit zweitausend Jahren.
Die Yuppies machen weiter, die Yogalehrer machen weiter, der Yen macht weiter, die Yachthäfen machen weiter, die Yankees machen weiter, der Yangtse macht weiter.
Die Zoologischen Gärten machen weiter, die Zucker-

fabriken machen weiter, die Zahntechniker machen weiter, die Zulassungsstellen machen weiter, die Zeichenleser machen weiter, die Zufälle machen weiter zum Glück.

Jetzt wird wieder in die Hände gespuckt / Wir steigern das Literaturprodukt.

2 **»Keine Sorge, großer Bruder«**, sagte Leonie, »ich liebe Katzen und weiß, wie man mit ihnen umgeht. Bartleby und ich werden eine schöne Zeit miteinander haben, da kannst du ganz beruhigt sein. Pass du lieber auf dich selber auf und auf deinen Kompagnon. Mach dich auf den Weg.«

3 **Eine gute Stunde später** hatten Dr. Meissner und ich den Kaiser-Wilhelm-Ring überquert und strebten auf die Rheinwiesen zu, wobei mich sein Tempo überraschte. Auch sah ich jetzt zum ersten Mal, dass er mindestens einen ganzen Kopf größer war als ich. Bisher hatten wir uns fast immer nur gegenübergesessen. Auch seine Schrittlänge war erheblich weiter als meine, und ich musste in einen leichten Trab verfallen, um in etwa auf seiner Höhe zu bleiben. Marianne Meissner hatte mich nicht aufgefordert, auf mich aufzupassen oder auf ihren Mann, sondern schien volles Vertrauen in uns beide zu haben. Sie hatte mir zugelächelt und leise gesagt: »Folgen Sie einfach seinen Wegen, dann kann nichts passieren.« Danach hatte sie ihrem Mann einen Kuss gegeben und sich wieder ihrer Lektoratsarbeit gewidmet.

»Glauben Sie nicht, ich hätte nicht gesehen, wie erschrocken Sie im ersten Moment waren, als Sie mich gesehen haben«, sagte Dr. Meissner jetzt zu mir. »Ich bekomme alles mit, auch wenn manche denken, ich sei ein bisschen gaga. Die Tränensäcke, nicht wahr? Die haben Sie erschreckt. Das sind die Tränensäcke enttäuschter Theorie, Herr Roloff!«, brüllte er fast.*
Dann blieb er stehen, wartete, bis ich zu ihm aufgeschlossen hatte und sagte wesentlich leiser: »Es ist sehr nett von Ihnen, dass Sie mich besuchen. Ich bekomme nur noch selten Besuch. Meine Frau und ich leben sehr zurückgezogen. Sie lektoriert Sachbücher, wissen Sie.«
Ich bemühte mich um einen erstaunten Gesichtsausdruck, als sei mir das völlig neu.
»Jetzt hat sie gerade wieder eins von denen in der Mache, die diese ganz schlauen Untertitel haben, Sie wissen, was ich meine. *Was wir tun, wenn wir träumen. Wie wir von … lernen können. Wer wir sind, wenn wir. Wie wir… Wann wir… Wozu wir…* Das Schlimmste daran ist natürlich dieses widerliche *wir.* Lassen Sie uns weitergehen.«
Angesichts der rapiden Verfinsterung des Himmels in den letzten Minuten war mir etwas mulmig, und ich wollte schon vorschlagen, dass wir uns vom Stromufer mehr ins Städtische zurückwenden sollten, nach Oberkassel-City auf die Luegallee, aber dann fiel mir Frau Meissners Gebot ein, ich möge den Wegen ihres Mannes folgen. Der war nun in ein normales Spaziergängertempo gewechselt, so dass wir nebeneinander hergehen konnten. Auf dem Rhein zog ein Frachter von überschaubarer Länge vorüber, der Container von Maersk, Hamburg Süd und China Shipping an ihr Ziel bringen sollte. Dieses tröstliche Bild eines funktionie-

renden, dabei aber nicht zu hektischen Wirtschaftslebens wurde von den ersten sehr großen Tropfen begleitet, die sich schon in der nächsten Sekunde in einen prasselnden Schauer verwandelt hatten, der uns keine Chance ließ, einigermaßen trocken unter irgendein Laubdach zu gelangen. Zwar hasteten wir sofort zurück in Richtung Kaiser-Wihelm-Ring, waren aber schon erheblich durchnässt, als wir endlich einen halbwegs schützenden Baum erreicht hatten. Unweit von uns stand unter einem anderen Baum eine Frau mit zwei Pudeln an der Leine, die ihrerseits ganz gern weitergezogen wären, dem Regen zum Trotz. Frauchen hielt sie aber straff an der Leine, und sie hatten keine Chance, als begossene Pudel nach Hause zu kommen. Kleiner Kalauer, sorry.

»Hiroshima«, sagte Dr. Meissner, und ich fand das nicht nur maßlos übertrieben, sondern auch geschmacklos, bis ich begriff, dass er nicht den Schauer meinte, sondern sich nur gerade an den heutigen Jahrestag erinnerte, 76 Jahre. »Adorno, 52 Jahre«, hätte ich gern geantwortet, fürchtete aber, ihn damit zu überfordern. Warum? Er war doch nicht gaga, das hatte er selbst gesagt.

Als nach fünf Minuten der heftige Schauer vorüber war, sagte Dr. Meissner, dass er die Nase voll habe von den Rheinwiesen und außerdem hungrig sei. »Kommen Sie mit, ich lade Sie ein.« Er schlug wieder das Marschtempo vom Anfang unseres unterhaltsamen Ausflugs ein, bis wir den Kaiser-Wilhelm-Ring erreicht hatten und uns nach rechts wandten. Als wir am Haus vorbeikamen, in dem er wohnte, zeigte ich auf das Schild in der grünweißroten Landestrikolore, das das Gebäude als *Denkmal* auswies und mir schon bei meiner Ankunft aufgefallen war.

»Ja, Marianne und ich stehen unter Denkmalschutz. Keiner kann uns vertreiben. Aber jetzt essen wir erst mal, gleich hier an der Ecke. Unsern Gang machen wir danach, das ist sowieso die richtige Reihenfolge. Oder? Haben Sie einen Impfpass? Ich möchte rein, die Brücke ist mir zu laut. Sie nehmen es jetzt sehr genau, wo die In-C-Dance wieder steigt.«

Das Lokal hieß *Zille*, und an den kahlen weißen Wänden standen die bekanntesten Sprüche des Milljöh-Malers, darunter der, dass man einen Menschen mit einer Wohnung ebenso töten könne wie mit einer Axt.

»Heute ist Fischtag«, sagte Dr. Meissner, »mittwochs immer. Nicht Freitag. Hier Mittwoch. Komisch, nicht? Nehmen Sie den Lachs mit Blattspinat und Rösti. Mache ich auch.«

Nach dieser kleinen Ansprache verfinsterte sich sein Blick wie vorhin überm Rhein der Himmel. Während seine Augen bis eben so unruhig hin- und hergehuscht waren, wie ich das von früherer Zeit von ihm kannte, wurde ihr Graugrün jetzt wässrig, und sie fixierten irgendeinen Punkt im Raum über meiner linken Schulter. Meine Anwesenheit schien er vergessen zu haben.

Bevor aber unser gemeinsames Schweigen für mich zu belastend wurde, kam die Kellnerin, um die Bestellungen aufzunehmen, und Dr. Meissner erwachte sofort aus der Trance und bestellte für uns beide den Lachs und einen halben Liter Grauburgunder. »Dazu nur Grauburgunder«, sagte er zu mir, als sie gegangen war, und ich dachte: *Draußen nur Kännchen.**

Er fixierte jetzt nicht mehr den Punkt im Raum über meiner linken Schulter, sondern sah mich direkt an, so intensiv, dass ich seinem Blick schließlich auswich.

»Sie müssen wissen«, sagte er endlich, »ich habe lange zusammen mit einem Kollegen ein Schlaflabor in Flingern geleitet. Während der Kollege die üblichen Therapien bei schlafgestörten Patienten durchführte, hatte ich mit einem kleinen Team eine Langzeituntersuchung an freiwilligen Probanden aus unterschiedlichen Generationen entwickelt, deren Fokus sich darauf richtete, inwiefern …«
Hier brach er ab, und ein einziger Blick verriet mir, dass ich hier nicht abwarten durfte, bis er weitersprach, sondern ihn *retten* musste.
»Ja, es ging um den Übergangsraum und das kollektive Gedächtnis«, sagte ich in einem so beiläufigen Ton wie möglich, »ich war ja damals selbst einer Ihrer Probanden. Rainer Roloff.«
Eine Pause, eine kurze Musterung, dann: »Natürlich. Herr Roloff. Herr Roloff aus Köln, der Trümmerprinz, wenn ich Sie so nennen darf. Wissen Sie, ich weiß nicht, was eben los war, aber ich hatte sie plötzlich mit einem Herrn verwechselt, den ich bei Tanias Hochzeit kennengelernt habe.«
Ich hütete mich zu fragen, wer Tania war und wann ihre Hochzeit stattgefunden hatte, um ihn nicht abdriften zu lassen. Es kam jetzt auch die Kellnerin mit dem Essen, und wie sie es gelernt hatte, betete sie herunter, was auf dem Teller war und was wir beide glasklar sahen: »Zweimal der Lachs auf Blattspinat mit kleinen Rösti.« Das bewahrte uns davor, zu Tanias Hochzeit zurückzukehren, denn Dr. Meissner hatte offenbar einen großen Appetit und machte sich gleichsam in großen Schritten über das Gericht her. Dann hob er sein Glas, ein richtig schönes langstieliges Grauburgunderglas, um mit mir anzustoßen, und sagte: »Wirk-

lich nett, dass Sie gekommen sind. Sind Sie noch weiter im Labor? Geht es da überhaupt weiter?«
»Ja.«
»Ja, das ist gut. Bleiben Sie dabei. Obwohl ich das ganze Projekt für ausgemachten Blödsinn halte. Aber man kann nie wissen. Und Franz, und Barbara? Wie geht es denen?«
Ich berichtete, dass es beiden gutgehe und dass sie dabei seien, das Projekt auf eine breitere Basis zu stellen und Partner zu finden. Von meiner eigenen Mitarbeit erzählte ich nichts.
»Und Frau Wobser?«
»Vermisst sie sehr. Sie hat geweint, als Sie abgeh – als Sie gegangen sind.«
»Ihr Mann ist ein erstklassiger Fußbodenverleger, wissen Sie das?«
»Nein«, log ich.
»Doch, doch. Hat auch bei Marianne und mir gearbeitet. Erstklassig. Im Gegensatz zu dem Lokal hier, da gibt's bessere in Oberkassel, aber ich mag es einfach. Die Rösti sind etwas matschig, finden Sie nicht auch?«
Ich fand das auch.

Als wir draußen den Marsch über die Luegallee begannen, inzwischen bei Sonnenschein und gestiegener Temperatur, sagte Dr. Meissner: »Ich bin ein Liebhaber der Halbinseln. Ich könnte nie mehr woanders leben als auf einer Halbinsel. Egal, ob Bretagne, Cornwall, Manhattan oder Oberkassel.« Ich machte ihn darauf aufmerksam, dass Manhattan keine Halbinsel, sondern eine Insel sei – *so haben wir gebaut die langen Gehäuse des Eilands Manhattan** – und ärgerte mich sofort danach über meine kleinkarierte Besserwisserei, auf die

Dr. Meissner zum Glück nicht reagierte. Stattdessen blieb er vor einem Restaurant im Bistrostil mit dem Namen *Café de France* stehen, dessen Außentische alle besetzt waren, zeigte auf die Gäste und sagte laut: »Schauen Sie sich die Leute an! Die glauben wirklich, sie wären in Frankreich, nur weil drinnen ein paar Paris-Bilder hängen. Dabei ist das Essen grottenschlecht. Jede von einem Marokkaner betriebene Trattoria wäre italienischer als diese ...«

Ich bemühte mich, ihn so sanft wie nachdrücklich von den Erniedrigten und Beleidigten an ihren Tischen wegzuziehen, auch wenn ich nach einem kurzen Blick auf den Laden keine Zweifel an der Richtigkeit seines Urteils hatte. Oder gerade deswegen. Dr. Meissner brach auch mitten im Satz ab und ging weiter, blieb dann aber stehen und fragte mich in völlig veränderter, nämlich verklärter Tonlage: »Habe ich Ihnen jemals von dem Nachmittag in Amboise erzählt, damals als Schüler? Sechsundachtzig?«

Ich wollte ihm nicht sagen, dass ich die Geschichte schon detailliert im Grünen Buch nachgelesen hatte, und so, während wir weitergingen, bekam ich sie jetzt aus seinem Munde erzählt, ohne die literarische Überhöhung, jedoch nicht weniger detailliert. Als er fertig war, hatten wir den Platz vor einer katholischen Kirche erreicht, die den Namen St. Antonius und Benediktus trug.

»Haben Sie das Ihrer Frau auch mal erzählt?«, fragte ich ihn.

»Natürlich. Gleich, als wir uns verliebt hatten. Marianne hat gesagt, da hätte ich doch richtig Glück gehabt, so eine Lehrmeisterin gefunden zu haben. Hat Sie Lehrmeisterin gesagt? Glaube ich nicht, das ist bestimmt von mir. Ist nicht ihre Ausdrucksweise. Ich erinnere mich nicht mehr, welches Wort … Wo sind wir hier?«

»Wir sind hier vor einer Kirche, die St. Antonius und Benediktus heißt und auf einem großen Transparent allen Schäfchen, die die Gemeinde verlassen haben, den Wiedereintritt anbietet. Ihnen wird verziehen werden«, sagte ich so beiläufig wie möglich, um meine aufkommende Panik über seinen Orientierungsverlust zu verstecken. Sollte ich versuchen, Dr. Meissner so schnell wie möglich nach Hause zurückzulotsen?

Zum Glück war es offenbar das Stichwort *Kirche,* das diesen Orientierungsverlust überdeckte und ihn zu einem lautstarken Zornesausbruch führte, der, mit erhobener Faust, tatsächlich in Voltaires *Écrasez l'infâme!* mündete. Ein paar Passanten blieben stehen, schüttelten dann den Kopf und gingen weiter. Dr. Meissner schenkte mir ein mildes Lächeln und sagte: »Als Aufklärer muss man doch heute zwangsläufig verrückt werden, finden Sie nicht?«

»Auf jeden Fall.«

»Und Sie? Glauben Sie immer noch an den Klapperstorch?«

»Was meinen Sie?«

»Sie waren doch der mit *Westeuropa* und *Aufbruch,* oder verwechsle ich da jemanden? Mein Gedächtnis hat etwas nachgelassen, wissen Sie.«

»Doch, doch«, sagte ich. »Nein, an *den* Klapperstorch glaube ich nicht mehr, auch wenn ich es gern täte.«

Auf der obersten Stufe der Treppe, die in die Kirche führte, zog ein Obdachloser eine Rotweinflasche (Rotwein, kein Schnaps: ein klassischer Clochard!) aus seinem Beutel und nahm einen Schluck. Vielleicht über-

legte er sich gerade, ob er als verlorenes Schäfchen in den Schutz und Schoß der Mutter Kirche zurückkehren sollte, was allerdings voraussetzte, das er ihn einmal verlassen hatte. Vielleicht wartete er aber auch auf einen Streetworker, falls es so etwas in Oberkassel gab.
Derweil nahm mich Dr. Meissner am Arm und zog mich vorwärts bis zur nächsten Querstraße, wo in zwei Restaurants nebeneinander die Gäste, von schwarzweißen Kellnern umschwirrt, die Vorzüge der Außengastronomie genossen. »Da sitzen die feineren Fresser«, erklärte Dr. Meissner. »Wird gerade was frei, glaube ich. Da gehen wir jetzt essen.«
Ich wandte ein, dass ich noch ziemlich satt sei, weil wir doch erst vor einer halben Stunde gegessen hätten.
»Ach ja, richtig. Schade, ich hätte da bestimmt Bekannte getroffen. Wir sind hier gut verankert in Oberkassel. Ich habe es zu etwas gebracht, wissen Sie. Ich bin Chef eines Schlaflabors. Marianne hat es auch zu etwas gebracht. Na gut, dann will ich jetzt nach Hause.«
Damit machte er kehrt und setzte sich in Bewegung. Es gab für ihn offensichtlich keinen Zweifel, welche Richtung er nehmen musste. Das war beruhigend. Auch schlug er nicht das Tempo vom Anfang unseres Spaziergangs an den Rheinwiesen ein, und ich konnte Schritt halten. Auf dem sonst recht sauberen Trottoir lag eine alte Zeitung, und Dr. Meissner bückte sich und hob sie auf. Die erste Seite zierte ein Foto des Ministerpräsidenten.
»Schauen Sie mal, der *Kandidat!* Haben Sie mal gehört, was der *Kandidat* für einen persönlichen Einflüsterer hat? Auf den Namen komme ich gerade nicht, irgendwas mit -inski. Der Vater war bei *Opas Deo*, und er selbst steckt da vielleicht auch mit drin. Und der

Kandidat, gucken Sie mal, der hat auch schon Tränensäcke!«

In diesem Moment blieb Dr. Meissner mit der Schuhspitze im Pflaster hängen, nahm stolpernd Fahrt auf, und ich hinterher, um ihn vor dem Sturz zu bewahren. Ich erwischte ihn am Arm, doch halb zog er mich, halb sank ich hin, und wir landeten exakt vor dem Gemüseladen zwischen Apotheke Oberkassel und Hörgeräte Aumann. Noch im Fallen dachte ich: *Diesmal stürze ich nicht allein, nicht einmal als Erster.* Als wir lagen, begann Dr. Meissner laut zu lachen, und ich stimmte gern mit ein. Schon aber bildete sich um uns ein Ring fürsorglicher Belagerung, vornehmlich von jüngeren Menschen, doch auch alte Stimmen waren mit dabei, und über uns ergossen sich die Fragen: *Haben Sie sich wehgetan?* Wussten wir beide noch nicht. *Ist etwas passiert?* Das war offensichtlich. *Können Sie aufstehen? Sollen wir helfen?* Nun mal langsam. *Ist Ihnen schwindlig? Sollen wir einen Rettungswagen rufen?* Wir waren nicht auf den Kopf gefallen. *Können Sie mich gut verstehen?* Und von vorn: *Ist etwas passiert, können Sie, sollen wir, haben Sie Schmerzen, Schwindel, Rettungswagen, verstehen Sie mich.*

Was für dumme Fragen. Und doch so liebe Leute.

STELLENKOMMENTAR

* S. 18: Medienreferenten, Spin Doctors, Öffentlichkeitsreferenten und ähnliche Gestalten des politischen Lebens sind keineswegs eine Erfindung der digitalen Ära. Ihr Urbild ist der klassische Regierungssprecher, von denen einer aus der Zeit der alten Bundesrepublik auf die Frage eines Journalisten einmal gesagt hat: »Ich beginne abzuschmecken, was Sie meinen.«

* S. 24: So sang es einst Mick Jagger in seiner Erscheinungsform als Satan.

* S. 25: *Das Mädchen Rosemarie*, 1958; *Die Wahrheit über Rosemarie*, 1959; *Das Mädchen Rosemarie*, 1996.

* S. 28: Und Dr. Meissner hat es vermutlich von Maurice Halbwachs und seinen beiden Büchern *Das Gedächtnis und seine sozialen Bedingungen* und *Das kollektive Gedächtnis* gelernt. Der französische Soziologe starb 1945 im KZ Buchenwald.

* S. 30: Schreibt Elfriede Jelinek, und ich kann nur zustimmen.

* S. 33: Wer es nicht weiß: Mit diesem dämlichen Spruch wandte sich der schwäbische Kalifornier Jürgen Klinsmann vor der WM 2006, dem so genannten Sommermärchen, an das deutsche Volk, als habe er gerade das Kanzleramt übernommen.

* S. 33: Gut gebrüllt, Arno Schmidt! (1)

* S. 34: Gut gebrüllt, Arno Schmidt! (2)

* S. 35: »Der Fußboden ist die Unterlage unserer täglichen Exis-

tenz, auf ihm ruht und bewegt sich das ganze Tagesleben.« A. Wobser (Ror Wolf: *Fortsetzung des Berichts*)

* S. 44: Bei Connie Francis hieß es allerdings: *schöner fremder* Mann (1961).

* S. 52: Das funktioniert manchmal auch ohne Madeleine und Lindenblütentee.

* S. 56: Der Artikel von Wolfgang Pohrt war in der ZEIT und zugleich der Zeit voraus. Man kann ihn heute nachlesen in Pohrt, Werke Bd. 2, Edition Tiamat, Berlin 2019.

* S. 75: Sang Annette Humpe als Leader der Band Ideal 1980. Gemeint war die Halbstadt West. Auch Bodo Morshäuser meinte mit seiner *Berliner Simulation* ein Jahr danach dieselbe Halbstadt.

* S. 85: Und so ähnlich muss es der amerikanische Schriftsteller Jonathan Lethem gehalten haben: *Talking Heads, Fear of Music. Ein Album anstelle meines Kopfes*, Tropen Verlag 2014.

* S. 97: Schreibt in gewohnter Präzision Jürgen Becker in *Im Radio das Meer*.

* S. 137: Der kleine Fluss, der real durch Vivonne fließt, heißt *Clain* und ist ebenfalls männlich. Er mündet in die Vienne und über deren Zufluss in die Loire schließlich in den Atlantik.

* S. 138: Allerdings hört auch dieses Lied von Kraftwerk irgendwann auf.

* S. 145: Wusste Ingeborg Bachmann schon 1961.

* S. 158: So die Aussage eines französischen Reisenden im 17. Jahrhundert.

* S. 165: In dem Jeanne Moreau, die Kammerzofe, mit allerlei Merkwürdigkeiten und »Perversionen« ihrer Dienstherren und

-damen ebenso souverän umgeht wie mit dem Antisemitismus und Faschismus von Kutscher und Kirchendiener, also der *kleinen Leute.*

* S. 172: Soll heißen: Friedenauer Presse.

* S. 184: Sorry. Bremsen *kreischen* wirklich; man kann das Klischee nicht vermeiden, weil es stimmt.

* S. 188: Film von Wim Wenders (1977), in dem der schöne Satz gesagt wird: »Vor nichts muss man Angst haben, außer vor der Angst.« Blödsinn, aber schön.

* S. 191: Italo Calvino, *Herr Palomar*. 1983, deutsch 1985. Darin: *Der nackte Busen.*

* S. 196: Und Gottfried Benns Fragen sind auch rein rhetorisch zu verstehen.

* S. 200: Otto Blumenthal starb im November 1944 im Ghetto Theresienstadt an einer Lungenentzündung. Die Blumenthalstraße in Köln, in der Rainer Roloff zur Zeit von Barschels Badewannentod wohnte, ist allerdings nach dem Generalfeldmarschall Leonhard Graf von Blumenthal benannt, der sich sowohl 1866 bei Königgrätz *auszeichnete* als auch bei der Proklamation des Deutschen Kaiserreiches im Spiegelsaal von Versailles dabei war.

* S. 239: Würden wir *den Menschen* aus dem 5. Jahrhundert oder dem 10. Jahrhundert n. Chr. überhaupt verstehen können, angefangen von der Sprache, die er benutzt, bis zu den Fragen, die ihn umtreiben, und dem Blick, den er auf die (damals bekannte) Welt wirft? Würden wir ihn derselben Gattung zurechnen, der wir uns selbst zuordnen? Wie sprachen die Merowinger? Was für eine Stimme hatte Roswitha von Gandersheim?

* S. 248: Der Ungar heißt László F. Földényi und hat vor Kurzem ein 265 Seiten starkes *Lob der Melancholie* vorgelegt.

* S. 250: Das von den Nazis selbst lancierte Wort von der *Machtergreifung* diente später als Entschuldigung, als hätte da eine Truppe die Macht tatsächlich illegitim an sich gerissen. Daher muss daran erinnert werden, dass die NSDAP bei der zweiten Reichstagswahl 1932 mit 33,1% die mit Abstand stärkste Partei geworden war.

* S. 268: Manchmal ist die Wirklichkeit wirklich kitschig, und man muss das respektieren.

* S. 288: Noch einmal Reverenz an Wolfgang Pohrt und sein vielleicht wichtigstes Buch: *Brothers in Crime. Die Menschen im Zeitalter ihrer Überflüssigkeit*, Pohrt Werke Bd. 8.2, Edition Tiamat, Berlin 2021.

* S. 293: »O toi que j'eusse aimée, o toi qui le savais!« Baudelaire, *À une passante*.

* S. 294: Niemand weiß, ob Dr. Meissner die *Strudlhofstiege* gelesen hat. Vielleicht ist er von sich aus auf diese Formel gekommen.

* S. 303: Was bei Annie Ernaux großartig gelingt, mit nostalgischen Ortsbesichtigungen aber schmerzhaft misslingen muss.

* S. 314: »Wie jeder möchte ich gern wieder Gesichter sehen, die wirklich lachen, / und nicht länger die Tränensäcke enttäuschter Theorie …« Ob Dr. Meissner irgendwann Rolf Dieter Brinkmann gelesen hat, *Samstagabend im Winter*, in *Westwärts 1 & 2*, 1975 und 2005, oder ob er selber dieses Bild kreiert hat, lässt sich so wenig feststellen wie bei der *Strudlhofstiege*.

* S. 316: In memoriam Wiglaf Droste.

* S. 318: Armer B. B.!

DANKSAGUNG

Mein Dank gilt vor allen anderen zum einen Uli Kievernagel, dem verlässlichen und allwissenden Köln-Lotsen, und zum anderen Dr. Lennart Knaack von Intersom Köln, der sich viel Zeit genommen hat, mich in die Geheimnisse der Schlafforschung einzuweihen. Außerdem danke ich Benedikt Geulen für eine exakte Aachener Adresse, Patricia Görg für Korseifen, Peter Groenewold für niederländische Fakten zu Zeiten der Pandemie, Jürgen Holstein für Bebra, Hermann Kinder (†) für den Bodensee, Bernd Rheinberg für Philip Larkin, Jürgen Roth für die Security, Thorsten Themann für die Behörden und der Oldenburger Jakobibande für Unterstützung in vielfältiger Form.